바그다드의 비밀

They Came to Baghdad

애거서 크리스티 추리 문학 66

바그다드의 비밀

이은주 옮김

해문

■ 옮긴이 이은주

성신여자대학교 사범대학 졸업.
전문 번역인으로 활동하고 있음.

바그다드의 비밀

초판 발행일	1988년 11월 15일
중판 발행일	2012년 04월 05일
지은이	애거서 크리스티
옮긴이	이 은 주
펴낸이	이 경 선
펴낸곳	해문출판사
주 소	서울시 서초구 서초동 1328-11 도씨에빛 2차 1420호
TEL/FAX	325-4721 / 325-4725
출판등록	1978년 1월 28일 (제3-82호)
가격	6,000원
ISBN	978-89-382-0266-6 04800
	978-89-382-0200-0(세트)

빅토리아 존스— 속기사 겸 타이피스트. 사랑하는 남자를 찾아 이라크의 바그다드로 떠났다가 우연히 국제적인 음모에 휘말리게 된다.

에드워드 고링— 우연한 만남으로 빅토리아와 사랑에 빠지는 청년.

데이킨— 겉으로는 석유회사에 다니는 무기력한 사람으로 보이지만 실제로는 영국 비밀첩보원.

헨리 카마이클— 영국 비밀첩보원. 온갖 위험을 무릅쓰고 중요한 증거를 가지고 바그다드로 향한다.

리처드 베이커— 고고학자. 영사관에서 우연히 동창생 카마이클을 만나 그의 쪽지를 보관하게 된다.

크로스비 대위— 석유회사에 다니는 것 같지만 실제로는 데이킨의 부하.

안나 쉴레— 미국 오토 모건딜 국제은행 은행장의 유능한 비서.

루퍼트 크로프턴 리— 중국 오지에 권위가 있는 유명한 여행가.

래스본 박사— 에드워드가 일하는 올리브 가지회라는 클럽의 회장이자 창시자.

마커스 티오— 티오호텔의 소유주. 자신을 너무 사랑한다.

해밀턴 클립 부인— 팔이 다쳐 바그다드까지 동행할 사람으로 빅토리아를 고용한다.

캐서린— 래스본 박사의 비서. 빅토리아와 사이가 좋지 않다.

파운스풋 존스 박사— 고고학자. 지독하게 잘 잊어버린다.

차 례

9 ● 제1장

18 ● 제2장

29 ● 제3장

35 ● 제4장

45 ● 제5장

53 ● 제6장

64 ● 제7장

74 ● 제8장

77 ● 제9장

84 ● 제10장

95 ● 제11장

107 ● 제12장

116 ● 제13장

차 례

제14장 ● 123

제15장 ● 132

제16장 ● 150

제17장 ● 164

제18장 ● 177

제19장 ● 198

제20장 ● 211

제21장 ● 222

제22장 ● 229

제23장 ● 248

제24장 ● 263

제25장 ● 267

작품 해설 ● 272

1

크로스비 대위는 만면에 미소를 지은 채 은행 문을 나섰다. 수표를 현금화하려고 은행에 갔다가 생각보다 더 많은 돈이 통장에 남아 있음을 알게 된 것이다. 크로스비 대위라고 하는 사람은 성격이 그런지는 몰라도 혼자 만족해하며 웃는 일이 자주 있었다. 그는 작달만한 체구에다, 붉은빛을 띤 얼굴에 군인처럼 보이는 뻣뻣한 콧수염을 기르고 있었다. 조금은 조잡한 복장에다 걷는 것이 늘 의기양양했으며, 재미있는 이야기를 하는 것이나 듣는 것이나 모두 좋아해 동료들에게는 인기가 있었다. 쾌활하고 평범했으며 매사에 친절한 독신 남자였다. 특별히 내세울 것 없는 이런 사람들이 중동(中東)지방에는 많이 있었다.

크로스비 대위가 걸어가고 있는 길은 은행 가(銀行街)라고 부르기에 적절할 만큼 이 도시 대부분의 은행들이 들어서 있었다. 은행 안은 써늘하고 어두웠으며, 좀더 정확히 말해 곰팡내가 나는 듯했다. 은행 안쪽에서는 타이프라이터 치는 소리가 들려왔다.

은행 내부와는 달리 은행 밖 도로에는 햇볕이 쨍쨍 내리쬐고 먼지가 소용돌이쳤으며, 무서우리만치 잡다한 소음들이 들려왔다. 자동차 경적소리, 잡다한 물건을 파는 상인들의 손님 부르는 소리. 여기저기에서 몇몇 사람들이 금방 살인이라도 저지를 듯한 흥분된 어조로 싸우고 있는 듯했으나, 실은 친구들끼리 혈기왕성하게 장난치며 지나가고 있는 것이었다. 늙은이, 젊은이, 심지어 어린이들까지도 온갖 종류의 나무, 과자, 오렌지, 바나나, 목욕 타월, 빗, 면도칼, 그 밖에 여러 가지 물건들을 좌판에 담아 팔고 다녔다. 여기저기선 끊임없이 가래 뱉는 소리가 들려왔고, 노새를 끌거나 말을 끄는 사람들이 자동차와 사람의 무리를 헤쳐나가며 조금은 우울한 듯 가는 목소리로 '발렉, 발렉'

하고서 큰 소리로 외쳐댔다.

이것이 11시의 바그다드 시 거리 모습이었다.

크로스비 대위는 겨드랑이 가득 신문을 끼고 뛰어가는 신문팔이 소년을 불러 세워 한 부를 샀다. 그러고는 은행가 모퉁이를 돌아 바그다드의 중심도로인 래시드 가(街)에 다다랐는데, 그 거리는 티그리스 강과 평행으로 나 있는, 길이 4마일의 큰 거리였다.

크로스비 대위는 신문의 머리기사만을 대충 훑어보고서 옆구리에 낀 채 200 야드 정도를 걸어가 뒷골목을 돌아가니 넓은 안마당이 있는 큰 여관이 나왔다. 그 뜰을 지나 안쪽으로 가 놋쇠로 된 간판이 달린 문을 여니 사무실이었다.

말쑥한 차림의 젊은 이라크인 사무원이 타이프라이터를 밀어놓고 앞으로 나와 웃으며 맞아주었다.

"안녕하세요, 크로스비 대위님. 무엇을 도와드릴까요?"

"데이킨 씨 안에 계십니까? 아니, 내가 들어가죠."

이렇게 말하고 그는 문을 지나 가파른 계단을 올라 조금은 더러운 복도를 따라 걸었다. 복도 끝에 있는 문앞에 서서 노크하니, "들어오시오."라는 말이 들렸다. 그곳은 천장이 높은 썰렁한 분위기의 방이었다. 물이 찰랑찰랑 넘치는 컵 받침이 석유난로 위에 올려져 있었고, 길고 낮은 소파 앞에는 작은 차 탁자가 있었으며, 또 한편에는 낡아빠진 사무용 책상이 놓여 있었다. 전등이 켜져 있었고 햇빛은 전혀 들어오지 않았다. 낡아빠진 책상 뒤에 앉아 있는 사람은 한 번도 남의 눈을 끌어보지 못한, 지치고 우유부단해 보이는 얼굴—출세와는 거리가 멀고, 자기 자신도 그것을 인정하며 출세에는 관심도 없는 초라한 얼굴의 남자였다.

쾌활하고 자신감 넘치는 크로스비 대위와 우울하고 피곤해 보이는 데이킨은 서로 얼굴을 쳐다보았다.

데이킨이 말했다.

"어이, 크로스비, 키르쿡에서 돌아오는 길인가?"

크로스비는 고개를 끄덕이면서 그의 뒤로 문을 살짝 닫았다. 조잡하게 색칠이 되어 있는 볼품없는 문이었으나, 한 가지 좋은 점은 갈라진 곳도 없고 틈새도 벌어지지 않게 문이 꼭 닫힌다는 것이었다.

그것은 그야말로 완전 방음문이었다.

문이 닫힘과 동시에 두 사람의 자세는 미미했지만 변화가 있었다. 겁 없이 자신감에 차 있던 크로스비 대위는 움츠러들었고, 반면에 데이킨 씨는 어깨를 쭉 펴고서 주저함이 없어진 자세가 되었다. 누군가 밖에서 두 사람의 대화를 들었다면 데이킨 씨가 상사인 것을 알고 놀랐을 것이다.

"새로운 소식이라도 있습니까?" 크로스비가 물었다.

"그렇다네."

데이킨은 한숨지으며 눈앞에 놓인 종이에 가득 쓰인 암호를 해독하기에 여념이 없었다. 두 글자 위에 점을 찍고 나서 그는 말했다.

"역시 바그다드에서 열리기로 되었다네."

그러고서 그는 성냥을 그어 종이에 불을 붙이고는 그것이 타는 것을 지켜보았다. 완전히 재가 되자 그것을 가만히 입으로 불었다. 재는 사방으로 날려 흩어졌다.

"그래, 바그다드로 결정됐어. 다음 달 20일에. 이 일은 극비라네."

"그렇지만 3일 전부터 시장에선 소문이 파다하던데요."라며 크로스비는 냉담하게 말했다.

데이킨 씨는 씁쓸한 미소를 지었다.

"극비! 중동에는 극비라는 것이 없어, 그렇지 않은가, 크로스비?"

"사실입니다. 어디에도 비밀은 없습니다. 전쟁 중에도 최고사령부보다 런던의 이발소에서 더 많은 정보를 들을 수 있었으니까요."

"이번 회담은 알려져도 큰 문제는 아니지. 바그다드라고 하는 것이 결정되면 결국엔 공표될 테니까. 단지 우리에게 중요한 것은 분쟁의 시작이 지금부터라는 걸세."

"정말로 이번 회담이 실현될 거라고 생각하십니까?"

크로스비는 의심스러워하며 물었다.

"'위대한 독재자(불경스럽게도 크로스비 대위는 유럽 강국의 대통령을 이렇게 불렀다)'는 진심에서 참가하는 것일까요?"

"이번에는 그렇다고 보네, 크로스비." 데이킨은 생각에 잠긴 듯 대답했다.

"그래, 나는 그렇게 생각하네. 그리고 이번 회담이 아무 장애 없이 실현된다면 여러 면에서 도움이 될 걸세. 어느 정도 서로 이해만 한다면……."

그는 도중에서 말을 멈췄다.

크로스비는 아직도 회의적으로 보였다.

"말을 번복하는 것 같아 죄송합니다만, 이해하는 것이 과연 가능할까요?"

"자네가 생각하고 있는 범위 내에서는 아마 불가능할 걸세! 전혀 다른 이데올로기의 두 사람은 얼굴을 맞댄다 해도 변함없이 의혹과 오해만이 증대되고 아무런 성과도 없을 것이네. 그러나 제3의 변수가 있다네. 카마이클의 터무니없는 이야기가 만일 진실이라면……." 그는 도중에서 말을 끝냈다.

"그러나 확실히 그것은 진실이 아니죠. 너무도 터무니없는 얘깁니다."

데이킨은 잠시 동안 침묵하고 있었다. 진지하면서도 괴로운 표정을 그의 눈 주위에서 역력히 읽을 수 있었고, 조용하면서도 특징이 없는 목소리가 그 터무니없고 믿을 수 없는 사실에 대해 이야기하는 것을 듣고만 있었다. 그 이야기를 처음 들었을 때와 마찬가지로 데이킨은 혼잣말로 중얼거렸다.

"내가 가장 많이 믿고 있는 사람이 미쳐버린 게 아니면—그 이야기가 그대로 사실일 거야……." 그는 낮고 우울한 목소리로 말했다.

"어쨌든 카마이클은 그렇게 믿고 있다네. 그가 발견해낸 모든 것이 그의 가설을 뒷받침해 주고 있고, 또 그는 더 많은 것을 찾아서 확실한 증거를 손에 넣으려고 한 번 더 거기에 가려고 한다네. 그를 가게 하는 것이 과연 옳은지 어떤지는 나도 모르겠어. 만일 그가 돌아오지 않는다면 이 이야기는 카마이클이 누군가에게 들은 이야기를 내가 단순히 그에게서 들은 것으로 끝난다네. 그러나 나는 그것으로는 충분치 않다고 생각하네. 그것은 자네가 말한 대로 터무니없는 이야기일지도 모르나, 만일에 그가 20일까지 바그다드에 돌아와서 충분한 증거를 제시한다면……."

"증거?" 크로스비는 날카롭게 반문했다.

데이킨은 고개를 끄덕거렸다.

"그렇다네. 카마이클은 증거를 갖고 있어."

"어떻게 아십니까?"

"확인된 정보야. 살라 핫산으로부터 전갈을 받았네."

그는 조심스럽게 그 전갈을 말해 주었다.

"'보리를 잔뜩 실은 흰 낙타가 산마루를 넘어오다.'"

데이킨은 잠시 말을 멈췄다가 계속해서 말했다.

"이렇게 카마이클은 원하던 증거는 손에 넣었으나 의심을 받지 않을 순 없을 걸세. 놈들은 그의 뒤를 계속 쫓을 것이며, 그가 어떤 루트를 택하든 엄중히 감시할 것이고, 여기 바그다드에서는 한층 더 위험하게 감시망을 넓혀놓고 기다릴 것일세. 처음엔 국경을 지킬 것이지만, 카마이클이 국경을 무사히 통과하더라도 감시망이 대사관, 영사관에 둘러쳐질 것이네. 자, 이것을 보게."

그는 책상 위에 흩어져 있는 서류 중에서 한 장을 집어들고는 소리 내어 읽었다.

"자동차로 페르시아에서 이라크로 여행하던 영국인이 총에 맞아죽었다—아마 도둑들의 짓일 것이다. 회교도인 상인이 구릉지에서 내려와 매복하고 있다가 죽었다. 역시 회교도인으로 연초 밀수업자로 보이는 압둘 핫산이라고 하는 남자가 경찰에 사살당했다. 로윈더즈 가도(街道)에서 남자의 시체가 발견되었는데, 나중에 아르메니아인 트럭 운전사로 판명되었다. 대체적으로 그들은 모두 비슷한 특징을 가지고 있었는데 키, 체중, 머리 색깔, 체격 등 모두가 카마이클의 생김새와 거의 일치하고 있다. 궁지에 몰린 그들은 만에 하나라도 카마이클을 놓치지 않으려고 수상히 보이는 인물은 닥치는 대로 죽이고 있는 것이다. 일단 이라크 국내에 들어오면 위험은 더욱 커진다. 대사관의 정원사, 영사관의 하인, 공항 직원, 세관원, 철도 역원, 심지어 호텔에까지 철두철미하게 감시망을 뻗치고 있다."

크로스비는 눈썹을 치켜세웠다.

"그렇게 광범위하게 감시하고 있다고 생각하십니까?"

"그 점에 대해선 의심하지 않네. 오히려 우리 쪽에서도 몇 번인가 비밀이 누설되었는데, 그것이 가장 곤란한 일이네. 카마이클을 무사히 바그다드에 도착시키려는 우리의 계획이 상대편에 누설 안 되었다고 누가 보장하겠는가? 첩자를 상대편 진영에 투입시키는 것은 아주 기본적인 전술이라네."

"특별히 의심이 가는 사람이 누가 있습니까?"

데이킨은 머리를 천천히 흔들었다.

크로스비는 한숨지었다.

"그럼, 그 사이 일이나 진행시키죠?"

"그러세."

"크로프턴 리는 어떻게 하기로 했습니까?"

"바르다드로 오기로 동의했네."

"모든 사람이 바그다드로 오는군요. 당신 말에 따르면 유럽의 독재자까지도. 그러나 만일 대통령이 여기 있는 동안 무슨 일이 발생한다면 모든 수고가 수포로 돌아가니 큰일 아닙니까."

"절대로 어떤 일도 일어나지 않을 걸세." 데이킨은 말했다.

"어떤 일도 발생하지 않도록 하는 것이 우리가 할 일 아니겠나."

크로스비가 돌아가고 데이킨은 책상 위에 잔뜩 구부리고 앉아 속삭이듯 중얼거렸다.

"그들이 모두 바그다드로……."

데이킨은 압지(壓紙) 위에 원을 그리고 그 밑에다 바그다드라고 썼다. 그러고서 그 원 주위에 낙타, 비행기, 기선, 연기를 내뿜고 있는 기차 등을 그리고는 그것들로부터 원 안으로 거미줄을 그리듯 줄을 그어댔다. 그리고 그 거미줄 한가운데 안나 쉴레라는 이름을 쓰고 그 밑에 커다란 의문부호를 붙였다.

모자를 집어들고 그는 사무실을 나섰다. 래시드 가를 걸어가고 있는 그를 보고 한 남자가 옆 사람에게 저 사람이 누구냐고 물었다.

"저, 사람, 아! 석유회사에 다니고 있는 데이킨이지. 사람은 좋은데 늘 기를 펴지 못하고 무기력하게 지내. 술도 많이 마시니 저런 사람은 출세하기 힘들지. 이 지방에서 출세하려면 패기가 없어서는 안 되는데 말이야."

2

"크루겐호프 집안의 재산에 관한 보고서는 모두 다 됐소, 쉴레 양?"

"예, 여기 있습니다."

냉정하면서도 유능한 쉴레 양은 상사 앞에 서류를 재빨리 내밀었다.

읽어 내려가며 모건덜 씨는 낮은 목소리로 중얼거렸다.

"만족스럽군."

"저도 그렇게 생각합니다, 모건덜 씨."

"슈바르츠는 와 있소?"

"사무실에서 기다리고 있습니다."

"불러주시오."

쉴레 양은 여섯 개의 부저 중 하나를 눌렀다.

"그 밖에 또 시키실 일이 있습니까?"

"아니오, 됐소, 쉴레 양."

안나 쉴레는 소리없이 방을 나갔다.

그녀는 엷은 금발이었으나 매혹적이지는 않았다. 그녀의 기름기 없는 황갈색의 머리는 목덜미 언저리에 동그랗게 동여매져 있었고, 엷은 파란색의 지적인 눈은 도수 높은 안경을 통해 초연하게 세상을 바라보고 있었다. 균형잡힌 작은 얼굴이었으나 표정은 전혀 없었다. 그녀가 두각을 나타내는 것은 매력이 있어서가 아니고 오로지 유능함 때문이었다. 아무리 복잡한 일이라도 정확히 기억해낼 수 있었고 인명, 날짜, 시간 등을 메모를 보지 않고서도 즉석에서 대답했다. 기름을 적당히 친 기계가 원활하게 움직일 수 있는 것처럼 많은 직원을 조직적으로 단결시켜 회사가 원활하게 운영되도록 했다. 신중하게 판단하며 매사에 정력적인 면도 있었지만, 그 원동력은 훌륭하게 전체를 지배하고 거느리며 엄격하게 훈련시키고 조금도 나태를 보여주지 않는 데 있었다.

오토 모건덜은 모건덜 브라운 쉬퍼크 국제은행의 은행장인데, 그는 안나 쉴레가 보수 이상의 많은 일을 하고 있다는 것을 잘 알고 있었다. 모건덜 씨는 그녀를 절대적으로 신임하고 있었다. 그녀의 기억력, 경험, 판단력, 지극히 냉정한 두뇌 등 어느 것 하나 귀중하지 않은 것이 없었다. 모건덜 씨는 안나 쉴레에게 많은 보수를 주고 있었는데, 그녀가 요구하면 보수를 더 올려주는 일에 인색하지 않았다.

그녀는 모건덜의 사업뿐만이 아니라 그의 사생활까지도 상세하게 알고 있었다. 모건덜 씨가 두 번째 부인과의 불화에 관하여 그녀에게 의논했을 때는 이혼을 권했으며, 구체적인 위자료 액수까지 제시해 주었다. 그때도 그녀는 동정심이나 호기심을 나타내지 않았다. 원래 개인적인 감정을 잘 표현하지 않는 여자였다. 실제로 그는 그녀에게 그런 감정이 있다고는 생각지도 않았고, 그녀가 생각하고 있는 것에 대해서 여태까지 한 번도 궁금히 여겨본 적이 없었다. 안나 쉴레가 모건덜 브라운 쉬퍼크 은행 일과 오토 모건덜 개인 문제 이외의 일을 조금이라도 생각하고 있다고 들었더라면 오히려 놀랐을 것이다.

이런 이유들로 해서 그녀가 방을 물러나가면서 다음과 같은 이야기를 했을 때 그는 어안이 벙벙했다.

"지장이 없으시다면 다음 주 화요일부터 3주간 휴가를 얻었으면 하는데요."

그녀를 쳐다보면서 그는 머뭇거리며 이야기했다.

"그것은 곤란한데. 대단히 곤란해요."

"저는 그렇게 어려운 일이 아니라고 생각합니다, 모건덜 씨. 제가 없더라도 와이게이트 양이 일을 잘 처리할 것이고, 또 메모는 물론 자세하게 지시해 놓고 가겠습니다. 애셔 사(社)와의 합병문제는 콘웰이 잘 알아서 처리할 겁니다."

변함없이 곤혹스러운 표정으로 그가 물었다.

"혹시, 당신, 몸이 안 좋은 것은 아니오?"

그는 쉴레 양이 병이 나는 것을 상상할 수 없었다. 세균마저도 안나 쉴레에게는 접근 못할 것 같았다.

"아니에요, 모건덜 씨. 런던에 있는 언니를 보러 가려고요."

"언니를?"

그는 그녀에게 언니가 있다는 것을 몰랐다. 쉴레 양에게 가족이나 친척이 있을 것이라고 생각해 본 적도 없었고, 그녀 자신도 그 점에 대해선 이야기하지 않았었다. 그런데 지금 아무렇지도 않게 런던에 언니가 있다고 말하는 것이다. 그녀는 작년 가을 그와 함께 런던에 간 일이 있었는데, 그때도 그녀는 언니가 있다고 말하지 않았었다.

조금은 상처받은 기분으로 그가 말했다.

"당신에게 영국에 언니가 있는 것은 몰랐었소."

쉴레 양은 힘없이 미소 지었다.

"예, 있어요. 대영박물관에 관계하고 있는 영국인과 결혼해서 살고 있는데, 대단히 어려운 수술을 받게 되어서 제가 와주었으면 하고 있어요. 그래서 병문안하러 가려고 생각합니다."

그녀가 이미 그렇게 하려고 결정해 놓았음을 모건딜 씨는 알았다.

그는 불평스럽게 말했다.

"아, 좋아요, 좋아. 그렇지만 될 수 있는 대로 빨리 돌아오시오. 마침 시장도 불안정하고, 모두 공산주의자 놈들 탓이지. 전쟁이 언제 터질지도 모르고 하긴 전쟁만이 유일한 해결책이 아닐까 하는 생각도 해보지만, 어쨌든 나라 안이 술렁거리고 있소. 그리고 지금 대통령은 바그다드에서 열리는 어처구니없는 회담에 참석하려 하고 있소. 내 생각으로는 놈들이 어떻게든 대통령을 해치우려고 하는 것 같은데, 그것도 하필이면 바그다드 같은 야만스런 곳에서!"

"저는 아무 문제없다고 생각합니다. 경호가 엄중하니까요."

쉴레 양은 아주 자연스럽게 말했다.

"작년엔 페르시아 왕이 당했소. 팔레스타인에서는 베르나도티가 당했고, 일종의 광기요. 광기라니까. 하긴 세상 모두가 미쳐 있으니."

그는 무겁게 말을 덧붙였다.

제2장

빅토리아 존스는 피츠 제임스 정원의 벤치에 우울하게 앉아 있었다. 수심에 잠겨 있다기보다는 도덕적 반성에 몰두해 있는 것이다—시기가 아닌 때에 천부적으로 타고난 특별한 재능을 발휘하는 것이 얼마나 옳지 않은지에 대하여.

빅토리아는 세상에서 흔히 볼 수 있는 장점과 단점을 모두 갖고 있는 여자다. 그녀의 장점이라면 인색하지 않고, 마음이 따뜻하며 용기가 있다는 것이다. 선천적으로 모험을 좋아한다는 것은 장점이라고 할 수도 있으나 안전을 제일로 치는 현대에는 단점이 될 수도 있을 것이다. 그녀의 주된 단점은 때를 가리지 않고 불쑥 거짓말을 한다는 것이다. 그녀에게 있어 허구(虛構)는 늘 진실 이상의 비할 수 없는 매력을 가지고 있었다. 빅토리아는 정말로 막힘이 없이 자연스럽게 예술적 정열마저 갖고 있는 듯 거짓말을 잘했다. 약속에 늦었을 때에(이런 일은 자주 있었다) 시계가 멈춰 있었다든가(사실 흔히 있는 일이다), 버스가 늦어져서 그랬다는 변명으로는 충분치 않았다. 버스 길에 동물원에서 도망쳐 나온 코끼리가 옆으로 누워 움직이지 않았다든가, 화려한 쇼윈도의 유리를 깨뜨린 범인을 목격해서 경찰에 도움을 주고 오느라고 그랬다든가, 이처럼 그럴 듯하고 장황하게 떠벌리는 것이 그녀의 성격에 더 맞았다. 빅토리아에게 있어 신나는 일은 스트랜드 가(街)에 호랑이가 숨어 있다든가, 흉악한 강도가 투팅에 횡행하고 있다고 하는 종류인 것이다.

호리호리한 몸매에 균형도 잡히고 다리도 날씬했으나, 얼굴 생김은 사실상 그리 예쁘진 않았다. 그러나 아담하고 깨끗한 얼굴이었으며 패기도 느껴졌다. 그녀를 좋아하는 사람이 '고무지우개와 같은 얼굴'이라고 별명을 붙여준 그녀의 그 얼굴은 자유자재로 움직여 거의 모든 사람의 표정을 놀랄 정도로 흉내 내었다.

이런 재능이 그녀를 지금의 불운한 처지로 몰아넣은 것이다. 그녀는 런던의 중서(中西) 2구 그레이스 홈 가(街)에 있는 그린홀츠 시몬 리더베티 회사에서 그린홀츠 씨의 속기사 겸 타이피스트로 일했다. 어느 날 아침 무료함을 달래려고 함께 일하는 세 명의 타이피스트와 심부름하는 소년 앞에서 그린홀츠 부인이 남편의 사무실에 찾아온 모습을 생생하게 흉내 냈다. 그린홀츠 씨는 외출 중이었는데, 변호사 사무실까지 다녀온다는 사실을 알고 있는 빅토리아는 주저하지 않고 연기에 몰두해 있었다.

"왜, 놀 풍(風)의 소파를 사면 안 된다는 거예요, 여보!"라고 날카로운 목소리로 투덜대는 것처럼 빅토리아는 말했다. "디브타키스 부인은 푸른 공단을 두른 것을 갖고 있어요. 돈이 없어서 그렇다고 할 테죠. 그렇다면 어떻게 그 금발 여자와 식사도 하고 춤도 춘 거죠. 오! 내가 아무것도 모른다고 생각하겠지만, 다음에 또 그 여자를 데리고 다니면, 난 그 소파와 짙은 자색의 띠를 두른 금색 쿠션을 사버리겠어요. 사업상 어쩔 수 없는 자리였다고 말한다면 당신은 천벌을 받을 사람이에요. 그래요—사업상인데 셔츠에 립스틱이 묻어서 들어오나요. 난 놀 풍의 그 소파를 사겠어요. 그리고 털목도리도요—좋은 물건이라고요. 마치 밍크처럼 보이지만 진짜 밍크는 아니고, 싸게 살 수도 있는데, 샀다가 다시 팔아도 손해는 보지 않아요—"

처음에는 넋을 놓고 듣고 있었던 사람들이 갑자기 무표정해져서 서로 약속이라도 한 듯 얼른 일을 시작하기에 빅토리아는 잠시 말을 멈추고 주위를 둘러보니 그린홀츠 씨가 문 쪽에 서서 그녀를 쳐다보고 있는 것이었다.

빅토리아는 적당한 말을 생각해낼 수 없어서 그저, '오!'라고만 했다.

그린홀츠 씨는 불평스럽게 툴툴거렸다.

외투를 홱 벗어던지고 그린홀츠 씨는 자기 방으로 들어가 쾅하고 문을 닫았다. 그러고는 거의 동시에 부저가 울렸다. 두 번은 짧고 한 번은 길었다. 그것은 빅토리아를 부르는 부저 소리였다.

"너를 부르고 있어, 존시." 동료가 말하지 않아도 되는 말을 했다.

다른 사람의 불행을 재미있어하듯 눈이 반짝반짝 빛났다. 다른 타이피스트들도 모두 같은 기분일 것이다.

"몹시 꾸중하실 거야." "돗자리를 준비해, 존시."라며 제각기 한마디씩 했다. 심부름을 하는 소년도 원래 심술궂은 아이였는데, 손가락을 펴들어 목에 갖다 대고 이상한 신음소리를 내며 자르는 시늉을 했다.

빅토리아는 메모 용지와 연필을 집어들고 될 수 있는 대로 주눅이 들지 않은 태도로, 가능한 한 씩씩하게 그린홀츠 씨 방으로 들어갔다.

"부르셨습니까, 그린홀츠 씨?"

그녀는 아무 일도 없었던 것처럼 맑은 시선으로 그를 쳐다보며 말했다.

그린홀츠 씨는 지폐 세 장을 꺼내놓고는 주머니에서 동전을 찾고 있었다.

"좋아. 이젠 진절머리가 났어, 다시는 보고 싶지 않아. 해고 예고기간을 두지 않았다고 할까 봐 일주일 분의 봉급을 더 주니까 지금 해고해도 특별히 할 말은 없을 거라고 생각하는데, 어때?"

빅토리아는(천애고아였지만) 금세 입을 열어 어머니가 막 큰 수술을 받은 터라 힘이 들어 머리가 이상해질 지경이고, 또 자기 봉급으로 어머니를 모시고 있으니 용서해 달라고 이야기하려다가 그린홀츠 씨의 호감가지 않는 얼굴을 흘끗 쳐다보고는 마음을 바꾸었다.

"저도 같은 생각입니다." 그녀는 애교 있고 명랑하게 말했다.

"사장님 말씀대로예요—제 말뜻을 아실는지."

그린홀츠 씨는 조금은 어안이 벙벙했다. 해고당한 사람이 기뻐해 마지않는 즐거운 태도로 받아들이는 것에 익숙하지 않았기 때문이다. 약간의 당황함을 감추고 그는 책상 앞에 놓인 동전 더미를 흩어놓고는 세었다. 그러고는 다시 한 번 주머니를 뒤져보았다.

"9펜스 모자라는구먼." 그는 음산한 목소리로 구변 좋게 말했다.

"예, 좋아요." 빅토리아는 상냥하게 말했다.

"그 돈으로 영화를 보시든지 사탕을 사 드시든지 하세요."

"불행히도 우표도 없네."

"걱정 마세요, 우표를 주셔도 편지는 쓰지 않을 테니까요."

"모자라는 돈은 나중에 보내주지." 그린홀츠 씨는 모호한 투로 말했다.

"그 걱정은 안 하셔도 돼요. 그런데 추천장은요?"

그린홀츠 씨는 다시 화를 냈다.

"왜 내가 추천장을 써주어야 하지?"

"보통 그렇게들 하세요." 빅토리아가 말했다.

그린홀츠는 종이 한 장을 꺼내어 몇 자 갈겨쓰고는 그녀 앞으로 밀어놓았다.

"그거면 되겠나?"

존스 양은 속기사 겸 타이피스트로 과거 2개월간 우리 회사에 근무했다. 그녀의 속기는 부정확했고 철자는 엉망진창이었다. 그리고 근무시간에 태만했기에 퇴사시켰다.

빅토리아는 얼굴을 찌푸렸다.

"이것은 추천장이라고 할 수 없는데요."

"그게 사실 아니야?" 그린홀츠 씨가 말했다.

"사장님은 적어도 존스 양은 정직하고 성실하며 책임감이 강하다고 있는 그대로 써주실 줄 알았어요. 덧붙여 말과 행실이 신중하다고 써주시면 더욱 좋고요."

"신중하다고?" 그린홀츠 씨가 소리 질렀다.

빅토리아는 순진한 눈초리로 그를 쳐다보며, '예.'라고 제법 점잖게 대답했다.

빅토리아의 속기와 타이프 솜씨로 꾸며졌던 몇 통의 편지를 생각하고는 그린홀츠 씨는 노여움을 풀고 자상하게 대해 주는 게 좋겠다고 마음을 바꾸었다.

그는 먼저 쓴 추천장을 그녀의 손에서 낚아채듯 빼앗아 찢어 버리고는 다시 새것을 썼다.

존스 양은 속기사 겸 타이피스트로 과거 2개월간 우리 회사에 근무했다. 사무실 인원초과로 인해 퇴사시킨다.

"그거면 되겠나?"

"좀 나아졌군요. 이만하면 되겠죠." 빅토리아가 말했다.

이런 일로 해서 빅토리아는 (9펜스가 부족한) 일주일 분의 봉급을 핸드백에 받아 넣고는 피츠제임스 정원 벤치에 앉아서 깊이 생각에 잠겨 있는 것이다. 이름뿐인 정원에다 세모꼴의 빈터에 몇 그루의 관목이 심어져 있을 뿐, 관목들 사이로 교회당이 보이고 등 뒤에 높은 창고 건물이 세워져 있었다.

비가 제법 오는 날을 제외하고는 치즈 샌드위치와 양상추, 토마토 샌드위치를 가까운 밀크 바에서 사서는 조금도 정원 같지 않은 이곳에서 간단하게 점심을 먹는 것이 빅토리아의 습관이었다.

오늘, 그녀는 우울하게 샌드위치를 먹으면서 무슨 일이든 적당한 때와 장소가 있는데 회사는 사장 부인의 흉내를 내기에 아무리 생각해도 적당한 곳이 아니었다고 되풀이해 자기 자신에게 타이르고 있는 중이었다. 다음부터 그녀는 좀더 신중해야 하고, 무료하기 그지없는 일에 생기를 불어넣어서 일을 처리해야 하며, 또한 타고난 재주를 함부로 써먹어서는 안 될 것이다. 이러는 중에 그린홀츠 시몬 리더베터 회사와 인연을 끊고 새로운 직장을 얻어야겠다고 생각하니 그녀는 금방 가슴이 설레기 시작했다. 빅토리아는 새로운 일을 찾으려고 할 때에는 늘 이런 식으로 멋진 일이 기다리고 있을지도 모른다는 기대를 갖곤 했다. 조금 남은 빵부스러기를 세 마리의 참새에게 던져주니 본능적으로 서로 먹으려고 싸웠다. 그때 그녀는 벤치 한쪽 끝에 젊은 남자가 앉아 있는 것을 알아차렸다. 빅토리아는 벌써 어렴풋이 그를 의식했었으나 그녀의 생각은 반성과 장래에 대한 새로운 설계 등으로 가득 차 있어서 그를 자세히 관찰할 수 없었다. 지금 흘끗 바라보니(곁눈으로) 꽤 호감이 가는 남자였다. 천사처럼 귀여운 금발에 살빛이 흰 청년이었으나, 고집스러워 보이는 턱을 갖고 있었으며 군청색의 눈이 아까부터 은근한 감탄을 해가며 그녀를 몇 번이고 쳐다보고 있는 듯했다.

빅토리아는 이런 공공장소에서 알지도 못하는 청년과 친구가 되는 것에 대해 주저하지 않았다. 원래부터 자기는 남이 어떤 사람인지 판단을 잘하며, 또 상대방이 어떠한 행동을 해와도 잘 대처할 수 있다고 생각하고 있었다.

그녀가 미소를 보내자 실을 당겨주었을 때의 마리오네트 인형처럼 기다렸다는 듯이 반응을 보내왔다.

"안녕하세요? 좋은 정원입니다. 이곳에 자주 오십니까?" 청년이 말했다.

"거의 매일요."

"전엔 안 왔었는데 제가 운이 좋군요. 점심을 여기서 드셨습니까?"

"예!"

"아주 조금 드셨군요. 난 샌드위치 두 개로는 벌써 배가 고파졌을 겁니다. 토튼햄 코트 로드에 있는 SPO 가게에서 소시지라도 사오겠습니다."

"됐어요. 전 지금이 적당해요. 더 이상 먹지 못해요."

그녀는 차라리 그가, '다른 날 사죠'라고 말해 주기를 기대했으나 그러지는 않았다. 그는 가볍게 한숨지으며 말했다.

"제 이름은 에드워드입니다, 당신은?"

"빅토리아."

"당신 부모님은 왜 하필이면 철도역(런던 시 남서쪽에 빅토리아 역이 있다)의 이름을 붙였나요?"

"빅토리아가 뭐 역 이름밖에 없나요, 빅토리아 여왕도 있잖아요?"

"아! 그렇군요, 성(姓)은 뭡니까?"

"존스."

"빅토리아 존스—." 에드워드는 혀로 모양을 만들어 보더니 머리를 흔들었다.

"잘 발음이 안 되는군요."

"잘하셨어요." 빅토리아는 진정으로 말했다.

"제니라면 더 좋았을 걸 그랬어요—제니 존스. 그렇지만 빅토리아라는 이름에는 사실 더 고급스럽게 발음되는 성(姓)이 어울려요. 이를테면 빅토리아 새 크빌—웨스트, 너무 점잔빼는 듯한 이름이 됐나요? 입속에서 잘 발음되는 이름이 좋은 거예요."

"존스 앞에는 어떤 것을 붙여도 좋습니다."라며 에드워드는 동감하는 듯 관심을 보였다.

"베드퍼드 존스."

"케리스브룩 존스."

"세인트 클레어 존스."

"론스데일 존스."

그런대로 재미있는 게임이었으나 에드워드가 시계를 보고는 깜짝 놀란 듯이 소리를 지르는 바람에 끝이 나고 말았다.

"빨리 돌아가지 않으면 보스에게 호되게 야단맞겠는걸. 당신은 아직 괜찮습니까?"

"전 오늘 오전에 직장을 잃었어요."

"그거 안됐군요." 그가 진심으로 걱정해 주듯 말했다.

"됐어요, 동정해 주지 않아도 돼요. 제 자신은 끄떡없으니까요. 다른 직장도 쉽게 얻을 수 있을 것이고, 또 그곳을 그만둔 데에는 좀 재미있는 일이 있었어요."

이렇게 이야기해서 빅토리아는 직장으로 돌아가려는 에드워드를 조금 더 붙잡아두고는 오늘 오전 일을 생생하게 연기해 그린홀츠 부인을 다시 한 번 그럴 듯하게 흉내 내 보여주었다. 에드워드는 대단히 재미있어했다.

"당신은 정말 대단한 사람이군요. 빅토리아." 그는 감격해하며 말했다.

"무대에 서도 될 정도입니다."

빅토리아는 그의 찬사를 만족스럽게 웃으며 받아들였고, 당신도 해고당하는 것이 싫으면 서둘러 돌아가는 편이 좋을 것이라고 말해 주었다.

"그래야지요. 나는 당신처럼 쉽게 직장을 얻을 수도 없을 테니까. 속기와 타이프도 잘한다니 참 훌륭하군요." 에드워드는 부러운 듯 말했다.

"사실은 전 속기도 타이프도 잘 못해요." 빅토리아는 솔직하게 말했다.

"그냥 엉터리 타이피스트인데도 요즘 같은 때에는 일을 얻을 수 있답니다. 교육기관이나 복지단체는 봉급을 많이 주지 못하니까 저 정도의 사람도 써줘요. 전 학술방면의 일을 가장 좋아해요. 과학적인 용어나 술어, 이를테면 이상한 철자가 많은 단어는 누구라도 정확하게 칠 수가 없을 테니까 그렇게 부끄럽지 않아요. 당신은 어떤 일을 하고 있나요? 복원장교 같은데, 공군이었나요?"

"맞았어요."

"전투기 조종사?"

"예, 그래요. 공군에서는 여러 가지 일을 두루 해볼 수 있는 기회가 있었지요. 하지만 전투기 조종사라고 해도 특별히 머리가 좋은 사람들은 아니죠. 항공대에서 요구하는 것은 두뇌가 아니었으니까. 군(軍)에서 나를 배치한 곳은 서류를 정리하고 약간의 수학지식이 필요하며, 가끔은 머리를 써서 해야 하는 일도 있는 그런 사무실이었답니다. 열심히 일했지요. 모두가 무의미하게 생각되다만 하는 수 없잖습니까. 그렇다 치더라도 제 자신이 쓸모없는 존재라면 더 못 견딜 겁니다."

빅토리아는 동정하며 고개를 끄덕거렸다. 에드워드는 씁쓸하게 말을 계속했다.

"지금은 당신처럼 불러주지 않아 일할 기회가 전혀 없지요. 전쟁 중에는 좋았지요―빈틈없이 한 사람 몫의 일을 상당히 잘해 냈으니까. 공군수훈십자훈장도 받았는걸요. 하지만 지금은, 나 같은 것은 가만히 없어져 버리는 편이 나을 것 같아요."

"그럼 지금이라도 뭔가를……."

빅토리아는 도중에 말을 멈췄다. 공군수훈십자훈장을 탈 정도의 이 청년의 자질이 이런 1950년대를 만나게 됐다는 것은 그 대단한 그녀에게도 뭐라고 말할 수 없는 서글픔을 느끼게 했다.

"그래서 조금 실망하고 있습니다." 에드워드가 말했다.

"무엇을 해도 도움이 안 되니. 그래서―이곳을 떠나려고 해요. 그런데, 죄송합니다만, 무례한 짓인 줄 생각합니다만―괜찮으시다면."

빅토리아가 놀란 듯이 눈을 크게 뜨니 에드워드는 얼굴을 붉히며 우물거리면서 작은 카메라를 꺼냈다.

"당신의 스냅사진을 찍고 싶습니다. 실은 내일 바그다드로 가려고 하거든요."

"바그다드?" 빅토리아는 실망한 듯한 어조로 말했다.

"예, 하지만 지금은 마음이 흔들리는군요―아침까지는 정말 마음이 내켰는데. 이 일을 꼭 하려는 것은 이 나라를 떠나고 싶어서입니다."

"어떤 종류의 일인데요?"

"아주 굉장한 일입니다. 시(詩)를 보급하는 문화 활동이죠. 래스본 박사라는 분이 보스인데 이름 끝에 많은 직함이 붙어 있죠. 활기에 가득 찬 눈으로 코끝에 걸친 안경 너머로 상대방을 보는 사람입니다. 사람들의 문화수준을 끌어올리고 문화를 넓게 외딴 곳까지 보급시키는 걸 진정으로 바라고 있습니다. 외딴 곳에 서점을 열고―가까운 바그다드에도 서점을 개설하려고 한답니다. 셰익스피어나 밀턴의 작품들을 아랍어나 쿠르드어, 페르시아어, 아르메니아어로 번역해서 그렇게 번역된 책들이 언제든지 사람들 손에 들려질 수 있도록 하려고 합니다. 정말 어리석은 짓이죠. 그 같은 일을 영국 문화진흥원에서도 여기저기에서 하고 있으니까요. 그러나 그런 단체가 있어서 나에게도 일을 주니 불만은 없습니다."

"실제로 당신이 하는 일은 무엇인데요?" 빅토리아가 물었다.

"간단히 말해서 래스본 박사의 조수가 되어 일하는 거죠. 기차표를 사고, 예약을 하고, 여권신청서를 기입하고, 《현대시(現代詩) 감상입문》이라고 하는 재미없는 작은 책의 포장을 점검하고 이곳저곳으로 뛰어다니는 일이죠. 결국 그곳에 가 그곳 사람들과 어울려 일종의—영감이 가득 찬 청년운동을 전개하는 겁니다. 인류 문화의 향상을 위해 모든 나라가 하나로 뭉치자는 거지요."

에드워드의 목소리는 점점 더 우울해졌다.

"솔직히 말해 소름이 끼쳐요, 그렇지 않습니까?"

빅토리아는 뭐라고 위로해야 좋을지 몰랐다.

"그런 이유로 해서 당신이 꺼려하지 않는다면 당신의 사진을 찍고 싶었던 것입니다. 옆모습과 앞모습을. 괜찮겠습니까? 아아! 멋있군요!"

카메라의 셔터가 두 번 찰칵찰칵 소리를 냈고, 빅토리아는 매력 있는 남성에게 자신의 강렬한 인상을 심어주고 싶어하는 젊은 여자의 얼굴로, 만족해하는 표정을 지어 보였다.

"그러나 이렇게 당신 같은 분과 만나자마자 헤어져야 한다니 정말 유감스럽군요. 당장이라도 그만두고 싶을 정도입니다만—지금까지, 여러 가지 서류에 사인도 하고 비자도 받아 놓은 뒤라서 이제 와서는……."

"당신이 생각하는 것만큼 그렇게 나쁜 일이 아닐지도 몰라요."

빅토리아는 위로하듯 말했다.

"글쎄—." 에드워드는 미심쩍어하며 말했다.

"어쩐지 좀 수상한 일이 있는 것 같은 기분이 들어요."

"수상하다니, 무슨 말이세요?"

"왠지 모르게 속고 있다는 느낌이 드는 겁니다. 왜냐고 묻진 마세요. 특별한 이유는 없으니까. 그저 그런 느낌이 문득문득 드는 겁니다. 한번은 이런 일이 있었지요. 기지에서 급유를 하는데 이상해서 조사해 보니 예비 기어 펌프에 나사가 꼭 조여 있는 겁니다."

비행기에 관한 전문용어가 나와 빅토리아는 뭐가 뭔지 잘 몰랐으나 대강의 뜻은 이해가 갔다.

"그러니까 그 사람이 수상하다는 건가요? 그 래스본 박사라고 하는 사람이?"

"왜 그런 생각을 하게 됐는지 나 자신도 모르겠습니다. 래스본 박사는 매우 존경받는 인물이고, 박학다식하며 여러 단체에 속해 있습니다—대주교나 대학 총장들하고도 교제를 나누고 있지요. 그냥 느낌뿐이겠죠—시간이 지나면 다 알게 될 겁니다. 안녕히 가십시오. 당신도 그곳에 같이 가면 좋을 텐데……."

"나도 가고 싶은 생각이 드는데요." 빅토리아가 말했다.

"지금부터 무얼 하실 생각이세요?"

"가워 가(街)에 있는 세인트 길드릭 직업소개소에 가서 새로운 직장을 알아보려고 해요." 빅토리아는 우울하게 말했다.

"안녕, 빅토리아. 'Partir, say mourir un peu(이별은 죽음과 같아).'"

에드워드는 제법 프랑스 사람 억양으로 말했다.

"프랑스 사람은 달콤한 말을 잘하죠. 우리 영국 사람은 '이별, 달콤한 슬픔'이라는 말만 두서없이 할 뿐, 하나같이 바보들 같아요."

"안녕히 가세요, 에드워드. 행운을 빌겠어요."

"나에 대해서 다시는 생각하지 않으시겠죠?"

"아니에요. 생각할 거예요."

"당신은 이제까지 내가 만난 여자들하고는 달랐습니다. 가능하면—."

15분을 알리는 시계 종소리가 들려오자 에드워드는 중얼거렸다.

"제기랄, 이젠 가야겠는데—."

이런 말을 남기고 에드워드는 빠른 걸음으로 런던의 붐비는 인파 속으로 모습을 감추었다.

빅토리아는 그대로 벤치에 앉아 생각에 잠겨, 두 가지 느낌이 똑똑히 가슴속에 물결이 되어 용솟음치는 것을 느꼈다.

하나는 로미오와 줄리엣의 테마였다. 그녀와 에드워드는 그 비극의 주인공과 어딘가 비슷한 처지에 놓여 있는 것 같은 그런 느낌이었다. 로미오와 줄리엣의 경우는 좀더 격조높은 언어로 자신의 감정을 표현했을 뿐, 처지는 같다고 생각했다. 첫눈에 서로 사랑에 빠져 이별의 좌절감을 느낀 것이다. 서로 사랑하는 두 마음이 무참하게도 깨어져 버린 것이다. 옛날 그녀의 유모가 자주 읊조리던 시구(詩句)가 문득 떠올랐다.

점보는 앨리스에게 말했다.
"나는 너를 사랑해."
앨리스는 점보에게 말했다.
"나는 그 말을 믿을 수 없어. 나를 정말로 사랑한다면,
나를 동물원에 남겨두고 미국에 가지 말아요."

미국을 바그다드로 바꾸면 우리의 이야기가 아니겠는가!

빅토리아는 무릎의 빵 부스러기를 털고 일어나서는 피츠제임스 정원을 나와 가위 가 쪽으로 힘차게 걸어갔다. 빅토리아는 두 가지 결심을 하고 있었다. 하나는 자신(줄리엣이 로미오를 사랑한 것처럼)이 에드워드를 사랑하고 있는 이상 그를 자기 사람으로 만들어야겠다는 것이고, 또 하나는 에드워드가 머지 않아 바그다드에 간다고 했으니까 자신도 어떻게든 그곳에 가야 되겠다는 것이다. 이 목적을 어떻게 이룰 것인가? 방법을 생각하는 데 있어 빅토리아는 어떻게든 될 것이라고 믿어 의심치 않았다. 원래 그녀는 낙천적이고 의지가 강한 여자였던 것이다.

'이별은 달콤한 슬픔'이라고 하는 시구는 에드워드뿐만 아니라 그녀에게 조금도 감상적으로 들리지 않았다.

"어떻게 해서든지 나는 바그다드에 갈 거야." 빅토리아는 혼자 중얼거렸다.

제3장

1

사보이 호텔은 쉴레 양을 오래된 소중한 고객으로 열렬히 환영했다. 그들은 모건덜의 안부도 물었다. 방이 마음에 안 들면 바꾸어 주겠다고 했다—안나 쉴레는 곧 돈이었다.

쉴레 양은 목욕을 하고 옷을 갈아입은 뒤, 켄싱턴의 어떤 곳에다 전화하고는 엘리베이터를 타고 내려왔다. 회전문을 밀고 나와서 택시를 불렀다. 그녀는 앞에 선 택시에 올라타고 본드 가(街)에 있는 카르티에 상점으로 가자고 말했다.

택시가 사보이 호텔을 벗어나 스트랜드로 접어들었을 때 어떤 상점 앞에서 쇼윈도를 들여다보고 있던 키 작고 얼굴 검은 남자가 갑자기 시계를 들여다보고는 빈 택시를 불러 세웠다. 그런데 기묘한 일은, 이 택시는 물건 꾸러미를 잔뜩 들고 택시를 부르는 부인을 못 본 체하며 지나쳐 온 것이다.

이 택시는 안나 쉴레가 탄 먼저 택시를 놓치지 않으려고 하면서 스트랜드를 달렸다. 트라팔가 광장을 돌려던 두 대의 택시는 신호에 걸려 서게 되었는데, 그때 두 번째 택시에 타고 있던 남자가 왼쪽 창으로 머리를 내밀고서 가벼운 손짓을 해보였다. 어드미럴티 아치 옆의 길가에 서 있던 자가용 한 대가 엔진을 걸고 달리는 차 속으로 들어가 두 번째 택시 뒤로 붙었다.

신호가 다시 바뀌었다. 안나 쉴레를 태운 택시는 달리는 차들 속에서 팰맬로 좌회전하는 차선으로 섰고, 키 작고 얼굴 검은 남자를 태운 택시는 오른쪽으로 꺾어져 그대로 트라팔가 광장을 돌았다. 이번엔 회색의 스탠다드 자가용이 안나 쉴레가 탄 택시 뒤를 바짝 붙어 달렸다. 이 자가용에 타고 있는 사람은 둘인데 금발에 조금은 멍청해 보이는 청년이 운전을 하고, 깔끔한 차림새의 젊은 여자가 그 옆에 앉아 있었다. 회색의 스탠다드 자가용은 안나 쉴레가 탄 택시를 피카딜리에서 본드 가까이 뒤따라와 차도 가장자리에 섰고, 곧이어 젊은 여인이 내렸다.

그녀는 밝게, 그러나 형식적으로 인사를 했다.

"대단히 감사합니다."

그 차는 곧 가버렸고 젊은 여인은 길가의 쇼윈도를 보면서 걷기 시작했다. 차들은 혼잡하여 움직이지 못하고 있는 상태였다. 젊은 여인은 스탠다드와 안나 쉴레가 탄 택시 사이로 길을 건너 카르티에 상점으로 가서는 그 안으로 들어갔다.

안나 쉴레도 얼마 안 있어 택시요금을 지불하고는 카르티에 보석상 안으로 들어갔다. 여러 가지 보석을 구경하며 오랜 시간을 보낸 뒤에 사파이어와 다이아몬드가 박힌 반지를 골랐다. 런던 은행 발행의 수표에 쓴 사인을 보고 점원이 공손하게 말했다.

"런던에서 다시 만나 뵙게 되어 반갑습니다. 쉴레 양, 모건털 씨도 같이 오셨습니까?"

"아뇨."

"같이 오셨는가 했습니다. 여기 멋진 스타 사파이어가 있습니다. 모건털 씨는 스타 사파이어에 관심이 많으신 걸로 기억하는데, 보시겠습니까?"

쉴레 양은 보여 달라고 하고는 적당하게 찬사를 보냈으며, 꼭 모건털 씨에게 이야기를 전하겠다고 약속했다.

그녀가 다시 본드 가로 나오자 끼우는 귀걸이를 보던, 먼저 들어갔던 젊은 여인도 마음을 정하기가 힘들다며 점원에게 거절하고는 역시 보석상을 나왔다.

회색의 스탠다드 자가용은 그래프턴 가(街)에서 좌회전해 피카딜리를 달려 다시 본드 가로 왔다. 그러나 그 젊은 여인은 아는 체도 하지 않았다.

안나 쉴레는 아케이드 쪽으로 걸어갔다. 꽃집에 들어가 줄기가 긴 장미 3단, 향기가 좋고 큰 보라색의 제비꽃, 하얀 라일락 줄기 1단, 그리고 이 꽃 모두를 꽃을 수 있는 항아리와 아카시아 꽃을 꽃을 화병을 주문하고는 보낼 곳의 주소를 알려주었다.

"12파운드 18실링입니다, 손님."

안나 쉴레는 꽃값을 지불하고는 밖으로 나왔다. 막 들어온 젊은 여인은 앵초꽃 한 단의 값을 물었으나 사지는 않았다.

　안나 쉴레는 본드 가를 건너 벌링턴 가(街)를 따라 걷다가 새빌 거리로 꺾어졌다. 여기서 그녀는 원래는 남자 양복 전문점이나 몇몇 귀한 여자 고객을 위해 특별히 주문을 받아 여자옷도 만들어주는 상점에 들어갔다.

　볼퍼드 씨는 쉴레 양을 귀한 고객으로 정중히 맞이했고, 양복지에 대하여 이것저것 설명해 주었다.

　"운 좋게도 수출용 특상품이 마침 있는데, 그것으로 만들겠습니다. 뉴욕에 언제 돌아가십니까, 쉴레 양?"

　"23일에요."

　"그렇다면 충분히 만들 수 있습니다. 클리퍼 비행기로 돌아가십니까?"

　"예."

　"미국에서는 어떤 식으로 옷을 만듭니까? 이곳은 형편없어요."

　볼퍼드 씨는 환자에게 상태를 설명하는 의사처럼 고개를 흔들었다.

　"혼을 깃들여 하는 일이 거의 없지요. 내가 말씀드리는 뜻을 아시겠습니까? 자기가 하는 일에 자부심을 갖고 있는 사람이 좀처럼 없다는 뜻이죠. 하지만 당신이 입을 옷을 누가 재단하는지 알고 계십니까? 랜트위크 노인이지요. 72세입니다만 우리 가게의 가장 귀한 손님들만을 위한 재단품 담당자로서 내가 가장 믿고 있죠. 다른 사람은……."

　볼퍼드 씨는 포동포동한 손을 한심스럽다는 듯이 내저었다.

　"예전부터 국가가 명성을 얻는 것은 상품의 질에 달렸다고 봅니다. 싸고 겉모양만 화려한 것은 절대 그러지를 못하죠. 대량생산을 해보려고도 했었으나 우리 같은 영국 사람에게는 알맞지 않아서 말이죠. 이것은 엄연한 사실입니다. 대량생산은 아가씨 나라에서 잘하는 것이죠, 쉴레 양. 우리가 자랑할 만한 것은 앞에서도 말했지만 물건의 질(質)입니다. 시간을 투자해 노력을 아끼지 않고 어느 나라 손님에게나 어느 것도 능가할 수 없는 좋은 물건을 만들어 드리는 겁니다. 자, 첫 번째 가봉은 언제 할까요, 다음 주 이날은 어떨까요? 11시 30분에? 대단히 감사합니다."

양복지 궤짝이 쌓여 있는 약간 어둡고 고풍스러운 분위기의 가게를 나와 다시 햇빛 속을 걷다가 그녀는 택시를 불러 타고 사보이 호텔로 돌아왔다. 길 건너편에 서 있던 택시에는 키 작고 얼굴 검은 남자가 타고 있다가 그녀의 뒤를 쫓아갔으나, 호텔 앞까지는 가지 않고 그대로 차를 돌려 엠뱅크먼트로 가 그곳에서 사보이 호텔 직원용 출구로 나온 키 작고 뚱뚱한 여인을 태웠다.

"어땠어, 루이자? 방은 뒤져보았어?"

"예, 하지만 뭐 특별한 것은 없던데요."

안나 쉴레는 사보이 호텔 레스토랑 창가 테이블에 앉아 점심을 먹었다. 지배인이 와서 상냥하게 오토 모건덜의 안부를 묻기도 했다.

점심식사 후 안나 쉴레는 열쇠를 받아들고 자기 방으로 올라갔다. 침대는 잘 정돈돼 있었고 목욕탕에는 새 타월이 걸려 있었으며, 모든 게 정리정돈되어 있었다. 안나는 짐을 넣은 두 개의 가방이 있는 곳으로 갔다. 가방 하나는 열쇠가 채워져 있었다. 열쇠를 채우지 않은 또 하나의 가방 안을 뒤져 지갑에서 열쇠를 꺼내어 잠겨 있는 가방을 열었다. 모두가 그녀가 넣어 놓은 그대로 잘 정돈되어 넣어져 있었고, 손을 댔거나 옮겨놓은 흔적은 전혀 없었다. 맨 위에 가죽 서류가방이 놓여 있었고, 작은 라이카 카메라와 두 통의 필름이 한 귀퉁이에 있었다. 필름은 뜯지 않은 그대로였다. 안나는 필름 뚜껑에 손톱을 넣어 뜯었다. 그러고는 지그시 미소 지었다. 거기에 끼워둔 거의 눈에 띄지 않을 정도의 금발 한 가닥이 보이지 않았던 것이다. 아주 능숙한 솜씨로 안나는 가는 가루를 반짝거리는 서류가방 위에 조금 뿌리고는 훅 불었다. 하지만 서류가방은 변함없이 깨끗하게 빛났고 지문은 하나도 나타나지 않았다. 그러나 그날 아침 머리를 단정히 빗고 머리 기름을 바른 뒤 그 손으로 안나는 서류가방을 만졌던 것이다. 지문이, 그녀 자신의 지문이 당연히 남아 있어야만 했다.

안나는 다시 미소 지었다.

"능숙한 솜씨야. 하지만 아직 멀었어." 그녀는 혼자 중얼거렸다.

재빠르게 세면도구 등을 넣은 작은 가방을 챙겨들고 그녀는 다시 아래층으로 내려왔다. 택시를 불러 타고 운전사에게 엘름슬레이 가든으로 가자고 했다. 엘름슬레이 가든은 켄싱턴에 있는 조용하고 조금은 더러운 곳이었다. 안나는 택시요금을 지불하고 계단을 올라 페인트가 군데군데 벗겨진 현관문 앞에 서서 벨을 눌렀다. 잠시 지나자 중년 부인이 수상쩍어하는 얼굴로 문을 열었으나, 현관 앞에 서 있는 사람을 보고는 금방 얼굴이 환하게 바뀌었다.

"아가씨를 보면 엘시 양이 얼마나 기뻐할지 몰라요! 그녀는 뒤 서재에 있답니다. 아가씨가 와주었으니 그녀가 기운을 되찾을 거예요."

안나는 어두운 복도를 재빨리 걸어가 끝에 있는 문을 열었다. 작고 초라하지만 아늑한 방으로, 가죽으로 된 안락의자들이 놓여 있었다. 안락의자 하나에 앉아 있던 여자가 벌떡 일어났다.

"안나!"

"엘시!"

두 여자는 다정하게 서로 끌어안았다.

"오늘 밤 입원하기로 모든 준비가 다 되어 있어." 엘시가 말했다.

"힘을 내, 모든 게 다 잘될 거야." 안나가 말했다.

2

레인코트를 걸친 키 작고 검은 얼굴의 남자는 하이 가(街) 켄싱턴 역 공중전화 부스에 들어가 다이얼을 돌렸다.

"발하라 축음기 제조회사입니까?"

"예."

"여기는 샌더스입니다."

"강, 샌더스입니까? 어느 강입니까?"

"티크리스 강입니다, AS(안나 쉴레)에 관해 보고합니다. 오늘 아침 뉴욕에서 도착했습니다. 카르티에 보석상에 가서 사파이어와 다이아몬드가 박힌 120파운드짜리 반지를 샀고, 제인 켄트 꽃가게에서 12파운드 18실링 상당의 꽃을 사서 포틀랜드 플레이스 사립병원에 배달시켰습니다. 코트와 스커트를 볼퍼드 상점에서 주문했습니다. 그녀가 들렀던 어떤 상점에도 의심갈만한 사람은 없었습니다만, 계속해서 특별한 주의를 갖고 감시하고 있습니다. 사보이 호텔

AS의 방도 철저히 수색해 보았으나 의심할 만한 것은 발견하지 못했습니다. 여행가방 속의 서류가방에는 볼펜슈타인 회사와의 합병에 관한 서류가 들어 있을 뿐 별다른 것은 없었습니다. 카메라와 뜯지 않은 필름 두 통이 있었는데, 서류나 도면을 찍었을 가능성이 있어 다른 것으로 바꿔놓았습니다. 보고받은 바에 따르면 극히 보통의 사용치 않은 필름이었다고 합니다. AS는 그 뒤 작은 가방을 들고 엘름슬레이 가든 17번지에 있는 언니 집에 갔습니다. 오늘 밤 그 언니는 내장수술을 받기 위해 포틀랜드 플레이스 사립병원에 입원하기로 되어 있습니다. 이 일은 병원에 확인해 보고 외과의사의 예약도 체크해 보았습니다. AS의 언니 병문안은 의심할 바 없는 일이라고 봅니다. 미행당하고 있지나 않을까 하는 불안한 모습도 없었고, 눈치채고 있지도 않았습니다. 오늘 밤은 병원에서 보내려는 듯했습니다. 사보이 호텔 방은 그대로입니다. 클리퍼 비행기로 뉴욕에는 23일 돌아가는 걸로 예약되어 있습니다."

샌더스 강이라고 이름을 댄 남자는 잠시 말을 멈췄다가 한마디 개인적인 추신을 덧붙였다.

"내 개인적인 의견을 말하라면 잘못 짚었다고 말하고 싶습니다. 그냥 물 쓰듯 돈을 낭비하고 있어요. 12파운드 18실링을 고작 꽃을 사는 데 쓰다니! 정말 어처구니없는 일입니다."

제4장

1

뜻을 이루지 못하는 것은 아닐까 하는 일말의 의심도 빅토리아의 심중에 없었던 것은, 아마도 그녀가 낙천적인 기질의 소유자라는 것을 여실히 나타내 주고 있는 것이리라. 빅토리아는 한밤중 바다 위에 오가는 배들처럼 시선과 목소리에 대한 기억만이 희미하지만 모처럼 알게 된 매력적인 청년과 영원히 헤어진다는 느낌은 없었다. 그녀가 그러한 청년에게 사랑을 느끼려는 순간, 그 상대가 3천 마일이나 떨어진 곳으로 떠나기 바로 전이라는 것을 알게 된 건 틀림없이 불행한 일이었다. 그가 에버딘이나 브루셀, 버밍햄 같은 곳에 가게 되었으면 더 좋았을 것이다.

"하필이면 바그다드라지!"

빅토리아는 몹시 못마땅해했다. 그러나 어떠한 어려움이 있어도 어떻게 해서든지 그녀는 바그다드에 갈 작정이었다. 빅토리아는 그 방법을 궁리해 가면서 의미심장하게 토튼햄 코트 로(路)를 걷기 시작했다. 바그다드에서는 도대체 무슨 일이 벌어지고 있는 걸까? 에드워드의 말로는 문화 활동이라고 했는데, 그녀 빅토리아도 어떤 형태로든 문화 분야에서 일할 수 있지 않을까? 유네스코는 어떨까? 유네스코는 항상 사람들을 이곳저곳으로 보내주고 있는데, 어떤 때에는 정말 멋있는 곳으로 보내주기도 한다. 그러나 그 경우 파견하는 사람은 보통 학위를 갖고 있는 젊고 유능한 여자로서, 일찍부터 그 분야에서 활동하고 있는 사람일 것이다.

빅토리아는 우선 중요한 일부터 해보자고 결정하고 마침내 여행사에 가서 이것저것 물어보았다. 바그다드로 가는 것은 별 어려움이 없어 보였다. 그들 말에 의하면 비행기로 갈 수도 있고 바스라까지 시간은 오래 걸리지만 배편을 이용할 수도 있다. 마르세유까지 철도로 가 거기서부터 베이루트를 거쳐 사막을 횡단해도 되었다. 이집트를 경유해서 갈 수도 있었다. 계속해서 철도편을 이용해야겠다면 그것도 가능하지만, 그러나 요즈음은 비자를 얻기가 꽤 어려워, 항상 그런 것은 아니지만, 발급받고 나면 이미 기한이 만료되는 일도 있다. 바그다드도 파운드를 사용하니까 그 점은 문제가 없다고 했지만, 그것은 여행사 측의 생각이다. 어떻든 60~100파운드의 현금만 갖고 있으면 바그다드에 가는 것은 더없이 쉬운 일이라고 했다.

빅토리아는 지금 당장 3파운드 10실링(9펜스 부족한)과 그 밖에 12실링, 그리고 기껏해야 5파운드의 예금밖에 없었기 때문에, 자기가 자기 여비를 지불하는 아주 간단한 여행 방법은 불가능했다.

그래서 그녀는 스튜어디스가 되어 갈 수는 없겠느냐고 시험 삼아 물어보았다.

그러나 스튜어디스 희망자가 너무 많아 차례를 기다리고 있다는 사실을 알았다.

그다음에 그녀는 세인트 길드릭 직업소개소를 찾아갔다. 그곳의 책상 앞에 자리를 잡고 앉아 있는 유능한 스펜서 양은 자주 이 소개소의 신세를 지는 귀찮은 존재를 맞이하는 듯한 표정으로 그녀를 쳐다보았다.

"어머, 존스 양, 또 그만둔 것은 아니겠지요. 난, 이번이야말로……"

"정말로 계속 다닐 수가 없었어요." 빅토리아가 단호하게 말했다.

"참아보려 했는데 더 이상은. 구체적인 일을 일일이 이야기하고 싶지도 않고……"

이야기하기를 은근히 기대하듯 스펜서 양의 뺨이 붉게 물들었다.

"설마, 그 사장님—그런 사람으로는 전혀 보이지 않았었는데. 물론 조금 거칠고 야비하다는 느낌은 있었지만—."

"그래요." 그녀는 약하긴 하나 다부져 보이는 미소를 일부러 지어 보였다. "하지만 나 자신 정도는 지킬 수 있으니까요."

"아, 물론이죠. 하지만 유쾌한 일은 아니죠."

"예, 유쾌한 일은 아니죠. 하지만……"

그녀는 다시 한 번 자신에 찬 미소를 지었다.

스펜서 양은 장부를 훑어보았다.

"'세인트 레러드'라는 미혼모 원조협회에서 타이피스트를 구하고 있어요. 물론 봉급은 그리 많지 않지만."

"혹시 바그다드엔 일자리가 없을까요?" 빅토리아가 물었다.

"바그다드?" 스펜서 양은 너무 놀라 다시 물어보았다.

빅토리아가 캄차카 반도나 남극이라도 이야기한 것처럼 아연실색해하는 모습이었다.

"난 바그다드에 가고 싶답니다." 빅토리아가 말했다.

"뜻밖이군요—비서직으로 말입니까?"

"아무거나요. 간호사도 좋고 요리사, 정신이상자를 돌봐주는 일, 하여간 아무거나 다 좋아요."

스펜서 양은 머리를 흔들었다.

"아, 그렇다면 희망은 없는 것 같군요. 어제 어떤 부인이 두 아이를 데리고 와서는 여비는 대줄 테니 오스트레일리아까지 가면서 아이들을 돌봐줄 사람이 없겠느냐고 하긴 했지만."

빅토리아는 손을 내저었다. 오스트레일리아에는 관심도 없었다.

빅토리아는 일어섰다.

"그에 관한 소식이 있으면 연락해 주세요, 여비만이라도 상관없으니까."

스펜서 양의 눈에 호기심이 도는 것을 보면서 그녀는 설명해 주었다.

"그곳에—친척이 있어요. 봉급이 괜찮은 일이 여러 가지 있다고 들었답니다. 하지만 우선은 거기에 가는 게 더 중요하겠지요."

직업소개소를 나온 빅토리아는 혼자 중얼거렸다.

"그래, 어떻게든 그곳에 가야 해."

어떤 이름이나 문제에 집중하게 되면 관심의 대상과 관계가 있는 것들이 어디에 가든지 눈에 들어오는 것은 흔히 있는 일이지만, 특히나 모두가 다 바그다드만을 생각하도록 강요하듯 보이는 것도 빅토리아를 조바심 나게 하는 것이었다.

길모퉁이에서 산 석간신문에 유명한 고고학자 파운스풋 존스 박사가 바그다드에서 200마일 떨어진 고대도시 무릭에서 작업을 시작했다는 짧은 기사가 실려 있었다. 광고란에는 바스라(거기에서 기차로 바그다드나 모술에 갈 수 있다)행 정기여객선에 관한 안내가 나와 있었다. 양말을 넣는 서랍 밑에 깔려 있던 옛날 신문에 바그다드 학생에 관해 써 있는 몇 줄의 기사가 눈에 들어오기도 했다. '바그다드의 도둑'이란 영화가 그녀 하숙집 근처의 영화관에서 상영 중이었고 그녀가 항상 들여다보는, 지식인들이 이용하는 서점의 쇼윈도에는 《바그다드의 칼리프, 하룬 알 라시드의 새 전기》라는 제목의 책이 눈에 잘 띄는 곳에 놓여 있었다.

마치 전 세계가 갑자기 바그다드를 의식하게 된 듯 보였다. 오늘 오후 1시 45분경까지는 그녀는 바그다드에 관해 들어본 적도 없고, 더구나 그것에 대하여 생각해 본 적도 없었는데.

바그다드에 갈 수 있는 기대는 희미해졌으나 빅토리아는 포기할 생각은 없었다. 뜻이 있는 곳에 길이 있다는 말처럼 그녀는 낙천적인 인생관을 갖고 있기 때문일 것이다.

그날 밤 빅토리아는 몇 번이고 바그다드에 가는 방법은 없을까 하고 이리저리 궁리하면서 종이에다 써보기 시작했다.

외무성?
신문에 끼워넣는 광고?
이라크 공사관?
대추를 취급하는 회사?
해운회사?
영국 문화진흥원?
셀프리지 백화점 정보센터?
시민상담소?

그 어느 것도 가망이 있다고는 생각할 수 없다고 빅토리아는 마지못해 인정하지 않을 수 없었다. 그녀는 한 가지를 더 써넣었다.

'어떻게 100파운드를 손에 넣을 수는 없을까?'

2

전날 밤 늦게까지 이것저것 복잡하게 생각한 탓도 있겠고, 또 이젠 아침 9시까지 출근하지 않아도 된다는 은근한 만족감에서인지 빅토리아는 다음 날 아침 늦잠을 잤다.

10시 5분이 지나 잠이 깬 그녀는 벌떡 일어나 옷을 갈아입었다. 다루기 어려운 그녀의 검은 머리에 마지막 빗질을 하려는 순간 전화벨이 울렸다. 수화기를 드니 부산떠는 스펜서 양의 목소리가 느닷없이 귀에 들려왔다.

"다행이네요, 연락이 돼서. 정말 놀라울 정도의 우연의 일치인 일이 있어요."

"예?"

"정말 우연의 일치지 뭐예요. 해밀턴 클립 부인이 사흘 뒤에 바그다드로 여행하기로 되어 있는데, 한쪽 팔이 부러져 여행 중 도와줄 사람이 필요하다기에 즉시 당신한테 전화를 건 거예요. 물론 다른 소개소에도 부탁해 놓았을지도 모르지만—."

"곧 가겠어요. 그 여자분 어디에 묵고 계세요?" 빅토리아는 말했다.

"사보이 호텔이에요."

"이름이 좀 이상했는데, 트립이라고요?"

"클립이에요. 종이를 끼우는 클립과 같지만 'P'가 둘이에요. 어째서 둘인지는 모르지만, 그분은 미국 사람이에요."

스펜서 양은 그것으로 모든 것을 다 설명한 듯 말을 끝냈다.

"사보이 호텔의 클립 부인이라."

"부부가 함께 묵고 있어요. 전화도 남편이 했더라고요."

"당신은 정말 고마운 분이세요. 자, 그럼 안녕히 계세요."

그녀는 급하게 옷을 솔질하면서, 좀더 낡아빠지지 않은 옷을 입고 갈 수 있었으면 하고 안타깝게 생각했다. 그리고 너무 숱이 많은 머리가 조금이라도 단정해 보이도록 다시 빗질을 했고, 빈틈없고 노련한 시중드는 간호사 이미지에 알맞게 보이도록 정성스럽게 머리를 매만졌다. 그러고서 그린홀츠 씨가 써준 추천장을 꺼내어 읽어보고는 맘에 들지 않는 듯 머리를 흔들었다.

"더 낫게 고쳐야겠어." 빅토리아가 말했다.

이윽고 그녀는 9번 버스를 타고 그린 파크에서 내려 리츠 호텔로 들어갔다. 버스 안에서 옆에 앉은 부인이 읽고 있던 신문을 흘끗 들여다보고는 좋은 생각이 떠올랐던 것이다. 리츠 호텔 휴게실로 간 그녀는, 영국을 떠나 동아프리카로 갔다고 신문에 나와 있었던 유명한 레이디 신시아 브래드베리의 사인을 써넣고는, 아끼지 않은 찬사로 가득 찬 추천장을 새로 만들었다.

병이 났을 때에는 정성을 다해 간호해 주었고 모든 면에서 유능했음.

리츠 호텔을 나와 길을 건너 앨비말 가(街)를 조금 걸어가면 주교나 지방에서 온 구식 미망인들의 숙소로 잘 알려진 밸더턴 호텔 앞이 나왔다.

여기에서 빅토리아는 레이디 신시아 브래드베리보다 조금 어른스러운 필체로 'e'자를 그리스 문자 'ε'로 바꿔 작고 깔끔하게 랭고 주교로부터 받은 추천장을 만들었다.

이렇게 두 통의 추천장을 가지고 빅토리아는 9번 버스를 타고서 사보이 호텔로 향했다.

호텔 예약 카운터에서 세인트 길드릭 직업소개소에서 왔는데 클립 해밀턴 부인에게 연락해 달라고 말하니 카운터 직원은 알았다는 듯 전화를 들려다가 손을 멈추고는 맞은편을 바라보고 말했다.

"해밀턴 클립 씨가 저기에 계십니다."

해밀턴 클립 씨는 눈에 띄게 키가 크고 머리가 희끗희끗한 미국인으로, 친절해 보였으며 천천히 한 마디 한 마디 자상하게 이야기했다.

빅토리아는 이름과 직업소개소에서 보내서 왔다고 말했다.

"아! 존스 양. 어서 방으로 가서 내 아내를 만나봐요. 아직 방에 있소. 어떤 젊은 여자를 만나보고 있었는데, 아마 그 여자는 벌써 돌아갔을 겁니다."

빅토리아는 가슴이 철렁했다.

이렇게 빨리 왔는데도 벌써 늦었단 말인가?

클립 씨와 빅토리아는 엘리베이터를 타고 3층으로 올라가서 폭신폭신한 카펫이 깔린 복도를 걸어갔다. 그때 어느 방문에서 젊은 여자가 나와서는 그들 쪽으로 걸어왔다. 그 순간 빅토리아는 자기 자신이 다가오는 듯한 착각을 느꼈다. 그것은 아마 그 여자가 입고 있는 테일러 재킷이 그녀가 즐겨 입는 스타일이었기 때문일 것이라고 생각했다.

'저 옷은 나에게도 꼭 맞을 거야. 체격도 거의 같으니까. 아휴, 뺏어 입고 싶어라!' 하고 그녀는 여자의 본능으로 돌아가 이렇게 생각하고 있었다.

그 젊은 여자는 그들 옆을 지나갔다. 금발에 올려진 작은 벨벳 모자가 얼굴을 반쯤 가리고 있었지만 해밀턴 클립 씨는 깜짝 놀란 듯 얼른 뒤돌아보면서 중얼거렸다.

"이거 정말 놀랄 일인데, 안나 쉴레가 이런 곳에 있다니."

그러고선 설명해 주듯이 말했다.

"미안해요, 존스 양. 내가 놀란 것은 방금 그 젊은 여자는 내가 꼭 일주일 전에 뉴욕에서 만났던, 미국의 큰 은행의 은행장 비서거든요."

클립 씨는 이렇게 이야기하면서 복도에 죽 늘어선 방의 문앞에 섰다. 열쇠 구멍에 열쇠가 꽂힌 채 그대로 있었다. 클립 씨는 살짝 노크를 하고는 문을 열어 빅토리아를 들어가게 했다.

해밀턴 클립 부인은 창가의 높은 등의자에 앉아 있다가 그들을 보고는 벌떡 일어섰다. 새 눈처럼 날카로운 눈매의 키 작은 부인이었다. 오른쪽 팔에는 기브스를 하고 있었다.

클립 씨는 빅토리아를 소개했다.

"정말 운이 나빴어요."

클립 부인이 숨을 죽여가며 조용조용 이야기를 했다.

"꼭 짜여지게 일정을 잡고서, 런던 구경은 물론 다른 계획까지도 모두 세워 돌아갈 예약까지 모두 마쳐놓았었지요. 난 이라크에 시집가 살고 있는 딸을 보러 가려고 했던 거예요, 존스 양. 거의 2년 동안 만나보지 못했거든요. 그런데 내가 말이에요—글쎄, 웨스트민스터 사원 돌계단에서 굴러 이 모양이 됐지 뭐예요. 얼른 구급차를 불러 병원에 간 바람에 뼈는 잘 맞추어졌고, 이곳저곳 살펴보았지만 별다른 이상은 없어요. 그런데 보다시피 혼자서는 불편하게 되어 여행을 어떻게 해야 될지 눈앞이 캄캄했답니다. 게다가 조지는 일 관계로 여기서 3주일 더 머물러야 된다고 하는 거예요. 간호사를 쓰자고 남편이 말했지만 그곳에 도착하게 되면 간호사에게 도움받을 필요가 없어지잖아요—딸 새디가 모든 것을 도와줄 테니까. 그리고 그 간호사에게는 돌아올 여비까지도 주어야 했기 때문에 여러 소개소에 전화해 보았답니다. 혹시 가는 여비만을 지불해 주고 함께 가줄 사람이 없을까 하고 말이에요."

"전 엄밀히 말해 간호사는 아닙니다." 하고 말하면서, 사실은 그 반대라는 의미를 넌지시 비치며 말했다.

"그렇지만 경험은 꽤 있습니다." 첫 번째 추천장을 내밀었다.

"레이디 신시아 브래드베리 곁에서 1년 이상 시중들어 드렸답니다. 그리고 편지를 쓴다거나 비서의 일을 원하신다면 전 몇 개월 동안 큰아버지의 비서로 일한 적도 있답니다. 제 큰아버지는—." 하며 얌전하게 말했다.

"랭고 주교시랍니다."

"어머, 큰아버지가 주교세요? 좋으시겠네."

해밀턴 클립 부부는 틀림없이 감명을 받은 듯했다(당연하지, 얼마나 골똘히 생각한 일인데!).

클립 부인은 두 통의 추천서를 남편에게 건네주면서, "정말 훌륭해요!" 하고 공손하게 말했다.

"정말 하나님의 도움이에요. 기도한 대로 들어주셨어요."(이쪽도 마찬가지인데.)

"이라크에 가서 일이라도 하려고 하는 건가요? 아니면 친척이라도 방문하려고 하는 거예요?" 클립 부인이 물었다.

추천장을 새로 만드느라 너무 신경을 썼기 때문에, 빅토리아는 바그다드에 가는 이유를 상대방에게 설명해야 될지도 모른다는 것은 잊어버리고 있었다. 생각지 않은 질문에 순간적으로 꾸며대지 않으면 안 되었는데, 문득 어제 읽은 신문기사가 머리에 떠올랐다.

"큰아버지를 찾아뵈려고 해요. 파운스풋 존스 박사님이세요."

"어머, 고고학자 말이에요?"

"예."

유명한 두 사람을 큰아버지라고 한 것이 너무 지나쳤을까?

"큰아버지가 하시는 일에 대단한 흥미를 갖고 있어요. 하지만 특별한 자격이 없기 때문에 조사단에서 제 여비를 대주는 건 불가능하죠. 그 조사단에는 원래 자금도 부족하고요. 그러나 자기 부담으로 가는 것은 상관없겠고, 또 가면 뭔가 도움이라도 될까 해서요."

"정말 재미있는 일을 하는군요. 메소포타미아는 고고학 분야에 있어 대단히 중요한 곳이지요." 해밀턴 씨가 말했다.

"주교로 계시는 큰아버님은 지금 스코틀랜드에 가 계시니까―."라며 해밀턴 부인 쪽을 보면서 말했다.

"하지만 비서의 전화번호를 알려 드리겠어요. 그녀는 지금 런던에 있으니까요. 핌리코 87693―프램 팰리스의 교환번호예요. 그녀는 아마(빅토리아의 눈은 벽난로 위의 시계로 갔다), 11시 30분 이후에는 항상 있을 거예요. 저에 대해서 물어보실 것이 있으면 그녀에게 전화해 보세요."

"아니 뭐, 그것은……."

클립 부인이 말을 시작하려는데 클립 씨가 가로막았다.

"시간이 없어요. 모레 비행기라서. 여권은 가지고 있습니까, 존스 양?"

"예."

지난해 며칠 휴가를 얻어 프랑스에 다녀왔을 때의 여권이 아직 유효한 것은 정말 고마운 일이었다.

"혹시 필요할지 몰라서 가지고 왔습니다." 빅토리아는 덧붙여 말했다.

"아, 그것참 잘됐군요."라며 만족한 듯이 말했다.

다른 지원자들이 있을지도 모른다고 생각해 그녀는 만전의 준비를 했던 것이다. 완벽한 추천장, 그리고 훌륭한 큰아버지. 게다가 여권지참이 결정적으로 그녀를 선택하게 한 것 같았다.

"비자가 필요해요." 클립 씨가 여권을 건네면서 말했다.

"아메리칸 익스프레스에 있는 내 친구 버전 씨에게 가서 부탁해요. 그가 잘 알아서 해줄 게요. 오후에 당신이 직접 가서 필요한 곳에 사인도 하면 좋을 겁니다."

빅토리아는 그렇게 하겠다고 말했다.

문을 닫고 나오는데 클립 부인이 남편에게 하는 이야기 소리가 들렸다.

"정말 솔직하고 좋은 여자 같아요. 우린 운이 좋았어요."

빅토리아는 괜히 얼굴이 붉어졌다.

서둘러 아파트로 돌아온 빅토리아는 전화 앞에 꼭 붙어앉아 있었다. 혹시라도 클립 부인이 그녀의 능력에 대하여 물어오기라도 하면 주교 비서에 걸맞는 품위 있는 목소리로 대답하기 위해서였다. 그러나 클립 부인은 빅토리아가 솔직하다는 인상을 받아서 그랬을까, 일부러 세세한 것까지 확인해 볼 필요를 느끼지 않아서인지 전화는 걸려오지 않았다. 게다가 이번 일은 단 며칠간의 여행 시중드는 일에 불과했으니까.

수속은 순조로이 진행되어 서류를 꾸며 사인까지 해서 비자를 받았으며, 빅토리아는 떠나기 전 마지막 밤은 사보이 호텔에서 묵어달라는 부탁까지 받았다. 다음 날 아침 항공회사의 집합 장소에서 히스로 공항에 나가려면 7시에 출발해야 되기 때문에 클립 부인이 도움을 받기 위해서였다.

제5장

 이틀 전에 늪지대를 떠난 배는 아랍 강을 따라서 한가히 노를 저어가고 있었다. 물 흐름이 빨라서 노를 잡고 있는 노인은 거의 손을 놀릴 필요가 없었다. 노인의 노 젓는 모습은 조용하고 리드미컬했다. 반쯤 눈을 감고 목소리를 죽여가며 노인은 끝 간 데 없이 애조를 띤 아랍 민요를 흥얼거리고 있었다.

아스리 비 렐 야 아먀리
하디 알렉 야 이븐 알리

 늪지대에 살고 있는 아랍인 압둘 술래이만은 항상 이런 식으로 강을 따라 내려와 바스라에 오곤 했다. 배에는 남자 한 사람이 더 타고 있었는데, 요즈음 흔히 볼 수 있는, 동서양이 섞여 연민을 자아내는 그런 차림새였다. 긴 줄무늬의 내복 위에 누군가 버린 듯한 얼룩투성이의 찢어진 카키색 군복을 걸치고 있었다. 그리고 색이 바랜 빨간색 털목도리가 누덕누덕 해진 겉옷 위에 둘러져 있었다. 머리에는 아랍인이 위엄의 상징으로 쓰는 흑과 백의 케피야가 검은 비단 아갈 띠로 꼭 동여매져 있었다. 초점을 잃은 듯이 멍하게 뜨고 있는 눈은 강둑을 물끄러미 쳐다보고 있었다. 얼마 안 있어 그도 노인을 따라 같은 톤으로 콧노래를 부르기 시작했다. 메소포타미아 풍경에서 몇 천의 다른 모습들처럼 그런 평범한 남자였다. 그가 영국 사람으로, 그리고 세계 여러 나라 권력자들을 납치하려는 음모를 알아내고 그 비밀을 보고하는 사람으로 보일만한 건 아무것도 없었다.
 그는 자신이 겪은 수 주간의 일을 어슴푸레하게 돌이켜 생각해 보고 있었다. 산속에서의 잠복. 산마루 넘을 때 쏟아지던 그 눈송이들의 차가움. 낙타를 탄 상인들과 함께 하던 여행. 포터블(휴대용) '시네마(영화)'를 갖고 있던 두 남자와 함께 사막을 걸어서 횡단하던 4일간. 어두운 텐트 속에서의 하루하루, 그의 오랜 친구인 아네이제 부족과의 여행. 모두가 힘들고 위험이 항상 따라다니고 있었다―그를 찾아내고, 그를 저지하기 위해 펴놓은 감시망을 몇 번이고 빠져나와 여기까지 오게 된 것이다.

헨리 카마이클. 영국 비밀첩보원. 나이 30세 전후. 갈색 머리, 검은 눈에 키는 5피트 10인치(178㎝). 아랍어, 쿠르드어, 페르시아어, 아르메니아어, 힌두스타니어, 터키어, 그 밖에 많은 산속 방언을 구사함. 아랍부족에 친구가 많음. 위험인물.

카마이클은 아버지가 관리로 근무하고 있던 카시가르에서 태어났다. 그는 어려서부터 잘 돌지 않는 혀로 방언이나 사투리를 교묘하게 구사했다―처음에는 유모가, 나중에는 하인이 여러 부족의 원주민이었기 때문이다. 중동 깊숙이 거의 모든 오지(奧地)에 카마이클은 친구가 있었다.

그러나 도시나 읍내에서는 그의 심복들과의 연락이 그리 잘되지 않았다. 바스라에 가까이 온 지금, 그는 자신의 임무에 중대한 순간이 왔음을 알고 있었다. 서둘러서 문명지역으로 다시 들어가야만 했다. 바그다드는 그의 목적지이지만 직접 접근하지 않는 편이 현명하다는 것은 잘 알고 있었다. 이라크의 어느 마을에도 묵을 수 있는 곳이 준비되어 있었는데, 몇 개월 전에 주의 깊이 의논한 끝에 마련한 곳이다. 그러나 어디를, 이른바 상륙지점으로 할 것인가 하는 것은 그 자신의 그때그때 판단에 맡겨져 있었다. 그는 아무것도 상사에게 보고하지 않았는데, 안전하게 간접통로를 이용하는 것마저도 그랬다. 그것은 안전보다 더 좋은 것이 없기 때문이다. 지정된 곳에 기다리고 있는 비행기를 타는 간단한 계획은 카마이클의 예상대로 쉽지 않았다. 지정장소가 누설되는 것이다. 까딱 잘못했다간 목숨을 잃는 이해할 수 없는 비밀누설이 있었던 것이다. 그의 위험에 대한 우려가 커진 것도 그 때문이다. 바스라에 들어와 목적달성을 눈앞에 둔 지금, 카마이클은 위험을 무릅쓴 지금까지의 여행보다 더 큰 위험이 도사리고 있음을 본능적으로 느끼고 있었다. 마지막 순간에 실패한다면—그런 생각마저도 참을 수 없었다.

리드미컬하게 노를 저으면서 아랍인 노인은 머리를 돌리지 않은 채 중얼거렸다.

"거의 다 왔다, 얘야. 알라신의 가호가 있기를."

"읍내에서 지체하시지 말고 빨리 돌아가세요, 아버지. 한시라도 빨리 늪으로 되돌아가세요. 당신 몸에 무슨 일이라도 생기면 곤란하니까요."

"알라신의 뜻대로야. 모든 것은 알라신의 손 안에 있지."

"알라신의 손 안에!" 한쪽에서도 되풀이해 말했다.

그 순간 카마이클은 서양의 피를 받지 않고 동양 사람이었으면 하고 절실히 원했다. 그렇게 되면 일의 성패를 걱정할 것도 없고, 미리 세심하게 심사숙고하여 계획을 세웠는지를 자신에게 반복해서 물어볼 필요도, 위험을 점쳐볼 필요도 없을 것이다. 자비심 많은 전능하신 알라신에게 모든 것을 맡기면 알라신이 지켜주어 성공에 대한 확신을 가질 수 있을 테니까 말이다.

'알라신의 손 안에.'

그 말을 가슴속으로 한 번 더 되풀이하면서도 카마이클은 평온함과 자신을 억누르는 나라의 운명을 가슴이 죄어질 정도로 오싹하게 느꼈고, 또 그것을 받아들이고 있는 것이다. 얼마 안 있어 그는 이 안전한 배에서 내려 바스라의 거리를 걸어가 적의 날카로운 시선의 대상이 되지 않으면 안 된다. 모양새부터 아랍인처럼 보여야 될 뿐 아니라 자기 자신 스스로가 아랍인으로 느낄 수 있어야 목적은 달성될 수 있는 것이다.

배는 강과 수직으로 되어 있는 수로에 천천히 들어갔다. 여기에는 강으로 다니는 모든 종류의 배가 정박해 있었고 뒤이어 차례차례로 배들이 들어왔다. 높은 소용돌이 모양의 장식이 있는 뱃머리. 페인트칠이 눈에 거슬리지 않게 벗겨진 선체. 거의 모두가 베니스를 연상시키는 아름다운 풍경이었다. 여기에는 수백 척의 배들이 서로서로 옆으로 바짝 대어 정박해 있었다.

노인은 낮은 목소리로 말했다.

"다 왔소. 당신을 맞을 준비는 다 되어 있는 게요?"

"예. 완벽하게 되어 있습니다. 이젠 헤어져야 할 시간이군요."

"신이 당신의 길을 평탄하게, 그리고 당신의 생명을 지켜주길 바라겠소."

카마이클은 줄무늬의 긴 옷자락을 걷어올리고 미끄러운 돌계단을 올라 부두 위로 올라섰다.

어느 쪽을 보아도 흔히 볼 수 있는 부두의 모습이었다. 좌판에 담긴 오렌지를 팔려고 웅크리고 앉아 있는 소년들, 좌판 한켠엔 빵과 과자가 끈적끈적하게 붙어 있었다. 구두끈, 싸구려 빗, 고무줄 등이 놓여 있는 좌판도 있었다. 귀에 거슬리는 소리를 계속해서 내며 침을 뱉고 손에는 염주를 굴리며 묵상에 잠긴 듯 천천히 걸어다니고 있는 사람들. 상점과 은행이 줄지어 서 있는 길의 맞은편에는 옅은 자줏빛의 유럽풍 군복을 입은 군인들이 바쁜 듯 수선스럽게 걸어가고 있었다. 거리에는 영국 사람, 유럽 사람들을 포함해서 많은 외국인의 모습도 보였다. 어느 누구도 카마이클에게 특별한 관심이나 호기심을 나타내는 사람은 없었다. 지금 막 배에서 내려 부두에 올라온 50명쯤 되는 아랍인 중 한 사람에 불과했기 때문이다.

카마이클은 거의 발소리도 내지 않고 이리저리 거닐었고, 그의 눈은 그런 곳에서 느낄 수 있는 어린애 같은 호기심으로 주위의 풍경을 둘러보았다. 너무 우악스럽지 않게 이따금 그도 가볍게 헛기침을 하면서 가래를 뱉었다. 그곳에 어울리게 보이기 위해서였다. 두 번 정도 손으로 코를 풀기도 했다.

이런 식으로 해서 외지(外地)에서 온 남자는 바스라에 도착해 운하 위쪽에 있는 다리로 가 그 다리를 건너 시장으로 들어갔던 것이다.

시장 안은 소란스러웠고 활기에 차 있었다. 원기왕성한 원주민들이 인파를 헤치고 짐을 실은 당나귀를 '발렉, 발렉' 하고서 귀에 거슬리는 소리로 재촉하면서 끌고 가고 있었다. 어린애들은 서로 다투기도 하고 비명을 질러가며 유럽사람 뒤를 따라가면서, '팁을, 마담. 팁을 주세요, 마담.' 하며 조르고 있었다.

여기는 동서양의 생산품들이 함께 놓여 팔리고 있었다. 알루미늄 소스 냄비, 홍차 찻잔, 찻주전자, 망치로 때려 만든 구리제품, 아마라산(産) 은세공품, 싸구려 시계, 에나멜을 입힌 그릇, 화려하게 수놓은 페르시아산 카펫, 황동에 금장식을 단 쿠웨이트산 옷장, 헌 윗도리와 바지, 어린이 울 스웨터, 색칠한 유리

램프, 진흙으로 구워 만든 물병과 주전자, 문명세계의 싸구려 물건들이 그 지방의 특산품과 함께 팔리고 있었다.

모두가 늘 그랬고 변함이 없었다. 그러나 넓고 황량하기만 한 곳에 오래 머물다 온 카마이클에게는 시장의 소란스러움과 혼잡함이 신기하게만 느껴졌다. 지금 현재로선 신경에 거슬리는 어떤 소리를 느낄 수 있는 것도 아니었고, 특별히 그를 주시하는 시선도 없는 것 같았다. 그러나 몇 년 동안 쫓기고 있다는 것의 의미를 속속들이 잘 알아온 인간의 본능으로 카마이클은 차츰 불안을, 왠지 모르는 위협을 느끼기 시작하고 있었다. 이렇다 하게 이상한 것은 아무것도 없었다. 누군가가 그를 주시하고 있는 것도 아니었고 뒤를 쫓고 있는 사람이나 그의 행동을 엿보고 있는 사람이 없는 것은 거의 확실했다. 그렇다고는 해도 뭐라고 형용하기 어려운 위기감이 확실하게 다가오고 있었다.

카마이클은 좁고 어두운 길모퉁이를 다시 오른쪽으로 돈 뒤에 곧 왼쪽으로 꺾어졌다. 여기는 작은 가게들이 줄지어 서 있었다. 문을 들어서면 안마당이 있었는데, 그 주위를 가게들이 둘러싸고 있었다. 카마이클은 '페르와'라고 불리는 북방 사람들이 입는 양피 외투가 걸려 있는 가게 앞에 서서 살까 어쩔까 망설이면서 외투를 만지작거리고 있었다. 가게 주인이 손님에게 커피를 권하고 있는 것이 보였다. 손님은 키가 크고 턱수염을 기른 멋있는 풍채의 남자로서, 터키모자의 주위에 녹색의 띠가 둘러져 있는 것으로 보아 메카 참배를 한 회교도임을 알 수 있었다.

카마이클은 외투를 만지작거리면서 물었다.

"베슈 하다?"

"7디나르입니다."

"비싸군요."

회교도가 주인에게 말했다.

"카펫을 여인숙까지 배달해 줄 수 있습니까?"

"물론이죠." 주인은 말했다.

"내일 떠나십니까?"

"새벽에 케르벨라로 떠나려고 합니다."

"케르벨라는 제 고향입니다." 카마이클이 말했다.

"후세인의 묘를 마지막으로 참배하고 나서 15년이 지났군요."

"성스러운 도시지요." 회교도가 말했다.

"좀더 싼 페르와가 안에 있습니다만."

"북방산(産) 흰 것을 원하는데요."

"안에는 그런 것도 있습니다."

이렇게 말하면서 주인은 안쪽에 보이는 문을 가리켰다.

의례적인 대화는 일정한 형식에 의해 이루어진다—늘 시장에서 오고가는 대화였다. 그러나 대화의 순서도, 포인트가 되는 단어도 미리 짜놓은 그대로였다—케르벨라—흰 페르와.

그러나 안쪽 방으로 가는 도중 흘낏 주인의 얼굴을 본 카마이클은 곧 자기가 예상했던 얼굴과 다름을 알았다. 겨우 한 번 밖에 본 일이 없었지만 카마이클의 날카로운 기억력은 조금도 틀린 적이 없었다. 닮기는 했다—쏙 빼닮았을 정도로. 그러나 같은 사람은 아니었던 것이다.

카마이클은 멈춰 서서 조금 놀란 것처럼, 그러나 평온한 목소리로 말했다.

"살라 핫산은 어디에 있습니까?"

"그는 제 형입니다. 사흘 전에 죽었지요. 그가 하던 일은 제가 맡게 되었습니다."

그래, 아마 동생일 거야. 많이 닮았어. 동생도 정보부에 고용돼 있는지도 몰라. 정확하게 대답은 미리 짜놓은 그대로였다. 그러나 카마이클은 더욱더 경계심을 갖고서 좀 어두운 안쪽 방으로 계속 걸어갔다. 여기 선반에도 물건이 잔뜩 쌓여져 있었는데 커피포트, 황동과 놋쇠로 된 설탕 그릇, 오래된 페르시아산 은식기, 낙타지를 쌓아놓은 것, 에나멜을 입힌 다마스커스산 재떨이와 커피잔 세트 등이었다. 흰 페르와 한 벌이 잘 접혀져 작은 차 탁자 위에 놓여 있었다. 카마이클이 가까이 가 집어드니 그 밑에 유럽풍의 옷이 한 벌 있었다. 오래 입어 낡은, 조금 야한 색깔의 양복 한 벌이었다. 가슴에 있는 주머니에는 돈과 여러 통의 신임장이 넣어져 있는 지갑이 들어 있었다.

이름을 알 수 없는 아랍인이 가게로 들어왔다. 크로스 해운회사의 월터 윌리엄스로 가장하고 나가서 예정대로 사람들과 만나기로 되어 있었다. 물론 월터 월리엄스는 실제 인물이다―계획은 그 점에 특히 주의를 기울였다. 윌리엄스 씨는 실업가로서의 풍부한 경력을 지닌 인물이었다. 모두가 계획대로 순조로이 진행되었다. 카마이클은 휴우 하고 안도의 한숨을 쉬면서 다 떨어진 군복 윗도리를 벗으려고 단추를 풀었다. 만일 권총이 무기로 선택되었다면 그때 그 장소에서 카마이클의 임무는 끝나고 말았을 것이다. 그러나 칼에는 이점이 있었다―전혀 소리가 나지 않는다는 것이다.

카마이클의 정면에 있는 선반 위에는 커다란 구리로 만든 커피포트가 놓여 있었는데, 미국인 여행자 한 사람이 사겠다고 해서 그 커피포트는 최근 반짝반짝 닦여져 있었다. 칼의 번쩍임이 그 커피포트의 번쩍거리는 표면에 반사되었다―그 모든 광경이 찌그러지긴 했지만 분명하게 비추어졌던 것이다. 카마이클의 등 뒤로 걸어놓은 발을 젖히고 살짝 들어온 남자는 옷 밑에서 구부러진 긴 칼을 뽑아들었다. 카마이클의 동작이 조금만 늦었더라도 그 칼은 카마이클의 등 뒤에 푹 찔렸을 것이다.

카마이클은 번개처럼 매우 날쌔게 바닥으로 굴러 몸을 낮춘 뒤 상대의 다리를 걸어 넘어뜨렸다. 칼이 방바닥으로 떨어졌다. 다음 순간 카마이클은 재빠르게 몸을 일으켜 상대의 몸 위로 뛰어넘어 방 밖으로 뛰쳐나갔다. 가게 주인이 깜짝 놀란 듯 악의 있는 얼굴로 흘끗 쳐다보고, 뚱뚱한 회교도가 놀라긴 했으나 침착하게 쳐다보는 것을 거들떠보지도 않고 밖으로 나왔다. 여인숙의 안마당을 가로질러 나온 그는 혼잡한 시장으로 다시 가서 이 길 저 길로 꺾어졌다가 지금은 이리저리 거닐고 있었는데, 서두르는 것이 이상하게 보이는 이곳에서는 조급함을 나타낼 수가 없었다.

이처럼 아무 목적 없이 이리저리 거닐다가 멈춰 서서 물건을 꼼꼼히 들여다보기도 하고 직물을 만져보기도 하면서도 카마이클의 머릿속은 이런저런 생각으로 바쁘게 움직이고 있었다. 조직에 구멍이 생긴 것이다! 지금부터는 그에게 적의를 갖고 있는 이곳을 자기 자신만의 기민한 판단에 의지해서 다녀야만 한다. 방금 전에 일어난 사건의 의미심장함을 알아차리고 그는 소름이 끼치는 듯한 위기감으로 이를 악물었다.

두려운 것은 적에게 쫓기고 있다는 것만이 아니다. 문명세계로 접근 못하도록 적이 지키고 있을 뿐 아니라, 조직 속에 적의 손길이 뻗쳐 있기도 한 것이다. 그 증거는 암호의 누설이다. 아까 그 가게 주인의 대답은 정말이지 자연스러웠고 정확했다. 그 정도면 그가 안심할 것이라고 생각해 그 순간을 포착해 공격한 것이다. 조직 내에 내통자가 있다는 것은 그렇게 놀랄 일도 아닐 것이다. 적은 항상 한 사람이라도 더 많이 스파이를 조직 내에 투입시키는 것을 목표로 하고 있으니까. 아마 때에 따라서는 필요한 사람을 돈으로 매수도 할 거야. 사람을 돈으로 매수하는 것은 생각보다 어쩌면 훨씬 간단한 일인지도 모른다─돈 이외의 다른 수단을 쓸지도 모르지.

어떤 방법을 사용했든지 간에 어쨌든 비밀은 이미 누설돼 버린 것이다. 도망치는 수밖에 없다─다시 혼자의 힘으로 해야 하는 것이다. 돈도 없고 새로운 사람에게 도움을 청할 수도 없었으며, 더구나 그의 인상착의가 다 알려져버렸다. 아마 지금도 적은 조용하게 그의 뒤를 쫓고 있는지도 모른다.

그는 머리를 돌리지 않았다. 그렇게 했다가는 어떻게 될까? 그를 쫓는 사람들이 풋내기는 아닐 테니까.

조용하게, 그리고 목적 없이 그는 계속해서 이리저리 거닐었다. 무관심하고 맥풀린 듯한 행동과는 달리 내심으로는 여러 가지 가능성에 대해 머리를 짜내고 있었다. 마침내 그는 시장을 나와 운하 뒤쪽으로 가서 거기에 있는 작은 다리를 건넜다.

조금 걸으니 상갓집 상중문표(喪中紋標)처럼 색칠한 커다란 문 위에 걸려 있는 '영국 영사관'이란 간판이 보였다.

그는 거리를 휘둘러보았다. 그를 주목하는 사람은 아무도 없는 것 같았다. 영사관에 들어가는 것은 항상 간단한 일이라고 생각했었다. 잠시, 그는 여기에도 덫이 놓여 있는 것이 아닐까 의심했다. 맛있어 보이는 치즈 미끼를 걸어놓은 쥐덫. 덫에 걸리는 것은 쥐에게 있어 지극히 쉽고 간단한 일이다.

좋다, 위험은 이미 각오했으니까. 그 밖에 뭐가 있겠는가?

카마이클은 문을 지나 안으로 들어갔다.

　리처드 베이커는 영국 영사관의 대합실에 앉아 영사에게 틈이 나기를 기다리고 있었다.

　그는 그날 아침 인디언 퀸 호에서 내려 세관의 검사를 받았다. 짐은 거의가 책이었는데, 파자마와 셔츠가 일부러 그렇게 된 것처럼 책 사이에 끼워져 있었다.

　작은 화물선은 물론 인디언 퀸 호도 빈번히 연착했기에 그것을 염두에 두고 이틀간의 여유를 두었었는데, 인디언 퀸 호가 정시에 도착했기 때문에 바그다드를 경유해 무릭의 고도(古都), 텔 아스워드로 떠나기 전 이틀의 여유가 생기게 되었다.

　그 이틀간 무엇을 하고 보낼 것인가 하는 계획은 이미 세워져 있었다. 고대의 유적으로 유명한 무덤이 쿠웨이트 해안 가까이에 있었다. 그전부터 한번 구경하고 싶었던 그에게는 천재일우(千載一遇)의 좋은 기회였다.

　그는 공항 호텔로 차를 타고 가서 쿠웨이트에 가는 방법에 대하여 물어보았다. 내일 아침 10시 비행기로 가면 모레는 돌아올 수 있다는 대답이었다. 따라서 모든 것이 계획대로 될 수 있었다. 물론 쿠웨이트 출입국 비자수속은 해야 했다. 그래서 영국 영사관에 가야 했는데, 바스라의 총영사 크레이틴 씨와는 몇 년 전 페르시아에서 만난 일이 있었다. 그를 여기서 다시 만나는 것도 반가운 일이라고 생각했다.

　영사관엔 여러 개의 출입구가 있었다. 자동차들이 드나드는 정문, 정원에서 아랍 강에 연결된 도로로 나 있는 작은 문. 영사관으로 사람들이 드나드는 문은 큰 길로 향해 있었다. 리처드는 그 문으로 들어가 안내하는 남자에게 명함을 건네주었다. 그 남자는 영사는 지금 면회 중이나 좀 있으면 한가해질 것이라며 현관에서 똑바로 정원에 연결되는 복도의 왼쪽에 있는 작은 대합실로 안내했다.

대합실에는 벌써 몇 사람이 와 있었다. 리처드는 그들의 얼굴을 거의 쳐다보지 않았다. 본디부터 인간에게는 거의 관심이 없었던 것이다. 고대 토기의 깨진 조각이 20세기 세계 어딘가에서 태어난 인간보다 훨씬 더 가슴을 설레게 했던 것이다.

의자에 앉은 리처드는 마리 문자(文字)와 기원전 1750년경의 벤자미네이트 부족의 이동에 대하여 흥미 있게 사색에 잠겼다.

도대체 무엇이 그를 퍼뜩 사색에서 깨어나 제정신으로 돌아와 다른 사람들을 의식하게 만들었는지는 뭐라고 확실하게 말할 수는 없었다. 우선 왠지 모르는 불안, 일종의 긴박감이 드는 것이었다. 확실하지는 않지만 그는 냄새에서 느낄 수 있다고 생각했다. 구체적인 말로 설명할 수는 없으나 의심할 여지 없는 위기가—왠지 모르게 전쟁이 끝날 무렵의 하루하루가 생각났다. 특히 그가 두 사람의 전우와 함께 비행기에서 낙하산으로 내려 부여받은 임무를 완수하기 위해 동틀 무렵 몇 시간을 잠복해 기다리고 있었던 적이 있었다. 사기는 떨어졌고 임무에 따르는 위험이 확실히 느껴졌을 때, 이번 일은 자신이 감당 못할 것이라는 공포심으로 덜컥 겁이 났던 그때와 같은 혹독하고 아주 미세한 냄새가 공기 중에 떠다니고 있었다.

공포의 기운……

이 불안한 기미는 처음에는 잠재의식적으로 느껴진 것에 불과했었다. 리처드의 사고(思考)의 반은 기원전에 생각을 집중하려고 노력하고 있었다. 그러나 현재로 돌아오도록 끌어당기는 것이 너무 강했다.

이 작은 대합실에 있는 누군가가 지독한 공포 속으로 끌어당기고 있는 것이다. 그것도 아주 강하게……

리처드는 주위를 둘러보았다. 다 떨어진 카키색 윗도리를 입은 아랍인이 호박(琥珀)의 염주를 멍청하게 만지작거리고 있었다. 회색의 콧수염을 기른 체격 좋은 영국인—세일즈맨 같았다. 작은 수첩에 숫자를 적어가면서 거드름을 피우며 계산에 여념이 없었다. 피부가 검고 마른, 다소 피곤해 보이는 남자가 침착하고 무관심해 보이는 얼굴을 하고 편안한 자세로 의자에 기대앉아 있었다. 그 밖에 이라크 사무원으로 보이는 남자. 눈과 같이 희고 옷자락이 긴 옷을 입은 페르시아인 노인. 그들 모두가 태연해 보였다.

호박의 염주에서 나는 소리가 일정한 리듬을 타고 있었다. 기묘하게도 어디선가 들었던 기억이 있는 울림 같아 깜빡 졸던 리처드는 깜짝 놀라 주의를 기울였다. 짧고 길게—길게—짧게—그것은 모스 신호였다. 모스 송신신호가 아닌가. 리처드는 모스 신호에 익숙해 있었다.

전쟁 중 그의 임무 중 하나가 송수신을 취급하는 것이었기 때문에 그 해독은 너무 쉬웠다. 'OWL. F.L.O.R.E.A.T. E.T.O.N.A.' 도대체 어떻게 된 건가! 그렇다, 확실했다. '플로릿(Floreat) 이트나(Etona)'라고 반복해서 보내고 있었다. 다 떨어진 옷을 입은 아랍인이 손끝으로(염주를 이용해서) 신호를 보내고 있는 것이다. 이것이 어찌된 일인가?

'올빼미. 이튼. 올빼미.'

올빼미는 이튼 학교에 다닐 때 리처드의 별명이었다—그의 유별나게 크고 딱딱한 안경을 보고 이튼 학교의 친구들이 붙여준 것이다.

리처드는 방 한구석에 앉아 있는 아랍인을 쳐다보았다. 그의 체격, 줄무늬의 긴 옷, 낡아빠진 카키색 윗도리, 여기저기 올이 풀어지고 색이 바랜 빨간색의 털목도리. 부둣가에서 흔히 볼 수 있는 사람이었다. 아랍인은 무표정하게 멍하니 그의 눈을 마주 쳐다보았다. 그러나 염주는 계속해서 부딪쳐 소리 내고 있었다.

'여기는 파키르. 준비해라. 위기.'

파키르? 파키르? 그렇다! 파키르 카마이클이다! 세계의 어딘가 외진 곳에서 태어나서 이튼에 온 소년—터키스탄이었던가, 아프카니스탄이었던가?

리처드는 파이프를 꺼냈다. 그는 파이프 안이 채워져 있나 없나 시험 삼아 한번 빨아보기도 하고 들여다보기도 하고는 가까운 재떨이 위에다 대고 가볍게 두드렸다.

'전갈 받았음.'

이후 일은 매우 빠르게 진행되었다—리처드는 나중에 수고스럽게 일의 순서를 생각해 내려고 했었는데.

낡아빠진 군복 윗도리를 입은 그 아랍인은 이윽고 일어서서 문 있는 쪽으로 걸어갔다. 리처드 앞을 지날 때 넘어질 듯 비틀거리며 한 손을 내밀어 리처드를 붙잡았다. 그러고서 몸을 똑바로 하고는 사과를 하고 문 쪽으로 걸어나갔다.

너무 놀랍고도 눈 깜짝할 사이에 벌어진 일이라 리처드에게는 현실에서 일어난 일이라기보다는 차라리 영화 장면처럼 보였다. 세일즈맨 같은 체격 좋은 영국인이 수첩을 떨어뜨리면서 벌떡 일어나 윗도리 주머니에서 무엇인가를 찾았다. 몸이 뚱뚱했고 윗도리가 꼭 끼었기 때문에 1~2초의 시간이 걸렸고, 그 몇 초간에 리처드는 민첩하게 행동했던 것이다. 남자가 권총을 꺼낸 순간 리처드는 남자의 손을 쳐서 권총을 떨어뜨렸다.

권총이 발사되고 총알이 바닥에 박혔다.

아랍인은 이미 문을 나가 영사의 사무실 쪽으로 꺾어졌다가 갑자기 멈춰서서는 재빨리 방향을 바꿔 리처드가 들어왔던 문으로 달려가 복잡한 거리 속으로 모습을 감추었다.

뚱뚱한 남자의 팔을 리처드가 누르고 있는 곳에 경비병이 달려왔다. 대합실에 있던 다른 사람들, 이라크 사무원 같은 남자는 흥분해서 발을 구르고 있었고, 피부가 검고 마른 남자는 그냥 눈을 크게 뜨고 쳐다보고 있었으며, 페르시아인 노인만은 아무 반응 없이 앞만 주시하고 있었다.

리처드가 말했다.

"도대체 어떻게 할 생각이었소, 함부로 총을 그렇게 휘두르고?"

금방 대답은 없었으나 조금 사이를 두고 그 뚱뚱한 남자는 런던 투의 호소하는 듯한 목소리로 말했다.

"죄송합니다. 사고였어요. 서투른 흉내를 내려다 그만……."

"서투른 흉내였다고? 당신은 방금 뛰어나간 아랍인을 쏘려 했소."

"아닙니다, 아닙니다. 정말 쏘려고 하지는 않았어요. 그냥 겁만 주려고 했을 뿐인데, 그전에 골동품으로 나를 속인 남자인 줄 알았거든요. 그저 장난이었습니다."

리처드 베이커는 어떤 의미로도 공공장소에서 드러나 보이는 것이 싫은 사람이었다. 그래서 이 남자의 변명을 액면 그대로 받아들이는 게 좋지 않을까 하고 본능적으로 느꼈다. 그가 무엇을 증명할 수 있겠는가? 파키르 카마이클에게 쫓아가 이런 일로 소란을 피우는 것은 본의가 아닐지도 모른다. 특히 뭔가 비밀스런 위험한 임무를 수행하고 있는 거라고 한다면 더욱 그렇다.

리처드는 남자의 팔을 붙잡았던 손을 풀었다. 상대는 땀을 흘리고 있었다.

경비병은 흥분한 어조로 떠들고 있었다. 영사관 내에 총기를 휴대하고 들어온 것은 당치도 않은 일이다. 법령으로 금지되어 있기 때문이다. 영사는 필시 화를 낼 것이라고 얘기하고 있었다.

"죄송합니다." 뚱뚱한 남자가 말했다.

"그저 단순한 사고였습니다."라며 경비병의 손에 얼만가 돈을 쥐어주었다. 그러나 경비병은 얼른 내미는 것이었다.

"정말 실례했습니다." 뚱뚱한 남자가 말했다.

"영사는 만나지 않고 돌아가겠습니다."

이렇게 말하며 느닷없이 리처드에게 명함을 억지로 쥐어주었다.

"저는 이런 사람입니다. 공항 호텔에 묵고 있으니까 문제가 생기면 연락해 주십시오. 하지만 단순한 사고였고 그저 장난이었습니다."

리처드는 이 남자가 냉정한 척하며 허풍을 떨며 문으로 나가 거리 쪽으로 돌아가는 것을 내키지 않는 마음으로 바라보았다.

이게 과연 잘한 것일까? 지금같이 사건의 경위를 시원스럽게 납득할 수 없는 경우, 알맞은 조치를 취하는 것은 정말 어렵다.

"크레이턴 영사가 지금 시간이 나셨습니다." 경비병이 말했다.

리처드는 경비병의 뒤를 따라 복도를 걸어갔다. 걸어감에 따라 복도 끝의 열려진 출입문 모양대로 쏟아져 들어오는 햇빛이 점점 크게 보였다. 영사의 사무실은 복도 맨 끝 오른쪽에 있었다.

크레이턴 씨는 책상을 향해 앉아 있었다. 생각에 잠긴 듯한 얼굴에 잿빛 머리카락의 차분한 남자였다.

"생각이 나실는지요?" 리처드가 말했다.

"2년 전에 테헤란에서 뵈었습니다만."

"물론이지요. 파운스풋 존스 박사님과 함께 오셨지요? 올해도 그 박사님의 조사단에 참가할 생각입니까?

"예. 발굴 현지로 가는 도중입니다만 마침 며칠 여유가 있어 쿠웨이트에 갔다 오려고 생각했어요. 별 문제는 없다고 생각합니다만."

"예. 전혀 없습니다. 내일 아침 비행기로 가시면 됩니다. 한 시간 반 정도면 도착합니다. 쿠웨이트 주재 사무관 아치 곤트에게 전보를 쳐놓죠. 그 사람 집에 묵으시죠. 오늘 밤은 우리 집에서 묵으시고요."

리처드는 가볍게 사양했다.

"두 분에게 폐를 끼치고 싶지 않습니다. 공항 호텔에 묵으면 되니까요."

"호텔은 만원이던데 여기서 묵으십시오. 아마 제 아내도 다시 만나게 되어 기뻐할 겁니다. 지금 묵고 있는 사람은—석유회사에 근무하고 있는 크로스비라는 사람과 세관에 여러 권의 서적을 통관 수속하러 온 래스본 박사 밑의 젊은이뿐입니다. 2층에 올라가 로사를 만나시지요."

영사는 일어서서 리처드를 안내해 문을 지나 햇빛이 쏟아지는 정원으로 나갔다. 계단을 올라가니 영사의 살림집이 나왔다.

제럴드 크레이턴은 계단 꼭대기의 철망이 쳐진 문을 밀고는 손님을 조금 어두우며 좁고 긴 복도로 안내했다. 바닥에는 멋진 카펫이 깔려 있었고, 양옆에는 정선(精選)된 가구들이 놓여 있었다. 가구의 표면이 눈부시게 빛났기 때문에 복도의 써늘한 어스름이 쾌적하게 느껴졌다.

크레이턴이, "로사, 로사." 하고 부르니 리처드의 기억대로 활기에 차 있는 쾌활한 크레이턴 부인이 끝의 방에서 나왔다.

"리처드 베이커 씨를 기억하고 있지? 테헤란에서 파운스풋 존스 박사와 함께 우리를 보러 오셨었잖소."

"물론 기억하고말고요." 크레이턴 부인은 리처드와 악수를 했다.

"우린 그때 함께 시장에도 갔었지요. 당신은 멋진 양탄자를 몇 장 샀고요."

크레이턴 부인은 자신이 사지 않을 때에도 친구나 아는 사람에게 시장에 물건 사러 가자고 하는 걸 좋아했다. 그녀는 물건값도 잘 알고 있었고, 값을

깎는 솜씨도 대단했다.

"그때는 나로선 좀처럼 생각할 수 없는 훌륭한 쇼핑이었지요."

리처드가 말했다.

"전적으로 부인 덕분이었습니다."

"베이커 씨는 내일 비행기로 쿠웨이트에 가시려 한다기에 오늘 밤 여기서 묵으시라고 했는데……." 제럴드 크레이턴씨가 말했다.

"폐가 될 것 같군요." 리처드가 말을 꺼냈다.

"아니에요. 폐 될 것은 없어요." 크레이턴 부인은 얼른 말했다.

"제일 좋은 방은 드릴 수가 없네요. 크로스비 대위가 쓰고 있어서. 하지만 힘 닿는 대로 편안히 묵으실 수 있도록 해 드리지요. 그런데 근사한 쿠웨이트 산 옷장을 사실 생각은 없으세요? 지금 시장에 좋은 것이 나와 있거든요. 담요를 넣어놓기에도 아주 적당한데, 제럴드가 사라고 하질 않아요."

"당신은 벌써 세 개나 가지고 있잖아." 크레이턴은 부드럽게 말했다.

"자, 먼저 실례를 해야 되겠습니다. 사무실로 돌아가 봐야 해서. 대합실에서 문제가 생긴 모양입니다. 누군가가 총을 쏜 것 같습니다."

"이곳 족장일 거예요." 크레이턴 부인이 말했다.

"이곳 사람들은 흥분을 잘하고 또 총을 너무 좋아하거든요."

"아닙니다. 영국인이었어요. 아랍인 남자를 가까운 거리에서 쏘려고 한 것 같습니다." 이렇게 말하고 리처드는 점잖게 덧붙였다.

"제가 그의 총을 쳐서 떨어뜨렸습니다."

"오, 당신도 거기에 있었습니까?" 크레이턴이 말했다.

"자세한 것은 잘 모르겠습니다."라며 제럴드는 주머니에서 명함 한 장을 꺼냈다.

"일필드 아킬레스 제작소에 근무하는 로버트 홀이라는 사람 같은데, 왜 날 만나러 왔었는지 잘 모르겠군요. 술에 취해 있었던 것 같진 않았습니까?"

"본심은 아니었다고 하더군요." 리처드는 냉담하게 말했다.

"그저 단순한 사고였다고요."

크레이턴은 눈썹을 치켜올렸다.

"보통 세일즈맨은 총알을 넣은 총을 주머니에 넣고 다니지는 않는데요."

크레이턴이 바보는 아니라고 리처드는 생각했다.

"돌아가지 못하게 했어야 하는 건데."

"아까와 같은 경우 적절한 조치를 취하기가 어려웠습니다. 총에 맞은 남자가 다친 것도 아니었거든요."

"아, 그래요?"

"아마도 상관 않는 게 좋을지도 모르겠습니다만."

"무슨 일이 있는 게 아닌가 하는 느낌이 드는데요."

"그래요, 저도 그런 느낌이 드는군요."

크레이턴은 조금 멍청한 듯한 표정을 보이다가, "자, 그럼 난 가봐야 되겠습니다."라며 성급하게 걸어갔다.

크레이턴 부인은 리처드를 응접실로 데리고 갔다. 안쪽에 있는 커다란 방이었는데, 녹색의 방석과 커튼이 쳐져 있었다. 커피와 맥주, 어느 것을 마시겠냐고 해서 리처드가 맥주라고 하니 마시기 좋게 차게 한 맥주가 나왔다.

왜 쿠웨이트에 가느냐고 그녀가 물어 리처드는 대답해 주었다.

이번에는 또 왜 아직 결혼하지 않았느냐고 물어 결혼과는 어울리지 않는 사람이라서 그렇다고 대답하니 크레이턴 부인이 힘차게 말했다.

"그건 말도 안 돼요. 고고학자가 얼마나 훌륭한 남편감인데요. 이번 발굴대에 젊은 여자분은 오지 않나요?"

"한두 사람 올 예정입니다. 파운스풋 존스 부인도 오시고요."

크레이턴 부인은 기대에 가득 찬 목소리로, 그 오기로 되어 있는 여자는 미인이냐고 물어 리처드는 아직 그들을 만나보지 않아 잘 모르겠다고 대답하고는, 그 사람들은 대개 미숙하다고 덧붙여 말했다. 크레이턴 부인은 무슨 이유에서인지 갑자기 웃었다.

얼마 안 있어 조금 당돌해 보이는 작달막한 체구의 남자가 들어오더니 크로스비 대위라고 소개했다. 베이커 씨는 고고학자이며 몇천 년 전의 귀중하고 재미있는 물건들을 발굴해 내고 있다고 크레이턴 부인이 설명하니, 크로스비 대위는 고고학자들은 어떻게 발굴물의 연대를 정확하게 알아맞히는지 늘 이해할 수 없으며, 그들이 대단한 거짓말쟁이라고 늘 생각했었다고 웃으면서 말했다. 리처드는 좀 피곤한 듯이 그의 얼굴을 쳐다보았다.

"그건 농담이고, 정말 어떤 식으로 알아내는 건가요?"

대위가 다시 한 번 물었다. 리처드가 그것을 설명하려면 길어진다고 대답하는 것을 기회로 크레이턴 부인이 재빠르게 리처드를 데리고 방으로 안내했다.

"크로스비 대위는 사람은 좋은데 당신도 알다시피 문화에 대해서는 전혀 아는 게 없어요." 크레이턴 부인이 말했다.

리처드는 그 방이 굉장히 편안하게 꾸며져 있는 걸 보고서, 가정주부로서의 크레이턴 부인에 대한 평가가 더욱 높아졌다.

이렇게 느끼면서 아무 생각없이 윗도리 주머니에 손을 넣으니 접혀진 더러운 종이 하나가 나왔다. 이른 아침까지도 그런 종이는 들어 있지 않은 것을 확실히 알았기 때문에 리처드는 깜짝 놀랐다.

그는 카마이클이 비틀거리며 넘어질 듯할 때 그를 붙잡아준 것을 기억했다. 손놀림이 능숙한 남자라면 그때 그도 모르는 사이에 그의 주머니에 집어넣었을 것이다.

리처드는 그 종이를 펼쳐보았다. 너무 더러웠고 몇 번이고 접었다 폈다 한 것 같았다.

조금 알아보기 어려운 글씨체로 여섯 줄 정도 쓰여 있었다. 존 윌버포스 소위는 회교도로서 부지런하고 마음에 드는 일꾼으로, 트럭 운전은 물론 수리도 할 줄 알고 바보스러울 정도로 정직하다는 내용의 추천장이었다. 사실상 그것은 중동에서는 흔히 볼 수 있는 이른바 신분증명서였다. 18개월 전에 쓰인 것이었으나, 이런 추천장을 임자가 조심스럽게 간직하고 있었다는 것은 하나도 이상할 게 없다.

미심쩍은 듯 눈살을 찌푸리며 리처드는 오전에 일어난 그 일을 그 나름대로 정리하여 생각해 보았다.

파키르 카마이클이 생명의 위험을 느끼고 있다는 것은 의심할 여지가 없다. 누군가에게 쫓겨 영사관으로 도망 온 것이다. 무엇 때문인가? 안전을 위해서인가? 그러나 안전보다는 더 절박한 위협이 있음을 알아차릴 수 있었다. 적,

또는 적의 대리인이 그를 기다리고 있었던 것이다. 그 영국인 세일즈맨은 명확한 지령을 받았음이 틀림없다―목격자가 있는데도 불구하고 영사관에서 카마이클을 쏘는 모험을 감수한 것이다. 따라서 그것은 긴급지령임이 틀림없다. 그래서 카마이클은 오랜 동창생에게 도움을 요청했고, 겉으로는 색다를 것 없는 이 쪽지를 맡겼던 것이다. 그것으로 보아 이 쪽지는 중요한 것임이 틀림없다. 카마이클의 적이 그를 잡았을 때, 이 쪽지가 그의 수중에 없음을 알면 둘 더하기 둘은 넷이라는 것에 착안하여 카마이클이 그것을 넘겨주었을 만한 사람을 한 사람도 빠짐없이 찾을 것이다.

그렇다면 리처드 베이커로서는 이것을 어떻게 해야 할 것인가?

영국정부의 대표자인 크레이턴에게 넘겨주는 것이 좋은가, 아니면 카마이클의 요구가 있을 때까지 그 자신이 갖고 있는 것이 옳겠는가?

잠깐 심사숙고한 그는 후자 쪽으로 하기로 결정했다.

그렇다면 우선 만에 하나라도 잃어버리지 않도록 예방수단을 강구해 놓을 필요가 있었다.

그 오래된 편지에서 여백을 찢어내어 리처드는 트럭 운전사의 새로운 추천장을 만들기 시작했다. 내용은 거의 같았으나 다른 단어를 사용하기로 했다. 암호로 되어 있었다면 깊이 생각했을 것이다―물론 보이지 않는 잉크로 쓰여진 글귀가 숨어 있을 가능성도 있지만.

리처드는 자기가 새로 만든 추천장을 구두에 묻어 있는 진흙으로 더럽혔다. 그리고 손으로 비비고 몇 번이고 접었다 폈다 해서 오래되어 더럽혀진 것으로 보이게 했다.

그러고 나서는 그것을 꾸겨서 주머니에 집어넣었다. 카마이클이 맡겨둔 원래의 쪽지를 어디에 숨길 것인가 생각하면서 리처드는 한참 들여다보았다.

마침내 미소를 지으며 그는 그것이 작은 장방형이 될 때까지 접고 또 접었다. 그러고는 그것을 기름종이로 싸서는 가방에다 항상 가지고 다니는 찰흙을 꺼내어 그 위에 입혔다. 그 찰흙을 둥글리기도 하고 두들기기도 하여 표면을 매끄럽게 한 다음, 그 위에 늘 가지고 다니는 원통형의 돌도장(石印)을 찍었다.

리처드는 그 만들어진 것을 냉혹한 표정으로 바라보면서 한편으론 만족해했다.

그것은 정의의 칼을 든 태양의 신 샤마쉬가 새겨진 것으로, 훌륭하게 보이는 것이었다.

"이것이 좋은 징조가 아닐까." 리처드는 혼자 중얼거렸다.

밤이 되어 오전 중에 입고 있었던 윗도리 주머니를 뒤져보니, 꾸깃꾸깃하게 해서 집어넣은 종이쪽지는 역시 어디 가고 없었다.

제7장

삶이라는 것, 그래, 바로 이거야! 빅토리아는 혼자 생각했다. 항공회사 터미널 의자에 앉아 기다리고 있는 동안 마침내 마법의 순간이 온 것이다.

"카이로, 바그다드, 테헤란행 손님은 공항 가는 버스에 타주십시오."

마법의 땅. 마법의 주문(呪文). 하긴 해밀턴 클립 부인에게는 도무지 아무런 매력도 느껴지지 않을 것이다. 클립 부인은 빅토리아가 보기에는 인생의 대부분을 배에서 비행기로, 비행기에서 기차로, 그리고 그 사이사이에 고급 호텔에 묵기도 하면서 지내온 것 같았다. 그러나 빅토리아 자신은; "속기해 주세요, 존스 양." "이 편지는 실수투성이 아닙니까. 다시 타이프해 주시오, 존스 양." "물이 끓고 있는데 차를 타주겠소?" "파마를 잘하는 데를 알아냈어요." 이렇게 시시콜콜하고 진절머리 나는 하루하루였으나 이제 일대 변화가 온 것이다. 그런 것에서 해방되는 지금은 카이로, 바그다드, 테헤란─눈부시게 빛나는 동양: 이 모든 로맨스(그리고 여로(旅路)의 끝에는 에드워드가 기다리고 있다).

빅토리아는 현실로 돌아와, 그녀가 이미 끝이 없는 다변가(多辯家)라고 낙인찍은 그녀의 고용주가 다음과 같이 결론을 내리는 것을 들었다.

"─정말 하나도 깨끗한 게 없어요. 내 말뜻을 이해하지 못하겠지만, 나는 그곳에선 음식물에는 무척 조심했답니다. 거리의 쓰레기랑 시장의 불결함은 상상도 못할 정도예요. 그리고 그 사람들 입고 있는 옷도 누더기뿐이에요. 더구나 화장실은 말이에요─정말 화장실이라고 부를 수도 없어요."

침울한 이야기에 조용하게 귀를 기울였으나, 빅토리아가 중동에 대해 갖고 있는 매력적 이미지는 전혀 흐려지지 않았다. 불결하다든가, 세균이 우글거린다든가 하는 것은 젊고 싱싱한 여자에게는 아무런 의미가 없었다.

히스로 공항에 도착해 그녀는 클립 부인을 부축해 버스에서 내렸다. 그녀는 이미 여권, 비행기표, 돈, 그 밖에 것들을 맡아 보고 있었다.

"고마워요. 당신이 돌봐주고 있어 정말 편안해요. 혼자서 여행해야 했다면 어떻게 해야 좋을지 몰랐을 거예요."

비행기 여행은 학교 소풍과 같다고 빅토리아는 생각했다. 친절하지만 엄격한, 동작 빠른 선생님이 항상 가까이에 있으면서 돌보아주듯이 단정한 복장의 스튜어디스가 저능아를 다루는 보모의 권위를 가진 듯이 승객들에게 이것저것 또박또박 설명해 주었다. 설명하는 첫머리에, "자, 어린이들—". 하고 말하지 않는 것이 오히려 이상할 정도였다.

책상 앞에 앉은 피곤해 보이는 청년이 지친 손으로 여권을 체크하고는, 가지고 있는 돈과 귀금속에 대하여 꼬치꼬치 물어보았다. 질문을 받은 쪽은 그냥 왠지 모르게 죄지은 듯한 기분이었다. 원래 최면술의 암시에 걸리기 쉬운 빅토리아는, 지쳐있는 청년의 표정이 어떻게 변하는가를 보고 싶어서도 보잘 것없는 브로치를 1만 파운드짜리 다이아몬드 머리 장식품으로 신고하고 싶은 충동에 사로잡혔다. 그러나 에드워드에 대한 생각이 그녀를 억제시켰다.

이렇게 여러 가지 관문을 통과한 빅토리아 일행은 활주로로 직접 통해 있는 커다란 방의 의자에 앉아 다시 한 번 기다렸다. 점점 높아지는 비행기의 폭음이 적당한 백 뮤직이 되어주었다. 클립 부인은 지금 신이 나서 함께 가는 여행객들을 평가하기 시작했다.

"저기 있는 작은 아이들 두 명, 정말 너무 귀엽지 않아요? 아유, 그런데 여자 혼자 두 애를 데리고 여행하기 정말 힘들겠어요. 아마 내 생각엔 영국인들 같은데. 그 엄마가 입고 있는 옷은 바느질이 참 잘되었네요. 그런데 그 엄마, 좀 피곤해 보이지 않아요? 저쪽에 있는 남자는 꽤 잘생겼죠? 라틴계 같은데 바로 저기에 있는 남자는 또 유난히 눈에 띄는 줄무늬 옷을 입었네. 지독한 악취미예요. 틀림없이 장사꾼일 거야. 저 남자는 네덜란드 사람이에요. 우리들 앞에서 출국수속을 해서 여권을 살짝 보았지요. 건너편에 있는 가족은 터키인이 아니면 페르시아인일 거예요. 미국 사람은 별로 눈에 띄지 않는군요. 대개는 팬 아메리카를 이용할 거예요. 저기 모인 세 사람이 하는 얘기는 석유 얘기 같지 않아요? 난 모르는 사람을 보고 어떤 사람인가 상상하는 것을 좋아해요. 남편은 내가 인간성에 관심을 갖고 있다고 이야기해요. 같은 인간에게 관심을 갖는 것은 당연하다고 생각하는데도 말이에요. 어머, 저기 봐요. 저 부인이 입고 있는 밍크코트는 3천 달러는 할 것 같지 않아요?"

이렇게 말하고 클립 부인은 한숨을 내쉬었다. 같이 가는 여행객들의 평가가 끝나자 그녀는 안절부절못하고 조바심을 내기 시작했다.

"왜 이렇게 기다리게 하는지 모르겠네. 비행기는 벌써 네 번이나 시동을 걸었는데, 이런 곳에서 언제까지나 기다리게 할는지. 어째서 일을 척척 진행시키지 못할까? 모든 일을 스케줄대로 지키고 있지 않은 것 같아."

"커피 한 잔 드릴까요, 클립 부인? 이 방 한쪽에 뷔페가 있는 것 같았는데."

"아니에요, 됐어요, 존스 양. 출발하기 전에 마시면 위가 울렁거리는 것 같아 지금은 아무것도 안 마시겠어요. 그건 그렇고, 언제까지 이렇게 기다리게 할 건지 모르겠네!"

클립 부인의 이 말이 채 끝나기도 전에 지연되는 이유가 밝혀졌다.

세관과 여권과가 통하는 복도의 문이 확 열리더니 키가 큰 남자가 바람을 가르듯 당당하게 들어왔다. 항공회사 직원같이 보이는 몇 명이 허둥지둥 그 주위에 와서 섰고, 또 다른 BOAC의 직원이 봉해진 커다란 포대자루 두 개를 들고 쫓아왔다.

클립 부인은 재빠르게 자세를 고쳐 똑바로 앉았다.

"저 사람은 분명 높은 분일 거예요." 클립 부인은 말했다.

'게다가 자기 자신도 그렇다고 인정하고 있는 사람 같군요.'

빅토리아는 속으로 이렇게 생각했다.

그 남자에게는 어딘가 일부러 이목을 끌려고 행동하는 점이 있었다.

그는 넓은 모자가 달린 여행용 잿빛 망토를 입고 있었고, 머리에는 엷은 회색의 챙이 넓은 중절모를 쓰고 있었다. 은회색의 긴 머리에, 끝부분이 말려 올라간 길고 멋진 콧수염을 기르고 있었다. 꼭 무대에 등장하는 악당 같은 모습이었다. 빅토리아는 배우라도 된 듯 의식적으로 태도를 취하는 사람들을 무엇보다도 싫어했기 때문에 비난의 눈초리로 그를 쳐다보았다.

항공회사 직원들이 굽실거리는 것도 마음에 들지 않았다.

"예, 루퍼트 씨.", "물론입니다, 루퍼트 씨.", "비행기가 곧 출발합니다, 루퍼트 씨."

커다란 망토 자락을 휙 날리며 비행장으로 나 있는 문을 통해 밖으로 나갔다. 문이 쾅 하고 격렬하게 닫혔다.

"루퍼트 씨라고 하는데?" 클립 부인은 중얼거렸다.

"도대체 누굴까?"

빅토리아는 머리를 흔들다가, 그 얼굴하고 모습은 그다지 모를 것도 아니라는 막연한 생각이 들었다.

"당신네 나라 정부 요인은 아닌가요?" 클립 부인이 물었다.

"그렇다고는 생각지 않는데요." 빅토리아가 말했다.

빅토리아는 정부 요인을 가까이에서 본 일은 없으나, 마치 살아 있어서 죄송하기라도 한 듯 불안해하는 패거리란 인상이 그녀에게는 있었다. 단지 연단에 오르면 갑자기 거드름을 피우고 교훈조의 말을 일삼기도 하지만.

"자, 여러분—."

단정한 복장의 스튜어디스가 변함없이 보모와 같은 어조로 말했다.

"될 수 있는 대로 빨리 비행기 좌석에 가서 앉아 주십시오."

마치 어린이들이 꾸물거리고 있는 것을 어른이 인내심을 갖고 기다리고 있는 것 같은 태도였다.

모두는 줄을 지어 비행장으로 걸어나갔다.

커다란 비행기가 기다리고 있었고, 거대한 사자의 만족스런 포효같이 엔진 소리가 울리고 있었다.

빅토리아는 스튜어디스와 함께 클립 부인을 도와 비행기에 탑승시켜 자리에 앉혔으며, 자신은 통로 쪽으로 앉았다. 클립 부인의 자세가 편안함을 확인하고 나서 그녀도 안전벨트를 맸다. 그때서야 겨우 그들 앞좌석에 몸집이 큰 남자가 앉았음을 볼 여유가 생겼다.

그리고 비행기 문이 닫혔다. 몇 초 뒤 비행기는 천천히 움직이기 시작했다.

"드디어 출발이다." 빅토리아는 황홀한 듯 중얼거렸다.

"오, 두려운 일이야, 언제까지나 이륙하지 못하면 어떻게 하지? 정말 이렇게 큰 물체가 하늘을 난다니 생각도 못할 일이야."

1세기가 지났을 것같이 길게만 느껴지는 동안, 비행기는 활주로를 달려가다가 마침내는 천천히 방향을 바꾸고서 섰고, 또 서자마자 엔진은 격렬하게 포효했다. 추잉껌, 엿, 탈지면 등이 쟁반에 담겨 한 사람 한 사람에게 나누어졌다.

소리는 점점 크고 맹렬하게 되었다. 그리고 나서 비행기는 한 번 더 앞으로 움직였다. 처음에는 조금씩, 그러나 점점 더 속도를 내 활주로 위를 질주하기 시작했다.

"이륙할 수 없을 거야." 빅토리아는 생각했다.

"우린 모두 죽을 거야."

속도가 점점 가속되면서, 무엇을 문지르는 듯한 큰 진동이 어느 사이엔가 없어지고는 신기하게도 원활하게 달리고 있다고 생각할 즈음 비행기는 지상을 시원스럽게 올라가 주차장과 도로 위를 한 바퀴 돌아서 높이 날아 올라갔다— 우스꽝스러울 정도로 조그만 한 기차가 연기를 내며 달려가고 있는 것이 눈 아래로 보였다. 인형의 집, 도로를 달리고 있는 장난감 같은 자동차—높이 더 높이. 문득 지상의 광경에 흥미가 가시면서 인간에 속한 생명과 연결되는 것에는 느낌이 없어졌다—선과 원과 점으로 만들어진 커다랗고 평평한 지도로 변했다.

승객들은 안전벨트를 풀고 담배를 피우기도 했고 잡지를 펴보기도 했다. 빅토리아는 새로운 세계에 있었다—20~30명의 인간만이 살고 있는 좁고 긴 세계에. 다른 어느 것도 존재하지 않는 세계에.

빅토리아는 작은 창을 통해 다시 한 번 바깥을 내려다보았다. 눈 아래에는 구름이—둥실둥실 떠다니는, 구름으로 포장된 길이 있었다. 비행기는 햇빛을 받으며 날아가고 있었다. 이 구름 밑 어딘가에 그녀가 지금까지 알고 있었던 세계가 있는 것이다.

빅토리아는 단정하게 고쳐 앉았다. 클립 부인이 무슨 이야긴가를 하고 있었다. 빅토리아는 귀에서 솜을 빼내고 이야기를 들으려고 옆좌석으로 몸을 돌렸다. 앞좌석의 루퍼트 씨가 일어서서 챙 넓은 중절모를 선반에 올려놓고는, 망토 모자도 가지런히 한 다음 다시 좌석에 편하게 앉았다.

"거만한 바보 같으니라고." 빅토리아는 이유도 없이 편견을 갖고 중얼거렸다.

클립 부인은 잡지를 앞에 펼쳐놓고는 편안하게 앉아 있었다. 페이지를 한 손으로 넘기다 잡지가 밑으로 떨어지면 그때마다 팔꿈치로 빅토리아를 찌르곤 했다.

빅토리아는 주위를 둘러보았다. 비행기 여행은 좀 진절머리 나는 것이라고 생각하면서 잡지를 펼쳐보다가 '우수한 속기 타이피스트가 되고 싶으면'이라고 쓰인 광고가 눈에 번쩍 들어왔기 때문에 몸서리치며 잡지를 덮고 등을 뒤로 기대고 에드워드를 생각하기 시작했다.

폭풍우가 쏟아지는 가운데 비행기는 카슬 베니토 공항에 도착했다. 빅토리아는 비행기 멀미 기운이 조금 있어서 클립 부인을 돌보는 일이 몹시 힘겨웠다. 그들은 비가 억수같이 쏟아지는 가운데 차를 타고서 숙박 장소로 갔다. 루퍼트 씨만이 군복에 붉은 금장을 단 장교의 마중을 받았고, 트리폴리타니아에 있는 누군가 참모의 저택으로 군대에서 마련한 차를 타고 가는 것 같았다.

일행은 도착해서 방을 지정받았다. 빅토리아는 클립 부인이 세수하는 것을 도와준 뒤 잠옷으로 갈아입혀 주었고, 저녁식사 때까지 좀 쉬도록 침대에 눕혀주었다. 그러고 나서 빅토리아는 자기 방으로 돌아와 침대에 누워 눈을 감았다. 바닥이 올라갔다 내려갔다 하는 광경이 눈에 비치지 않는 것만도 감사했다.

한 시간쯤 뒤 눈을 뜨니 피곤도 가시고 힘도 생겨 클립 부인을 돌보아주러 갔다. 한참 있으니 먼젓번보다 더 강압적인 스튜어디스가 와서는 차가 준비되었으니 식사하러 가라고 알렸다. 식사 뒤 클립 부인은 몇몇 승객들과 이야기를 나누기 시작했다. 유난히 눈에 띄는 줄무늬의 옷을 입은 남자는 아무래도 빅토리아가 맘에 드는지 연필 제조법에 대해 장황하게 이야기를 늘어놓았다.

얼마 뒤에 다시 숙박 장소로 차를 타고 돌아와, 다음 날 아침 5시 30분까지 떠날 준비가 되어야 한다고 짧게 지시받았다.

"트리폴리타니아는 거의 구경할 수 없나 봐요." 빅토리아는 조금 슬픈 듯이 말했다.

"비행기 여행은 늘 이런가요?"

"예, 그래요. 아침 5시 반부터. 그렇게 일찍 일어나야 한다는 것은 정말 슬픈 일이에요. 그런데도 공항에 가서는 한두 시간 기다리는 것이 보통이잖아요. 로마에서는 아직 어둠이 가시기도 전인 새벽 3시 반에 깨워서는 4시에 식당에서 아침을 먹은 일도 한 번 있었어요. 그런데 비행기는 8시가 돼서야 출발한 거예요. 그렇지만 목적지에 빠르게 도착할 수 있는 것이 비행기의 장점이니까."

빅토리아는 후유 하고 한숨을 쉬었다. 차라리 목적지에 빠르게 직행하지 않고 이곳저곳 들러서 가면 구경이라도 가능할 텐데. 그녀는 세계의 이곳저곳을 보고 싶었다.

"그런데 재미있는 이야기를 들었어요." 클립 부인은 흥분한 듯 말했다.

"그 좀 색다르게 보였던 남자, 영국인 말이에요. 항공회사 직원들이 굽실거리며 대했던 그가 누군지 알아냈어요. 그 대단한 여행가인 루퍼트 크로프턴 리래요. 물론 당신도 이름은 들어봤을 거예요."

그렇다, 빅토리아도 생각이 났다. 6개월 정도 전에 신문에 사진이 실렸었다. 루퍼트 경은 중국 오지(奧地)에 대하여 권위가 있었다. 티베트의 라사를 가본 몇몇 사람 중 하나이고, 쿠르디스탄의 인적 드문 지방과 소아시아를 두루 여행하였으며, 기지가 넘치고 흥미진진한 문장으로 쓰인 그의 저서는 널리 읽혀지고 있었다. 루퍼트 씨가 다소 자기를 과시하려는 것처럼 보였는데도, 그것은 충분한 이유가 있었다. 모자 달린 망토나 챙 넓은 모자도 지금 생각하니 그 자신이 선택한 차림새였다.

"정말 스릴이 있지 않아요?"

유명인을 좋아하는 클립 부인은 침대에 누우면서 이불을 고쳐 덮어주는 빅토리아에게 말했다.

입으로는 그렇다고 했지만 빅토리아는 내심으로는 루퍼트라는 사람보다 그 책 쪽이 훨씬 낫다고 생각했고 그 사람은, 뭐랄까 자기과시가 좀 심한 사람이라고 느꼈다.

다음 날 아침 출발은 순조로웠다. 날씨도 좋아져 해가 비치고 있었다. 빅토리아는 트리폴리타니아를 제대로 구경하지 못한 것이 끝내 아쉬웠으나 비행기는 카이로에 점심때까지는 도착하게 되어 있었고, 한편 카이로에서 바그다드로의 출발은 그다음 날 아침으로 예정되어 있어 오후에는 이집트를 조금이라도 구경할 수 있다는 즐거움이 있었다.

비행기는 바다 위를 날고 있었으나 얼마 안 있어 구름이 시야를 가려 밑의 푸른 바다를 볼 수 없게 되었기 때문에 빅토리아는 하품을 하고 등을 뒤로 기댔다. 앞좌석에서는 루퍼트가 벌써 자고 있었다. 망토 뒤의 모자가 머리에서 흘러 내려와 있었고, 드러난 머리는 앞으로 수그러져 때때로 끄덕끄덕하고 있었다. 빅토리아는 루퍼트 경 목 뒤에 작은 종기가 있는 것을 고소하다는 듯, 조금은 심술궂은 기분으로 쳐다보았다. 왜 그런 기분이 들었는지 이유를 설명하기는 어려웠다—아마 이 거만한 남자에게도 인간다운 약점이 있다는 것을 보았기 때문일 것이다. 그도 결국은 인간이고 육체적인 괴로움을 느낄 것이다. 단지 이 남자가 여전히 대단한 남자인 양 거드름을 피우고 다른 승객은 아랑곳하지 않는 것이 빅토리아의 신경을 건드렸던 것이다.

"도대체 자신을 어떤 사람이라고 생각하고 있는 것일까?"

빅토리아는 중얼거렸다. 대답은 확실했다. 그는 유명한 루퍼트 크로프턴 리이고 그녀는 보잘것없는 일개 속기 타이피스트, 빅토리아 존스였던 것이다.

카이로에 도착해 빅토리아는 클립 부인과 함께 식사를 했다. 클립 부인은 자기는 6시까지 낮잠을 자겠다고 하며 빅토리아에게는 원한다면 피라미드를 보러 가라고 말했다.

"당신이 차로 갈 수 있도록 준비해 두었어요. 왜냐하면 영국인은 재무성의 규제로 여기선 환전이 불가능하기 때문이죠."

어떤 경우에도 환전할 돈이 없었던 빅토리아는 지나칠 정도로 공손하게 감사의 뜻을 표했다.

"천만에요. 당신은 너무나도 나에게 잘해 주고 있어요. 달러를 가지고 여행하면 모든 면에서 편리해요. 키친 부인—왜 그 귀여운 아이들을 데리고 가는 부인도, 피라미드를 보고 싶다고 해서 괜찮으면 같이 가라고 했어요. 싫지 않다면—"

빅토리아에게 있어서는 공짜로 구경하게 되었으니 싫을 것은 아무것도 없었다.

"좋아요. 자, 그럼 어서 떠나는 게 좋겠어요."

오후의 피라미드 구경은 정말 즐거웠다. 빅토리아는 아이들을 싫어하는 편은 아니었으나 키친 부인이 아이들을 데리고 가지 않았다면 더 즐길 수 있었는데 하는 생각이 들었다. 관광에 아이들을 동행하는 것은 좀 생각해 볼 문제다. 아래 아이가 너무 보채는 바람에 예정보다 빨리 관광을 그만두고 돌아왔다.

빅토리아는 하품을 한번 하고는 침대에 몸을 던졌다. 카이로에 일주일만 더 있을 수 있다면—나일 강을 거슬러 올라가는 것도 즐거울 텐데. "도대체 돈은 어떻게 충당하려고?" 하며 한심스럽게 자기 자신에게 물었다. 한 푼도 내지 않고 바그다드에 갈 수 있는 것만도 기적이었다.

단지 몇 파운드의 돈을 가지고 바그다드에 도착해 도대체 어떻게 하려고 그러냐고 그녀 내부의 목소리가 차갑게 물어왔다.

빅토리아는 그 질문을 간단하게 물리쳤다. 에드워드가 일자리를 찾아줄 것이 틀림없다. 그것이 안 된다면 그녀 자신이 찾으면 될 것이다. 왜 미리 걱정하는가?

강렬한 햇빛에 눈이 부셨기 때문에 빅토리아는 어느 사이엔가 눈을 감고 있었다.

한참 지나 문을 두드리는 소리가 난 것 같아 빅토리아는 번쩍 눈을 뜨고는, "들어오세요."라고 외쳤다. 그러나 대답이 없었기 때문에 그녀는 침대에서 내려와 문으로 가 열어보았다. 그러나 노크 소리가 난 것은 그녀의 방이 아니고 복도 저만큼 앞의 방이었다. 빅토리아가 얼굴을 보지 못한, 검은 머리의 단정한 복장의 스튜어디스가 루퍼트 크로프턴 리 경의 방문을 두드리고 있었다. 빅토리아가 쳐다보고 있는데 그가 문을 열었다.

"이번엔 또 무슨 일이오?"

귀찮고 졸린 듯한 목소리였다.

"미안합니다, 방해를 해서, 루퍼트 경."

스튜어디스가 부드러운 목소리로 이야기하는 것이 들렸다.

"죄송합니다만 BOAC 사무실까지 좀 가주시겠습니까? 이 복도 세 번째 앞의 방입니다. 내일 바그다드행 비행기에 관해서 좀 말씀드릴 일이 있어서요……."

"할 수 없군. 지금 가겠소."

빅토리아는 문을 닫고 방으로 들어왔다. 졸음기가 어느 정도 없어졌다. 시계를 들여다보니 아직 4시 반이었다. 클립 부인을 도와주어야 할 때까지는 아직 한 시간 반이 남아 있었다. 그녀는 밖으로 나가 헬리오폴리스를 좀 산책하기로 했다. 그냥 걷는 데에는 돈을 요구하지 않았다.

그녀는 화장을 고치고 구두를 다시 신었다. 발이 부어서인지 구두가 꼭 끼었다. 피라미드까지 꽤 걸었던 것이다.

빅토리아는 방을 나와 복도를 따라 호텔의 중앙홀 쪽으로 걸었다. 세 번째 앞의 방에는 BOAC 사무실인지, 문에 그렇게 쓰인 팻말이 걸려 있었다. 문 앞을 막 지나려는데 문이 열리면서 루퍼트 경이 나왔다. 빠른 걸음에 두 걸음으로 그녀를 앞서 망토 자락을 날리며 걸어갔다. 무언가 화가 치미는 것을 참을 수 없는 듯했다.

6시에 빅토리아가 클립 부인의 방에 들어갔더니 그녀도 약간 화가 난 듯했다.

"내 짐이 중량초과가 되어 걱정이랍니다, 존스 양. 요금은 다 지불했는데도 카이로까지의 요금밖에 안 된다고 하는 거예요. 내일 이라크 항공으로 갈아타야 하는데, 내 표는 전구간 표인데도 초과중량분은 들어 있지 않다고 해요. 당신이 사무실에 가서 확인 좀 해줘요. 앞에 말한 것이 사실이라면 여행자용 수표를 다시 현금으로 바꿔야 하니까."

빅토리아는 알았다며 방을 나왔으나 BOAC 사무실을 금방 찾을 수 없었다. 한참 찾은 뒤에서야 홀의 반대편 훨씬 떨어진 복도에 있는 것을 알았다. 꽤 넓은 사무실이었다. 먼저 루퍼트 경이 들어간 곳은 오후 휴식시간 중에만 사용되는 임시 소규모 사무실일 거라고 빅토리아는 생각했다. 결국 제한중량을 초과한 짐에 대한 클립 부인의 걱정은 정당하게 처리되었고, 그 부인은 몹시 화를 냈다.

런던 시 사무실 서리의 건물 5층에 발하라 축음기 사무소가 있었다. 책상 뒤에 앉아 있는 남자는 경제학 책을 읽고 있었다. 전화벨이 울리자 남자는 수화기를 들어 조용하고 감정 없는 목소리로 말했다.

"발하라 축음기 회사입니다."

"여기는 샌더스입니다만."

"강. 샌더스입니까? 어느 강입니까?"

"티그리스 강입니다. AS(안나 쉴레)에 관해 보고합니다. 실은 놓쳐버렸습니다."

잠깐 침묵이 흘렀다. 조금 지나 조용한 목소리의 남자가 다시 말했다. 강철 같은 차가운 울림이 느껴졌다.

"잘못 들은 것은 아니겠지?"

"안나 쉴레를 놓쳐버렸습니다."

"이름을 그렇게 말할 필요는 없어. 이것은 자네의 중대한 실수야. 어떻게 그런 일이 생겼나?"

"그녀가 시립병원에 가서—그것에 관해서는 전에 말씀드린 대로입니다. 언니가 수술을 받았거든요."

"그래서?"

"수술은 성공적이었습니다. AS는 곧 사보이 호텔로 돌아갈 거라고 생각했습니다. 방은 그대로 있었으니까요. 그런데 돌아가지 않은 겁니다. 병원에는 망을 보게 했는데 확실하게 나간 흔적은 없습니다. 아직 병원 안에 있을 거라고 생각합니다."

"그런데 없어졌단 말이지?"

"그 사실이 지금 막 판명되었습니다. 구급차로 병원을 나갔다고 하는군요.

수술 다음 날."

"그녀가 자네들을 따돌린 거야."

"그런 것 같습니다. 미행할 때는 전혀 눈치채지 못했었는데요. 주의에 주의를 했었는데, 우리들 세 명은—."

"변명할 생각은 말게. 그래, 구급차는 어디로 갔나?"

"런던 대학 부속병원입니다."

"그 병원에는 어떻게 가게 되었는데?"

"그날 간호사를 동반하고 입원한 환자가 있었다고 합니다. 그 간호사가 안나 쉴레였습니다. 환자가 입원한 뒤 그 간호사가 어디로 갔는지 아무도 모른다고 합니다."

"환자는?"

"아무것도 모릅니다. 마취에서 깨어나지 않았기 때문에."

"그럼, 안나 쉴레가 대학병원에서 간호사 복장으로 나와서는 어디로 갔는지 모른단 말인가?"

"예, 만일 사보이 호텔로 돌아오면……"

상대편은 말을 가로막았다.

"사보이 호텔로 돌아갈 리는 없어."

"다른 호텔들도 찾아볼까요?"

"쓸데없는 짓이야. 그 정도는 예상했을 테니까."

"그럼, 다른 지시는?"

"항구를 체크해 보게—도버, 폭스턴 등등. 항공사도 함께. 특히 요 2주간의 바그다드행 예약을 조사해 보게. 본명으로 예약했을 리는 없을 테니까. 비슷한 나이의 승객을 자세히 들추어 조사해 보게."

"짐은 아직 사보이 호텔에 있습니다. 그 사이에 연락이 올지도 모르잖습니까."

"그녀가 그런 짓을 할 것 같은가. 자네는 바보일지 모르나 그녀는 그렇지 않아. 언니는 어떤가? 아무것도 모르고 있나?"

"병원에서 돌보아주고 있는 간호사를 만나보았습니다. 언니는 동생이 모건 딜 일로 파리에 가서 리츠 호텔에 묵고 있다고 생각하고 있답니다. 그리고 23

일에 비행기로 미국에 돌아갈 예정으로 알고 있답니다."

"AS는 언니에게는 아무것도 이야기하지 않은 것 같군. 하여튼 비행기 예약을 신경 써서 조사해 보게, 유일한 단서니까. 그녀로서는 어떻게 하든지 바그다드에 가야 하고, 또 제시간에 도착하려면 비행기를 이용할 걸세. 그리고 샌더스?"

"예."

"두 번의 실수는 용서할 수 없네. 이것이 자네의 마지막 기회일세, 알겠나?"

제9장

바그다드 공항 상공에 굉음을 내며 비행기가 나타났을 때, 영국 대사관 소속의 젊은 쉬리브넘 서기관은 체중을 실은 한쪽 다리를 다른 다리로 옮기면서 하늘을 올려다보았다. 모래바람이 분 듯 야자나무, 집, 사람 모두가 뽀얗게 먼지를 뒤집어쓰고 있었다. 정말로 불시에 불어왔다.

라이오넬 쉬리브넘은 굉장히 걱정스러운 듯 중얼거렸다.

"십중팔구 여기에는 내릴 수 없겠는데."

"그럼 어떻게 하지?" 친구인 해럴드가 물었다.

"그대로 바스라까지 가겠지. 그곳은 쾌청하다고 하니까."

"누구 대단한 사람이라도 마중나온 거야?"

젊은 쉬리브넘은 다시 끙끙 앓는 소리를 냈다.

"운이 나빴어. 신임 대사는 부임이 늦어지고 있고 랜스다운 고문(顧問)은 영국에 있어. 중동관계 고문 라이스는 독감 끝에 위가 나빠져서 대단한 고열로 고생하고 있다고 하고, 또 담당자는 테헤란에 가 있고, 그래서 내가 궂은일을 모두 한 손에 떠맡게 됐다. 이 루퍼트란 남자에 대해서는 늘 야단들이지. 왜 그런지 잘 모르지만 정보부 사람들까지 당황해 하는 거야. 그 사람은 세계 여행가 중 한 사람인데, 항상 사람의 발길이 닿기 어려운 곳을 낙타를 타고 여행하고 다니지. 왜 그렇게 그 남자를 중요시하는지 모르겠으나 내가 보기엔 대수롭지 않은 인물 같아. 하지만 난 그 사람 시키는 대로 따라주어야 해. 바스라에라도 데려가 달라면—사실은 엉뚱하게 그런 말을 할지도 모르지—난 어떻게 해야 하는 건지. 오늘 밤 기차로라도 가야 되는 건지, 아니면 내일 영국 공군기로라도 데려가야 하는 건지."

젊은 쉬리브넘은 다시 한숨을 쉬었다. 궂은일을 억지로 떠맡았다는 생각과 책임의 중대함에 몹시 기가 죽어 있었다. 3개월 전에 바그다드에 부임해 온 이래 계속해서 운이 안 좋았다. 여기서 한 번 더 난처한 일이 생기면 모처럼의 전도양양한 경력에 결정적인 결점이 되는 것이다.

비행기는 머리 위에서 한 번 더 힘차게 내려왔다.

"착륙이 불가능할 거야." 쉬리브넘은 중얼거리다가 곧 흥분한 목소리로 말했다.

"야, 이번에는 징말 내리려나 봐."

잠시 뒤 비행기가 무사히 정위치에 내리자 쉬리브넘은 그 대단한 사람에게 인사를 하려고 자리를 잡고 섰다.

그러나 그의 아직 관록이 붙지 않은 눈은 망토자락을 날리며 내려온 악당 같은 모습의 루퍼트에게 인사하기 위해 빠른 걸음으로 나가기에 앞서, 같은 비행기에서 내린 '조금 예쁜 여자'를 재빠르게 쳐다보고 있었다. 루퍼트의 몸차림에는 그다지 관심이 없었고 그저, "가장무도회에 나온 복장 같군." 하며 중얼거렸으나, 물론 입 밖에 내지는 않았다.

"루퍼트 크로프턴 리 경, 어서 오십시오. 저는 대사관의 쉬리브넘입니다."

루퍼트의 인사는 조금 기운이 없었다—착륙이 가능한지 어떤지 모르는 채 목적지의 상공을 불안하게 몇 번이고 선회한 뒤라 무리도 아니었겠지만.

"날씨가 거친 날입니다. 올해는 이런 날이 많았어요. 짐은 있습니까? 자, 그럼 이쪽으로. 차를 준비해 두었습니다."

공항에서 차를 타고 나오면서 쉬리브넘은 다시 말했다.

"여기서 착륙 못하고 다른 공항으로 가는 게 아닌가 걱정했습니다. 이런 날씨에는 조종사도 착륙하는데 손에 땀을 쥘 겁니다. 오늘 그 모래바람은 갑자기 일어났답니다."

루퍼트 경은 거만한 모습으로 양볼을 부풀리며 말했다.

"그런 일이 일어났다면 정말 큰일이었을 게요. 스케줄이 엉망이 되어버릴 테니. 내가 바그다드에 내리지 못했더라면 광범위하게 걸쳐 영향을 끼쳤을 겁니다."

'어, 이것 봐라, 너무 지나친데.' 쉬리브넘은 무례하게 생각했다.

'대단한 사람은 자기의 행동(行動)이 세상을 움직이고 있다고 생각하나 보지.'

그러나 그런 것은 내색도 하지 않고 맞장구를 쳤다.

"정말입니다. 큰일 날 뻔했습니다."

"그런데 신임 대사는 바그다드에 언제 오는 게요?"

"아직 확실한 것은 모릅니다."

"만나지 못해 유감이로군. 꽤 오래 못 만났는데. 그래, 1938년 인도에서 본 게 마지막이었던가."

쉬리브님은 공손하게 침묵을 지키고 있었다.

"아, 그리고 라이스도 여기에 있겠다고 했는데?"

"예, 중동관계 고문이십니다."

"능력있는 사람이지. 알고 있는 것도 많고 그 사람을 다시 만날 수 있어 기쁘다오."

"그런데 사실은, 라이스 고문은 공교롭게도 병이 나서서 검사를 받으려고 병원에 입원하셨습니다. 급성위장염이라고 하는군요. 바그다드에서 보통 일어나는 복통보다 질(質)이 나쁜 게 좀 심한 것 같습니다."

"뭐라고?" 루퍼트는 고개를 돌리면서 날카롭게 말했다.

"질이 나쁜 위장염이라고—흠, 갑자기 그렇게 된 게요?"

"그저께부터 그랬습니다."

루퍼트는 눈썹을 찌푸렸다. 거만하고 자신에 찬 모습은 없어지고 약간 걱정스러워하는 표정만이 보였다.

"이상해." 그가 중얼거렸다.

"이상한 일이야."

쉬리브님은 의아해하며 공손하게 그의 얼굴을 쳐다보았다.

"쉴레 그린 증상(症狀)일지도 모르겠다는 생각이 드는데……."

무슨 뜻인지 이해 못하는 쉬리브님은 그저 조용히 있었다.

그들을 태운 차는 파이살 다리에 다다라 거기서 왼쪽으로 꺾어져 대사관으로 향했다.

갑자기 루퍼트 씨가 상체를 앞으로 쑥 내밀었다.

"괜찮다면 잠깐 차를 세워 주겠소?" 그가 날카로운 목소리로 말했다.

"그래요, 오른편으로. 저 냄비가 진열되어 있는 가게 앞에."

차는 오른쪽 가장자리로 천천히 다가가서 섰다.

그곳은 아주 작은 아랍인 가게로, 조잡하게 만들어진 흰 진흙의 냄비와 물주전자가 산더미처럼 쌓여 있었다.

차가 서자 가게 주인과 이야기하고 있던 작달막한 유럽인 남자는 다리 쪽으로 걸어갔다. 한두 번 만난 일이 있는 I & P의 크로스비가 아닌가 생각했다.

루퍼트 경은 차에서 얼른 내려 그 작은 가게로 성큼성큼 걸어가 냄비 하나를 집어들고는 가게 주인과 아랍어로 빠르게 이야기하기 시작했다. 쉬리브넘은 아직 아랍어는 천천히 띄엄띄엄 이야기할 뿐 어휘도 부족해, 이야기 내용은 확실히 알 수 없었다.

가게 주인은 환한 얼굴로 양팔을 크게 벌리기도 하고, 몸짓 손짓을 해가면서 무엇인가를 설명했다. 루퍼트는 몇 개의 냄비를 손에 들고 뭔가 자꾸만 질문하고 있는 듯했다. 결국 입구가 좁은 주전자를 하나 골라, 몇 개인가 동전을 던져주고는 차로 돌아왔다.

"재미있는 기법이야. 몇천 년 동안 일관해서 만들어온 것 같군. 아르메니아 구릉지방에서도 비슷한 것이 발견되었었는데."

루퍼트는 좁은 주전자 입구에 손가락을 집어넣어 보기도 하면서 주전자를 몇 번이고 이리저리 돌려보았다.

"정말 조잡하게 만들어졌군요." 쉬리브넘은 그다지 감명을 받지 않은 듯이 말했다.

"예술적인 가치는 없으나 역사적으로는 흥미가 있다오. 여기에 귀 모양으로 생긴 손잡이가 붙어 있지요? 단순한 일용품을 들여다보면 역사적으로 흥미가 있는 사실을 알게 된다오. 그래서 나는 이런 물건들을 수집하고 있답니다."

차는 영국 대사관의 문으로 들어갔다.

루퍼트 경은 어서 방으로 안내해 달라고 했다. 흙으로 만든 물주전자에 대해 열심히 강의해 놓고는 막상 그 물건은 차에 무관심하게 놓고 내린 것을 보고 쉬리브넘은 가소롭게 생각했다. 그래서 일부러 2층으로 가지고 올라가 침대 옆의 작은 탁자 위에 정중하게 놓았다.

"아까 사신 물건입니다."

"아, 예, 고맙소."

루퍼트는 마음이 거기에 없는 듯한 표정이었다. 쉬리브넘은 한 번 더 점심을 곧 준비하겠으니 음료수는 원하는 것을 말해 달라고 하고는 물러나왔다.

쉬리브넘이 가고 나서 루퍼트 경은 창가로 가서 주전자 입구에 넣어져 있는 작은 쪽지를 꺼내어 폈다. 종이의 구김살을 펴니 두 줄의 글귀를 읽을 수 있었다. 몇 번이고 꼼꼼히 읽은 뒤 성냥으로 종이에 불을 붙였다.

그러고 나서 하인을 불렀다.

"부르셨습니까? 짐을 푸시겠습니까?"

"아직, 괜찮소. 쉬리브넘 씨를 여기로 불러주겠소?"

쉬리브넘은 조금 걱정스런 얼굴로 나타났다.

"무슨 일 있으십니까? 맘에 안 드시는 일이라도?"

"쉬리브넘 씨, 스케줄을 대대적으로 바꿔야 되겠소. 다른 사람들에게는 말하지 않았으면 하는데 괜찮겠소?"

"예, 물론입니다."

"바그다드는 아주 오래간만이오. 전쟁 이후로는 오지 않았었소. 호텔은 주로 강 맞은편 해안에 있지요?"

"예, 라시드 거리에."

"티그리스 강과 마주보고 있습니까?"

"예, 바빌로니아 팰리스 호텔이 그중 가장 큰 호텔입니다. 관(官)과 민(民)이 반씩 경영에 참여하고 있지요."

"티오라는 호텔에 대해 좀 알고 있소?"

"예, 꽤 번창하고 있지요. 식사도 잘 나오고, 마커스 티오라는 대단히 재미있는 남자가 경영자입니다. 바그다드에서는 그다지 알려지지 않은 얼굴이지요."

"그 호텔 방을 하나 예약해 주겠소, 쉬리브넘 씨."

"그렇다면 대사관에서 묵지 않으시겠다는 말씀입니까?"

쉬리브넘은 침착하지 못한 걱정스런 표정으로 말했다.

"그러나—그러나 모든 준비를 하고 있었는데."

"중지시키면 되지 않소." 루퍼트 경은 소리 지르듯 말했다.

"예, 물론입니다. 저는 별로⋯⋯."

쉬리브넘은 이야기를 계속하려다 말았다. 이 일로 누군가에게 욕먹을 것은 분명하다고 생각하고 있었다.

"사실은 좀 묘한 성질의 교섭을 해야 하는데, 대사관을 그 장소로 하기에는 부적당하다는 생각이 들어서 오늘 밤 티오 호텔방을 예약하고 싶어 그러는 게요. 대사관을 나갈 때에는 되도록 다른 사람들 눈에 띄지 않도록 해주길 바라오. 다시 말해, 티오 호텔에 대사관의 차로 가고 싶지 않소. 그리고 모레 카이로행 비행기에 좌석을 하나 예약해 주시오."

쉬리브넘은 더욱 낭패스런 표정이 됐다.

"하지만, 제가 듣기로는 적어도 닷새간은 머무신다고 했는데⋯⋯."

"계획이 바뀌었소. 여기서의 일이 끝나면 될 수 있는 대로 빨리 카이로에 가는 것이 절대적으로 필요해요. 그 이상 오래 머무는 것은 안전하다고 할 수 없소."

"안전이라고요?"

루퍼트는 얼굴에 쓰디쓴 미소를 짓다가 금방 표정을 바꾸었다. 쉬리브넘이 신병을 훈련시키는 프러시아 군 하사관에 은근히 비기고 있던 거만한 태도는 어디론가 없어지고 인간적인 매력이 갑자기 번져 나왔다.

"나는 평생 안전과는 거리가 멀게 살아왔소. 하지만 이번 경우 안전을 생각하는 것은 내 일신만을 위한 것이 아니오. 나 자신의 안전은 물론 동시에 많은 사람의 안전도 걸려 있기 때문이오. 그래서 지금 나를 위해서 그런 계획을 세우고 있는 거요. 모레 비행기 예약이 어려우면 우선권이 있는 군용으로라도 해주었으면 좋겠소. 오늘 밤 여기를 떠날 때까지 방에 죽 있겠소."

쉬리브넘이 어안이 벙벙한 듯 쳐다보는 것을 거들떠보지도 않고 덧붙여 말했다.

"공식상으로는 말라리아 기운으로 누워 있는 것으로 해주시오."

쉬리브넘은 알았다는 듯 고개를 끄덕거렸다.

"그러니까 식사는 필요없소."

"아니, 방으로 갖다 드릴 수도 있는데……."

"24시간 단식은 나에겐 아무것도 아니오. 여행 중에는 때때로 그 이상 긴 기간 동안 아무것도 먹지 않은 적이 있으니까. 자, 말한 대로 해주시오."

아래층으로 내려와 동료를 만난 쉬리브넘은 그들의 질문에 매정스럽게 투덜대며 말했다.

"그 사람 말로는 망토와 단검이 겨루는 시대라고 하더군. 루퍼트 크로프턴 리가 도대체 어떠한 인물인지 나도 확실히 모르네. 그의 호언장담이 진실인지 연극인지. 커다란 망토, 악당 같은 모자, 그 밖에 모든 것들. 그 사람 저서를 읽은 사람이 내게 얘기해 주더군. 자기를 과시하려는 면이 좀 있긴 하지만 그 사람은 정말로 그런 곳에 가서 그런 일을 한 모양이라고. 난 모르겠네만……, 토머스 라이스가 퇴원해 나와서 상대를 해주면 좋겠는데. 참, 도대체 쉴레 그린이 뭔가?"

"쉴레 그린?" 되물으며 동료는 눈썹을 찌푸렸다.

"뭐 벽지와 관련이 있는 건 아닐까? 아니면 유독한 비소의 일종이 아닐지."

"뭐라고?" 쉬리브넘은 눈을 크게 떴다.

"병명(病名)이라고 생각했는데, 아메바성 이질 같은 거 말이야."

"아니야, 화학물질의 일종이야. 아내가 남편, 또는 남편이 아내에게 몰래 독약을 먹일 때 사용되는 독성 있는 물질이야."

쉬리브넘은 몹시 놀란 듯 잠자코 있었다. 분명치 않던 사실이 끝이 보이기 시작했던 것이다. 크로프턴 리는 대사관의 중동관계 고문 토머스 라이스가 위장염이 아니고 비소중독으로 앓고 있는 것이라고 암시하고 있는 것이다. 그것은 거짓이 아니다. 루퍼트 경은 넌지시 자기의 생명도 위험에 처해 있음을 알리고 있었다. 대사관의 부엌에서 만들어진 음식이나 음료수를 먹지 않으려는 그의 결심은 쉬리브넘의 영국인다운 순수한 마음에 큰 충격을 주었다. 이게 도대체 어찌된 것일까? 그로서는 전혀 이해할 수 없는 노릇이었다.

제10장

빅토리아는 숨이 막힐 듯한 뜨거운 누런 먼지를 마셔가면서 바그다드는 맘에 안 드는 곳이라고 진절머리를 내고 있었다. 공항에서 호텔까지 계속 귀가 울릴 정도의 소음에 시달리면서 왔다. 요란한 자동차의 경적 소리로 미치는 게 아닌가 생각할 정도로 끈질기게 들려왔다. 사람들이 부르는 소리, 호각 소리, 그런데다가 한술 더 떠 귀청이 터질듯한 무의미한 경적 소리, 길거리의 그런 끊이지 않는 소음에 더하여 클립 부인의 가늘고 졸졸 흐르는 시냇물 소리 같은 목소리가 조금도 쉼 없이 계속 되고 있었다.

이렇게 저렇게 해서 티오 호텔에 도착했을 때에는 빅토리아는 조금 멍해 있었던 것이다.

번화한 라시드 가(街)에서 티그리스 강 쪽으로 작은 오솔길이 있었는데, 그곳에 있는 몇 개의 계단을 오르니 호텔 입구가 나왔으며, 만면에 미소를 띤 뚱뚱한 젊은 남자가 문 앞에서 그들을 맞이하고 있었다. 그야말로 두 팔을 벌리고 하는 환영의 몸짓 바로 그것이었다. 이것이 흔히 부르는 마커스 티오 호텔이고, 저 사람이 그 소유주인 티오 씨로구나 하고 빅토리아는 생각했다.

인사말을 하는 중간중간에 손님의 짐을 운반하는 심부름꾼을 재촉했다.

"또 찾아주셔서 기쁩니다, 클립 부인—그런데 팔이 어떻게 되신 겁니까? 아니, 그런 이상한 것을 다 팔에다 끼우고 계십니까?(바보 같으니라고! 가죽끈으로 붙잡아 맨 것이지 뭐긴 뭐야. 멍청하긴. 아니, 손님의 코트를 질질 끌고 있잖아!) 그건 그렇고, 일기가 불순한 날 도착하셨습니다. 전 착륙이 좀 힘들 거라고 생각했었습니다. 빙글빙글 끝없이 돌고만 있었으니 말입니다. 난 혼잣말로 이렇게 중얼거렸답니다—마커스, 너는 비행기로는 여행하지 마—하고요. 이렇게 급하게 무슨 일이 있으십니까? 아, 젊은 여자분과 함께 오셨군요—새로이 젊은 여자분을 바그다드에서 맞이하는 것은 항상 즐겁답니다. 그런데 해리슨 씨는 같이 안 오셨습니까—어제는 만나뵐 수 있을 거라고 생각했었는데. 자, 아무튼 술배라도 한잔해야겠는데요—."

그래서 마커스가 억지로 들게 한 더블 위스키의 영향도 있고 해서, 조금 휘청거리며 약간 어지럽다고 느낀 빅토리아는 안내받은 천장이 높고 흰 벽의 넓은 방을 둘러보았다. 황동으로 된 커다란 침대. 반들거리는 프랑스풍의 초현대적인 화장대. 고풍스럽고 묵직해 보이는 빅토리아 왕조풍의 옷장. 거기에 밝은 색의 플러시 천을 입힌 의자가 두 개 놓여 있었다. 발밑에는 그녀의 보잘것없는 짐이 놓여 있었고, 누런 얼굴에 백발이 성성한, 대단히 늙어 보이는 노인이 웃는 얼굴로 머리를 숙이고는 수건을 목욕탕에 두었고, 목욕을 한다면 물을 데우겠다고 했다.

"얼마나 걸리는데요?"

"20~30분이면 돼요. 지금 준비하겠습니다."

그는 아버지 같은 다정스런 미소를 지으며 물러갔다. 빅토리아는 침대에 앉아 머리를 손가락으로 빗어보았다. 먼지 때문에 끈적끈적했고, 얼굴에도 먼지를 뒤집어쓴 듯 따끔따끔했다. 거울을 보니 먼지 때문에 검은색 머리가 적갈색으로 변해 보였다. 커튼을 조금 젖히고 강이 내려다보이는 넓은 발코니 쪽을 바라보았으나 티그리스 강은 엷은 누런색의 안개로 덮여 있었다.

몹시 우울한 기분에 사로잡혀 빅토리아는 중얼거렸다.

"정말 싫은 곳이야!" 그리고 일어나 층계참을 가로질러 클립 부인의 방을 노크했다. 자기 자신을 청결히 하고 몸치장을 하기 전에 클립 부인의 몫으로 그녀에게 맡겨진 봉사를 해야만 했다.

목욕을 하고 나서 점심을 먹고 낮잠을 잔 뒤 빅토리아는 침실에서 발코니로 나가 꽤 좋은 경치라고 생각하면서 티그리스 강을 둘러보았다. 모래바람은 불지 않고 뿌연 안개 대신 밝고 환한 햇빛이 주위에 비치고 있었다. 강 건너편의 야자나무와 드문드문 서 있는 집들이 우아한 실루엣을 이루고 있었다.

아래 정원에서 이야기하는 소리가 들려왔다. 발코니 끝에 서서 내려다보니 지칠 줄 모르는 수다쟁이여서 어느 누구하고도 격의없이 이야기를 나누는 해밀턴 클립 부인이 영국인 부인과 벌써 친해졌는지 열심히 이야기하고 있었다. 이 영국인 부인은 여행지에서 흔히 만날 수 있는, 나이를 점칠 수 없는 여자로, 햇볕에 그을린 얼굴에는 화장기가 전혀 없었다.

"그 아가씨가 없었더라면 정말로 어떡했을까 끔찍하답니다."

클립 부인의 목소리가 들렸다.

"그 아가씨는 정말 상냥하답니다. 게다가 집안도 꽤 훌륭해요. 랭고 주교님의 조카딸이래요."

"주교, 누구라고요?"

"랭고 주교요."

"잘못 알고 있어요, 그런 사람은 없어요."

빅토리아는 눈살을 찌푸렸다. 가공의 주교 이름을 둘러댔는데, 대번에 시골 출신 같은 영국인 부인에게 들통이 나버린 것이다. 멍청히 그냥 있을 수 없는 일이었다.

"아, 내가 이름을 잘못 들었을 거예요." 클립 부인은 모호한 목소리로 말했다. "그렇지만 확실히 사람들이 좋아할 유능한 아가씨예요."

영국인 부인은, "예에!" 하고 아무래도 상관없다는 듯 짧게 대답할 뿐이었다.

빅토리아는 이 영국인 부인과는 될 수 있는 대로 얼굴을 마주치지 않는 것이 좋겠다고 생각했다. 그런 부류의 여자를 만족시킬 만한 과장된 이야기를 꾸며대는 것은 쉬운 일이 아니라고 생각했기 때문이다.

빅토리아는 방으로 들어와 침대에 앉아 자신이 처한 현재의 입장에 대하여 깊이 생각해 보았다.

이 티오 호텔이 이 근처에 흔히 있는 싼 숙박시설이 아니라는 것은 확실했다. 갖고 있는 돈은 단지 4파운드 17실링인데, 아까 또 푸짐하게 점심을 먹어버린 것이다. 그 대금은 아직 지불하지도 않았고, 또 해밀턴 클립 부인이 내주겠다고 하지도 않았다. 바그다드까지의 여비만을 대주는 것으로 정했고, 또 그에 만족해했었다. 빅토리아는 그렇게 해서 바그다드에 도착했으며, 한편 해밀턴 클립 부인은 주교의 조카이면서 간호사로 일한 적도 있고 비서 경험도 갖고 있는 그녀, 빅토리아 존스의 능숙한 돌봄을 받은 것이다. 요컨대 계약은 쌍

방이 만족해하는 가운데 끝난 것이다. 해밀턴 클립 부인은 밤기차로 키르쿡에 갈 것이다—그리고 그녀와의 관계는 끝난다. 빅토리아는 문득 어쩌면 클립 부인이 꼭 받아달라며 헤어질 때에 다소라도 돈을 주는 것이 아닌가 하고 헛된 기대를 품었다가 그런 일은 유감스럽게도 없을 것이라고 고쳐 생각했다. 빅토리아가 돈이 없어 곤란해하고 있는 걸 클립 부인이 알 까닭이 없기 때문이다. 그러면 빅토리아로서는 이럴 때 어떻게 해야 될 것인가? 대답은 곧 나왔다. 그야 에드워드를 찾아보는 일이다.

그때 문득 한심하다는 생각과 함께 자기가 에드워드란 이름밖에 모른다는 사실을 떠올렸다. 바그다드와 에드워드만 알아서는 찾기 힘들다. 마치 애인인 길버트란 이름과 영국인이란 것만 알고 영국으로 온 사라센 소녀같이. 로맨틱한 이야기이긴 하지만 그것만으로는 분명히 불편했다. 하긴 십자군 때의 영국에서는 어느 누구도 성만 가지고 있지 않았다는 것은 사실이나, 영국은 바그다드보다 크다. 그리고 당시의 영국은 그렇게 인구밀도가 조밀하지는 않았을 것이다.

빅토리아는 그런 흥미 있는 억측에서 벗어나 다시 엄연한 사실에 생각을 돌렸다. 그녀는 빨리 에드워드를 찾아야만 되고, 에드워드는 그녀에게 일자리를 구해 주어야만 한다. 그것도 역시 빨리.

에드워드의 성(姓)은 모르지만 그는 바그다드에 래스본 박사의 비서로 왔다. 래스본 박사는 어쩌면 유명인일지도 몰라.

빅토리아는 얼굴에 분을 바르고 머리를 손으로 가지런히 한 다음 필요한 정보를 얻기 위해 아래층으로 내려갔다.

그때 홀을 지나가던 마커스가 반갑게 말을 걸었다.

"아, 존스 양. 함께 한잔하실까요? 난 영국 여자를 몹시 좋아한답니다. 바그다드에 온 영국 여자는 모두 내 친구입니다. 우리 호텔을 모두 편안해 하십니다. 자, 이쪽으로, 바로 가십시다."

사준다는 것은 고마운 일이기 때문에 빅토리아는 두 번쯤 거절하다가 못 이기는 척하고 따라갔다.

의자에 앉아 진을 마셔가면서 빅토리아는 정보를 모으기 시작했다.

"최근 바그다드에 온 래스본 박사라고 혹시 아세요?"

"바그다드 사람이라면 모두 알고 있습니다." 마커스 티오는 재미있는 듯 말했다.

"그리고 모든 사람들이 이 마커스를 알지요. 정말입니다. 정말 난 친구가 참 많습니다."

"그렇겠군요. 그럼 래스본 박사님을 아세요?"

"지난주엔 중동 공군을 지휘하는 중장이 묵었답니다. 그분이 나에게 말하기를, '마커스, 우린 1946년 이후엔 만나지 못했는데, 자넨 그때보다 조금도 야위지 않았어.'라고 하잖겠소. 정말 좋은 사람입니다. 난 그 사람을 대단히 좋아합니다."

"래스본 박사님은 어떠세요? 좋은 사람인가요?"

"나는 말입니다. 즐길 줄 아는 사람을 좋아합니다. 언짢은 얼굴을 하고 있는 사람은 싫어하지요. 명랑하면서 젊고 매혹적인—꼭 당신 같은 사람이 좋습니다. 그 중장이 나에게, '마커스, 자넨 여자를 좋아하는 것이 옥의 티일세.' 하잖습니까. 그래서 내가 말했죠. '아닙니다. 내 단점은 마커스 자신을 너무 좋아하는 겁니다.'"

이렇게 말하며 크게 웃다가 갑자기 멈추고는 큰 소리로 외쳤다.

"지저스, 지저스!"

왜 느닷없이 예수 그리스도를 부르는 것일까 하고 빅토리아는 깜짝 놀랐다. 그러나 지저스는 이곳 바텐더의 이름이었다. 빅토리아는 다시 한 번 중동은 이상한 곳이라고 생각했다.

"진 오렌지, 그리고 위스키를 한 잔 더 주게."

"아니에요, 전 됐어요."

"자, 그런 소리 하지 마시고, 이건 아주아주 약해요."

"래스본 박사님에 대해서……." 빅토리아는 끈덕지게 물었다.

"그 해밀턴 클립 부인—이름이 좀 이상해요. 아가씨와 함께 도착한 그 여자, 미국사람이죠—아닙니까? 난 미국 사람도 역시 좋아합니다. 하지만 영국 사람이 가장 좋지요. 미국 사람들은 항상 걱정거리가 있는 듯이 보입니다. 하지만 때로는 명랑한 사람도 있지요. 서머스 씨는—그 사람 아시오? 바그다드에 오면 술을 굉장히 많이 마십니다. 그리고 3일 동안은 일어나지 않고 계속 잠만 잔답니다. 그것은 너무 지나쳐요, 좋지 않습니다."

"제발 좀 저 좀 도와주세요." 빅토리아는 무의식중에 이 말을 했다.

마커스는 놀란 듯한 표정을 지었다.

"물론 도와드리죠. 난 항상 친구를 도와준답니다. 아가씨가 원하는 것을 나한테 말해 봐요—그럼 곧 그렇게 해 드리리다. 스페셜 스테이크—아니면 쌀, 건포도, 약초를 넣어 만든 칠면조 요리—아니면 병아리 요리?"

"전 병아리 요리를 원하는 게 아니에요." 빅토리아가 말했다.

"지금은 조금도." 그녀는 조심스럽게 덧붙였다.

"전 래스본 박사를 찾고 싶어요, 래스본 박사를. 그분은 바그다드에 도착한 게 확실해요. 비서—비서와 함께 말이에요."

"나는 모르겠는데." 마커스가 말했다.

"티오에는 묵고 있지 않아요."

아무래도 티오 호텔에 묵지 않는 인간은 마커스에게는 존재하지 않는 거나 다름없는 듯했다.

"하지만 다른 호텔도 있잖아요?" 빅토리아는 물러서지 않았다.

"아니면 아마 자기 집이 있을지도요?"

"오, 그래요. 다른 호텔도 있지요. 바빌로니안 팰리스, 세나체리브 조바이드 호텔. 좋은 호텔이죠. 하지만 티오 같지는 않습니다."

"그렇겠죠. 하지만 래스본 박사가 그중 어딘가에 묵고 있지 않을까요? 무슨 단체인가를 하고 있는 것 같던데—문화라고 하던가, 책과 관계가 있는데."

문화라는 말을 듣고 마커스는 갑자기 진실한 얼굴이 되었다.

"그것은 정말 우리가 필요로 하는 겁니다. 문화는 크게 장려해야만 하지요. 예술과 음악, 정말 좋은 겁니다. 참으로 훌륭하지요. 얼마 되지는 않았지만 난 바이올린 소나타를 좋아합니다."

그 말에 전혀 다른 의견이 없었으나—바이올린 소나타 운운에 관해서는 말이다. 빅토리아는 자신의 목적에 도무지 가까이 가고 있지 않다는 것을 느끼고는 초조해졌다. 마커스와의 대화는 재미있었고, 또 그는 인생에 대해 어린애 같은 정열을 갖고 있는 매력 있는 남자였다. 그러나 그와 이야기하고 있으면 이상한 나라의 엘리스가 언덕으로 나 있는 길을 찾기 위해 애쓰는 것이 떠올랐다. 다시 말해서 어떤 대화도 결국은 출발점—즉, 그 자신 마커스의 일로 되돌아가 버리는 것이었다.

빅토리아는 한 잔 더 하라는 것을 거절하고는 풀이 죽은 듯 기운 없이 일어섰다. 조금 비틀거리고 있었다. 마커스가 권한 각테일은 약한 것이 아니었다. 바에서 나와 테라스로 나가 난간을 잡고 강을 내려다보고 있는데 누군가가 뒤에서 말을 걸어왔다.

"실례합니다만 코트를 입는 것이 좋겠군요. 영국에서 와서 여름 같은 느낌이겠지만 해 질 녘엔 그래도 춥습니다."

뒤돌아보니 조금 전 클립 부인과 이야기하던 영국인 부인이었는데, 그녀는 사냥개 조련사 같은 쉰 목소리를 내고 있었다. 모피코트를 입었고, 무릎에는 무릎받이를 댔으며, 위스키에 소다수를 넣은 하이볼을 홀짝거리고 있었다.

"아, 고맙습니다."라고 말하고 빅토리아는 그곳을 재빠르게 피하려 했으나 그렇게는 할 수 없었다.

"내 소개를 해야만 하겠어요. 나는 카듀 트렌치 부인이랍니다(의문은 풀렸다. 그 유명한 카듀 트렌치 집안사람이었던 것이다). 당신은 그 누구라고 하던가, 아, 해밀턴 클립 부인과 같이 왔죠?"

"예, 그래요." 빅토리아가 말했다.

"그분 말이, 당신이 랭고 주교의 조카딸이라고 하던데?"

빅토리아는 정신을 똑바로 차렸다.

"그분이 그런 말을 했어요?"라며 조금 흥미 있는 듯한 어조를 적당히 나타내면서 빅토리아가 되물었다.

"아마 잘못 들었나 보죠?" 카듀 트렌치 부인이 말했다.

빅토리아는 생긋 웃었다.

"미국 사람들은 자칫하면 영국 사람의 이름을 잘못 알아듣는답니다. 때론 랭고라고 들릴 때도 있지만, 제 큰아버지는—"

빅토리아는 순간적으로 생각해내서 말했다.

"랭구아오 주교랍니다."

"랭구아오?"

"예—태평양 군도 중 하나지요. 그분은 식민지 주교세요."

"오, 식민지 주교라고요?"

카듀 트렌치 부인은 목소리를 적어도 한 음 반 정도는 낮춰 중얼거렸다.

예상한 대로 카듀 트렌치 부인은 다행스럽게 식민지 주교에 대해서는 전혀 모르는 듯했다.

"그렇군요. 이젠 알겠네."

궁여지책으로는 꽤 잘한 설명이라고 빅토리아는 만족해했다.

"그런데 여기에는 무슨 일로?"

카듀 트렌치 부인은 본디부터 타고난 호기심에 차 있는 것을 감추고 몹시 붙임성 있는 듯이 하고 있었으나, 얼떨결에 직접적으로 물어버린 것으로 보아 빤히 알 수 있었다.

'런던 한복판에서 잠깐 만나 이야기를 나눈 청년을 찾으러' 왔다고는 말할 수 없었고, 클립 부인에게 말했던 짧은 신문기사가 생각나 빅토리아는 그렇게 대답했다.

"큰아버지인 파운스풋 존스에게 온 거예요."

"아, 그분의 친척이세요?"

카듀 트렌치 부인은 겨우 빅토리아의 신원을 확실히 알겠다는 듯 기뻐했다.

"작은 키에 정말 매력있는 신사죠. 조금 건망증이 있긴 해도—하시는 일을 보면 무리도 아니지요. 작년에 런던에서 그분의 강연을 들었어요—훌륭한 강연이었지요. 비록 무슨 말인지 알아듣지는 못했지만. 아, 그래요, 2주 전에 바그다드에 들르셨다고 하던데. 이번에도 젊은 여자 몇 명을 조사단에 함께 데리고 오셨을 거예요."

신분이 확실해졌기 때문에 이번에는 빅토리아 쪽에서 지체없이 질문을 했다.

"래스본 박사님이 바그다드에 오셨나요?"

"예, 오셨어요. 다음 주 화요일에 협회에서 강연을 하세요. 국제관계와 인류

형제애 비슷한 제목으로요. 그런 걸 물어보다니 좀 우스운데요. 사람들은 모이면 모일수록 서로 간에 점점 더 의심을 하게 된답니다. 시나 음악, 또는 셰익스피어나 워즈워드의 작품을 아랍어, 중국어, 힌두스탄어로 번역하는 데 심혈을 기울이고 있답니다. 하지만 '강가의 앵초꽃……' 같은 시가 앵초꽃을 본 적도 없는 사람에게 무슨 도움을 주겠어요?"

"그런데 박사님은 어디에 묵고 계시나요?"

"바빌로니아 팰리스 호텔이라고 알고 있어요. 하지만 그 협회본부는 박물관 가까이에 있어요. '올리브 가지회(會)'라고 하는 좀 우스꽝스런 이름이지요. 목에는 때가 끼고, 안경에다가 작업바지를 입은 젊은 여자들이 많이 드나들고 있답니다."

"그 박사님 비서를 좀 알고 있어요."

"아, 에드워드 뭐라고 하는 청년 말이죠—좋은 사람이에요. 그런 하잘것없는 일에는 아까운 사람이지요. 전쟁 때는 수훈을 세웠다고도 하더군요. 하지만 요즈음은 일자리가 많지 않으니. 외모도 멋지더군요. 거기서 열심히 일하고 있는 젊은 여자들은 모두 그 사람 때문에 가슴이 설렐 거예요."

몸이 달아오르는 듯한 질투심이 빅토리아의 가슴을 찔렀다.

"올리브 가지회가 어디에 있다고 하셨죠?"

"두 번째 다리를 건너 모퉁이를 돌면 래시드 가에서 나 있는 골목길이 있어요—바로 거기예요. 눈에 잘 띄지는 않지만. 구리로 만든 그릇을 파는 상점가에서 별로 멀지 않은 곳이에요. 그런데 파운스풋 존스 부인은 어떻게 되었나요? 곧 이곳에 올 건가요? 건강이 좋지 않다고 들었는데?"

듣고 싶은 정보를 들었기 때문에 빅토리아는 그 이상의 거짓말로 위험을 무릅쓰고 싶지 않기에 시계를 들여다보고는 놀란 듯한 목소리로 말했다.

"어머, 큰일났네. 클립 부인을 6시 반에 깨워 출발 준비를 도와드리기로 했었는데. 가봐야겠네요, 실례합니다."

이 변명은 모두 거짓말은 아니었다. 다만 7시를 6시 반으로 바꾼 것뿐이다. 계단을 오르는 빅토리아의 발걸음은 몹시 가벼웠다. 내일은 올리브 가지회에서 에드워드와 만날 수 있을 거야. 목에 때가 낀 열성적인 여자! 하나도 매력적으로 들리지 않아…… 하지만 남자는 위생적인 중년의 영국 부인과는 달라서 목에 때가 낀 것 가지고는 흠을 잡지 않을지도 모르지. 특히 때가 낀 장본인이 찬탄과 숭배에 찬 크고 빛나는 눈으로 뚫어지게 쳐다보기라도 한다면.

저녁시간은 빠르게 지나갔다. 빅토리아는 식당에서 조금 이른 저녁을 클립 부인과 함께 먹었다. 클립 부인은 온갖 잡다한 이야기를 거의 혼자서 떠들었다. 그녀는 빅토리아에게 자기 딸이 있는 곳에 한번 꼭 와달라고 했다—빅토리아는 그 주소를 조심스럽게 써놓았다. 이곳에서 어떤 일이 생길지 모르는 일이라고 생각했기 때문이다…… 클립 부인을 북부역까지 배웅 나가 기차 객실에 무사히 앉는 것을 지켜보았고, 역시 키르쿡까지 가는 클립 부인의 친척을 소개받았다. 내일 아침엔 이 사람이 클립 부인을 돌보아줄 것이다.

기차의 엔진이 고민하는 인간의 신음소리같이 우울한 비명을 내기 시작했을 때 클립 부인은 작고 두툼한 봉투를 빅토리아의 손에 쥐어주었다.

"이것은 우리의 즐거웠던 만남을 잊지 않으려는 표시예요, 존스 양. 그저 감사의 뜻으로 받아주면 고맙겠어요."

빅토리아는, "이렇게 친절히 해주셔서 정말 감사합니다, 클립 부인" 하며 기쁜 듯이 말했다. 그때 엔진이 네 번째이자 마지막으로 극도의 고민을 절규하는 듯한 소리를 내고는 기차는 천천히 역을 빠져나갔다.

빅토리아는 호텔에 어떻게 해서 돌아가야 되는지도 전혀 모르고, 또 물어볼 만한 사람도 보이지 않아서 하는 수 없이 역에서 택시를 타고 돌아왔다.

티오 호텔에 돌아온 빅토리아는 방으로 뛰어 올라가 얼른 봉투를 뜯었다. 안에는 나일론 스타킹이 두 켤레 들어 있었다.

다른 때 같았으면 빅토리아는 황홀할 정도로 기뻐했을 것이다—나일론 스타킹은 그녀로서는 쉽게 손에 넣을 수 없는 사치품이었기 때문이다. 그러나 지금은 현금이 들어 있지나 않을까 하는 기대를 갖고 있다가 그만 실망하고 말았다. 클립 부인은 5디나르 지폐를 그녀에게 주는 것은 실례라고 생각한 모양이다. 빅토리아로서는 그렇게까지 신경 쓰지 않았으면 좋았을 걸 하고 씁쓸름해 했다.

그러나 내일은 에드워드를 만날 수 있어. 빅토리아는 옷을 벗고 침대로 들어간 지 채 5분도 안 되어 잠이 들었다. 그녀는 공항에서 에드워드와 함께 비행기를 기다리는 꿈을 꾸었다. 그 꿈속에서 안경을 낀 여자가 에드워드의 목을 끌어안고 놓아주지 않았으며, 그 사이 비행기는 천천히 움직이기 시작했던 것이다.

　빅토리아가 눈을 뜨니 눈부신 햇빛이 내리쬐는 상쾌한 아침이었다. 옷을 갈 아입고 창밖의 넓은 발코니에 나가보았다. 조금 떨어진 곳에 놓아둔 의자에 이쪽으로 등을 보이고 한 남자가 앉아 있었다. 힘줄이 불거진 붉은 갈색의 목 언저리까지 회색의 고수머리가 나 있었다. 잠깐 고개를 돌렸을 때 유심히 바 라보고는 그 남자가 루퍼트 크로프턴 리라는 것을 알고는 빅토리아는 너무너 무 놀랐다. 왜 그렇게 놀랐는지 그녀 자신도 잘 몰랐다. 아마 루퍼트 경같이 중요한 인물은 대사관에나 묵게 될 텐데 하고 여겨졌기 때문일 것이다. 그런 루퍼트 경이 이 호텔 발코니에서 티그리스 강을 아주 진지하게 쳐다보고 있었 던 것이다. 루퍼트 경이 앉아 있는 의자 옆에 쌍안경이 매달려 있는 것도 보 였다. 새라도 관찰하고 있는 것일까.

　빅토리아가 그전에 조금 매력을 느낀 적이 있었던 청년이 조류연구가여서 그녀도 몇 번인가 함께 멀리로 나갔던 적이 있었다. 그때에는 살을 에는 듯 한 바람이 불고, 비가 오는 숲속에서 얼마인지도 모를 긴 시간 동안 몸이 마비 될 정도의 갑갑한 자세로 서서 있어야 했었다. 그런 끝에 그 남자가 황홀해하 며 쌍안경을 들여다보라고 해서 쌍안경을 통해 보니, 보통 울새나 검은방울새 보다도 보잘 것 없는 작은 새가 멀리 있는 작은 가지에 앉아 있었던 것이다.

　빅토리아는 계단을 내려와 호텔의 두 건물 사이 테라스에서 마커스 티오와 마주쳤다.

　"루퍼트 크로프턴 리 경이 여기에 묵고 계시던데요?"

　"아, 그래요." 마커스는 기쁜 듯이 말했다.

　"정말로 좋은 사람입니다."

　"잘 아세요, 그분?"

"아니오. 이번에 처음 뵀지요. 대사관의 쉬리브넘 씨가 어젯밤 모시고 왔답니다. 쉬리브넘 씨도 참 좋은 사람이지요. 그 사람은 잘 알고 있습니다만."

아침을 먹으러 식당에 가면서 빅토리아는 좀 궁금해했다. 마커스가 좋은 사람이라고 생각지 않는 인물이 있을까 하고 말이다. 박애정신의 소유자인 것처럼.

아침식사 뒤 빅토리아는 서둘러 올리브 가지회를 찾아보려고 나섰다.

런던에서 나서 런던에서만 자란 런던내기인 빅토리아는 막상 나서기 전까지는 바그다드 같은 도시에서 특정 장소를 찾는 일은 그다지 어렵지 않을 거라고 생각했었다.

현관을 나설 때 또 마커스를 만나게 되어 그에게 박물관 가는 길을 물어보았다.

"훌륭한 박물관이지요." 마커스는 웃는 얼굴로 말했다.

"대단히 오래되고 흥미있는 물건이 많이 있습니다. 난 사실은 가본 적은 없으나 고고학자 친구들은 많아요. 그들은 바그다드에 들를 때마다 항상 여기에 묵지요. 베이커 씨, 리처드 베이커 씨라고 아나요? 그리고 칼츠만 교수, 파운스풋 존스 박사, 매킨타이어 부부—이런 분들이 모두 이 티오 호텔에서 묵는답니다. 모두 내 친구이지요. 그 사람들이 나에게 박물관 진열품에 대해서 이야기해 주었는데 너무너무 재미있더군요."

"그 박물관이 어디에 있나요? 어떻게 가야 되죠?"

"라시드 가를 따라 곧바로 가세요—꽤 긴 거리지요. 파이살 다리를 돌아 은행가를 지나서, 은행가는 아나요?"

"아뇨, 아무것도 몰라요." 빅토리아가 말했다.

"거기서 조금 더 가면 또 길이 있지요—역시 다리와 통하는 길인데, 박물관은 그 길 오른편에 있어요. 그 박물관의 영국인 고문 비툰 에반스 씨를 만나보시지요—아주 좋은 사람입니다. 그리고 그의 부인도 역시 좋은 사람이고 그녀는 전쟁 중에 수송대 하사관으로 이곳에 왔었다고 하더군요. 정말 좋은 사람이에요."

"사실은 박물관에 가려는 게 아니에요." 빅토리아가 말했다.

"전 어떤 단체를 찾고 싶은데—올리브 가지회라고 하는 클럽의 일종인 것 같아요."

"올리브가 필요하시다면 내가 멋있는 것으로 드리지요—질도 좋은 것으로 말입니다. 특별히 나를 위해 좋은 것을 대주고 있는 가게가 있지요—티오 호텔을 위해. 오늘 저녁식사 테이블에 조금 갖다 놓지요."

"참 친절도 하시네요."

빅토리아는 이렇게 말하며 라시드 가로 도망치듯 나왔다.

"왼쪽으로 가요, 오른쪽으로 가지 말고. 하지만 박물관까지는 멀어요. 택시를 타는 편이 좋아요."

마커스는 그녀의 뒤에다 대고 외쳤다.

"택시 운전사가 올리브 가지회가 어디에 있는지 알고 있을까요?"

"천만에, 그 친구들은 어디에 무엇이 있는지 잘 몰라요. 왼쪽으로, 오른쪽으로, 서요, 가요—하고 당신이 가고 싶은 곳을 말해 주어야 해요."

"그렇다면 걸어가는 편이 낫겠군요." 빅토리아가 말했다.

빅토리아는 라시드 가로 나와 왼쪽으로 꺾어졌다.

바그다드는 그녀가 생각했던 것하고는 많이 달랐다. 혼잡한 큰 거리를 많은 사람들이 걸어다니고 있었고 자동차가 격렬한 경적 소리를 내고 있었으며, 사람들이 외치는 소리도 시끄럽게 들려왔다. 쇼윈도에는 유럽 제품이 빽빽이 진열되어 있었고, 주위에서는 각각거리며 기세 좋게 침 뱉는 소리가 들려왔다. 신비스러운 동양적인 복장은 어디를 보아도 찾아볼 수 없었고, 다 떨어졌거나 후줄근한 서구식의 복장만이 눈에 띄었다. 옛날 육군이나 공군장교 군복을 입은 남자도 드문드문 눈에 띄었다. 이따금씩 긴 검은 옷에 베일을 두르고 발을 질질 끌며 더디게 걷는 사람도 있었으나, 유럽풍이 가미된 스타일의 옷을 입고 활보하고 있는 사람들 가운데서는 찾아볼 수 없었다. 거지가 우는 소리를 하며 그녀에게 다가왔는데 더러운 아기를 안고 있는 여자였다. 발아래 포장한 길은 울퉁불퉁했고 군데군데 구멍이 움푹움푹 패여 있기도 했다.

빅토리아는 집에서 멀리 떨어진 이상한 곳에서 길을 잃은 어린아이처럼 어쩐지 불안한 느낌에 사로잡힌 채 계속 걸어갔다. 여행의 매력은 없었고, 단지 불안만이 느껴지고 있었다.

그녀는 마침내 파이살 다리에 다다라서는 그 다리를 지나 계속 걸어갔다. 빨리 올리브 가지회 사무실을 찾아야지 하면서, 조급했음에도 불구하고 가게 진열대의 기묘하고 잡다한 물건들에 호기심이 끌렸다. 아기 구두와 양말, 치약, 화장품, 손전등, 중국제 찻잔과 받침—그런 것들이 어수선하게 늘어져 있었다. 이러저러하는 사이에 일종의 매력이 천천히 그녀를 붙잡는 것을 느꼈다. 그것은 여러 종류의 잡다한 인종의 다양한 욕구를 만족시켰을, 세계 도처에서 모여든 상품들이 자아내는 매력이었다.

그녀는 겨우 박물관은 찾았으나 올리브 가지회가 있는 곳은 아직 찾지 못했다. 런던에서 길을 찾는 데 익숙해져 있는 그녀에게는 지금 자기 주위에 물을 수 있는 사람이 아무도 없다는 것이 믿겨지지 않았다. 그녀는 아랍어를 몰랐던 것이다. 물건을 팔려고 그녀에게 영어로 이야기하는 상인에게 올리브 가지회가 어디에 있느냐고 물어보았으나 멍하니 쳐다만 볼 뿐이었다.

순경에게 물어보면 되겠으나, 팔을 힘차게 흔들며 호루라기를 불어가면서 교통정리를 하고 있는 순경을 바라보았을 뿐 여기서는 물어도 소용없다는 느낌이 드는 것이었다.

빅토리아는 쇼윈도에 영어로 쓰인 책들을 진열해 놓은 서점에 들어갔으나 올리브 가지회라고 물어도 서점 주인은 어깨를 움츠리며 고개를 흔들 뿐이었다. 유감스럽게도 그들은 올리브 가지회와 전혀 관계가 없는 듯했다.

그리고 나서 그녀가 길을 따라 걷고 있는데 어디선가 망치 소리와 뎅그렁하고 울리는 소리가 들려왔다. 길고 어두침침한 골목길을 들여다보고 빅토리아는 문득 카듀 트렌치 부인이 올리브 가지회는 구리로 만든 그릇을 파는 상점가 가까이에 있다고 말한 것이 생각났다. 여기가 그 상점가인 것 같았다.

빅토리아는 마음을 가라앉히고 그 골목길로 들어갔다. 그러고는 족히 45분 정도는 올리브 가지회를 깨끗이 잊고 있었다. 그 정도로 이 상점가에 매료당했던 것이다. 불어서 끄는 램프, 녹여진 구리로 물건들을 만드는 그 모든 과정은 가게에 쌓여진 완제품만 보아온 런던내기에게는 신의 계시인 양 멋져만 보였던 것이다. 시장 안을 정처없이 이리저리 돌아다니다가 어느 사이엔가 구리 제품 상점가를 뒤로 하고 화려한 줄무늬의 소형 담요와 누벼서 만든 목면 침대 커버를 팔고 있는 번화한 곳에 와 있었다. 아치형 천장의 어두컴컴한 골목 안에서는 유럽제품과는 전혀 다른 모양을 보이는, 멀리 바다를 건너온 듯한 진귀품들이 이국적인 정서를 풍기고 있었다. 화려하게 염색된 싸구려 목면이 눈을 즐겁게 했다.

때때로 발렉, 발렉하고 외치며 당나귀나 짐을 실은 노새를 끄는 사람들이 그녀 옆을 지나갔고, 많은 짐을 등에다 균형잡히게 진 남자도 지나갔다. 커다란 좌판을 끈으로 해서 목에다 건 소년들이 그녀 옆으로 쏜살같이 달려왔다.

"자, 아가씨, 고무줄이에요. 좋은 고무줄, 영국제 고무줄이에요. 이건 빗이에요. 영국제 빗, 필요하지 않으세요?" 억지로 사게 하려는 듯 물건을 코앞에까지 들이밀며 달려들었다. 빅토리아는 행복한 꿈을 꾸듯이 계속 걸어만 갔다. 세계를 두루 보며 걷는 듯했다. 넓은 아치형 천장 안의 어두컴컴한 가게들이 즐비한 골목길을 이리저리 꺾어질 때마다 전혀 예상치 않은 것들과 마주쳤다. 바느질집들이 있는 골목에는 양복을 입은 유럽 신사의 그림을 걸어놓은 가게 안에서 주인이 한 땀 한 땀 정성스럽게 손을 움직이고 있었다. 가게 앞에는 손목시계와 싸구려 보석도 진열되어 있었다. 벨벳과 금실, 은실로 정교하게 수를 놓은 비단이 여러 필 쌓여 있는 가게 옆을 무심코 꺾어져 걸어가니 볼품없는 유럽풍의 헌 옷을 팔고 있는 골목이 보였다. 어딘지 모르게 처량하게 보이는, 색이 바랜 점퍼며 해진 긴 겉옷 등이 있었다.

그리고 가끔 넓고 조용한 안뜰이 열어놓은 가게 문으로 얼핏 얼핏 보였다.

이윽고 그녀는 남자 바지를 죽 걸어놓고 팔고 있는 넓은 곳으로 왔다. 터번을 머리에 두른 위엄 있어 보이는 상인이 네모진 작은 가게 한켠에 책상다리를 하고 앉아 있었다.

"발렉."

무거운 짐을 실은 당나귀가 뒤에 왔기 때문에 빅토리아는 좁은 골목길로 비켜섰다. 여기에는 천장이 없어서 하늘이 보였으며, 높은 집들 사이사이로 길이 나 있다. 그 길을 걸어가다 그녀는 아주 우연히 찾고 있던 건물과 맞닥뜨리게 되었다. 입구에서 들여다보니 좁고 네모진 안뜰이 있었고, 그 안쪽에 출입구가 열려져 있었으며, 더욱이 올리브 가지회라고 쓴 큰 간판과 이상한 모양의 새가 올리브 가지인지 뭔지 모르는 것을 입에 물고 있는 석고상이 보였다.

빅토리아는 기쁜 마음으로 안뜰을 가로질러 열려진 문 앞으로 갔다. 방 안을 들여다보니 희미하게 전등이 켜져 있었고, 책상 위에 책과 잡지들이 놓여 있었으며 주위의 벽에도 책들이 쌓여 있었다. 서점과 거의 비슷했으나 여기저기에 의자가 어수선하게 놓여 있었다.

어두컴컴한 속에서 젊은 여자가 빅토리아에게 다가와 한 마디 한 마디 공손하게 영어로 물었다.

"어떻게 오셨나요?"

코르덴바지를 입고 오렌지색 플란넬 셔츠를 입은 여자가 축축해 보이는 검은 머리를 짧게 잘라 꽉 붙잡아매고 있었다. 그 모습은 브룸즈베리라는 곳에 어울리는 스타일이었으나 얼굴은 그렇지 않았다. 우수 어린 커다란 검은 눈과 뭉툭한 코를 가진 우울해 보이는 얼굴이었다.

"저어—, 여기에 래스본 박사님 계십니까?"

정말 미치겠네, 아직 에드워드의 성을 모르다니! 하긴 카듀 트렌치 부인도 에드워드 뭐라고 하는 청년이라고 했으나—라며 빅토리아는 혀를 차고 싶은 기분이었다.

"예, 래스본 박사님은 여기에 계십니다. 여기는 올리브 가지회 사무실입니다. 여기에 가입하시려고요? 그렇다면 정말 기쁜 일입니다만."

"그래요. 그런데, 저, 래스본 박사님을 뵐 수 있을까요."

여자는 피곤한 듯한 미소를 지었다.

"박사님을 방해할 수는 없어요. 자, 여기 신청서에 써주세요. 모르는 부분은 제가 가르쳐 드리지요. 그리고 끝에 사인도 해주세요. 신청금은 2디나르입니다."

2디나르란 말이 빅토리아를 당황하게 했다.

"아직 가입할지 말지 잘 모르겠어요. 박사님을 꼭 만나고 싶은데—아니면 비서라도, 비서라도 상관없어요."

"설명을 원하신다면 무엇이든지 제가 해 드리지요. 여기서는 모두가 친구랍니다. 미래를 향해 손을 맞잡고 있지요—도움이 되는 좋은 책을 읽기도 하고,

서로서로 시를 암송하기도 하지요"

"래스본 박사님의 비서가 특별히 자기를 찾아달라고 했었어요"

이렇게 말하니 여자의 얼굴에 고집이 센 듯한 기분 나쁜 표정이 스쳐갔다.

"오늘은 안 됩니다, 그러니까 설명은 제가ㅡ"

"왜 오늘은 안 된다는 거지요? 여기에 없습니까? 그럼 래스본 박사님도 여기에 안 계십니까?"

"아뇨, 래스본 박사님은 2층에 계십니다. 방해할 수 없을 뿐이지요"

빅토리아는 외국인에 대해 앵글로 색슨 특유의 편협함이 발동하는 것을 느꼈다.

올리브 가지회는 국제적으로 우호적인 감정을 민드는 대신 유감스럽게도 정반대의 영향을 미치고 있는 듯했다.

"나는 지금 영국에서 막 왔어요"

빅토리아는 카듀 트렌치 부인의 억양처럼 거드름을 피우듯이 말했다.

"그리고 나는 래스본 박사님에게 중요한 전갈을 가지고 왔는데, 그분에게 직접 전해야만 해요. 어서 그분에게 안내해 주세요. 방해를 하는 것은 미안하지만 그분을 꼭 만나야만 해요." 그녀는 이야기를 끝내려는 듯 덧붙였다.

"지금, 어서요"

무엇이든지 자기 생각대로만 하려는 거만한 영국인의 장벽을 무너뜨릴 순 없었다. 그 젊은 여자는 즉시 뒤로 돌아 방 뒤쪽으로 안내를 하면서 2층으로 올라가 안뜰이 내려다보이는 복도에 있는 문을 노크했다. 들어오라는 남자의 목소리가 들렸다.

빅토리아를 안내한 여자는 문을 열고 몸짓으로 그녀에게 들어가라고 했다.

"영국에서 온 여자분이 만나뵙고 싶어합니다."

빅토리아는 방 안으로 걸어 들어갔다.

서류를 잔뜩 쌓아놓은 커다란 책상 뒤에서 한 남자가 일어서서 그녀를 반갑게 맞이했다.

60세 정도의 당당한 풍채의 신사였는데, 품위 있고 넓은 이마에 백발이 탐스럽게 내려와 있었다. 정말이지 자상하고 친절하며 매력있는 인품의 소유자인 듯했다. 연극의 연출가라면 주저없이 위대한 자선가 역을 맡겼을 것이다.

그는 빅토리아에게 따뜻한 미소를 보내며 손을 내밀었다.

"영국에서 막 도착했다고요? 동양에는 처음 여행하는 겁니까?"

"예."

"어떤 인상을 받았는지 꼭 듣고 싶은데요. 그런데 그전에 나를 만난 적이 있습니까? 난 심한 근시라서. 그리고 아직 이름도 말해 주지 않았잖소."

"박사님은 저를 모르실 거예요. 하지만 저는 에드워드의 친구랍니다."

빅토리아가 말했다.

"에드워드의 친구? 아, 그거 멋지군요. 에드워드는 아가씨가 바그다드에 온 것을 알고 있습니까?"

"아뇨, 아직."

"오, 그렇다면 돌아오면 분명 놀라고 기뻐하겠는데."

"'돌아오면'이라고요?" 빅토리아는 실망해서 물어보았다.

"아, 그래요. 에드워드는 공교롭게도 지금 바스라에 가 있다오. 좀 찾아와야 될 책이 있어서, 그 일로 바스라까지 보내야 했지요. 안타까운 일이지만 세관에 좀 골치 아픈 일이 있어서 찾는 것이 늦어지고 있답니다. 누군가가 가지 않으면 통관이 불가능한 일이라서 말이죠. 이런 경우에는 개인적인 교섭 외엔 다른 도리가 없는데, 에드워드는 그런 일에는 아주 적격이지요. 매력을 발휘해서 부탁해야 할 때와 엄한 태도를 취해야 할 때를 잘 알고 있으니 말이요. 그리고 일이 해결될 때까지 손을 떼지 않습니다. 그는 정말 끈기가 있지요. 젊은 사람에게는 필요한 좋은 점이지요. 에드워드는 정말이지 훌륭한 청년이랍니다."

이렇게 말하는 그의 눈은 반짝반짝 빛났다.

"무엇보다도 아가씨가 잘 알고 있을 테니 굳이 그를 칭찬할 필요도 없겠지만."

"그럼, 에드워드는 언제 바스라에서 돌아오나요?"

빅토리아는 힘없이 물었다.

"글쎄, 지금은 뭐라고 말할 수가 없군요. 일이 끝날 때까지는 돌아오지 않을 겁니다—그리고 이 나라에서는 일을 민첩하게 처리하질 않아서. 어디에 묵고 있는지 말해 주면 돌아오는 대로 꼭 연락하라고 하지요."

"저 혹시—."

빅토리아는 자신의 곤란한 경제상태를 알고 있었기에 필사적으로 말했다.

"저, 저를 여기서 일하게 해주시지는 않으시겠어요?"

"그것은 오히려 이쪽에서 감사드려야 할 일이지요."

래스본 박사는 감동한 듯 말했다.

"예, 물론이지요. 우리는 일할 사람도 필요하고, 또 우리가 도움을 줄 사람도 필요합니다. 그리고 특히 영국인 아가씨의 도움은 대환영입니다. 우리의 일은 눈부시게 발전하고 있습니다—정말 눈부시게. 하지만 아직 해야 할 일이 많지요. 모두가 대단한 열의를 갖고 일을 해주고 있지요. 벌써 30명의 자원봉사자들이 있답니다. 30명이나—그분들 모두 매우 열심이지요. 아가씨가 정말 열심히 도와주신다면 우리에게는 정말로 귀중한 지원군이라고 할 수 있겠습니다."

자원이라는 말이 빅토리아의 맘에 들지 않았다.

"실은, 급료를 받을 수 있는 일을 원합니다만." 그녀가 말했다.

"이런." 래스본 박사는 낙담한 듯한 표정이 되었다.

"그것은 좀……, 우리 단체에서는 급료를 받고 일하는 직원은 불과 몇 안됩니다—지금으로서는 자원봉사자로도 충분합니다."

"경제상의 이유로 직업을 가져야 하거든요." 빅토리아가 설명했다.

"저는 속기 타이프를 아주 잘해요."

얼굴도 붉히지 않고 거침없이 말했다.

"그렇고 말고요. 처음 만났을 때 금방 알았습니다. 그러나 우리 경우는 경제상태가 안 좋아서요. 그러나 어디서 일을 하게 되어도 시간이 남을 때에는 우리 일을 도와주셨으면 합니다. 우리를 위해 봉사하고 있는 사람들은 대개는 각각 자기 직업을 갖고 있지요. 협력해 주시게 되면 훌륭한 계시를 얻을 것이라고 생각합니다. 전 세계 도처에서 잔학행위, 전쟁, 오해, 의혹과 같은 것에 종지부를 찍지 않으면 안 됩니다. 공통의 광장, 이것이야말로 우리 모두가 필요로 하고 있는 것이지요. 연극, 예술, 시 같은 정신세계의 위대한 소산이 바로 그 광장입니다. 시시한 질투나 증오심이 들어갈 여지가 없지요."

"예, 그래—요."

빅토리아는 믿을 수 없다는 듯 모호하게 대답하며 배우나 화가인 친구들을 생각해 보았다. 그 친구들의 생활은 극히 하잘것없는 질투심과 참으로 지독한 증오심에 사로잡혀 있는 듯이 생각되었기 때문이다.

"나는 '한여름 밤의 꿈'을 40개의 다른 언어로 번역하고 있습니다."

래스본 박사가 말했다.

"40개국의 젊은이들이 거장의 이 걸작에 각각 서로 다른 반응을 나타내고 있지요. 젊은이들에게 호소하는 것—이것이 우리 운동의 비결이랍니다. 젊은이들 외에는 호소하고 싶은 생각이 없습니다. 일단 마음과 정신이 굳어지고 나면 너무 늦어 손쓸 수가 없기 때문이죠. 젊은이들이야말로 서로 손을 잡아야만 합니다. 아래층에 있는 젊은 아가씨를 예로 들어보죠. 캐서린이라고 당신을 여기로 안내한 아가씨 말입니다. 다마스커스 출신의 시리아인인데, 아마 당신과 비슷한 또래일 겁니다. 보통의 경우라면 아가씨가 그녀와 함께 할 기회는 필시 없을 테지요. 그녀와 함께 나눌 공통의 화제가 없으니까. 그러나 올리브 가지회에서는 아가씨와 캐서린은 물론 그 밖에 러시아인, 유태인, 이라크인, 터키인, 미국인, 이집트인, 페르시아인 등 세계 곳곳의 많은 젊은이들이 함께 만나 서로 호의를 갖고 같은 책을 읽고 그림이라든가 음악에 대하여 의견을 나누고 있습니다—여기서는 훌륭한 연사를 초대해 강연회도 열고 있지요. 서로 다른 의견을 가지고 토론도 하며 흥분을 맛보고 있답니다. 사실 이 세계는 그런 만남을 위해서 있는 것 아니겠어요?"

이야기를 들으면서 빅토리아는 문득 래스본 박사가 너무 낙천적인 건 아닐까 하는 생각이 들었다. 그런 서로 다른 요소를 지닌 사람들을 한데 모이게 해놓으면 서로 호의를 갖게 되리라는 걸 기정사실로 예견하고 있는 것이다. 예를 들어 그녀와 그 캐서린은 어느 쪽도 호의 같은 것은 가지고 있지 않다. 빅토리아는 그 여자와는 만날수록 분명히 서로 미움만 더 커질 것이라고 생각했다.

"에드워드는 정말 훌륭한 청년입니다." 래스본 박사가 말했다.

"누구하고도 잘 지내고 있지요. 상대가 남자일 때보다는 여자인 경우가 더 사이가 좋답니다. 여기 오는 남자 젊은이들은 처음에는 꽤 다루기 어려운 경향이 있지요—의심을 품고, 거의 적대시하니까 말이지요. 하지만 여자들은 에드워드를 숭배하고 있답니다. 그를 위해서라면 어떤 일도 마다 않지요. 캐서린하고는 각별히 잘 지내고 있는 듯하더군요."

"아, 예에."

빅토리아는 차갑게 말했다. 캐서린에 대한 싫은 마음이 더욱 더해졌다.

"자, 가능하시면 우리를 꼭 도와주십시오."

래스본 박사는 웃으며 이렇게 말했다.

대화를 끝내려는 듯 래스본 박사는 빅토리아의 손을 따뜻하게 잡았다. 그녀는 방을 나와 계단을 내려왔다. 캐서린은 문에서 지금 막 작은 여행가방을 들고 들어온 여자와 이야기를 하고 있었다. 검은 머리에 얼굴이 잘생긴 여자였는데, 그 여자를 보는 순간 빅토리아는 어디서 본 듯한 느낌이 들었다. 그러나 그 여자는 아무 표정의 변화도 없이 빅토리아를 쳐다보았다. 두 사람은 빅토리아가 알아듣지 못하는 말로 열심히 이야기를 하다가 그녀가 나타나자 말을 멈추고는 조용히 빅토리아를 빤히 쳐다보는 것이었다. 빅토리아는 그 두 사람 앞을 지나 문 있는 곳으로 걸어가서는, "안녕히 계세요"라고 용기를 내서 캐서린에게 공손하게 인사하고는 밖으로 나왔다.

꼬불꼬불한 골목길을 지나 라시드 가로 나와 호텔 쪽으로 천천히 돌아가면서 그녀의 눈은 주위를 쳐다보는 듯했으나 사실은 아무것도 제대로 눈에 들어오지 않았다. 현재의 자신의 처량한 처지(바그다드에서 한 푼 없이)에 대해서는 되도록 생각하고 싶지 않았고, 그 대신 래스본 박사와 올리브 가지회의 인상에 대해서 어떻게든 생각해 보려 했다. 런던에서 만났을 때 에드워드는 자신의 새로운 일에 뭔가 좀 이상한 점이 있다고 말했었다. 이상한 점이란 도대체 무엇일까? 래스본 박사일까? 아니면 올리브 가지회 그 자체일까?

빅토리아는 래스본 박사에게 이상한 점이 있다고는 생각할 수 없었다. 그는 현실을 외면한 채 자기 자신만의 이상주의적인 생각을 바탕으로 세계를 보려고 고집하는, 잘못된 정열가에 불과하지 않을까 하고 빅토리아는 생각했다.

에드워드가 이상하다고 말한 것은 도대체 무엇일까? 그저 막연히 그런 생각이 들었을 뿐 아마 그 자신도 확실히는 모르고 있을 것이다.

혹시 래스본 박사가 희대의 사기꾼은 아닐까?

방금 만나본 박사의 온화한 성품을 생각하고는 빅토리아는 머리를 흔들었다. 급료를 받고 일하게 해달라고 그녀가 말했을 때 미미하게 표정이 바뀐 것은 확실하지만 말이다. 그 사람은 급료를 받지 않고 일해 주는 쪽을 아무래도 마음에 들어 하는 듯했다.

그러나—, 하고 빅토리아는 생각했다—그것은 상식인 것이다.

그 그린홀츠 사장에게도 그 점은 박사와 똑같을 것이다.

제12장

피곤한 다리를 이끌고 빅토리아가 티오 호텔에 도착하니 잔디 테라스에 앉아 강을 내려다보며 야위고 초라해 보이는 느낌의 중년남자와 이야기하고 있던 마커스가 기쁜 듯이 큰 소리로 불렀다.

"이리 와서 함께 한잔합시다, 존스 양. 마티니로 하겠소, 아니면 사이드카로 하겠소? 이분은 데이킨 씨입니다. 이쪽은 영국에서 온 존스 양. 자, 어느 것으로 할까요, 존스 양?"

빅토리아는 사이드카로 하겠다고 말하고는, "그리고 맛있는 땅콩도 주시겠어요?"라고 말했다. 그 이유는 땅콩에는 영양이 많다는 것이 생각났기 때문이다.

"땅콩을 좋아하는가 보군요. 지저스!"

그가 빠른 아랍어로 주문을 하니 옆에 있던 데이킨 씨는 자기는 레모네이드로 하겠다고 우울한 듯한 목소리로 말했다.

"아, 레모네이드로 하시겠다고요? 다 같은 걸로 할 뻔했군요. 아, 여기는 카두 트렌치 부인입니다. 트렌치 부인, 데이킨 씨를 아시나요? 뭘 드시겠습니까?"

"라임을 넣은 진을 들겠어요." 하고 말하고 데이킨 씨에게는 고개를 끄덕해 보일 뿐이었다.

"더워 보이는군요." 이번에는 빅토리아에게 말했다.

"구경을 좀 하느라고 걸어서 돌아다녀서 그래요."

주문한 것이 오자 빅토리아는 피스타치오 땅콩 한 접시와 포테이토칩을 조금 먹었다.

얼마 안 있어 작달막한 키의 남자가 계단을 올라가고 있었는데, 손님 접대를 잘하는 마커스는 그 사람도 큰 소리로 불렀다. 그는 크로스비 대위라고 자기를 빅토리아에게 소개했다. 그리고 나서 그는 조금 튀어나온 듯한 눈으로 빅토리아를 뚫어지게 쳐다보기에 빅토리아는 이 남자가 여자의 매력에 민감한 사람일 거라고 생각했다.

"여기에 지금 막 오셨습니까?" 그는 그녀에게 물었다.

"어제 왔어요."

"못 본 분이라고 생각했습니다."

"정말 귀엽고 예쁜 아가씨이지요?" 마커스는 기쁜 듯이 말했다.

"아, 그리고 빅토리아 양이 우리 호텔에 묵게 되어서 더욱 기쁘게 생각하고 있답니다. 그래서 나는 빅토리아 양을 위해 파티를 열려고 해요—아주 멋진 파티를."

"병아리 요리로요?" 빅토리아는 기대에 차서 물었다.

"아, 물론이지요. 그리고 푸아그라도 말입니다—프랑스 스트라즈버그풍의 푸아그라. 거기에 아마 생선 알젓도 나올 것이고 또 생선 요리도 준비할 겁니다—아주 특상품으로 말이죠. 티그리스 강에서 잡은 생선에 버섯과 소스를 듬뿍 곁들인 요리지요. 그다음엔 우리나라에서나 맛볼 수 있는 칠면조에다 이것저것 속을 집어넣은 요리가 나오고—쌀과 건포도와 향료를 집어넣은 거 말입니다. 이 모두를 준비할 겁니다. 아주 훌륭한 거예요—그러니 많이 먹어야 합니다, 빅토리아 양. 그저 한 숟가락 뜨다 그만두면 곤란합니다. 스테이크를 더 좋아한대도 별수 없어요. 크고 부드러운 스테이크를 준비하면 되니까—그 점은 내가 신경 쓰지요. 몇 시간 동안 계속되는 아주 훌륭한 만찬일 겁니다. 나는 음식은 먹지 않을 거예요, 단지 술만 마실 겁니다."

"그것참 멋지겠네요."

빅토리아는 힘없이 말했다. 이렇게 먹는 것 얘기를 들으니 배가 고파져 현기증이 나는 듯했다. 마커스는 정말 파티를 열려고 하는 것일까? 정말 그럴 생각이라면 빠르면 빠를수록 좋을 텐데.

"당신은 바스라에 간 줄 알았는데요."

카듀 트렌치 부인이 크로스비 대위에게 말했다.

"어제 돌아왔습니다." 크로스비는 위쪽 발코니를 올려다보았다.

"저 산적같이 생긴 사람은 누굽니까? 커다란 모자를 쓰고 가면무도회에 나가는 듯한 이상한 옷을 입고 있는 사람 말입니다."

"아, 루퍼트 크로프턴 리 경이랍니다." 마커스가 대답했다.

"어젯밤에 대사관에서 이리로 쉬리브넘 씨가 모시고 왔답니다. 저분은 유명한 여행가로 아주 좋은 사람이지요. 사하라 사막을 낙타를 타고 횡단했고, 등산도 한답니다. 그런 생활은 매우 불편하고 위험할 겁니다. 나라면 싫어했을 겁니다."

"아, 그 루퍼트 경이로군요. 그분 저서를 읽은 적이 있습니다."

크로스비가 말했다.

"전 저분과 함께 비행기를 타고 왔어요." 빅토리아가 말했다.

데이킨과 크로스비가 흥미 있어 하며 그녀의 얼굴을 쳐다보는 듯했다.

"저분은 아주 도도하더군요. 자신을 아주 굉장히 대단한 사람이라고 생각하는 것 같아요."

빅토리아는 비꼬듯이 말했다.

"그분 숙모가 심라예요." 카듀 트렌치 부인이 말했다.

"그 집안사람 모두가 다 그래요. 머리가 뛰어나다고 우쭐해서 그러나 본데, 그것을 자랑할 것까지는 없죠 뭐."

"저분은 아침 내내 저렇게 앉아서 아무것도 하지 않고 있어요."

빅토리아는 맘에 안 든다는 듯 말했다.

"위가 대단히 나쁩답니다." 마커스가 설명해 주듯 말했다.

"오늘 그분은 아무것도 먹지 않았죠. 참 안됐습니다."

"어머, 이상하네요." 카듀 트렌치 부인이 말했다.

"마커스 씨, 당신도 그렇게 먹지 않는 것 같은데 어떻게 뚱뚱해졌나요?"

"아, 이건 술 때문이죠." 이렇게 말하며 마커스는 깊은 한숨을 쉬었다.

"술을 너무 많이 마셔서 말입니다. 오늘 밤 제 여동생 부부가 오는데 아마 내일 아침까지 마시게 될 겁니다."

그는 다시 한 번 한숨을 쉬더니, 갑자기 평소의 그 큰 소리로 외쳤다.

"지저식 지저식 같은 것으로 또 가져와."

"아, 저는 됐어요."라고 빅토리아가 얼른 말했고, 데이킨 씨도 역시 거절하며 남아 있던 레모네이드를 마저 마셨다. 크로스비 대위는 천천히 점잖게 걸어서 자기 방으로 올라갔다.

카듀 트렌치 부인은 손톱으로 데이킨 씨의 잔을 퉁기며 말했다.

"늘 레모네이드를 드시는군요. 그건 나쁜 버릇이에요."

왜 그게 나쁜 버릇인지 빅토리아가 물어보았다.

"혼자 있을 때가 아니면 술을 마시지 않는 분이세요."

"그건 그래요." 마커스가 말했다.

"아, 정말로 술을 마실 줄 아는 분이세요?" 빅토리아가 물었다.

"그러니까 발전이 없어요." 카듀 트렌치 부인이 말했다.

"그저 겨우 일에나 매달려 있을 뿐이지."

"하지만 아주 좋은 사람입니다."라고 말하는 마커스는 변함없이 어느 누구도 나쁘게 말하지 않는 남자였다.

"체, 그런 소리 하지 마세요." 카듀 트렌치 부인이 말했다.

"그저 술 취한 물고기 같은 사람이에요. 시간을 쓸데없이 보내고 늘 꾸물꾸물거리고 있지요—활력도 없고, 생에 대한 집착도 없는 사람 같아요. 중동에 와서 그냥 무능력해져 갈 영국 사람 중 하나예요."

다시 권하는 술을 거절한 빅토리아는 마커스에게 대접해 주어서 감사하다는 말을 전하고 방으로 올라왔다. 그러고는 침대 위에 옆으로 누워 지금 자신이 놓인 처지를 곰곰이 생각해 보았다. 가진 돈은 3파운드가 조금 모자라는데, 그것도 호텔 숙박비와 식사대로 남김없이 마커스에게 내주어야 할 것이다.

마커스는 선심을 잘 쓰니까 술과 곁들여져 나오는 땅콩이나 올리브, 포테이토 칩 등에 의지하여 버티어 나갈 수만 있다면 앞으로 며칠 간 먹고사는 문제는 해결될지도 모르겠다. 하지만 마커스가 언제 청구서를 내밀 것이며, 대금 지불을 어느 정도 기다려줄 것인지 상상이 가지 않았다. 마커스는 사업과 관계되는 일에는 조금도 허술해 보이지 않았다. 그러니 좀더 싼 숙박시설을 찾아봐야 한다. 그러나 그런 곳을 어떻게 찾을 것인가? 무언가 일을 찾아야 한다—한시라도 빨리. 그렇지만 여기서는 어디 가서 일자리를 알아보아야 하는 것인가? 또 어떤 종류의 일을 찾아야 하는 건가? 그런 일에 대해서는 누구에게 물어보면 좋을 것인가? 아무것도 모르는 외국 땅에 거의 한 푼도 없이 내동댕이쳐진 것이 얼마나 무섭고 끔찍한 일인가. 이곳에 대한 지식이 조금이라도 있다면 빅토리아에게는 자신을 지켜나갈 자신은 있었다—항상 그랬듯이. 에드워드는 바스라에서 언제 돌아올 것인가? 아마(제발 그런 일은 없기를) 에드워드는 지금쯤은 벌써 그녀의 생각은 완전히 잊고 있는지도 모른다. 대관절 자신은 왜 이렇게 경솔하게 바그다드까지 왔단 말인가? 에드워드는 누구고, 또 어떤 부류의 청년인가? 그저 매력적인 미소를 짓고 말로만 사람을 끄는 그런 청년은 아닐까? 그리고 에드워드의 성—성은 무엇일까? 그것만 알고 있다면 전보라도 쳐볼 수 있을 텐데. 아니야, 그것도 안 돼. 그가 어디에 묵고 있는지 주소도 모르는데. 아무것도 아는 게 없었다—이것이 걱정거리였다. 그녀를 갑갑하게 하는 것은 그 때문이었다.

그렇다고 누군가에게 충고를 해달라고 할 수도 없었다. 마커스는 친절하지만 이쪽 얘기는 전혀 들어주지 않았다. 카듀 트렌치 부인(처음부터 자기를 의심하고 있었다)도 안 되었다. 해밀턴 클립 부인은 키르쿡으로 가버렸다. 래스본 박사도 소용없었다.

어떻게든 돈을 조금이라도 손에 넣어야 한다—그렇지 않으면 일자리를 구해야 한다. 어떤 일이라도 지금은 상관없다—어린애 봐주기, 우체국에서 소인 찍기, 식당에서 음식 나르기…… . 그렇지 않으면 영사관에 넘겨져 영국으로 송환이 되어 에드워드는 다시 못 보게 될 것이다.

여기까지 생각하니 부아가 끓고 녹초가 되어 빅토리아는 잠이 들었다.

몇 시간 뒤 잠에서 깬 그녀는 이왕 공짜로 먹었다는 소리를 들을 바에야 양껏 실컷 먹자고 결심하고는 계단을 내려가 식당으로 가서 풀코스의 식사를 했다—대단히 많은 양이었다. 식사를 마쳤을 때에는 큰 구렁이라도 된 듯한 느낌이었으나 확실히 기운은 솟았다.

'더 이상 걱정할 것은 없어.' 빅토리아는 생각했다.

'내일까지는 모두 밀어두기로 하자. 뭔가 좋은 일이 일어날지도 모르고, 좋은 생각이 떠오를지도 모르니까. 그 사이에 에드워드가 돌아올는지도 모르고.'

잠자리에 들기 전 빅토리아는 강을 바라다볼 수 있는 테라스로 나가 이리 저리 거닐었다. 바그다드에 사는 사람에게는 추운 겨울이라고 느낄 정도의 시간이었기 때문에 테라스에 나와 있는 사람은 웨이터 한 사람뿐이었다. 그 남자는 난간에 기대어 강 아래를 내려다보다가 빅토리아가 나타나자 나쁜 일이라도 하고 있었던 것처럼 후다닥 뛰어 직원용 문을 통해 호텔 안으로 허둥지둥 사라졌다.

영국에서 온 빅토리아에게는 조금 공기가 차갑게 느껴질 뿐, 보통의 여름날 밤 같았고 달빛이 비친 티그리스 강은 마음을 황홀하게 했다. 야자나무로 둘러쳐진 건너편 해안은 뭔가 신비스럽고 자못 동양다운 느낌이 들었다.

"기왕 여기까지 왔으나—."

이렇게 생각하니 빅토리아는 갑자기 기운이 솟았다.

"꼭 어떻게든 해보자. 뭔가 반드시 생기게 마련이니까."

디킨즈 소설의 주인공인 공상적 낙천주의자 미코버에 못지않게 낙관적으로 혼잣말을 중얼거리고서 빅토리아는 방으로 돌아와 침대에 누웠다. 그리고 아까 그 웨이터는 다시 살며시 나와서는 얽힌 로프를 난간에 매어 아래로 늘어뜨리는 것이었다.

이윽고 또 한 사람의 그림자가 나타나 웨이터의 옆에 섰다. 데이킨 씨가 낮은 목소리로 말했다.

"모두 잠잠한가?"

"예. 특별히 보고 드릴 만한 의심되는 점도 없습니다."

데이킨 씨는 자기 임무가 잘 끝난 듯 만족해하며 어두운 곳으로 가 웨이터의 흰색 윗도리와 자신의 특징 없는 푸른색 줄무늬 양복을 바꿔 입고는 테라스를 이리저리 점잖게 천천히 거닐다가 아래 길과 통하는 계단이 있는 곳에서 물가를 등지고 잠시 멈춰 섰다.

"요즈음은 밤이 되니 제법 쌀쌀하지요."

바에서 나와 이리저리 거닐던 크로스비 대위가 그의 옆에 와 서서 말했다.

"테헤란에서 방금 오셨으니 그런 느낌이 들지 않을지도 모르겠네요."

두 사람은 잠시 동안 거기에 서서 담배를 피웠다. 목소리를 높이지 않는 한

다른 사람에게 들릴 염려는 없었다. 크로스비가 낮은 목소리로 말했다.

"그 아가씨는 누굽니까?"

"고고학자 파운스풋 존스 박사의 조카딸이라고 하더군."

"그래요? 그렇다면 문제는 없겠군요. 하지만 크로프턴 리와 함께 비행기를 타고 왔다고 하던데요."

"맞아. 무엇이든지 액면 그대로 받아들여서는 안 되네."

두 사람은 얼마동안 조용히 담배를 피웠다.

크로스비가 말했다.

"그런 중요한 인물을 대사관에서 여기로 거처를 옮긴 것이 현명하다고 정말 생각하십니까?"

"그렇게 생각하네."

"세세한 곳까지 만반의 준비가 되어 있는데도 불구하고 말입니까?"

"바스라에서도 그랬었네─그런데도 실패했었으니까."

"아, 그건 정말 그렇죠. 모하메드 살라 핫산도 그런 방법으로 독살당한 겁니까?"

"그랬지─그랬을 거야. 영사관에 누군가가 접촉한 흔적이 있던가?"

"그런 흔적이 있다고 생각됩니다. 약간의 소동이 있었습니다. 권총을 쏜 남자가 있었던 모양입니다."

조금 말을 멈추었다가 다시 계속했다.

"리처트 베이커라는 사람이 그 사람을 쳐서 권총을 떨어뜨렸다고 하는군요."

"리처드 베이커?" 데이킨은 생각에 잠긴 듯이 말했다.

"그 사람을 아십니까?"

"그러네, 알고 있네."

얼마의 침묵이 흐른 뒤 데이킨이 다시 말을 계속했다.

"이번에는 정면승부를 해보려 하네. 만일 자네 말대로 우리가 세세한 곳까지 면밀하게 준비를 했는데도, 우리의 계획이 상대편에게 누설되었다면 상대편도 이쪽의 속셈을 남김없이 알아차리고 준비를 했을 것이기 때문이네. 카마이클이 대사관에 접근할 수 있을지 조차도 의심스럽네. 그리고 설령 겨우 도착했다고 하더라도—." 그는 머리를 흔들었다.

"오늘 밤 여기서 일어나는 일은 자네와 나, 그리고 크로프턴 리밖에 모르고 있네."

"크로프턴 리가 대사관에서 이곳으로 거처를 옮긴 것을 벌써 상대편이 알고 있습니까?"

"물론이네. 하는 수 없지. 하지만 신경 쓸 것 없어. 이쪽이 정면승부에 의지한다면 상대편도 그렇게 하지 않으면 안 될 테니까. 순간적으로 판단해서 재빠르게 대처하지 않으면 안 되네. 요컨대 지금 상황에선 외부에서 손을 뻗쳐 올 걸세. 6개월 전부터 티오 호텔에 사람을 잠입시켜 놓을 수는 없기 때문이지. 지금까지 티오 호텔이 무대가 된 적은 한 번도 없었거든. 티오를 접선장소로 사용하자는 제안은 한 번도 나온 적이 없었네."

데이킨은 문득 시계를 보고 말했다.

"자, 위로 올라가 크로프턴 리를 만나봐야겠네."

크로프턴 리의 방문 앞에 서서 데이킨이 노크하려고 손을 들었는데 그 문이 소리도 없이 열렸다.

그 여행가는 작은 독서용 스탠드만을 켜놓고 그 옆에 의자를 갖다놓고 있었다. 그는 다시 의자에 앉으며 작은 자동권총을 책상 위, 손이 닿는 곳에 점잖게 놓았다.

"어떻게 생각하시오, 데이킨? 그가 정말 올 것이라고 생각하시오?"

"올 것이라고 생각합니다, 루퍼트 경. 아직 만나본 적이 없으십니까?"

루퍼트는 고개를 흔들었다.

"그렇소. 오늘 밤 그를 만나기를 고대하고 있소. 꽤 용감한 젊은이인가 보지, 데이킨?"

"예, 그렇습니다." 데이킨이 무감동한 목소리로 말했다.

"용기가 있는 젊은이지요."

어째서 일부러 그런 말을 할까 하고 자신에게 물어볼 정도로 그 말은 조금 의외인 듯이 들렸다.

"나는 단지 용기만을 의미하는 것은 아니오. 전쟁 중에는 용기 있는 젊은이는 많이 있었소—그것은 그것대로 훌륭하지. 그러나 내가 생각하는 것은—."

"그러니까 상상력입니까?" 데이킨이 물었다.

"그렇소. 일반적으로 있을 수 없는 일을 용기를 가지고 믿는다는 것이오. 그리고 황당무계하게 들리는 이야기가 황당무계하지 않다는 것을 밝혀내기 위해 생명을 거는 일도 그렇소. 그렇게 하기에는 요즈음 젊은이가 가지지 못한 것이 필요하지. 나는 그가 오기를 바라고 있소."

"꼭 올 것이라고 생각합니다."

크로프턴 리는 날카로운 시선으로 데이킨을 쳐다보았다.

"모든 준비는 완전히 갖추어졌소?"

"크로스비는 발코니에 있고, 저는 계단을 지키고 있습니다. 카마이클이 이곳에 오면 벽을 두드리십시오. 즉시 달려올 테니까요."

크로프턴 리는 고개를 끄덕거렸다.

데이킨은 살짝 방을 나왔다. 그는 왼쪽으로 가 발코니로 나가서 가장자리까지 걸어갔다. 여기에도 역시 발코니 난간에 묶인 로프가 유칼리나무와 박태기나무 그늘로 늘어뜨려져 있었다.

데이킨은 크로프턴 리의 방문 앞을 지나 자기 방으로 돌아왔다. 그의 방은 내부에 문이 하나 더 있었는데, 각 방의 안쪽 복도와 통해 있어서 그 문을 열면 계단 끝까지는 불과 몇 피트밖에 되지 않았다. 이 문을 조심스럽게 반쯤 열어놓고 데이킨은 밤을 새울 채비를 했다.

약 네 시간 뒤, 티그리스 강을 왔다갔다하는 원시적인 구파가 조용히 하류로 내려와 티오 호텔 바로 밑의 평평한 진창으로 올라왔다. 얼마 뒤 호리호리한 그림자가 로프가 내려진 박태기나무 그늘에 웅크리고 앉았다.

제13장

빅토리아는 침대에 누워서 잠을 청하며 자신을 둘러싸고 있는 여러 가지 문제들을 아침까지 잊어버리려고 했다. 그러나 오후에 낮잠을 잔 탓인지 아무리 해도 잠이 오지 않았다.

그래서 결국 불을 켜고 비행기 안에서 읽던 잡지의 소설을 마저 읽었고, 뚫어진 양말을 꿰맸으며, 새 나일론 스타킹을 신어보았다. 그러고는 몇 장의 구직 광고를 썼으며(이것을 어디에 내면 좋을지는 내일 물어보기로 했다), 해밀턴 클럽 부인에게도 장난삼아 편지를 몇 통 써보기도 했다. 바그다드에서 진퇴양난에 빠진 사정을 이야기하고, 예기치 못했던 지금의 형편에 대해 창의력을 곁들여 구구절절 쓴 것이다. 그리고 나서 생존해 있는 단 한 사람의 친척인 북부 잉글랜드에 사는 큰아버지에게 도와달라는 내용의 전보도 두 통 정도 생각해 보았다. 화를 잘 내고 지극히 불유쾌한 노인이다, 태어나서부터 남을 도운 일이라고는 한 번도 없는 사람이었다. 그리고 나서는 머리를 매만지며 새로운 머리형을 해보기도 하고는 마침내 크게 하품을 하고 이제는 정말 침대에 누우면 잠이 들 수 있겠다 생각했다.

바로 그때였다. 아무 인기척도 없이 그녀의 방문이 열리면서 한 남자가 들어와서는 열쇠구멍에 꽂혀 있던 열쇠를 돌려 문을 잠그고는 다급한 목소리로 말하는 것이었다.

"부탁입니다. 제발 어디다 나를 좀 숨겨주십시오, 빨리……."

빅토리아의 반응은 항상 지극히 신속했다. 눈 깜짝할 사이 그녀는 고통스럽게 헐떡이는 숨소리며 쉰 듯한 목소리, 다 떨어진 빨간색 털목도리를 꽉 쥐고서 가슴에다 필사적으로 누르고 있는 남자의 모습에서, 여기에 필시 어떤 모험이 있구나 눈치채고는 재빨리 구원의 손길을 뻗쳤던 것이다.

이 방에는 숨을 만한 곳이 거의 없었다. 옷장, 서랍장, 책상, 그리고 조금 화려한 화장대가 있을 뿐이었다. 그러나 침대가 거의 더블 침대 정도 크기여서 어릴 적 술래잡기하던 기억이 빅토리아에게 재빨리 다음 행동을 하게 했다.

"빨리!" 이렇게 말하며 그녀는 놓여 있던 베개를 밀어내고 침대 시트와 담요를 걷어 올렸다. 남자가 침대 위에 가로 눕고 빅토리아는 그 위에 시트와 담요를 덮어씌우고서 베개까지 올려놓은 다음, 자신은 침대 한쪽에 걸터앉았다.

거의 동시에 낮고 뚜렷한 노크 소리가 들려왔다.

빅토리아는, "누구세요?"라고 힘없고 겁에 질린 듯한 목소리로 물었다.

"죄송합니다. 문 좀 열어주십시오. 경찰입니다."

이렇게 말하는 남자의 목소리가 밖에서 들려왔다.

빅토리아는 방을 가로질러가 가운을 걸쳤다. 그때 남자의 빨간 목도리가 바닥에 떨어져 있는 것이 눈에 띄어 얼른 주워서 서랍장에 쑤셔넣었다. 그러고 나서 열쇠를 돌려 문을 빠끔히 열고는 놀란 듯이 내다보았다.

자색의 가는 줄무늬 양복을 입은 검은 머리의 젊은이가 문 밖에 서 있었고, 그 바로 뒤에 경찰 복장을 한 남자가 있었다.

"도대체 무슨 일이세요?" 빅토리아는 약간 떨리는 목소리로 물었다.

젊은이는 미소를 지으며 꽤 유창한 영어로 말했다.

"죄송합니다, 아가씨, 이런 시간에 소란을 부려서. 범죄자를 쫓고 있었는데 이 호텔로 도망쳐 들어왔습니다. 그래서 각 방을 모조리 수색해 봐야 합니다. 대단히 위험한 인물이라서요."

"어머, 큰일이군요!"

이렇게 말하며 빅토리아는 뒤로 물러나 활짝 문을 열었다.

"들어오셔서 찾아보세요. 무서운 일이군요. 목욕탕도 찾아보시고, 그 옷장도—그리고, 의심스러우니 침대 밑에도 들여다보세요. 저녁때부터 들어와 숨어 있었는지도 모르니까요."

수색은 민첩하게 행해졌다.

"침대 밑에도 분명히 없죠? 그래요, 난 참 어리석어요. 그 사람이 여기 들어왔을 리가 없는데. 잠자리에 들기 전에 문을 열쇠로 잠갔거든요."

"협조해 주셔서 감사합니다, 아가씨. 그럼 편히 쉬십시오."

젊은이는 고개를 숙여 인사를 하고는 경찰과 함께 돌아갔다.

빅토리아는 문까지 따라가서 말했다.

"문을 다시 잠가두는 게 좋겠죠? 안전을 위해서."

"그럼요, 꼭 잠가두는 게 좋지요. 자, 그럼."

빅토리아는 열쇠를 돌리고서 잠시 옆에 서 있었다. 경찰이 복도 맞은편 방문을 같은 방법으로 노크하는 소리가 들렸다. 문이 열리고 서로 무슨 말인가를 주고받더니 카듀 트렌치 부인의 화난 듯한 목소리가 귀에 거슬리게 들렸고, 그러고 나서 문이 닫혔다. 잠시 뒤 문이 다시 열리더니 발소리가 복도 끝으로 멀어져 갔다. 다음 노크 소리는 훨씬 더 멀리서 들려왔다.

빅토리아는 얼른 몸을 돌려 침대 있는 쪽으로 걸어갔다. 지나치게 바보 같은 짓을 한 것은 아닐까 하고 지금에 와서 후회가 되었다. 로맨틱한 기분에 빠져, 같은 나라 사람이 도움을 청했기에 그냥 마음이 움직여서 충동적으로 행동한 것이다. 그러나 혹시 지극히 위험한 범죄자를 도와준 것은 아닐까? 잡는 쪽이 아니고 잡히는 쪽에 섰기 때문에 때때로 불유쾌한 결과를 가져오는 경우가 있다. 하지만 하는 수 없지 않은가, 이미 항구 떠난 배인걸!

침대 옆에 서서 그녀는 무뚝뚝하게 말했다.

"일어나세요."

그러나 침대 위에서는 아무런 움직임이 없었다. 빅토리아는 큰 소리는 내지 않았으나 날카롭게 다시 말했다.

"그 사람들 갔어요. 이젠 일어나도 괜찮아요."

그러나 여전히 조금 불룩 튀어나온 베게 밑에서도 움직이는 기척이 없었다. 빅토리아는 참지 못하겠다는 듯 베개를 들어 집어 팽개쳤다.

젊은이는 아까 가로누웠던 그 자세 그대로 꼼짝 않고 있었다. 그러나 지금은 얼굴색이 이상한 회색으로 변해 있었고 눈은 감고 있었다.

그다음 순간 빅토리아는 숨이 막히는 듯했다. 선홍색의 피가 담요에 스며

나와 있는 것을 본 것이다.

"어머, 안 돼!" 누군가에게 항변이라도 하듯 빅토리아는 소리쳤다.

"안 돼―안 돼!"

그 항변의 소리에 답변이라도 하듯 상처 입은 남자는 눈을 떴다. 그러고는 빅토리아를 아득히 먼 곳에서 똑똑히 보이지 않는 물체를 응시하듯 초점없는 눈으로 빤히 쳐다보는 것이었다.

그의 입술이 열렸다―알아들을 수 없을 정도로 가늘고 힘없는 목소리였다. 빅토리아는 몸을 구부렸다.

"뭐라고요?"

이번에는 들렸다. 고통스럽게, 그리고 아주 어렵게 젊은이는 두 마디를 말했다. 정확하게 알아들었는지 어떤지 확실히 알 수 없었다. 그녀에게는 아주 터무니없고 의미 없는 말같이 들렸다. 그가 말한 것은, "루시퍼―바스라……." 였다.

눈꺼풀이 크고 불안해하는 눈 위로 내리깔리면서 바르르 떨리고 있었다. 그는 한마디 더 말을 했다―이름인 듯했다. 그러고 나서 그의 머리가 뒤로 조금 젖혀지더니 이내 움직이지 않았다.

빅토리아는 미동도 하지 않고 서 있었고 그녀의 가슴은 쿵쿵 울리고 있었다. 지금 그녀에게는 거센 동정과 노여움이 일었고, 또 한편으로는 앞으로 어떻게 해야 할지 앞일이 막막했다. 사람을 불러야만 한다. 누군가에게 물어보아야만 한다―그녀는 시체와 함께 있었으니 조만간 경찰이 자초지종을 물어올 것이다.

자신의 현재 상황에 대하여 정신없이 생각에 골몰해 있을 때 작지만 무슨 소리가 들려 빅토리아는 당황해서 돌아다보았다. 자세히 보니 열쇠는 바닥에 떨어져 있었고, 손잡이가 돌아가는 소리가 났다. 그러고는 문이 열리더니 데이킨 씨가 들어왔고 손을 뒤로 돌려 살짝 문을 닫는 것이었다.

데이킨 씨는 빅토리아에게 가까이 와서 조용한 목소리로 말했다.

"잘했소. 잽싸고 민첩하게 행동한 것 같소. 그는 어떻소?"

목이 메어 빅토리아는 겨우 대답했다.

"저―죽은 것 같아요."

데이킨의 안색이 확 바뀌며 대단히 화가 난 듯한 표정을 짓더니 그것도 잠시뿐, 다시 그전에 만났을 때와 같이 무표정하게 되었다—그러나 그때와 같이 우유부단하고 무기력해 보이는 모습은 사라지고 전혀 다른 분위기를 자아내고 있었다.

그는 몸을 구부렸다—다 떨어진 윗도리의 단추를 조심스럽게 풀었다.

"심장을 정통으로 찔렸군." 상체를 일으키며 말했다.

"용기있는 젊은이였는데—그리고 머리도 좋았었지."

빅토리아는 문득 생각났다는 듯 말했다.

"경찰이 왔었어요. 범죄자를 쫓고 있다고 하면서. 이 사람, 범죄자예요?"

"아니오. 범죄자는 아니오."

"아까 그 사람들—정말 경찰이에요?"

"글쎄, 그럴지도 모르겠소. 결국 피차일반이니까." 그러고서 그녀에게 물었다.

"이 남자, 무슨 말인가를 하지 않았소—죽기 전에?"

"말했어요."

"뭐라고?"

"루시퍼라고—그리고 또 바스라라고 했어요. 그러고는 잠시 가만있더니 이름을 말하더군요. 프랑스 이름같이 들렸어요—하지만 잘못 들었는지도 몰라요."

"어떤 식으로 들렸소?"

"르파지가 아닌가 생각해요."

"르파지?" 데이킨 씨는 깊이 생각에 잠긴 채 말했다.

"어떤 뜻일까요?"

빅토리아가 물었고 갑자기 낭패스럽다는 듯이 덧붙여 말했다.

"그리고 전 어떻게 했으면 좋겠어요?"

"당신이 이 일에 휘말리지 않도록 해주겠소. 어떻게 된 일인지는 나중에 말해 주겠소. 우선 마커스를 불러야겠는데. 여기는 마커스의 호텔이니까. 그 사람과 이야기하고 있으면 도무지 뭐가 뭔지 이해가 가지 않지만, 그래도 일에 대한 센스는 꽤 있는 남자요. 그를 불러오겠소. 벌써 잠자리에 들지는 않았을 거요. 아직 새벽 1시 반이니까. 마커스가 2시 이전에 자는 일은 좀처럼 없소.

내가 마커스를 불러오기 전에 몸치장이나 그럴 듯하게 하고 있으시오. 마커스는 고민하는 미녀를 그냥 내버려 두는 사람이 아니니까."

데이킨 씨가 방을 나가자 빅토리아는 꿈이라도 꾸고 있는 듯 멍청히 화장대 앞으로 가서는 머리를 빗고 이 상황에 어울리게 조금 창백한 얼굴로 보이도록 화장을 한 뒤에 가까이 다가오는 발소리를 듣고는 의기소침한 모습으로 의자에 걸터앉았다. 데이킨은 노크 없이 들어왔다. 이번에는 마커스도 심각했다. 보통 때의 미소는 그의 얼굴에서 찾아볼 수 없었다.

"자, 마커스, 이번 일에 있어 당신이 해줄 수 있는 일은 모두 해주어야겠소. 가엾은 이 아가씨에게는 큰 충격이었을 거요. 이 남자가 갑자기 이 방에 들어와서는 그대로 쓰러진 겁니다—이 아가씨는 동정심이 많은 분이라 경찰로부터 이 남자를 숨겨준 것이라오. 하여간 이 사람은 죽었소. 물론 숨겨주어야만 했던 것은 아니었으나, 젊은 아가씨들은 대개 인정이 많기 때문에 그렇게 된 게요."

"물론 이분은 경찰을 좋아하지 않았을 겁니다." 마커스가 말했다.

"경찰을 좋아하는 사람은 없을 테니까요. 나도 싫어하지요. 하지만 호텔을 운영해 나가야 하기 때문에 경찰에게 미움을 사는 건 곤란합니다. 당신이 원하는 것은 그들에게 돈을 집어주고 눈감아달라고 하라는 겁니까?"

"아니오. 그저 이 시체를 여기에서 빨리 끌어내자는 거요."

"그거 좋은 생각입니다. 나도 내 호텔에 시체를 두고 싶진 않으니까. 그러나 당신 말대로 끌어내는 일이 그렇게 쉽지는 않을 텐데?"

"나에게 좋은 생각이 있소." 데이킨이 말했다.

"당신 친척 중에 혹시 의사 없소?"

"있습니다. 내 여동생 남편 폴이 의사지요. 좋은 사람입니다. 하지만 그가 이 일에 휘말려드는 것은 원치 않습니다."

"그런 일은 없을 겁니다. 자, 들어보십시오, 마커스. 우선 이 시체를 존스 양 방에서 내 방으로 옮기는 거요. 그것으로 존스 양은 이 일과 관계가 없어지는 겁니다. 그러고 나서 내가 전화를 걸겠소. 10분 뒤에 젊은 남자가 밖의 길에서 이 호텔로 비틀거리며 들어올 거요. 그는 곤드레만드레 취해 있을 것이고, 옆구리를 손으로 움켜쥐고 있을 거요. 그러고는 큰 소리로 내 이름을 부르며 방으로 비틀거리며 들어와 쓰러져 버릴 거요. 나는 방에서 나와 당신을 불러 의사를 불러달라고 하겠소. 거기서 당신의 여동생 남편이 등장하는 거요. 당신의 매제(妹弟)는 구급차를 불러 술에 취한 내 친구를 부축해 타고 가는 거요. 그러나 병원에 도착하기 전에 내 친구는 죽는 겁니다. 배를 찔린 거요. 그러나, 마커스, 당신과는 아무런 상관이 없는 거요. 당신 호텔에 오기 전에 길에서 찔린 거니까."

"매제가 시체를 운반해 가고—술에 취한 역할을 한 당신 친구는 날이 밝으면 곧 살짝 사라진다. 대충 이런 내용입니까?"

"그렇소."

"내 호텔에서 시체가 발견되는 일도 없고, 존스 양도 걱정하거나 성가실 것도 없이 말이지요? 그러네요. 정말 참 좋은 생각입니다."

"좋소. 이제 어느 누구도 이 주위에 얼씬거리지 못하게 해준다면 내가 시체를 내 방으로 옮기겠소. 당신네 하인들이 밤중에 자주 복도를 왔다갔다 하니까, 당신이 당신 방에 돌아가 소동을 한번 부려주시오. 그들에게 당신 방으로 이러저러한 것들을 가지고 오도록 말이오."

마커스는 고개를 끄덕거리며 돌아갔다.

"당신은 마음이 강한 아가씨로군요." 데이킨은 빅토리아에게 말했다.

"나를 도와 이 시체를 복도 건너편 내 방으로 옮겨주겠소?"

빅토리아는 고개를 끄덕거렸다. 두 사람은 축 늘어진 시체를 들어 올려 인기척 없는 복도를(멀리서 무섭게 화내고 있는 마커스의 목소리가 들려왔다) 가로질러 데이킨의 침대에 눕혔다.

"가위를 갖고 있소? 담요의 피 묻은 곳을 잘라 없애시오. 매트리스까지는 번지지 않았을 거요. 윗도리가 거의 다 빨아들였으니까. 나는 한 시간 정도 뒤에 당신 방으로 가겠소. 잠깐만 기다리시오. 자, 이 브랜디를 한 모금 마시도록 해요. 그렇지, 그렇지. 자, 방으로 돌아가 불을 끄시오. 그리고 지금 말한 대로 한 시간 뒤에 가겠소."

"오셔서는 무엇이든 모두 말해 주시는 거지요?"

그는 좀 기묘한 표정으로 그녀를 쳐다보았으나, 그 질문에는 대답하지 않았다.

제14장

빅토리아는 불을 끄고 침대에 누워 어둠 속에서 들리는 소리에 귀를 기울이고 있었다. 술 취한 사람이 큰 소리로 싸우는 소리가 들려왔다. 그리고 따지는 듯한 목소리가 들렸다. "자네가 보고 싶어서 왔는데, 이 기름장수야, 밖에서 좀 소란을 부리고 왔네." 요란한 벨소리, 와자지껄 떠드는 사람들 소리. 일대 소동이 있은 뒤 그런대로 비교적 조용하게 되었다─멀리 누군가의 방에서 들리는 축음기에서 나오는 아랍 음악을 제외하고는 말이다. 그녀에게는 꽤 오랜 시간이 지난 것 같이 느껴졌을 때 방문이 조용히 열리는 소리가 들려서 그녀는 침대에서 일어나 침대 옆의 스탠드 불을 켰다.

"계획대로 잘 되었소." 데이킨은 만족한 듯이 말했다.

그는 침대 옆에 의자를 갖다놓고 앉았다. 그는 거기에 앉아 마치 진찰을 해보려는 의사같이 생각에 잠긴 모습으로 그녀를 쳐다보았다.

"무엇이든 모두 이야기해 주시는 거죠?" 빅토리아는 말해줄 것을 요구했다.

"우선 당신이 자신에 대해서 이야기해 주면 좋겠는데. 도대체 여기서 무엇을 하고 있는 거요? 바그다드에는 왜 온 것이며."

그 밤에 일어난 일 때문일까, 아니며 데이킨의 인품 때문일까(빅토리아는 후자 때문이었다고 나중에 생각했다) 빅토리아는 오늘 밤만은 바그다드에 온 일에 대해서 생각나는 대로 그럴듯한 거짓말을 하고 싶지 않았다. 극히 간단하고 또 가식 없이 그녀는 모든 걸 그에게 이야기했다. 에드워드를 만난 일, 바그다드에 가려고 결심한 일, 운 좋게 클립 부인을 만나 같이 오게 된 일, 그리고 자신의 현재의 궁핍함 등에 관해서.

"알겠소." 빅토리아가 말을 마치자 데이킨은 이렇게 한마디 했다.

그러고서 조금 침묵하고 있다가 입을 열었다.

"나로서는 가능하면 당신을 이 일에 휘말리게 하고 싶지 않지만, 사실 실제 문제에 들어가면 휘말리지 않을 수 없을 것 같소. 내가 좋아하든 않든 간에 상관없이 당신은 이미 휘말려든 거요. 어차피 그렇게 된 바에야 차라리 나를 위해 일해 주는 것이 어떻겠소?"

"그럼, 저에게 일을 주시겠다는 말씀인가요?"

이렇게 말하며 빅토리아는 침대 위에서 자세를 고쳐 앉았다. 그리고 그녀의 뺨은 기대에 차서 홍조를 띠고 있었다.

"뭐 그렇소. 그러나 당신이 생각하고 있는 일과는 틀리오. 이것은 심각한 일이오, 빅토리아. 그리고 위험하기도 하고."

"상관없어요."

빅토리아는 명랑하게 말했다. 그러고서 문득 의심스럽다는 듯 덧붙였다.

"옳지 않은 일은 아니겠지요? 저는 거짓말은 좀 심하게 하지만 옳지 않은 일은 하고 싶지 않아요."

데이킨은 약간 미소 지었다.

"기묘한 일이지만 그럴 듯한 거짓말을 순식간에 생각해 내는 당신의 재능이야말로 이 일을 해낼 수 있는 자격 중 하나요. 안심하시오, 옳지 않은 일은 아니니까. 정반대로 당신은 법과 질서의 편에 서서 싸우는 전사가 되는 것이오. 지금부터 당신의 역할을 설명해 주겠소—아주 대충, 그러나 당신이 자신이 하는 일에 대해 이해할 수 있고 또 어떤 위험이 있는가를 알 수 있는 범위 내에서 말해 주겠소. 당신은 감각이 꽤 뛰어난 아가씨인 것 같으나 지금까지 국제 정치에 대해서는 그다지 생각해본 적이 없을 거요. 그러나 그런 건 별로 문제 되지는 않소. '좋은 것도 나쁜 것도 생각하기 나름이다.'라는 햄릿의 말마따나 말이오."

"조만간에 또 다른 전쟁이 일어날 것이라고 사람들이 이야기하는 것을 들었어요." 빅토리아가 말했다.

"그렇소." 데이킨이 말했다.

"왜 사람들이 그렇게 이야기를 한다고 생각하시오?"

빅토리아는 눈살을 찌푸렸다.

"그것은 러시아 때문이고, 공산주의자들, 미국—."

이렇게 말하다가 빅토리아는 말을 멈추었다.

"알고 있군요." 데이킨이 말했다.

"그러나 그것은 당신의 말이나 의견이 아니오. 신문이나 남들의 이야기, 또는 라디오 등에서 당신이 들은 것에 불과하오. 세계의 서로 다른 부분을 지배하고 있는 두 가지 이념의 흐름이 있는 것, 그것은 사실이오. 그리고 그것은 민중의 가슴에 '러시아와 공산주의자,' 그리고 '미국'으로 새겨져 있소. 지금이나 미래의 유일한 희망은, 빅토리아, 평화와 생산에 파괴적이 아닌 건설적인 활동을 하는 데에 있소. 따라서 모든 것은 이 두 가지 이념을 가진 사람들이 쌍방의 이념을 그 나름대로 인정해 주고 각각의 활동범위에서 만족한다든가, 그것이 불가능하면 협조를 하면서 적어도 관용을 갖기 위한 공통의 기반을 마련하는 데 있는 거요. 그러나 현재 정반대의 일이 계속 벌어지고 있소. 서로 상대방에게 의혹을 품도록 하면서 그 두 개의 집단을 분열시키려는 음모가 진행되고 있는 거요. 끊임없이, 그리고 일정한 동기를 갖고서 몇몇 사람들이 말이오. 이 행동은 제3의 세력, 혹은 집단이 지금까지 아무도 모르게 진행시키고 있는 게 아닌가 하는 의문이 일고 있소. 협조할 기회가 있거나, 또는 상호불신이 무너질 만한 기미가 보이면 꼭 어떤 사건이 일어나서 어느 쪽인가가 한쪽을 불신으로 다시 몰아넣고, 또 한쪽을 흥분상태의 공포에 휩싸이게 하는 거요. 이런 일은 우연이 아니오, 빅토리아. 결과를 미리 예측하고 계획적으로 야기시키고 있는 것이오."

"그렇지만 왜 그렇게 생각하세요? 그리고 그런 분열을 야기시키고 있는 사람은 어떤 사람들인가요?"

"우리가 그렇게 생각하는 이유 중 하나는 돈 문제요. 기묘한 곳에서 돈이 흘러나오고 있는 거요. 돈이라고 하는 것은 늘 세계에서 일어나고 있는 사건의 중요한 실마리요. 의사가 환자의 건강상태가 어떤지 실마리를 얻기 위해 맥을 짚어보듯이, 돈은 큰 운동이나 이념을 뒷받침해 주는 원동력이 되는 거요. 돈 없이는 어떠한 운동도 전개시킬 수 없소. 그래서 이 경우도 막대한 금액의 돈이 거래되고 있고, 또 교묘하고 교활하게 위장되어 있으나 그 출처와

용도에 확실하게 의심 가는 점이 있소. 매우 여러 번의 비합법적인 파업과, 부흥의 전도를 보이고 있는 유럽 여러 나라 정부에 대한 협박이 공산주의자들에 의해 획책되고, 또 그들 추종자들에 의해 실행에 옮겨지고 있는 것이오. 그러나 그런 수단을 위한 자금은 공산주의자들로부터 나오는 것이 아니고, 출처를 거슬러 추적해 보니 설마하고 생각했던 기묘한 곳에서 나오고 있는 것이었소. 비록 자연스럽게 자본가의 손을 거치기는 했지만, 실은 자본가에게서 나온 돈은 아니오. 게다가 또 다른 점은, 막대한 금액의 돈이 최근 유통과정에서 없어지고 있는 듯하오. 마치—간단히 예를 들어보면, 당신이 매주 봉급을 팔찌라든가 책상, 의자 구입에 써왔는데 그런 물건들이 어느 날 갑자기 없어져 버린다든가, 그렇지 않으면 정상적인 유통과정에서 자취를 감추어 버리는 것과 같은 이야기요. 세계 곳곳에서 막대한 양의 다이아몬드와 값비싼 보석들이 팔리는 거요. 그 보석은 여러 사람의 손을 거쳐 마침내는 사라져 버리는데, 어떻게 된 건지 뒤를 추적하는 일조차도 불가능한 상태요. 이것은 물론 대충 설명한 것에 불과하오. 결론적으로 말해 어딘가에 공산주의도 자본주의도 아닌 이른바 제3의 집단이 있어서, 그 목적은 아직 분명치 않으나 불화와 오해를 조장하고 자기들의 목적을 위해 교묘하게 위장된 돈과 보석을 끌어들이기에 혈안이 돼 있는 거요. 어느 나라에건 이 집단의 앞잡이가 있으며, 어떤 자는 거기서 몇 년 전부터 거점을 확보한 듯하오. 책임을 맡은 높은 지위에 있는 사람도 있는가 하면 하찮은 일을 맡은 사람도 있으나, 그들 모두는 한결같이 외부에 알려지지 않은 어떤 목적을 위해 일하고 있소. 실질적으로는 지난번 전쟁 초기에 있어서의 제5열(전시에 후방을 교란시키고 간접행위 등으로 자타국의 진격을 돕는 부대)과 거의 흡사하나 이번 경우에 그것이 세계적 규모인 거요."

"그들은 어떤 사람들인가요?" 빅토리아가 물었다.

"특정 국가의 사람은 아니라고 생각하오. 그들이 원하는 것은 세계의 근본적인 개선이오! 힘에 의해 인류에게 황금시대를 열어줄 수 있다는 망상은 무릇 인류가 존재하는 한 가장 위험한 망상이오. 자기의 주머니만을 두둑이 하려는 사람들이 끼치는 해는 그리 크지 않소. 단순한 탐욕은 자기 자신만을 파멸로 이끌 뿐이니까. 그러나 인간의 상층부 일부만이 힘을 가지고 있다고 믿고—타락한 세계를 그런 슈퍼맨들이 지배해야 된다는 생각은, 빅토리아, 모든 이념 중에 가장 위험한 이념인 거요. 당신이, '나는 다른 사람과 달라.' 하고 말한다면 당신은 우리 모두가 얻으려고 노력해 온 두 가지의 귀중한 자질을 잃어버리고 마는 거요. 이를테면 겸손과 형제애요."

데이킨은 가볍게 기침을 했다.

"설교할 생각은 추호도 없소. 그저 우리가 알고 있는 일을 당신에게 설명해 주려고 할 뿐이오. 그 제3의 집단의 활동중심지는 여러 곳에 있소. 하나는 아르헨티나, 하나는 캐나다에—그리고 미국에도 분명히 두세 곳이 있을 거요. 확실한 것은 말할 수 없으나 러시아에도 하나 있는 것 같소. 그리고 이 일에 관련된 대단히 흥미 있는 현상이 있소. 과거 2년 동안에 국적이 다른, 28명의 젊고 유망한 과학자들이 갑자기 행방불명이 되고 있소. 같은 일이 건축기사에게도, 비행기 조종사에게도, 또 전기기술자, 그 밖에 기술자에게도 일어나고 있소. 그런 실종 사건의 공통점은 행방불명된 사람들 모두가 젊고 야심에 차 있으며, 가족과 깊은 유대관계가 없다는 것이오. 게다가 우리가 알고 있는 사람들 외에도 더 많은 사람들이 없어지고 있는 게 틀림없소. 그래서 우리는 그 제3의 집단이 도대체 어떤 일을 계획하고 있는지에 대해서 추측을 해보기 시작했소."

빅토리아는 눈썹을 한곳으로 모으며 호기심에 가득 차 들었다.

"요즈음은 한 나라에서 벌어지고 있는 일도 결국은 다른 나라에도 반드시 알려지게 된다고 당신은 말할 거요. 물론 이 경우 나는 비밀활동을 말하고 있는 것은 아니오. 그런 활동은 어디에서도 계속되고 있소. 내가 말하는 것은 현대적인 대규모 생산이오. 그런 생산을 극비리에 계속하는 것은 불가능하오. 그렇기는 하지만 아직 이 세계에는 잘 알려지지 않은 외딴 곳이 많이 있소. 무역 루트에서 멀리 떨어져 있고, 산이나 사막에 의해 두절되어 있으며, 외국인이라면 무조건 배척하고 자기네 민족에 의해서만 지켜지고 있을 뿐, 극히 드물게 여행자가 예외적으로 방문하는 일 외에는 아무도 알지 못하고 어느 누구도 갈 수 없는 그런 곳이오. 무슨 일이 벌어지고 있어도 그 소식이 다른 세계에 누설되는 일이 결코 없고, 기껏해야 어슴푸레하게 황당무계한 소문으로만 전해질 뿐이오.

특정의 장소를 말하지는 않겠소. 중국에서 갈 수 있는 곳이오—중국 내부에서 무슨 일이 벌어지고 있는지는 아무도 모르니까. 히말라야 산맥에서도 갈 순 있으나, 그곳으로 가는 것은 현지 사정을 잘 모르는 사람은 힘들며 길도 상당히 먼 거리요. 지구상의 여러 곳에서 보내지는 기계나 사람들이 명목상의 목적지에서 진로를 변경해서는 그곳으로 보내지고 있소. 뭐 세세한 것까지 여기서 자세히 설명할 필요는 없을 게요.

그러나 어떤 남자가 그런 단서를 추적하는 일에 흥미를 가지게 되었소. 그 남자는 좀 유별난 사람인데, 중동 이곳저곳에 친구와 연락원을 가지고 있었소. 카시가르에서 태어났으며 많은 지방의 언어와 방언을 알고 있었소. 그가 의혹을 품고서 단서를 쫓아 뒤쫓았던 것이오. 그가 그곳에서 들은 것은 너무 놀라운 것이었기에 문명세계로 돌아와 그것을 보고해도 아무도 믿으려 하지 않았소. 그 사람은 열병에 걸렸던 적이 있었기 때문에, 그가 이야기하는 것을 망상이라고 일축해 버린 거요.

단지 두 사람만이 그의 이야기를 믿었었소. 한 사람은 바로 나요. 나는 믿기 어려운 이야기를 거부하지는 않소. 그런 이야기가 진실일 때가 자주 있으니까. 또 한 사람은—."

데이킨은 머뭇거렸다.

"또 한 사람은 누구예요?" 빅토리아가 물었다.

"또 한 사람은 그 위대한 여행가 루퍼트 크로프턴 리요. 그분은 그런 오지를 여행해서 그들 땅들이 갖고 있는 가능성을 어느 정도 알고 있었던 것이오.

그러한 결과 내 부하인 바로 그 카마이클이 직접 가서 확인해 보기로 결심을 하게 되었소. 생명을 건 위험한 여행이었으나 그것을 수행하기 위해 만전의 준비를 갖춰 출발했었소. 그것이 9개월 전 일이오. 우리는 그 이후 그의 소식을 듣지 못했었소. 그런데 몇 주일 전에 연락이 온 거요. 그는 살아 있었는데 얻으려 한 것을 손에 넣었다는 것이었소. 확실한 증거를 말이오.

그러나 상대방이 그를 노리고 있었소. 그들에게는 그가 증거를 손에 넣고 돌아가는 것은 치명적이었소. 모든 조직에 적의 스파이를 침투시켜 놓았다는 것은 우리들도 충분히 알고 있는 사실이오. 심지어 내 부서에서도 정보는 밖으로 새고 있소. 어떤 정보는 한심스럽게도 고위층에서 적에게 그대로 새어나가고 있소.

국경마다 카마이클에 대한 감시망이 쳐져 있었소. 죄인도 아닌 사람들이 그 친구로 오인받고 목숨을 잃었소—그 적들은 인간의 목숨을 그다지 중요하게 생각지 않으니까. 그러나 카마이클은 어찌되었든 간에 무사히 적의 감시망을 뚫고 왔소—오늘 밤까지."

"그럼, 그 사람이?"

"그렇소. 매우 용감한 불굴의 젊은이였소."

"하지만 증거는? 적에게 빼앗겨 버린 건가요?"

데이킨의 피곤한 얼굴에 천천히 미소가 번져갔다.

"그렇게는 생각지 않소. 카마이클이란 친구를 나는 잘 알고 있으니까. 증거는 빼앗기지 않았다고 확신해도 좋아요. 그는 어디에 증거가 있는지, 어떻게 하면 우리가 그것을 손에 넣을 수 있는지에 대해서는 이야기하지 않고 죽었소. 아마도 죽기 전에 우리에게 단서가 될 만한 것을 전하려 한 것이 아닌가 하고 생각되지만."

이렇게 말하며 데이킨은 천천히 되풀이해 말했다.

"루시퍼—바스라—르파지. 카마이클은 바스라에 갔었소—영사관에 보고하려고 갔었는데 하마터면 총에 맞아죽을 뻔했지. 단서를 바스라의 어딘가에 숨겨 놓았을지도 모르오. 내가 당신에게 원하는 것은, 빅토리아, 바스라에 가서 그것을 찾아내는 일이오."

"제가 바스라에를요?"

"그렇소. 당신에게는 아무런 경험도 없소. 무엇을 찾아야 되는지도 모르고. 그러나 당신은 카마이클의 최후의 말을 들었소. 바스라에 도착하면 그 말이 무슨 뜻인지 생각이 떠오를지도 모르잖소? 누가 알겠소—초보자의 행운을 당신이 차지하게 되는지."

"그래요. 저도 바스라에 가고 싶었어요." 빅토리아는 진지하게 말했다.

데이킨은 싱긋이 웃었다.

"당신이 찾고 있는 젊은이가 바스라에 있으니까 그 점에서도 좋은 기회가 아니겠소? 잘되었소, 좋은 위장도 될 테니까. 진실한 연애 사건만큼 위장하기에 적당한 것도 없지. 당신은 바스라에 가서 눈과 귀를 기울여 주위의 것들에 신경을 써주시오. 어떤 식으로 일을 진행시켜야 할지 나는 아무런 지시도 할 수가 없소—사실은 말이오, 차라리 그렇게 하지 않는 편이 낫다고 생각하고 있소. 당신은 자신이 잘 판단해서 해낼 수 있는 아가씨로 보입니다. 당신이 들은 말이 정확하다 해도 루시퍼와 르파지가 어떤 의미인지 나는 잘 모르겠소. 르파지는 사람 이름일지도 모른다는 당신 생각이 맞다고 생각은 하오. 그런 이름에 주의해서 기울여보시오."

"바스라에는 어떻게 가면 좋을까요?" 빅토리아는 극히 사무적으로 물었다.

"그리고 비용은?"

데이킨은 지갑을 꺼내어 돈뭉치를 빅토리아에게 건네주었다.

"이 돈을 쓰시오. 그리고 바스라에 어떻게 가면 좋은가 하는 문제 말인데, 그 교활한 카듀 트렌치 부인에게 내일 아침 적당히 말을 걸어, 곧 가기로 되어 있는 그 발굴지로 떠나기에 앞서 바스라에 가보고 싶다고 말해 보시오. 호텔은 어디가 좋으냐고 물어보면 그녀가 영사관에 묵으라고 하면서 크레이턴 부인에게 전보를 쳐줄 거요. 당신이 찾고 있는 에드워드도 그곳에 있을지도 모르겠소. 크레이턴 부부는 1년 내내 집을 개방해 두고 있소—바스라에 들르는 영국인은 누구라도 머물게 하고 있지요. 내가 당신에게 해줄 수 있는 조언은 단 하나뿐이오. 만일—어떤 불유쾌한 일이 일어나 당신이 알고 있는 것과, 또 누가 당신에게 그런 일을 하도록 시켰는가를 자백하라고 하면 영웅심리에서 입을 다물고 있지 말고 얼른 자백해 버리시오."

"정말 감사합니다." 빅토리아는 고맙게 생각하며 말했다.

"저는 고통을 두려워하는 겁쟁이예요. 게다가 저에게 고문이라도 한다면 어떤 비밀이라도 지킬 수 없을 거예요."

"그 친구들은 고문을 해서 당신을 괴롭히지는 않을 거요." 데이킨이 말했다.

"사디즘 환자라도 있지 않다면 말이오. 고문은 시대에 뒤떨어진 것이오. 바늘 끝으로 조금 찌르기만 해도 당신은 자신도 모르는 사이에 묻는 말에 정직하게 대답하게 될거요. 우리는 과학적인 시대에 살고 있소. 나는 당신이 비밀에 대해서 과장된 생각을 갖는 것을 원치 않소. 당신이 말하려는 것은 그들도 아마 이미 알고 있을 거요. 오늘 밤 이후 그들에게도 나의 정체가 알려질 거요—적어도 얼마 안 있어 반드시 알려질 거요. 그리고 루퍼트 크로프턴 리에 대해서도."

"에드워드는 어때요? 지금의 일을 그에게 이야기해도 상관없나요?"

"그 문젠 당신이 알아서 하시오. 원칙적으로는 당신이 알고 있는 일은 아무에게도 말하지 않는 편이 제일 좋겠으나, 실제로는—."

이렇게 말하며 데이킨은 괴상스럽게 눈썹을 위로 치켜세웠다.

"그 결과 에드워드도 위험에 빠뜨리게 될지도 모르오. 거기에는 그런 일면도 있으니까. 그러나 그는 전쟁 때 공군장교로서 눈부신 전공을 세운 사람이오. 위험을 두려워하지는 않을 것이오. 두 사람의 지혜를 합친다면 더 좋은 결과가 나올지도 모르지 않겠소. 에드워드는 올리브 가지회에 뭔지는 모르지만 이상한 느낌이 들었었다고 당신이 말했소. 대단히 흥미있는 일이오—꽤 흥미있어."

"왜지요?"

"왜냐하면 우리도 그렇게 생각하고 있기 때문이오."

데이킨이 말했다. 그리고 다음과 같이 덧붙였다.

"헤어지기 전에 두 가지를 말해 두겠소. 하나는, 실례되는 말이기는 하지만, 너무 여러 가지 거짓말을 하지 않는 게 좋겠다는 것이오. 일단 쏟아놓은 거짓말을 일일이 기억하고 그대로 하기란 어려운 일이니까. 당신이 그 방면에 대가라는 것은 알고 있지만, 단순한 거짓말로 그치는 것이 좋겠다는 것이오."

"기억해 두겠어요." 빅토리아는 되도록 겸손해하며 말했다.

"그리고 또 하나는요?"

"안나 쉴레라는 젊은 여자의 이름이 들리지 않나 귀를 기울여주시오."

"그녀가 누군데요?"

"나도 잘은 모르오. 좀더 알 수 있으면 좋겠소."

제15장

1

"물론 영사관에 묵어야지요." 카듀 트렌치 부인이 말했다.

"바보 같은 소리예요—공항 호텔 같은데 묵을 필요가 없어요. 그 크레이턴 부부가 기쁘게 당신을 맞이해 줄 거예요. 나하고는 오랫동안 알고 지내는 사이거든요. 전보를 쳐놓을 테니 오늘 밤 기차로 가면 좋을 거예요. 그 사람들은 파운스풋 존스 박사도 아주 잘 알고 있어요."

빅토리아는 자기도 모르게 얼굴이 붉어졌다. 랭고 주교, 그리고 또 하나 이름, 랭구아오 주교는 가공의 인물이라 상관없겠으나 실제의 파운스풋 존스 박사를 들먹이니 가슴이 움찔했다.

'혹시 이런 거짓말을 했다고 감옥에 보내는 건 아니겠지. 이름 사칭인가 하는 거로.' 빅토리아는 불안스럽게 생각했다.

그러나 법이 엄하게 다스리는 것은 이름 사칭에 의한 금품탈취에 한해서가 아닐까 하고 생각하니 조금은 기운이 솟았다. 법에 대하여 무지한 일반인들처럼 빅토리아도 그것이 맞는지 틀리는지 잘 몰랐으나, 그렇게 생각하니 왠지 모르게 마음이 위로가 되었다.

기차여행은 진귀한 경험이 가진 매력을 모두 갖추고 있었다—빅토리아의 생각으로는 기차는 그렇게 빠르지 않게 느껴졌다. 그러나 그녀는 자신의 서구식 조급함을 겨우 의식하기 시작했다.

바스라에 도착하니 영사관의 차가 역에서 기다리고 있다가 영사관까지 태워다 주었다. 자동차는 큰 문으로 들어가 아름다운 정원을 지나 건물을 둘러싸고 있는 발코니에 이어지는 계단 앞에 섰다. 힘이 넘치는 듯한 크레이턴 부인이 철망이 쳐진 문을 밀고나와 그녀를 웃으며 맞이했다.

"만나게 되어 기뻐요. 바스라는 1년 중 요즈음이 가장 아름다운 곳이라 이곳을 구경하지 않고 이라크를 떠나서는 안 되죠. 운 좋게도 지금은 묵고 있는 손님이 많지도 않아요—어떤 때에는 모든 분들에게 어떻게 방을 배정해 드려야 할지 난감할 정도예요. 하지만 지금 묵고 있는 사람은 래스본 박사 밑에서 일하는 멋진 젊은이뿐이지요. 조금 일찍 왔으면 여기서 리처드 베이커라는 분과 만날 수 있었는데 말이에요. 그분은 카듀 트렌치 부인의 전보가 오기 전에 떠났답니다."

빅토리아는 리처드 베이커가 누구인지는 몰랐으나—떠나버린 뒤라 더 잘된 듯싶었다.

"리처드 베이커는 이틀 예정으로 쿠웨이트에 갔어요."

크레이턴 부인은 계속해서 말했다.

"지금 그곳도 꼭 구경해야 하지요—경치가 사그러들기 전에. 아마 얼마 안 있으면 그렇게 될 거예요. 어디나 모두 말이에요. 자, 무엇부터 하겠어요—목욕, 아니면 커피라도 드릴까?"

"괜찮다면 목욕부터 하고 싶네요."

빅토리아는 고맙게 생각하며 이렇게 대답했다.

"카듀 트렌치 부인은 어떻게 지내나요? 자, 여기가 당신 방이에요. 목욕탕은 앞에 있어요. 카듀 트렌치 부인은 당신의 오랜 친구인가요?"

"아니에요." 빅토리아는 사실대로 말했다.

"그저 한번 만났을 뿐인걸요."

"그녀가 처음 15분 동안 당신에 대해 자세히 물어봤을 것 같은데요? 벌써 만나봐서 알겠지만 대단히 수다스런 여자예요. 어느 누구에 대해서도 자세히 알고 싶어하죠. 광(狂)이라고 말할 수 있을 정도예요. 하지만 그녀는 아주 좋은 친구이고 정말로 브리지에는 일급이랍니다. 커피나 뭐 다른 것 들지 않아도 괜찮겠어요?"

"예, 괜찮아요."

"그럼 나중에. 필요한 것은 뭐 없을까요?"

크레이턴 부인은 기운 좋게 꿀벌같이 재잘거리면서 방을 나갔다. 빅토리아는 목욕을 하고는 마음을 졸이게 하는 젊은 남자와 만나게 되어 있는 아가씨답게 신경 써서 화장을 하고 머리도 빗었다.

가능하면 에드워드와 혼자서 만나고 싶었다. 에드워드가 지각없는 말을 하리라고는 생각지 않는다—운 좋게도 그는 그녀의 이름을 존스라고 알고 있고, 또한 파운스풋이라는 나머지 이름이 붙어 있다고 해도 별로 놀라지 않을 것이다. 하긴 그녀가 이라크에 와 있는 사실로 인해 놀라게 될 테지만, 바로 그 때문이라도 그녀는 비록 1~2초가 되더라도 우선 혼자서 그를 붙잡고 이야기하고 싶었던 것이다.

이런 목적이 있었으니 여름옷이라도 한 벌 준비했더라면(바스라의 기후는 그녀에게 런던의 유월을 연상시켰다). 빅토리아는 철망이 쳐진 문을 나와 발코니에 섰다. 에드워드가 세관 사람과 볼일이라도 끝내고 돌아온다면 여기서 부를 수 있을 것이라고 생각했다.

먼저 돌아온 사람은 생각에 잠긴 듯한 표정의 키가 큰 남자로서, 그가 계단을 오르려 할 때 빅토리아는 발코니 구석으로 숨었다. 바로 그때 정말로 에드워드가 강의 굽은 곳이 내려다보이는 정원의 문으로 들어오고 있는 것이 보였다. 줄리엣 시대부터 변하지 않는 사람의 모습으로 빅토리아는 발코니 난간에 의지하고 몸을 기울인 채 낮은 목소리로 불렀다.

에드워드(전보다 더 매력적으로 보였다)는 놀란 듯이 주위를 둘러보았다.

"쉬잇! 여기예요." 빅토리아는 낮은 목소리로 말했다.

에드워드는 올려다보고는 크게 놀란 표정을 지으며 소리쳤다.

"이야, 놀랍군요. 채링 크로스 아닙니까!"

"쉬잇, 기다려요! 지금 내려갈 테니까."

빅토리아가 급하게 발코니를 돌아 계단을 내려가 집의 모퉁이를 돌아가니 에드워드가 점잖게 기다리고 있는 곳이 나왔다. 에드워드의 얼굴에는 아직 뭐가 뭔지 모르겠다는 듯한 표정이 가시지 않았다.

"이거 내가 이런 시간에 취해 있는 것도 아닌데. 진짜 당신입니까?"

"예, 그래요, 나예요." 빅토리아는 기쁜 듯이 말했다.

"그런데 도대체 이런 곳에서 무엇을 하려고 왔어요? 그리고 어떻게 여기에 왔습니까? 두 번 다시 못 보는 줄 알았었는데."

"나도 그렇게 생각했었어요."

"마치 기적이 일어난 것 같소. 어떻게 여기에?"

"비행기로요."

"그야 그렇겠지. 비행기가 아니라면 이렇게 빨리 만날 수도 없었을 테니까. 그런데 내가 묻는 것은 어떤 놀랄 만한 기막힌 일이 있어서 당신이 바스라에 오게 되었느냐는 겁니다."

"기차로 왔어요."

"도리가 없는 사람이로군. 농담으로 애만 태우니. 아무튼 기쁩니다, 다시 만나게 되어서. 그런데 정말 도대체 어떻게 해서—."

"팔이 부러진 여자의 시중드는 사람으로 왔어요. 클립 부인이라고 미국 사람이에요. 당신과 만난 다음 날 그 일을 제의 받았는데, 당신이 바그다드 이야기도 했고 또 런던에는 진저리도 나고 해서 바깥 세상에 나가 견문을 넓히는 것도 좋겠다고 생각했죠."

"정말 대단한 결단력을 가지고 있군요, 빅토리아. 그 클립 부인은 어디에 있나요? 여기 바스라에 있습니까?"

"아뇨. 키르쿡 가까이에 살고 있는 딸에게 갔어요. 여기까지 오는 것만 돌봐 주기로 했거든요."

"그렇다면 이제부터 무슨 일을 할 겁니까?"

"아직은 견문을 넓히고 있을 뿐이에요. 그런데 몇 가지 거짓말을 한 게 있어서, 다른 사람들이 있는 데서 만나기 전에 당신을 먼저 만나야겠다고 생각한 거예요. 저번에 만났을 때 막 실직한 속기 타이피스트였던 사실을 사람들 앞에서 무심히 말해 버릴까 봐 걱정이 돼요."

"내가 당신에 대해 아는 것은 당신이 말한 것뿐이오. 무엇이든 말해 봐요."

"실은 나는 파운스풋 존스의 조카딸로 되어 있어요. 그 큰아버지는 여기서 멀리 떨어진 외진 곳에서 발굴 작업을 하는 유명한 고고학자고요. 나는 곧 그 곳에 가서 큰아버지가 하는 일에 합류할 예정이라고 했어요."

"그럼, 그렇지 않다는 겁니까?"

"모두 엉터리예요. 하지만 아주 잘 꾸며댔잖아요?"

"아, 그래요. 정말 그럴듯하네요. 그런데 혹시 당신과 푸시풋 노인이 만나게 되면 어떻게 하지요?"

"파운스풋이에요. 하지만 그런 일은 없을 거라고 생각해요. 내가 아는 바로는, 고고학자는 일단 발굴 작업을 시작하면 미친 듯이 파고 또 파지 중간에 그만두는 일이 없어요."

"테리어 종 개처럼 말이군. 알겠소. 그건 그래요. 그 노인, 정말 조카딸이 있습니까?"

"그것을 내가 어떻게 알겠어요?" 빅토리아가 대답했다.

"뭐 그럼 특별히 누군가의 이름을 사칭한 것도 아니네. 그렇다면 일은 훨씬 더 간단해집니다."

"그래요. 사실 조카딸이 많이 있을 수도 있잖겠어요? 다급해지면 사실은 먼 사촌뻘인데 큰아버지라고 했다고 발뺌을 하면 돼요."

"모든 경우를 다 생각해뒀군요." 에드워드는 감탄스러워하며 말했다.

"당신은 정말 대단한 아가씹니다, 빅토리아. 당신같은 사람은 만나본 적이 없어요. 몇 년 동안은 당신을 만날 수도 없을 것이고, 또 만났다 해도 당신은 나에 대해 모두 잊어버렸을 거라고 생각했었는데. 지금 당신이 여기 있는 겁니다."

에드워드가 자신에게 보내는 감탄에 차고 겸허한 시선에 빅토리아는 더할 수 없는 만족감을 느꼈다. 고양이였다면 기뻐서 목구멍이라도 가르랑거렸을 것이다.

"그런데 당장 일이 없어 곤란하겠네, 그렇죠?" 에드워드가 말했다.

"재산을 물려받는다든가 하는 행운이 찾아올 가능성은 없느냐고 묻는다면?"

"그런 것하고는 거리가 멀어요. 당신이 말한 대로 나는 일자리가 필요해요." 빅토리아는 천천히 말했다.

"실은 당신이 일하고 있는 올리브 가지회라는 델 가서 래스본 박사를 만나 일자리가 없느냐고 물어보았죠. 하지만 시원한 대답은 얻지 못했어요—급료를 주는 일은 없는 것 같더군요."

"그 노인 굉장한 구두쇠예요. 모두가 그곳의 일에 정열을 느껴 그냥 일하고 있다고 생각하니까."

"그 사람의 일에 아직도 수상한 점이 있다고 생각하세요!"

"별로 눈에 띄는 것도 없고, 또 사실 확실히는 모르겠어요. 정직하지 않은 것도 아니고―그 운동을 빌미로 돈벌이를 하고 있는 것 같지도 않으니까. 내가 보는 바로는 그분이 일에 쏟고 있는 정열은 결코 눈가림이 아니에요. 그러나 그 사람은 결코 바보는 아닐 거예요."

"자, 이젠 집으로 들어가는 것이 좋겠어요. 이야기는 나중에도 할 수 있으니까."

"당신과 에드워드가 아는 사이라니, 정말 몰랐어요."

크레이턴 부인이 소리치듯 말했다.

"예, 오랜 친구예요."라고 말하며 빅토리아는 웃었다.

"단지 서로 소식을 몰랐었을 뿐이지요. 에드워드가 바스라에 와 있다고는 꿈에도 생각지 못했어요."

크레이턴 영사는 빅토리아가 아까 계단을 올라오는 것을 보았던, 생각에 잠긴 듯한 표정의 그 신사였다. 그는 에드워드에게 물었다.

"오늘 아침엔 어땠소, 에드워드? 좀 진전이 있었소?"

"꽤 힘든 일 같습니다. 책 뭉치들은 분명히 도착해 있는데, 내야 할 서류가 한도 끝도 없는 것 같더군요."

크레이턴이 미소 지었다.

"당신이 아직 이 중동의 지연작전에 길들여지지 않아서 그래요."

"언제 가도 담당자는 외출하고 없는 겁니다. 모두가 붙임성이 있고 친절하긴 하지만―도무지 일에 결말이 나지 않아요."

모두가 웃었고, 크레이턴 부인은 위로해 주듯 말했다.

"그러는 동안에 언젠가는 결말이 나겠죠. 사람을 직접 이곳에 보낸 것은 래스본 박사님이 잘하신 거예요. 그렇지 않았으면 그 책들은 아마 여기에 몇 달 동안 그대로 있을 거예요."

"그 사람들은 폭탄이 아닌지 하고 굉장히 의심을 많이 하더군요. 불온서적은 아닌가 하고도요. 하여간 모든 것을 의심해요."

"래스본 박사님이 책으로 위장해서 폭탄을 들여올 리도 없는 데 말이에요."

이렇게 말하며 크레이턴 부인이 웃었다.

빅토리아는 에드워드의 눈이 갑자기 반짝 빛나는 것을 본 듯한 느낌이 들었다. 마치 크레이턴 부인의 말에서 새로운 생각의 윤곽이라도 잡힌 듯이 말이다.

크레이턴 영사가 부인을 나무라듯이 말했다.

"래스본 박사님은 박학하고 덕망 있는 분이오. 중요한 단체의 회원이며 유럽에서는 잘 알려져 있고, 또 존경받고 있지."

"그러니까 더욱 폭탄을 살짝 숨겨 들여오기 쉽지 않겠어요?"

크레이턴 부인은 신이 나서 말하는 것이었다.

빅토리아는 제럴드 크레이턴이 아무래도 이런 식으로 아내가 이렇게 터무니없는 얘기를 하는 것을 좋아하지 않는 듯이 보였다.

크레이턴은 눈살을 찌푸리며 아내를 쳐다보았다.

한낮의 휴식시간엔 어디고 개점휴업이기 때문에 빅토리아와 에드워드는 산책도 하고 구경도 할 겸 함께 나갔다. 빅토리아는 대추야자나무 숲으로 둘러쳐진 아랍 강이 마음에 들었고, 베니스의 곤돌라를 닮은, 뱃머리가 높은 배가 도시 한가운데로 나 있는 운하에 정박해 있는 광경에 감탄했다. 그러고서 두 사람은 시장으로 가, 무늬가 들어 있는 황동 장식이 달린 쿠웨이트산 혼례용 가구를 비롯해서 여러 매력적인 상품을 구경하면서 걸었다.

영사관 쪽으로 발걸음을 돌리면서 에드워드가 세관에 가서 한 번 더 독촉해 봐야겠다고 했을 때 빅토리아가 갑자기 말했다.

"에드워드, 당신 이름이 뭐예요?"

에드워드는 놀란 얼굴로 그녀를 쳐다보았다.

"도대체 무슨 뜻이오, 빅토리아?"

"당신의 성 말이에요. 내가 모를 거라고 생각지 않았나요?"

"몰랐었소? 아, 몰랐겠군. 고링입니다."

"에드워드 고링이군요. 그 올리브 가지회에 들어가서 당신에 대해 물어보고 싶으면서도 에드워드라는 것밖에 아는 게 없어 정말 바보스런 느낌이 들었답니다."

"검은 머리의 여자가 거기에 없었습니까? 머리를 좀 길게 가지런히 묶고 있는 여자."

"있었어요."

"캐서린이라고, 대단히 좋은 여자예요. 그 여자에게 에드워드라고 말하면 곧 알았을 텐데."

"그랬었겠죠."

둘 사이가 가깝다는 래스본 박사의 말을 떠올리며 빅토리아는 이렇게 말했다. "정말 좋은 여자죠. 그렇게 생각되지 않던가요?"

"예, 아주……."

"외모를 이야기하는 것이 아닙니다―그리 눈에 띄는 얼굴은 아니나 그녀는 인정이 참 많죠."

"그녀가요?"

빅토리아의 목소리는 얼음같이 차가웠다―그러나 에드워드는 아무것도 눈치채지 못한 것 같았다.

"그녀가 없었더라면 나는 어떻게 했을지. 캐서린이 나를 돌보아도 주고 여러 가지로 도와주었답니다. 나 혼자였다면 필경 터무니없는 바보짓을 했을 겁니다. 당신도 그녀하고라면 좋은 친구가 될 거라고 생각되는데요."

"그런 기회는 안 올 거예요."

"아니에요, 옵니다. 내가 어떻게든 거기서 일할 수 있도록 힘써 볼 테니까."

"어떻게 그런 게 가능한가요!"

"글쎄요, 뭐 어떻게든 해보지요. 래스본 노인에게 당신이 얼마나 유능한 타이피스트인지, 그리고 그 밖에 것들에 대해서도 말해 보겠소."

"그분이 금방 받아들일 것 같진 않은데요." 빅토리아가 말했다.

"좌우간 어떻게 해서라도 당신을 올리브 가지회에 들어오게 하겠소. 이런 곳에서 당신 혼자 여기저기 떠돌아다니게 하고 싶지는 않으니까. 그리고 내버려두면 당신은 미얀마라든가 아프리카 같은 데로 휙 날아가 버릴 테니. 빅토리아, 나는 당신을 내 시선이 닿는 곳에 두고 싶소. 내 앞에서 도망치는 건 힘들 겁니다. 당신이란 사람은 도대체 믿을 수가 없어요. 견문 넓히는 일을 지나치게 좋아하는 것 같으니."

빅토리아는 가만히 생각하고 있었다.

'바보 같은 사람, 야생마도 나를 바그다드에서 몰아내지 못할 거라는 사실을 당신은 모르는군요.'

그러나 소리 내어 이렇게 말했다.

"올리브 가지회에 일자리가 있다면 그거야 기쁜 일이긴 하지만."

"기쁠 것까지야 없겠지만, 그곳에서 일하는 사람들은 정말 일에 열심입니다. 기묘한 단체인데다 재미있기도 하지요."

"역시 뭔가가 이상하다고 생각하는군요?"

"아, 그건 나의 엉뚱한 상상에 불과해요."

"아니에요." 빅토리아는 생각에 잠겨 말했다.

"엉뚱한 상상이라고 생각하지 않아요. 오히려 나는 그것이 사실이라고 생각하는데요."

"어떻게 그런 말을?"

"들은 게 있어서—내 친구에게서요."

"누굽니까?"

"그저 친구예요."

"당신 같은 사람은 친구가 하도 많으니까." 에드워드는 불만스러운 듯이 말했다.

"당신은 나쁜 사람이오, 빅토리아. 나는 당신을 미치도록 사랑하고 있는데 당신은 나 같은 것은 조금도 안중에 없으니까."

"어머, 그렇지 않아요. 조금은 맘에 드는걸요."

이렇게 말하고 나서 그녀는 기쁘고 만족스런 표정을 감추며 물었다.

"에드워드, 올리브 가지회와 관련해서 혹시 르파지란 이름을 가진 사람 있나요?"

"르파지?" 에드워드는 의아스러운 표정을 지었다.

"아니, 없는 것 같은데. 누구죠, 그 사람?"

빅토리아는 여전히 묻기만 했다.

"그렇다면 안나 쉴레라는 사람은요?"

에드워드는 이번에는 아주 다른 반응을 보였다. 그는 빅토리아 쪽으로 몸을 돌려 그녀의 팔을 잡고 물었다.

"안나 쉴레에 대해서 무엇을 알고 있습니까?"

"아, 에드워드, 놓고 얘기해요! 아무것도 몰라요. 그냥 알고 있는지를 알고 싶어서 물은 것뿐이에요."

"그녀에 대해서 어디서 들었어요? 클립 부인입니까?"

"아니에요—클립 부인은 아니에요. 적어도 그렇게는 생각지 않아요. 그 여자는 하도 말이 빠르고 모든 사람, 모든 것에 대해서 끝도 없이 이야기를 해 대니까 클립 부인에게서 안나 쉴레에 대한 얘기가 나왔는지 안 나왔는지 기억도 나지 않아요."

"그러면 왜 그 안나 쉴레란 사람이 올리브 가지회와 관련이 있다고 생각했습니까?"

"관련이 있는 거예요?"

에드워드는 천천히 말했다.

"잘은 모르겠지만……그저 모든 게—막연히."

두 사람은 영사관 정원으로 통하는 문 밖에 와서 있었다. 에드워드는 시계를 들여다보았다. "일을 보러 가봐야겠소." 하고 그가 말했다. "아랍어를 좀 알면 편리할 텐데. 나중에 다시 둘이서 이야기할 기회를 만듭시다, 빅토리아. 여러 가지 알고 싶은 것이 있으니까."

"나도 당신에게 이야기하고 싶은 것이 많이 있어요."

좀더 감상적인 시대의 여주인공이었다면 사랑하는 사람을 위험으로부터 지키려고 했을지도 모른다. 그러나 빅토리아는 그런 여자는 아니었다. 확실히 남자라는 것은 위험에 직면하게끔 운명을 타고났다는 것이 빅토리아의 생각이었다. 그녀가 에드워드를 위험으로부터 지켜준다 해도 그는 고마워하지 않을 것이다. 그리고 가만 생각해 보니, 데이킨도 에드워드에게 아무것도 이야기하지 말라는 의도는 아니었던 것 같았다.

그날 해 질 무렵 에드워드와 빅토리아는 함께 영사관 정원을 거닐었다. 날씨가 차가우니 조심하라는 크레이턴 부인의 말에 빅토리아는 여름옷 위에 털 코트를 걸치고 나왔다. 일몰 광경은 장관이었으나 젊은 두 사람은 어느 쪽도 그것에 눈을 돌리지 않았다. 더 중요한 일을 의논하고 있었기 때문이었다.

"일은 아주 간단하게 시작되었어요." 빅토리아가 말했다.

"어떤 남자가 칼에 찔려 티오 호텔 내 방으로 들어온 거예요."

상식적으로 그렇게 간단한 시작이 아니었기에 에드워드는 눈이 휘둥그레져서 물어보았다.

"칼이 어떻게 되었다고요?"

"그 사람이 칼에 찔렸다고요. 적어도 나는 그렇게 생각해요. 어쩌면 총이었는지도 모르지요. 하지만 총이었다면 소리가 들렸을 거예요. 어쨌든 그 사람은 죽었어요."

"죽었다면 어떻게 당신 방에 들어갈 수 있었겠소?"

"오, 에드워드 바보 같은 소리 하지 말아요."

어떤 부분은 있는 그대로 꾸밈없이, 그리고 어떤 부분은 모호하게 빅토리아는 자초지종을 이야기했다. 실제로 일어난 사건인데도 드라마틱하게 이야기할 수 없었고, 중간중간 말이 막혔으며 불충분했다. 누가 들어도 꾸며서 이야기하고 있는 듯한 인상을 주었다.

말을 마치자 에드워드는 못 믿겠다는 얼굴로 그녀를 쳐다보며 말했다.

"괜찮아요, 빅토리아? 기분은 별로 나쁜 것 같지 않은데. 일사병 증상인가, 아니면 나쁜 꿈이라도 꾼 것 아니오?"

"아니라니까요."

"아니, 당신이 이야기하고 있는 것이 도저히 있을 수 없는 일로 여겨지기 때문입니다."

"하지만 사실이에요." 빅토리아는 답답한 듯 말했다.

"세계를 둘로 나누는 세력이 있다든가, 티베트나 발루치스탄 부근에 비밀시설이 세워지고 있다는 것은 멜로드라마식의 이야기예요. 그런 일은 있을 수도 없고 일어날 수도 없는 겁니다."

"그런 일이 일어나기 전에는 모두 사람들이 그렇게 이야기하지요."

"솔직히 말해, 채링 크로스—모두 당신 머릿속에서 지어낸 것 아닙니까?"

"아니에요!" 빅토리아는 화가 나서 소리쳤다.

"게다가 당신은 바스라에 르파지라는 사람과 안나 쉘레라는 사람을 찾으러 왔다고 했어요—"

"당신도 안나 쉘레란 이름은 들은 적이 있죠, 그렇잖아요?"

빅토리아는 에드워드의 말을 가로막으며 이렇게 물었다.

"들은 적이—있지."

"어떻게? 어디서? 올리브 가지회에서요?"

에드워드는 잠시 가만히 있다가 말했다.

"어떤 의미가 있는 건진 모르겠으나 그냥, 이상한 느낌이 들어서—."

"부탁이에요. 말해 주세요."

"당신도 알다시피 나는 당신과는 많이 달라요. 당신만큼 예리하지도 못하고 난 그저 왠지 모르게 어딘가 수상하다고 느낄 뿐이오—왜 그런 생각이 드는지 나도 확실히 모르겠고 당신은 행동하면서 찾아내고, 또 그것으로부터 추론해내지만 나는 머리가 나빠 그런 일은 불가능합니다. 그저 막연히—좋고, 나쁘고만을 느낄 뿐이지요. 그러나 그 이유는 모르겠소."

"나도 그런 느낌이 들 때가 있어요. 티오 호텔 발코니에서 루퍼트를 보았을 때같이."

"루퍼트가 누굽니까?"

"루퍼트 크로프턴 리예요. 바그다드까지 같이 비행기를 타고 왔어요. 아주 거만하고 잘난 체하는 사람이지요. 하여간 유명한 사람이래요. 그 루퍼트가 티오 호텔 발코니에 나와 햇볕을 쬐고 있는 것을 보았을 때, 바로 지금 당신이 이야기한 것처럼 어딘가 이상하다는 느낌이 들었어요. 어디가 어떻게 이상했는지는 알 수 없었지만."

"래스본 박사님이 그 루퍼트에게 올리브 가지회에 와서 강연해 달라고 했으나 그렇게 안 되었지요. 어제 아침 카이로인가 다마스커스인가로 떠나버린 것 같습니다."

"안나 쉴레에 대해 이야기해 주세요."

"안나 쉴레 말입니까? 아무것도 없어요. 그저 여자들 중 누군가가 말했어요."

"캐서린이에요?" 빅토리아가 곧바로 말했다.

"지금 생각해 보니 캐서린인 것 같은데."

"캐서린이 분명해요. 그래서 당신이 나에게 이야기하고 싶지 않은 거예요."

"당치도 않아요. 그것은 터무니없는 소리요."

"좋아요. 그럼 무슨 이야기를 했나요?"

"캐서린이 다른 여자들에게 이렇게 말했소. '안나 쉴레가 오면 우리는 전진할 수 있어요. 그렇게 되면 그 여자에게 직접 명령을 받지요—그 여자에게서만요.'라고 말이오."

"그것은 대단히 중요한 거예요, 에드워드."

"하지만 정말로 안나 쉴레였는지는 확실히 모르겠소."

에드워드는 그녀에게 주의를 주듯 말했다.

"그때 이상하다고 생각지 않았나요?"

"아니, 그렇게는 생각지 않았소. 얼마 안 있어 그런 이름의 여자가 부임해 와 명령을 내리겠구나 하는 정도로 생각했지. 여왕벌처럼 말이오. 모두가 당신의 상상 아닙니까, 빅토리아?"

에드워드는 이렇게 말했으나 빅토리아의 쏘아보는 듯한 눈초리 앞에 쩔쩔매며 다시 말했다.

"알겠소, 알았어요. 하지만 지금의 이야기가 황당무계하게 들리는 것은 당신도 인정하지요? 마치 스릴러 소설처럼, 젊은 남자가 들어와 운명하는 순간에 의미를 알 수 없는 한마디를 하고는, 곧바로 죽었다—. 아무리 생각해 봐도 현실의 일로는 들리지 않으니 말이오."

"당신은 그 피를 보지 못했으니까 그래요."

이렇게 말하며 빅토리아는 몸을 약간 떨었다.

"무서운 충격이었겠군." 에드워드는 동정하듯 말했다.

"그랬어요." 빅토리아가 말했다.

"그런데도 당신은 지어낸 이야기란 말이죠?"

"미안하오. 하지만 당신은 말 지어내는 데는 능숙하니까, 랭고 주교라든가 하는 것들 말이요."

"아, 그것은 단지 소녀다운 인생의 즐거움일 뿐이에요." 빅토리아는 말했다.

"하지만 이것은 심각해요, 에드워드, 아주 심각해요."

"데이킨이라고 했던가? 그 남자는 자신이 이야기하는 것을 모두 알고 있는 느낌이었소?"

"그 남자가 이야기하는 것이라면 믿어도 좋겠다는 생각이 들었어요. 그런데, 에드워드, 당신은 어떻게—."

그때 발코니에서 부르는 소리가 나 빅토리아는 말을 멈추었다.

"들어와요—두 분 다. 마실 것을 준비했어요."

"지금 들어갈게요." 빅토리아는 대답했다.

크레이턴 부인은 계단 쪽으로 오는 에드워드와 빅토리아를 쳐다보며 남편에게 말했다.

"로맨스 분위기가 감도는 것 같잖아요? 멋있는 한 쌍이에요—둘 다 돈은 없는 것 같지만. 내 생각을 한번 말해 볼까요, 제럴드."

"해보구려. 당신 생각을 듣는 건 언제나 재미있지."

"저 아가씨가 큰아버지의 발굴 작업에 들어가려고 여기에 온 것은 오로지 저 젊은이 때문이에요."

"나는 그렇게 생각지 않소. 저 사람들은 서로를 보고서 깜짝 놀라지 않았소."

"바보스럽기는! 그렇지 않아요, 에드워드야 아마 놀랐을지 모르지만."

제럴드 크레이턴이 아내를 향해 머리를 흔들며 미소 지었다.

"저 여자는 고고학자 타입이 아니에요." 크레이턴 부인이 말했다.

"그런 사람들은 대개 안경을 끼고 진지한 모습의 아가씨들이에요—그리고 대개는 손이 젖어 있지요."

"여보, 그런 식으로 일반적으로 말할 수는 없소"

"어쨌든 대개의 경우 지적인 면이 있는 아가씨들이잖아요. 그런데 빅토리아는 상냥하고 상식은 풍부하겠지만 지적인 타입은 아니에요. 발굴대원들과는 전혀 틀려요. 에드워드는 아주 좋은 청년이지요. 가엽게도 그 올리브 가지회라는 시시한 단체에 얽매여 있지만—그러나 요즘은 어디고 일자리 얻기가 어려운 것 같더군요. 저런 제대 군인에게는 정부에서 일자리를 마련해 주어야 하는 건데."

"그것이 그렇게 쉽지는 않지. 노력하고는 있으나 저런 사람들은 아무런 직업교육도 받지 않았고 경험도 없지. 또 대개는 집중력도 습관화되어 있지 않고 말이오."

빅토리아는 그날 밤 복잡하고 어지러운 생각을 안고 잠자리에 들었다.

빅토리아의 소기의 목적은 이루어졌다. 에드워드를 만난 것이다. 그러나 그렇게 됐어도 허전한 듯한 느낌을 씻어버릴 수가 없었다. 무엇을 해도 긴장의 반작용인지 모든 것이 시시하다는 느낌뿐이다.

한편으로는 그녀가 이야기하는 것을 에드워드가 믿어주지 않자 지금까지 일어난 일이 모두 연극이나 비현실적인 일로 생각되는 것이었다. 하찮은 런던내기 타이피스트인 그녀 빅토리아 존스가 바그다드에 도착하자마자 한 남자가 눈앞에서 죽어가는 것을 보았고, 또한 멜로드라마식의 비밀정보원인지 뭔지 모르는 임무를 띠고서 야자나무 잎이 머리 위로 드리워진 남국적인 정원에서 결국은 사랑하는 남자와 만났다. 에덴동산이 이런 곳이 아닐까 하고 여겨지는 장소 비슷한 곳에서 말이다.

귀에 익은 동요 한 구절이 문득 머리에 떠올랐다.

바빌론까지는 몇 마일일까?
60마일 그리고 또 10마일
촛불 밝혀 거기에 갈 수 있을까?
그래, 그리고 다시 돌아와야지.

그러나 그녀는 돌아가지 않았다—그녀는 아직 바빌론에 있었다.

아마 그녀는 돌아가지 않을 것이다―그녀와 에드워드는 함께 바빌론에 있으니까.

에드워드에게 물어보려고 했던 게 무엇이었지?―정원에서 말이다. 에덴동산―그녀와 에드워드. 에드워드에게 물어보려 했었다. 그러나 크레이턴 부인이 불렀다. 물어보려 했던 게 무엇인지 생각나지 않는다―그러나 그녀는 기억해내야 한다. 중요한 것이었으니까―말이 되지 않았다. 야자나무, 정원, 에드워드, 사라센 처녀, 안나 쉴레, 루퍼트 크로프턴 라―모두가 어딘가 이상하다. 기억해 낼 수만 있다면―.

호텔 복도에서 어떤 여자가 빅토리아 쪽으로 걸어오고 있었다―그 여자는 테일러칼라의 윗도리를 입고 있었다. 자기 자신의 모습을 본 듯했다―그러나 가까이 오는 얼굴을 자세히 보니 캐서린이었다. 에드워드와 캐서린―아니, 그럴 수가!

"이리와요." 그녀가 에드워드에게 말했다.

"우리 함께 르파지를―."

그런데 갑자기 그곳에 레몬같이 노란색의 장갑을 끼고 약간 뾰족하고 검은 턱수염을 기른 르파지가 나타났다.

에드워드는 지금은 가버렸고 그녀만 혼자 남겨졌다. 그녀는 촛불이 꺼지기 전에 바빌론에서 돌아가야만 한다.

'우리들은 어둠 속에 있다.'

그렇게 말한 것은 누구일까? 폭력, 공포, 사악, 너덜너덜 떨어진 군복 윗도리에 묻은 피, 그녀는 뛰어가고 있었다. 달렸다―호텔의 복도를. 그리고 그들은 그녀의 뒤를 쫓아오고 있었다.

빅토리아는 깜짝 놀라 잠이 깼다.

3

"커피 들겠어요?" 크레이턴 부인이 말했다.

"달걀은 어떻게 해 드릴까? 스크램블로 할까?"

"아니, 됐어요."

"왠지 좀 피곤해 보이네. 어디 아픈 것 아니에요?"

"아니에요. 그냥 어젯밤에 잠을 좀 못 잤어요. 왜 그랬는지는 모르지만, 잠자리는 아주 편했는데 말이에요."

"라디오 좀 켜주지 않겠어요, 제럴드? 뉴스 할 시간이에요."

라디오 소리가 신호라도 된 듯 그때 막 에드워드가 들어왔다.

"어젯밤 수상은 하원에서 달러 도입액의 삭감에 관한 새로운 세부안을 발표했습니다.

카이로발 보도에 의하면 루퍼트 크로프턴 리의 시체가 나일강에서 끌어올려졌다고 합니다(빅토리아는 커피잔을 날카로운 소리를 내며 내려놓았고, 크레이턴 부인은 비명을 질렀다). 루퍼트 경은 바그다드에서 비행기로 카이로에 도착한 뒤 호텔을 나가 그날 밤 돌아오지 않았다고 합니다. 그의 시체가 발견되기 전 24시간 동안 행방불명되었던 것입니다. 사인은 익사가 아니고 심장을 날카로운 것으로 찔렸다고 합니다. 루퍼트 경은 저명한 여행가로 중국은 물론 발루치스탄을 여행한 것으로 알려져 있으며 여러 권의 저서도 있습니다."

"살해당하다니!" 크레이턴 부인이 소리치듯 말했다.

"카이로는 요즘 어느 곳보다 뒤숭숭한 것 같아요. 이 일에 대해서 좀 알고 있었어요, 게리?"

"그 사람이 행방불명되었다는 것뿐이었소." 크레이턴이 말했다.

"심부름꾼이 편지를 가지고 온 뒤에, 행선지도 밝히지 않고 급하게 외출했었다더군."

"자, 봐요—."

빅토리아는 아침식사 뒤 둘만 있게 되었을 때 에드워드에게 이렇게 말했다.

"모두가 사실이에요. 먼저는 그 카마이클이란 사람이, 그리고 계속해서 이번엔 루퍼트 크로프턴 리가 살해당했어요. 그를 잘난 체하는 사람이라고 부른 것이 후회가 되는군요. 인정머리 없었던 것 같아서요. 그 내막도 알 수 없는 수상한 계획에 대해 알고 있거나 짐작되는 사람은 닥치는 대로 모조리 매장당하고 있어요. 에드워드, 다음은 내 차례가 아닐까요?"

"제발, 그 만족해하는 표정 좀 짓지 말아요, 빅토리아, 당신은 정말 연극기질이 지나치게 많아. 당신을 살해할 염려는 없어요. 사실 당신은 어느 것 하나 아는 게 없잖소—그래도 어쨌든 가능한 한 조심은 해야 해요."

"그래요, 우리 둘 다 모두 조심해요. 나 때문에 당신까지 이런 일에 휘말려 들게 됐으니."

"아, 그런 건 상관없어요. 마침 무료하던 차에 잘 되었으니까."

"하지만 정말로 몸조심해야 해요."

이렇게 말하며 빅토리아는 갑자기 부르르 몸을 떨었다.

"어쩐지 두려워요. 루퍼트 크로프턴 라—그 사람은 몹시 생기가 넘치는 분이었어요. 그 사람마저 죽다니. 무서워요, 정말 무서워요."

제16장

1

"그 젊은이는 만났소?" 데이킨이 물었다.

빅토리아는 고개를 끄덕거렸다.

"뭣 좀 알아냈소?"

조금은 슬픈 듯이 빅토리아는 머리를 흔들었다.

"자, 기운을 내요." 데이킨이 말했다.

"이 게임은 그렇게 금방금방 결과가 얻어지는 게 아니라는 것을 기억해 두시오. 바스라에 가면 혹시 뭐라도 알아낼 수 있을지 모른다고 생각하긴 했지만—확신하고 간 것은 아니었으니까. 그리 큰 기대는 하지 않았었소."

"계속하고 싶은데, 괜찮겠어요?" 빅토리아가 물었다.

"당신이 그렇게 하고 싶다면."

"예, 하고 싶어요. 에드워드는 올리브 가지회에서 혹시 일자리를 얻을 수 있을지도 모른다고 했어요. 정신 차려 눈과 귀를 기울여 본다면 아무 거라도 알아내지 못할 것도 없죠. 그곳 사람들은 안나 쉴레에 대해 알고 있는 모양이에요."

"아, 그것참 흥미 있군. 빅토리아, 어떻게 그런 걸 다 알아냈소?"

빅토리아는 에드워드가 자기에게 한 이야기를 반복해 주었다—캐서린이, "안나 쉴레가 오면 명령을 그녀에게서 직접 받는다."라고 한 것에 대해서.

"꽤 흥미 있는데." 데이킨이 말했다.

"안나 쉴레가 누구예요?" 빅토리아가 물었다.

"당신은 분명히 그녀에 대해서 알고 계신 것 같은데—그렇지 않으면 가공의 이름인가요?"

"가공의 이름은 아니오. 그녀는 어느 미국 은행가(銀行家)의 개인비서지. 그 은행가는 국제적인 은행의 회장이오. 그녀는 뉴욕을 떠나 약 열흘 전에 런던에 갔는데, 그 이후 사라져 버렸소"

"사라져 버렸다고요? 죽은 것은 아니고요?"

"죽었다고 해도 아직 시체가 발견되지 않았소"

"하지만 죽었을지도 모르잖아요?"

"아, 그렇지. 그렇게도 생각할 수 있지."

"그녀가—바그다드에 왔을지도 모른다는 이야긴가요?"

"잘은 모르겠소. 캐서린이라고 하는 아가씨의 말에 의하면 아무래도 그런 것 같지만. 어떻든 지금 우리가 말한 대로—아직 살아 있지 않다고 생각할 만한 이유도 없는 거요"

"어쩌면 제가 올리브 가지회에서 뭐라도 좀 알아낼 수 있을지도 모르겠네요"

"아마 그럴 수도 있을 거요—하지만 다시 한 번 말해 두겠는데 여간 조심하지 않으면 안 된다는 거요. 당신이 상대해야 할 적은 아주 무자비하니까. 티그리스 강에 이번에는 당신의 시체가 떠오른 것이 발견되었다고 한다면 그리 반가운 이야기는 아닐 거요"

빅토리아는 조금 몸을 떨면서 중얼거렸다.

"루퍼트 크로프턴 리처럼 말이죠? 저번 날 아침 호텔에서 그분을 보았을 때, 뭐랄까 좀 이상하다는 생각을 했었어요. 좀 의외였어요. 그 이유를 생각해낼 수 있으면 좋을 텐데……."

"어떤 점이었소—이상하다는 것이?"

"글쎄요—왠지 모르게 달랐어요" 그러고서는 데이킨의 질문에 명확하게 대답할 수가 없어 속상해하며 그녀는 머리를 흔들었다.

"아마 생각해낼 수 있을 거예요. 그다지 대단한 것이라고는 생각지 않으니까"

"하찮은 거라고 생각하고 있는 것이 의외로 대단한 것일지도 모르오"

"에드워드는 제가 일자리가 구해지면 여기에 묵지 말고 다른 여자들처럼 하숙이나 가정집 방을 하나 빌려서 지내는 게 좋겠다고 하는군요"

"그러는 편이 상대에게 억측을 덜 자아내게 할지도 모르지. 게다가 바그다드의 호텔은 너무 비싸기도 하니까. 당신이 안다는 그 젊은이는 두뇌가 아주 빠른 것 같소"

"에드워드를 만나보시겠어요?"

데이킨은 세차게 머리를 흔들었다.

"아니오. 오히려 나에게서 멀리 있으라고 말해 주시오. 당신은 유감스럽게도 카마이클이 죽던 날 밤의 사정 때문에 할 수 없이 눈에 띄게 되었지만 말이오. 그러나 에드워드는 그 사건과도 나하고도 아무런 관계가 없소—그것이 더 유리하오."

"전부터 물어보려 했었는데, 카마이클을 찌른 사람은 누구예요? 여기까지 그의 뒤를 쫓아온 사람인가요?"

"아니오." 데이킨이 천천히 말했다.

"그럴 리는 없소."

"그럴 리가 없다고요?"

"카마이클은 구파라고 하는 이곳 원주민의 배를 타고 이곳에 왔소—그리고 그는 미행당하지 않았었소. 그 점은 확실하오. 내가 다른 사람에게 강을 망보게 했으니까."

"그렇다면 이 호텔에 있었던 사람이?"

"그렇소, 빅토리아. 그리고 덧붙인다면 그 방 좌우에 있었던 사람들로 한정할 수도 있소—그 이유는 내가 계단을 망보았지만 계단으로 올라온 사람은 아무도 없었으니까."

빅토리아의 의아해하는 표정을 보고 데이킨이 조용하게 말했다.

"그곳에 있었던 사람은 그리 많지 않소. 당신과 나, 카듀 트렌치 부인, 마커스와 그의 동생 부부. 이 호텔에서 오래 일하고 있는 하인 두 사람. 아무것도 알려지지 않은 키르쿡에서 온 해리슨이라는 남자. 그 밖에 유태인 병원에서 일하고 있는 간호사. 그중 누군가가 찔렀을지도 모르지. 그러나 어떤 이유에서는 그들 가운데서는 가망이 없다고 생각합니다."

"그 이유는 뭔가요?"

"카마이클은 조심하고 있었소. 그는 임무의 결정적 순간이 다가온 것을 알고 있었으니까. 카마이클은 위험에 대해 날카로운 직감력을 가진 남자요. 그런데 어떻게 해서 그 직감력이 그를 지키지 못한 것일까?"

"그때 있었던 경찰관은—." 하고 빅토리아가 말을 꺼내니 데이킨이 곧 대답했다.

"아, 그 경찰관들은 나중에 호텔 밖 길거리에서 들어왔소. 지금은 낌새를 차렸을 거요. 하지만 그들은 카마이클을 찌르지 않았소. 카마이클이 잘 알고 있으며 믿고 있는 사람. 그렇지 않으면 그가 무시해도 될 만한 사람들 중 하나가 틀림없소. 그게 누군지 알 수만 있다면……."

2

바라던 것이 이루어지면 일순간에 맥빠진 듯한 느낌이 들 때가 있다. 바그다드에 도착해서 에드워드를 찾아내고 올리브 가지회에 들어가 비밀을 캐내는 일. 이 모두가 꽤 매력적인 계획인 듯 생각되었었다. 그러나 목적이 달성된 지금, 어쩌다가 자기 자신에게 질문해 보는 빅토리아는 도대체 자신은 무엇을 하고 있는 것일까 하고 이상하게 여길 때가 있었다. 에드워드와 다시 만나게 되었다는 감격도 잠깐 동안만 그녀의 가슴을 만족시켰을 뿐 지금은 그 느낌도 사라지고 없었다. 그녀는 에드워드를 사랑하고 에드워드도 그녀를 사랑하고 있다. 대부분의 날들을 같은 지붕 아래에서 함께 일하고 있다—그러나 냉정히 생각해 볼 때, 도대체 이런 곳에서 무엇을 하고 있는 것일까 하는 느낌이 저절로 드는 것이었다.

어떤 방법을 썼는지, 과감하게 결단을 내린 것인지, 그렇지 않으면 교묘히 설득했기 때문인지 그것은 알 수 없었으나, 에드워드 덕분에 빅토리아는 많지 않은 월급은 고사하고라도 아무튼 올리브 가지회에서 일자리를 얻게 된 것이다. 대개는 낮에는 불을 켜야 하는 작고 어두운 방에 앉아 올리브 가지회 활동의 싱겁기 짝이 없는 프로그램에 대한 설명서나 통지서, 편지 등을 시원치 않은 타이프라이터로 치면서 지냈다. 에드워드는 이 단체에 뭔가 떳떳치 못한 부분이 있다는 느낌을 갖고 있었다. 데이킨도 같은 의견을 갖고 있는 듯했다. 그래서 빅토리아는 이 단체에 들어와 가능한 한 이것저것 알아내기로 했었다. 그러나 그녀가 보는 바로는 아무것도 알아낼 수가 없었다. 올리브 가지회의 활동은 '국제 평화'라는 달콤한 꿀을 뚝뚝 떨어뜨릴 뿐, 여러 가지 회합이 열려서는 오렌지 즙과 맛없는 음식물이 제공되었다. 그런 회합에 빅토리아는 접대인 역할을 하게 되어 있었다. 여러 가지 국적의 사람들에게 섞여 저쪽 사람을 이쪽 사람에게 소개하기도 하고, 많은 사람들 사이에 선의의 분위기를 만들어 주는 것이었다. 하지만 그들 가운데는 서로의 얼굴을 적의를 갖고 빤히 쳐다보는가 하면, 그저 걸신들린 듯 차려놓은 음식만을 먹는 사람도 있었다.

빅토리아가 보기에는 어떤 저류(底流)나 음모, 내면의 비밀 같은 것도 없었다. 모든 게 명확했고 싱거운 우유같이 부드러웠으며, 그지없이 단조롭고 지루했다. 검은 피부의 몇몇 젊은이가 그녀에게 사랑을 고백하기도 했고, 그녀가 대충 훑어본 책을 빌려가는 사람도 있었다. 이 모든 게 그녀에게는 시시했다. 그녀는 지금은 티오 호텔을 나와 티그리스 강 서쪽 강변의 하숙에서 여러 국적의 젊은 사무원들과 함께 지내고 있었다. 그중에는 캐서린도 있었는데, 아무래도 빅토리아를 의심하는 눈으로 감시하는 듯했다. 그러나 올리브 가지회의 활동에 대하여 알아내려는 스파이일지도 모른다고 하면서 의심하는 것인지, 에드워드와의 애정문제 같은 좀더 델리킷한 문제로 해서 감시하고 있는지는 알 수가 없었다. 빅토리아로서는 후자 쪽이 아닐까 생각하고 있었다. 에드워드가 빅토리아에게 일자리를 마련해 주었다는 것은 모두가 알고 있었고, 몇몇 여자가 질투 어린 검은 눈으로 얄미운 듯 자신을 쳐다보는 것을 그녀도 느끼고 있었다.

모든 게 다 에드워드가 너무 매력적이라 그렇다고 생각해도 빅토리아는 기분이 좋지 않았다. 대부분의 여자들이 그에게 빠져 있었고, 에드워드는 에드워드대로 누구 할 것 없이 친절하게 대해 주고 있었다. 빅토리아와 에드워드는 서로 약속하에 특별히 친한 사이라는 것을 전혀 내색하지 않았다. 뭐라도 좀 알아내려면 두 사람이 협력하고 있다는 사실을 다른 사람이 눈치채지 못하도록 해야만 했다. 에드워드의 그녀에 대한 태도는 다른 여자들에게 하는 것과 다름이 없었고, 오히려 더 냉정했다.

비록 올리브 가지회 그 자체는 지극히 평범한 듯했으나 그 회장이며 창시자인 래스본 박사는 약간 다른 범주에 속한 인물이라는 느낌은 분명히 있었다. 한두 번 빅토리아는 래스본 박사의 검고 생각에 잠긴 듯한 시선이 물끄러미 자신에게 쏠리고 있음을 감지했었다. 그 시선을 새끼고양이 같은 순진한 표정을 지으며 평온하게 받아들였으나 갑자기 공포에 가까운 감정으로 가슴이 두근거림을 느꼈었다.

한번은 래스본 박사에게 불려간 적이 있었다(타이핑 실수에 대한 변명을 하기 위해서). 그때에는 그저 쳐다보기만 한 것이 아니라 이렇게 묻기도 했었다.

"어때요, 이곳에서 즐겁게 일하고 있소?"

"예, 즐겁게 일하고 있어요, 박사님." 빅토리아는 말하고 나서 이렇게 덧붙였다.

"타이핑에 실수가 많아 죄송합니다."

"우리는 실수에는 그리 신경 쓰지 않소. 혼이 없는 기계는 우리에게는 쓸모가 없어요. 우리에게 필요한 것은 젊음, 관대한 마음, 넓은 시야 같은 것들이오."

빅토리아는 진지하고 관대해 보이는 표정을 지으려고 애썼다.

"당신은 일을 사랑해야 해요. 당신이 하고 있는 일에 애착을 갖고, 찬란한 미래를 기대해 보는 거요. 당신은 그 모든 것에 대해 진실하게 느끼고 있소?"

"아직 모든 것이 제게는 새로워서요." 빅토리아가 말했다.

"아직 모든 것을 충분히 이해하지 못했나 봐요."

"모두 힘을 합치는 일, 협력하는 일—젊은이는 모든 곳에서 힘을 합쳐야만 합니다. 그것이 중요한 일이지요. 저녁 시간의 자유토론과 동료와의 교제도 즐겁게 하고 있소?"

"예, 그럼은요."

이렇게 말하는 빅토리아는 그런 시간들이 싫어서 견딜 수 없었다.

"불화가 아닌 융화—증오가 아닌 형제애. 천천히, 그러나 확실하게 성장해 가고 있소. 그것은 아마 당신도 느낄 게요, 그렇지 않소?"

빅토리아는 매일 계속되는 끝없는 질투, 격렬한 증오, 끝없는 싸움, 상처입은 감정, 사죄의 요구 등을 생각했다. 그녀로서는 도대체 어떤 대답을 기대하고 있는지 알 수가 없었다.

"때때로—." 빅토리아는 조심스럽게 말했다.

"인간이란 어려운 존재라서요."

"알고 있소. 알고 있소……"라며 래스본 박사는 한숨지었다. 그의 고상한 둥근 이마엔 곤혹스러운 듯 주름살이 잡혔다.

"마이클 라쿠니안이 아이작 나훔을 때려 아이작의 입술이 찢어졌다고 하던데, 그것은 어찌된 일이오?"

"그저 사소한 말다툼이었어요." 빅토리아가 말했다.

래스본 박사가 슬픈 듯이 생각에 잠겼다.

"인내와 신뢰." 그는 중얼거렸다.

"인내와 신뢰."

빅토리아는 조심스럽게 동감을 표하고 방을 나오다가 타이핑한 원고를 두고 나온 것이 생각나 다시 돌아갔다. 바로 그때 래스본 박사의 시선이 자신에게 향해 있음을 알아차리고는 조금 놀랐었다. 날카롭고 의혹에 찬 시선이었다. 빅토리아는 자신이 꽤 빈틈없이 감시당하고 있는 게 틀림없다고 느끼고서는, 도대체 래스본 박사가 자신에 대해 어떻게 생각하고 있을까 하고 불안하게 생각했다.

데이킨에게 받은 지시는 지극히 간단했다. 보고할 일이 있는 경우, 그 사람과 연락하는 데에는 몇 가지 규칙이 있었다. 그는 그녀에게 오래되어 빛바랜 분홍색 손수건을 건네주었다. 만일 보고해야 할 사항이 있으면 해 질 무렵에 늘 그러듯이 하숙집에서 나와 가까운 강변을 따라 산책을 했다. 강변에 있는 집들 쪽으로 4분의 1마일가량의 좁은 오솔길이 나 있었다. 이 오솔길을 따라가면 긴 계단이 물가까지 이어지는 곳이 있었는데, 그곳엔 배가 항상 매어 있었고 계단 꼭대기의 나무 말뚝에는 녹슨 못이 하나 박혀 있었다. 데이킨에게 연락할 일이 있으면 이 못에 분홍색 손수건 조각을 매어놓기로 약속이 되어 있었다. 아직까지는 그런 일을 할 필요가 없었다. 빅토리아는 이 점을 대단히 애석하게 생각하고 있었다. 그녀는 단지 많지 않은 봉급을 받으며 빈둥빈둥 놀면서 일을 하고 있는 데에 지나지 않았다. 요즈음은 에드워드도 아주 가끔밖에 만나지 못했는데, 그것은 래스본 박사가 시켜 늘 먼 곳으로 출장을 가기 때문이었다. 바로 그날은 그가 페르시아에서 막 돌아온 날이었다. 그가 없는 동안에 그녀는 데이킨과 짧고 불만족스런 접촉이 있었다. 그녀는 이미 이전에 지시받은 대로 티오 호텔에 가서 혹시 자기가 가디건을 두고 오지는 않았느냐고 물어보았다. 그런 것은 두고 가지 않았다는 대답을 받았으나, 곧이어 마커스가 나타나 뭐라도 좀 마시고 가라고 다짜고짜 강변 쪽 테이블로 끌고 가는 것이었다. 이러저러하는 사이에 데이킨이 길 쪽에서 휘청거리며 호텔 안으로 들어오고 있는 것을 마커스가 불러 그들은 함께 강변 쪽 테이블에 앉았다. 데이킨이 레모네이드를 한 모금 마신 뒤에 마커스가 일이 있어서 가게 되어 두 사람만이 페인트칠한 작은 테이블을 사이에 두고 마주앉게 되었다.

조금 걱정스러운 듯 빅토리아가 전혀 성과가 없음을 보고 했으나 데이킨은 그런 것은 걱정하지 말라고 관대하게 안심시켜 주었다.

"당신은 자신이 도대체 무엇을 찾아야 하는지, 심지어는 정말 찾아내야 하는 게 있는지조차 모르고 있소. 그건 그렇고 올리브 가지회에 대해선 어떤 인상을 받았소?"

"아주 막연해요." 빅토리아가 천천히 말했다.

"막연하다고, 그럴 거요. 그러나 위장이라고는 생각되지 않소?"

"잘 모르겠어요. 문화라고 하면 사람들은 대개 경계심을 갖지 않는 것처럼—제 말뜻 아시겠죠?"

"그러니까 문화라는 것이 관련되면 자선단체가 경제적인 기관 등과는 달리 그다지 신경 써서 조사하지 않는다는 말이 아니오? 그 말이 맞소. 거기에는 정말로 문화 활동에 정열을 쏟고 있는 사람도 있을 거요. 하지만 그 단체가 다른 것을 위해서 이용당하고 있는 것 같지는 않소?"

"공산주의 운동을 하는 데도 여러 가지가 있잖아요."

빅토리아가 모호하게 말했다.

"에드워드도 그렇게 생각하고 있어요—그 사람이 저에게 칼 마르크스 저서를 읽고는 그냥 주위에 아무렇게나 놔두라고 하더군요. 어떤 반응이 있나 보라고 하면서요."

"그거 흥미있군. 그래, 지금까지 어떤 반응이 있었소?"

"아직은요."

"래스본은 어떻소? 그 사람, 진짜인 것 같소?"

"실은 그 사람이—." 말하는 빅토리아의 목소리는 확실치 않았다.

"그 사람이 나에게는 자꾸만 마음에 걸립니다." 데이킨이 말했다.

"그는 상당한 거물이기 때문이오. 공산주의자들의 음모가 어떻게 진행되는지 한번 상상해 봅시다—학생이나 젊은 혁명가가 대통령과 직접 만나게 되는 경우는 거의 없소. 길에서 폭탄을 던지는 것에 대해서는 경찰이 대책을 강구할 것이오. 그러나 래스본 박사는 다릅니다. 거물에 속하며 공적으로 많은 활동을 한 훌륭한 경력을 가진 명사요. 래스본 박사의 경우는 이 나라를 방문하는 고관들과 밀접하게 접촉할 수도 있소. 아마도 그 사람은 그런 식으로 할 거요. 그에 대해서는 나도 사실 많이 알아내고 싶소."

빅토리아는 생각했다. 그렇다. 모두 래스본을 중심으로 해서 움직이고 있었다. 몇 주일 전, 런던에서 처음 만났을 때 에드워드가 올리브 가지회가 좀 '수상하다'고 하면서 그 원인이 회장에게 있다고 말했었다. 대수롭지 않은 사건, 특히 아무렇지도 않은 말 한마디에서 에드워드는 불안하게 생각한 것이 틀림없다고 빅토리아는 갑자기 확신하게 되었다. 마음속에서 그런 식으로 움직이기 때문이라고 빅토리아는 믿었다. 막연한 의심이나 불신감이 그저 예감만은 결코 아니다—정말로 항상 원인이 있었다. 에드워드가 이전의 일을 생각해 보면 처음으로 그에게 의심을 불러일으킨 사실이나 사건을 그녀의 도움으로 기억해 낼 수 있을지도 모른다. 같은 식으로 자신에게도 그런 것이 가능하리라고 빅토리아는 생각했다. 티오 호텔 발코니에 앉아 일광욕을 하고 있던 루퍼트 크로프턴 리를 보았을 때 왜 그렇게 놀랐을까? 자신도 돌이켜 생각해 보아야만 한다. 당연히 대사관에 있을 것이라고 생각한 루퍼트를 티오 호텔 발코니에서 보게 되어 놀란 것도 사실이었다. 그러나 있을 수 없는 일을 본 것처럼 그렇게 놀란 것은 무슨 이유에서였을까? 그날 아침의 일을 몇 번이고 되풀이해서 생각해 봐야지. 에드워드에게도 잘 얘기해서 래스본 박사와 처음 만났을 때의 기억을 몇 번이라도 되살려 보라고 해야겠다. 다음에 그와 둘만이 있게 되면 이야기해야지. 이렇게 생각은 했으나 에드워드가 혼자 있을 때를 만나기란 그리 쉬운 일이 아니었다. 에드워드는 처음에는 페르시아에 나가 있었고, 지금은 돌아왔어도 올리브 가지회에서 둘만이 이야기한다는 것은 불가능했다. 그곳에는 전쟁 중의 슬로건(적이 귀를 대고 우리를 엿듣는다)이 온 벽에 쓰여 있었다. 아르메니아인 하숙집에서도 사람 눈을 피하기란 어려웠다. 에드워드와 만날 기회가 좀처럼 없다는 것에 대해 말한다면, 사실 여기에 안 오고 그냥 영국에 있는 것과 마찬가지라고 할 정도라고 빅토리아는 생각했다.

그러나 꼭 그렇지만은 않은 것이, 이런 일이 감시 뒤에 일어났던 것이다.

에드워드가 원고 몇 장을 그녀에게 가지고 와서 말했다.

"래스본 박사님이 이것을 빨리 타이핑해 달라는군요, 빅토리아. 특히 두 번째 페이지를 주의해서 잘 쳐야 해요. 틀리기 쉬운 아랍인 이름이 몇 개 있으니까."

빅토리아는 한숨을 쉬면서 타이프라이터에 종이를 끼우고는 다른 때처럼 타이핑을 하기 시작했다. 래스본 박사의 필체는 특별히 읽기 어려운 것은 아니었다. 다른 때보다 실수가 적어 자신에게 축하해 주면서 첫 번째 장을 옆으로 놓고 다음 장으로 넘어가려 할 때였다―두 번째 페이지를 주의하라고 한 에드워드의 의미를 금방 알 수 있었다. 에드워드의 필체로 쓰인 작은 메모 쪽지가 두 번째 페이지 위에 핀으로 끼워져 있었던 것이다.

내일 오전 11시쯤 티그리스 강변을 따라서 베이트 멜릭 알리 앞을 지나 산책하시오.

내일은 금요일이면서 휴일이다. 빅토리아는 금방 힘이 솟았다. 그녀는 비취색 윗도리를 입고 가야지 하고 생각했고 머리도 감아야겠다고 생각했다. 그러나 하숙집은 시설이 나빠 머리를 혼자서 감기란 어려웠다.

"그래도 머리는 꼭 감아야 해."

빅토리아는 자기도 모르게 소리를 내어 중얼거렸다.

"뭐라고 했어요?"

옆의 책상에서 안내장과 봉투를 정리하고 있던 캐서린이 수상쩍다는 듯 고개를 들고 물었다.

빅토리아는 에드워드가 보낸 메모를 재빠르게 손 안에 꾸겨 쥐고 아무렇지도 않은 듯 말했다.

"머리를 감고 싶은데 이곳 미장원은 너무 불결해서 어디를 가야 좋을지 모르겠어요."

"그래요. 불결하고 값도 너무 비싸요. 내가 머리를 아주 잘 감겨주는 여자를 알고 있어요. 수건도 깨끗한 것을 사용하고, 그곳에 데리고 가줄 수도 있어요."

"어머, 고마워요, 캐서린." 빅토리아가 말했다.

"내일 쉬는 날이니까 우리 내일 가요."

"내일은 안 돼요." 빅토리아가 말했다.

"왜 안 돼요?"

캐서린은 이상하다는 시선으로 그녀를 쳐다보았다. 빅토리아는 캐서린에 대한 보통 때의 귀찮고 싫어하는 감정이 가슴에서 솟아오르는 걸 느꼈다.

"내일은 산책하고 싶어요—신선한 공기를 마셨으면 해서. 매일 여기서 갇혀 지내니까 가끔은 운동도 해야 할 것 같아서 말이에요."

"어디로 산책하려고요? 바그다드에는 산책할 만한 곳이 없는데."

"그래서 내가 찾아볼 거예요." 빅토리아는 말했다.

"영화를 보러 가는 게 나을 텐데. 그렇지 않으면 재미있는 강연을 듣든지."

"아니에요. 밖으로 나가고 싶어요. 영국에서는 모두 산책하는 것을 좋아해요."

"당신도 영국 사람이라서 그렇게 항상 거만하고 잘난 체하는군요. 영국 사람이 뭐길래? 아무것도 아닌 것이. 여기서는 영국 사람에게 침을 뱉는데."

"나한테 한번 침을 뱉어 봐요, 어떤 일이 벌어지나."

빅토리아는 이렇게 대답하면서, 이 올리브 가지회에서는 왜 이렇게 쉽게 격렬한 감정이 촉발하는 것일까 하고 이상하게 생각했다.

"어떤 일이 벌어지는데?"

"자, 한번 뱉어 봐요."

"당신은 왜 칼 마르크스를 읽고 있죠? 이해할 수도 없으면서. 당신은 지독하게 머리가 나쁜가 봐. 공산당이 당신을 당원으로 받아들이기라도 할 것 같은가 보죠? 정치적으로 많은 교육을 받은 것도 아니면서."

"읽어서 나쁠 것도 없죠. 그 책은 나와 같은 노동자를 위해서 쓰인 것인데."

"당신은 노동자가 아니에요. 부르주아예요. 게다가 당신은 타이핑도 정확하게 못해요. 자, 봐요, 당신이 타이핑한 이 오자투성이를."

"최고로 솜씨 좋은 사람도 스펠링이 틀리는 경우가 있어요."

빅토리아는 위엄 있게 말했다.

"어찌되었든 간에 당신이 이렇게 자꾸만 말을 걸면 내가 어떻게 일을 할 수 있겠어요? 이젠 일을 해야겠어요."

빅토리아는 맹렬한 속도로 한 줄을 타이핑했다—무심결에 자꾸만 시프트키를 눌러 한 줄이 온통 감탄부호, 숫자, 괄호 등으로 채워지게 되자 뭔가 분하다는 생각이 들었다. 종이를 다른 것으로 바꿔 끼우고 나서 부지런히 타이핑 일을 마치고는, 다 된 것을 래스본 박사에게 들고 갔다.

박사는 그것을 훑어보면서 중얼거렸다.

"쉬라즈는 이라크가 아니고 이란에 있소—그리고 이라크의 '크'는 'K'가 아니고⋯⋯웨지트요—우즐레가 아니고. 자, 됐소, 고맙소, 빅토리아."

방을 나오려고 할 때 래스본 박사가 그녀를 다시 불렀다.

"빅토리아, 여기서 일하는 것이 즐겁소?"

"예, 즐거워요, 박사님."

짙은 눈썹 밑의 검은 눈이 그녀의 표정을 살피고 있었다. 빅토리아는 문득 불안감이 느껴졌다.

"봉급을 많이 줄 수 없어서."

"그것은 괜찮아요. 일을 좋아하니까요." 빅토리아는 말했다.

"그게 정말이오?"

"정말이에요" 하고 말하며 빅토리아는 덧붙였다.

"이곳의 일은 보람을 느낄 수 있어요."

그녀의 맑은 눈이 무언가 살피려는 듯한 래스본의 검은 눈을 피하지 않고 마주 쳐다보았다.

"어떻게 하고 있소—생활은?"

"예—아주 싼 하숙을 구했어요. 아르메니아인 몇 명과 함께 있지요. 저는 아주 잘 지내고 있어요."

"바그다드에는 현재 속기 타이피스트가 부족한 상태요. 당신이 원한다면 이 곳보다 더 나은 일자리를 구해 줄 수도 있겠는데."

래스본 박사가 말했다.

"하지만 전 다른 일자리는 원치 않아요."

"그러는 편이 현명하다고 생각하는데."

"현명하다고요?" 빅토리아는 조금 움찔했다.

"그렇소. 한 차례 당신에게 경고랄까 충고를 해주고 싶었소."

그의 목소리에서는 희미했지만 위협적인 면이 느껴졌다.

빅토리아는 눈이 휘둥그레졌다.

"무슨 뜻인지 잘 모르겠네요, 박사님?"

"때로는 잘 모르는 일에는 상관 않는 게 더 현명할 때가 있다는 얘기요."

이번에는 위협적이라는 것을 확실히 느낄 수 있었으나, 그녀는 여전히 새끼 고양이 같은 순진한 눈초리로 박사를 쳐다보았다.

"당신은 왜 여기에 와서 일하는 게지요, 빅토리아? 에드워드 때문이오?"

빅토리아는 화가 나서 얼굴이 벌겋게 되었다.

"그렇지 않아요."

그녀는 화를 내며 말했다. 몹시 불쾌하게 느껴졌던 것이다.

래스본 박사는 고개를 끄덕거렸다.

"에드워드는 지금부터가 시작이오. 당신에게 도움이 되려면 몇 년이 걸릴지도 모르오. 내가 만일 당신이라면, 난 에드워드에 대한 생각은 잊어버릴 게요. 그리고 방금도 말했듯이 봉급도 괜찮고 장래성도 있는 일자리가 있소—거기서는 당신과 같은 부류의 사람들과 함께 일할 수도 있지."

이렇게 말하면서 래스본 박사는 여전히 빅토리아의 얼굴을 빤히 쳐다보았다. 이것은 나에 대한 테스트일까? 빅토리아는 일부러 열의에 가득 차 있는 듯 말했다.

"하지만 전 정말로 올리브 가지회의 일이 좋아요. 다른 데로 옮기고 싶은 생각은 없어요, 박사님."

박사는 어깨를 으쓱해 보였다. 그 말을 끝으로 빅토리아는 방을 나왔으나 등 뒤로 쏟아지는 그의 시선을 느낄 수 있었다.

래스본 박사와 주고받은 말이 왠지 마음에 걸렸다. 어떤 일이 생겨 그의 의혹을 불러일으킨 것은 아닐까? 올리브 가지회의 비밀을 알아내기 위해 보내어진 스파이라고 생각하고 있을지도 몰라. 박사의 목소리와 태도에서 빅토리아는 까닭 모를 두려움을 느꼈다. 에드워드 가까이에 있으려고 여기에 온 것이 아니냐고 했을 때 화를 내며 강하게 부정했으나, 차라리 그렇게 생각하도록 하는 편이 안전했을지도 모른다. 데이킨이 이 일에 관련이 있다는 것을 조금이라도 눈치채게 된다면 큰일이다. 그렇다고는 하지만 그녀가 바보스럽게 얼굴을 붉힌 것을 보고, 박사는 역시 에드워드 때문이라고 생각했을 것이다. 그렇다면 결국은 그것으로 잘된 일일지도 모르지만.

그렇게 생각하면서도 그날 밤 그녀는 왠지 모를 두려움이 가슴에 서려옴을 느끼며 잠자리에 들었다.

제17장

1

　다음 날 아침 빅토리아는 어디 간다고 설명해야 하는 번거로움 없이 의외로 간단하게 하숙집을 나설 수 있었다. 베이트 멜릭 알리에 대해서는 서쪽 해안에서 조금 아래로 내려간 강가에 있는 커다란 집이라는 것을 물어서 알고 있었다.

　지금까지는 하숙집 주위를 둘러 볼 기회가 거의 없었기 때문에 하숙집을 나서서 좁은 길을 끝까지 걸어가니 바로 강둑이 나온다는 사실을 알고는 놀랍기도 했고 기분이 좋기도 했다. 거기서 오른쪽으로 꺾어져 높은 강둑의 가장자리를 따라 천천히 걸었다. 군데군데 강둑이 무너져 있었으나 고치지 않아 조심하지 않으면 꽤 위험했다. 어떤 집 한 채 앞쪽에 계단이 나 있었는데, 어두운 밤중에 무심코 계단 하나가 더 있을 것이라고 생각해 발을 헛디디기라도 한다면 바로 강으로 떨어져버릴 위험이 있었다. 빅토리아는 발밑의 수면을 내려다보면서 조심해 한 발 한 발 내디뎌 가장자리를 도니 넓고 포장된 도로가 이어졌다. 오른편 집들은 비밀스럽게 보여 흥미를 불러일으켰으나, 도대체 어떤 사람들이 살고 있을지 전혀 짐작도 가지 않았다. 가끔 열려져 있는 문으로 살짝 안을 들여다본 빅토리아는 안팎의 대조에 황홀해했다. 한 예로, 열려진 문으로 안마당이 보이는 집이 있었는데 그 안마당에는 분수가 힘차게 솟아오르고 있었고, 쿠션이 있는 긴 의자와 갑판 의자가 그 주위에 놓여 있었으며, 키가 큰 야자수들이 심어져 있는 정원이 다시 뒤편으로 있어 마치 연극 무대의 뒷배경 같아 보였다. 그 옆집은 외관상으로는 거의 같게 보였으나 안은 매우 어수선했고 몇 개의 어두운 통로가 있었으며, 대여섯 명의 누더기 옷을 입은 더러운 아이들이 놀고 있었다. 조금 더 가니 야자수가 울창하게 우거져 있는 정원이 있었다. 그녀의 왼편으로는 울퉁불퉁한 계단이 강 아래로 나 있었는데, 아랍인 뱃사공이 원시적인 노가 달린 배 안에 앉아 손짓 몸짓을 해가며 그녀를 부르고 있었다. 아마 강을 건너려면 배를 타고 건너라고 하는 듯했다. 빅토리아는 여기가 티오 호텔의 바로 건너편일 것이라고 짐작했다. 그러나 이쪽에서 보니 건물들이 모두 비슷비슷했고, 더구나 호텔 건물은 대개 같아 보였기 때문에 확실히 구별하기는 어려웠다. 거기서 야자수 사이로 난 길을 조금 더 아래로 걸어 내려가니 발코니가 달린 두 채의 커다란 집이 나란히 서 있었다. 그리고 그 저쪽 건너편에 강으로 삐죽 튀어나간 채 서 있는 큰 집이 보였는데, 정원에는 난간이 둘러쳐져 있었다. 강둑 위의 길은 이 집 내부로 통하고 있었다. 이것이 알리 왕의 저택—베이트 멜릭 알리가 틀림없었다.

몇 분이 더 지나서 빅토리아는 그 입구를 지나 지저분하고 이수선한 곳에 와 있었다. 강은 녹슨 철망이 쳐진 야자수 재배장에 가려져 보이지 않았다. 오른편으로 서툰 솜씨로 쌓은 흙벽돌담 안으로 금방 무너질 듯한 집들이 있었고, 작은 판자집들 앞에서는 어린아이들이 흙먼지를 일으키며 놀고 있었다. 그리고 산더미처럼 쌓인 쓰레기더미 위에 파리 떼들이 잔뜩 달라붙어 있었다. 강에서 올라오는 도로 하나가 나 있었는데, 그곳에 자동차가 한 대 서 있었다—약간 낡고 고풍스러운 자동차였다. 그 자동차 옆에 에드워드가 서 있었다.

"하, 잘 왔소, 차에 타시오." 에드워드가 말했다.

"우리, 어디 가는 거예요?"

빅토리아는 낡은 차에 올라타면서 신나는 목소리로 물었다. 너덜너덜한 누더기 옷을 걸친 운전사는 돌아보면서 그녀에게 이를 드러내고 싱긋이 웃어 보였다.

"바빌론에 가는 거요." 에드워드가 말했다.

"휴일은 지금부터 즐겨도 늦지는 않으니까."

자동차는 무섭게 요동을 치며 움직이더니 울퉁불퉁하게 포장된 도로를 덜커덩거리며 미친 듯이 달려가기 시작했다.

"바빌론에를요?" 빅토리아가 큰 소리로 말했다.

"그거 듣던 중 반가운 소리네요. 정말로 바빌론에 가는 거예요?"

자동차는 크게 움직이며 왼쪽으로 꺾어졌고, 이번에는 꽤 넓고 잘 포장된 도로를 질주해 나갔다.

"그렇소, 하지만 너무 기대는 하지 말아요. 바빌론도 뭐랄까—옛 모습이 그대로 남아 있지는 않으니까."

빅토리아는 콧노래를 불렀다.

바빌론까지는 몇 마일일까?
60마일 그리고 또 10마일
촛불 밝혀 거기에 갈 수 있을까?
그래, 그리고 다시 돌아와야지.

"내가 아주 어릴 때 자주 부르던 동요예요. 바빌론은 늘 내 동경의 대상이었죠. 그런데 그 바빌론엘 정말로 가고 있는 거예요!"

"정말 촛불에 의지해 돌아오게 될지도 모르지. 그렇지 않으면 꼭 그래야 할지도 모르고. 사실 이 나라에선 앞으로 어떤 일이 일어날지 모르는 겁니다."

"이 차, 곧 고장 날 것 같아요."

"아마 그럴지도 모르겠소. 한 군데도 성한 데가 없으니. 그런데도 이 이라크 녀석들은 끈 하나 턱 감아놓고 알라신이여 도와주소서만 연발하고 있으니."

"아무 데나 알라신이군요?"

"그렇소. 전능자에게 책임을 전가시키는 일만큼 편한 것도 없을 테니까."

"도로 사정도 별로 좋지 않은 것 같아요?"

앉은 채로 몸이 심하게 움직였기 때문에 빅토리아는 숨이 차서 말했다.

겉으로 보기엔 포장이 잘된 넓은 길 같았다. 하지만 넓긴 넓었으나 군데군데가 바퀴 자국으로 패여 있어 울퉁불퉁했다.

"앞으론 더 심할 거요." 에드워드가 소리치듯이 말했다.

이리저리 흔들리고 부딪쳤으나 그래도 그들은 즐거웠다. 차가 달리는 대로 먼지가 구름처럼 뽀얗게 피어올랐다. 아랍인을 잔뜩 태운 화물 트럭이 이쪽의 경적소리 같은 건 아랑곳하지 않고 도로 한가운데로 쏜살같이 달려갔다.

그들은 벽으로 둘러싸인 정원을 몇 개 지났고, 여자, 어린이, 당나귀 무리들을 지나 달려갔다. 빅토리아에게는 모든 것이 새로웠고, 에드워드와 함께 바빌론을 향하고 있다는 사실이 무엇보다도 그녀를 황홀케 했다.

두 시간 남짓 지나 바빌론에 도착했을 때에는 몸의 이곳저곳이 얻어맞은 듯 아팠고, 정신은 좀 멍해 있었다. 폐허가 된 진흙더미와 타버린 벽돌이 여기저기 흩어져 있는 것을 보고 빅토리아는 약간 실망했다. 그림에서 본 바알벡처럼 원통 모양의 기둥과 아치를 상상했었기 때문이다.

그러나 안내자를 따라 진흙 무덤과 검게 탄 벽돌더미를 이리저리 구경하는 사이에 실망은 조금씩 가셔졌다. 청산유수와 같은 안내자의 설명은 허황되기 이를 데 없었으나, 벽 위쪽에 기묘한 짐승 모양의 부조물(浮彫物)이 희미하게 보이는, 이시타르 문으로 향하는 행렬도로를 따라가면서 과거 웅장했던 영화로움이 갑자기 피부로 느껴지는 듯했으며, 지금은 쓸모없이 내버려져 있는 이 거대하고 거만한 도시에 대하여 알고 싶은 생각이 가슴에서 일었다. 고대에 대해 적당한 경의를 표한 뒤 그들은 바빌로니아의 사자상 옆에 앉아 에드워드가 준비해 온 도시락을 먹었다. 안내자는 어린아이를 어르는 듯한 미소를 띠고서 나중에 꼭 박물관을 볼 것을 권하며 그곳을 떠났다.

"박물관은 안 보면 안 돼요?"

꿈을 꾸는 듯한 목소리로 빅토리아가 물었다.

"꼬리표를 달고 유리로 된 진열대 안에 놓인 것들은 어쩐지 진품 같아 보이지 않아요. 한번 대형박물관에 간 적이 있었는데 몹시 진절머리가 났었어요. 게다가 다리도 아프고."

"과거란 항상 따분하지요. 미래 쪽이 훨씬 더 중요합니다."

에드워드가 말했다.

"하지만 이곳 경치는 싫증나지 않아요."

빅토리아는 샌드위치를 든 손으로 벽돌이 나뒹굴고 있는 전경을 가리키며 말했다.

"뭐라고 할까―이곳은 장대한 느낌이 들어요. 왜 시에도 있잖아요?

그대, 바빌론 왕이었을 때

당신과 나, 우리가 바로 그 주인공이었는지도 몰라요."

"그리스도교도가 나타났을 때에는 바빌론에는 이미 왕 같은 건 없었다고 생각하는데." 에드워드가 말했다.

"바빌론은 기원전 5~6세기경에 이미 그 기능이 마비되었던 걸로 생각해요. 올리브 가지회에 자주 고고학자들이 강연하러 오지요—하지만 실은 정확한 연대를 기억하지 못합니다. 그리스, 로마 이후라면 그런대로 기억이 나겠지만 그이전은."

"바빌론의 왕이었더라면 좋았을 걸 하고 생각지는 않아요, 에드워드?"

에드워드는 깊은 한숨을 내쉬었다.

"글쎄, 나쁘지는 않았겠지."

"그렇다면 우리 그렇게 해요. 당신은 전생에 바빌론 왕이었는데 다시 태어나 여기 이렇게 있는 거라고."

"그 당시 사람들은 왕이 되는 것이 어떤 건지 잘 알고 있었기 때문에 세계를 지배할 수 있었고, 또 생각한 대로 그것을 실행에 옮기는 것이 가능했던 겁니다."

"나는 내가 노예였으면 어땠을지 잘 모르겠어요."

빅토리아는 깊은 생각에 잠겨 말했다.

"그리스도교도 노예든지 다른 거든지 말이에요."

"밀턴도 말했듯이 천국에서 종이 되기보다는 설령 지옥일지라도 지배하는 편이 난 거요. 난 항상 밀턴의 사탄에 대해 찬탄을 금치 못하고 있다오."

"난 밀턴을 회피한 것은 아닌데 아직 밀턴까지 손이 못 미치고 있어요."

빅토리아는 변명하듯 말했다.

"하지만 새들러스 웰즈에서 코머스(잔치 또는 축제를 주관하는 젊은 신)를 상연했을 때에는 보러 갔어요. 정말 멋졌었어요. 마것 폰테인이 마치 얼어붙은 천사처럼 춤을 추었거든요."

"당신이 만일 노예라면, 빅토리아—." 에드워드가 말했다.

"난 당신을 해방시켜 나의 하렘(회교국의 부인방)으로 데리고 갈 거요—바로 저기로."

그가 막연하게 파편이 쌓여 있는 폐허 쪽으로 손을 뻗치며 말했다.

빅토리아의 눈이 반짝반짝 빛났다.

"하렘이라고 하니까—."

"캐서린하고는 어떻게 지내고 있소?" 에드워드가 갑자기 물었다.

"내가 캐서린에 대해서 생각하고 있다는 것을 어떻게 알았어요?"

"아, 그랬었소? 정직히 말해, 비키, 난 당신이 캐서린과 사이좋게 지내길 바라고 있소."

"나를 비키라고 부르지 마세요."

"아, 알았소, 채링 크로스. 난 당신이 캐서린과 친구가 되었으면 좋겠는데."

"남자들이란 정말 천치바보예요! 자기 여자친구들을 항상 사이좋게 만들려고 기를 쓰고 있는 것 같으니 말이에요."

에드워드는 두 손을 머리 뒤에 받치고 등을 뒤로 기대고 있다가 갑자기 벌떡 일어나 자세를 똑바로 하고서 말했다.

"당신은 잘못 생각하고 있소, 채링 크로스. 당신의 하렘에 대한 상상은 어리석기 짝이 없어요."

"아니에요, 그렇지 않아요. 그곳 여자들은 당신에게 마음이 사로잡혀 있고 당신에게 열을 내고 있어요! 난 정말 미칠 지경이에요."

"당신은 미친 모습도 필시 멋있을 거요. 하지만 캐서린을 무시할 수가 없소. 내가 당신이 캐서린과 친해지는 걸 바라는 건 우리가 알아내려는 것에 접근할 수 있는 최선의 방법이라고 확신하기 때문이오. 캐서린은 뭔가를 알고 있소."

"정말 그렇게 생각하세요?"

"내가 안나 쉴레에 대해 그녀에게서 들었다는 것을 잊지 마시오."

"아, 잊고 있었군요."

"칼 마르크스 책을 읽으라는 것은 어떻게 됐소? 무슨 성과라도 있었소?"

"아직은 나에게 일부러 접근해 친해 보려는 사람이 아무도 없었어요. 오히려 캐서린이 어제 나에게, 내가 정치적으로 충분한 교육을 받지 않았기 때문에 공산당이 나를 받아들이지 않을 거라고 하더군요. 그런데도 그 지겨운 책을 모두 읽어야만 한다니―솔직히 말해, 에드워드, 난 그 정도로 머리가 좋진 않아요."

"당신은 정치적으로 잘 알지 못한다, 그렇소?" 에드워드는 미소를 지었다.

"오, 불쌍한 채링 크로스. 자, 캐서린이 총명한 머리와 넓은 정치적 식견을 가졌는지는 모르나 내가 좋아하는 사람은 3음절 이상의 낱말에는 오타내기 일쑤인 귀여운 런던내기 타이피스트뿐이오."

빅토리아는 갑자기 눈썹을 치켜세웠다. 에드워드의 말은 그녀에게 래스본 박사와 주고받은 야릇한 대화를 생각나게 했던 것이다. 그 일에 대해서 에드워드에게 이야기하니 그는 그녀가 예상했던 것보다 더 당황해 했다.

"그거 심각한데, 빅토리아, 정말 심각해요. 자, 그 사람이 말한 것을 좀더 자세히 얘기해 봐요."

빅토리아는 래스본 박사와 주고받은 이야기를 정확하게 기억해내려 했다.

"하지만 난 잘 모르겠어요. 당신이 왜 그렇게 당황해 하는지."

"음?" 에드워드는 좀 멍해 있는 듯했다.

"모르다니―농담이 아니에요. 이것은 그들이 당신을 의심하기 시작했다는 것이니까. 당신에게 경고해서 손을 떼라고 한 거요. 아무래도 마음에 걸리는데, 빅토리아―아무래도."

에드워드는 잠시 머뭇거리다가 침착한 어조로 다시 말을 계속했다.

"공산주의자들은 당신도 알다시피 비정하기 이를 데 없소. 어떤 일도 주저해서는 안 된다는 것이 그들의 신조지. 난 당신이 머리를 얻어맞고 티그리스 강에 던져지는 것을 원치 않소."

바빌론의 폐허에 앉아 그녀가 머지않은 장래에 머리를 얻어맞고 티그리스 강에 던져질 가능성이 있나 없나를 논한다는 것이 얼마나 묘한 일인가 하고 빅토리아는 생각했다. 눈을 반쯤 감은 채 그녀는 꿈을 꾸듯 생각했다.

'나는 곧 정신을 차리게 되면, 런던에 있으면서 위험한 바빌론에 대해 아름다운 멜로드라마 같은 꿈을 꾸고 있는 나를 발견할 것이다, 아마도.'

그녀는 눈을 꼬옥 감고 생각했다.

'나는 지금 런던에 있다⋯⋯그리고 아침 일찍 자명종이 울릴 것이고, 그러면 나는 일어나야 하고 서둘러 그린홀츠 씨 사무실로 나가야 한다—그리고 거기에 에드워드는 없을 것이다—.'

생각이 거기에 미치자 그녀는 눈을 번쩍 뜨고는 에드워드가 바로 옆에 있음을 확인했다(바스라에서는 무엇을 물어보려 했을까? 방해를 받아 잊어버리고 말았어). 아니다. 꿈은 아니다. 태양은 런던과는 전혀 달리 눈부시게 내리쪼이고 있었고 바빌론의 폐허는 거무스름한 야자수를 뒤로 하고 어렴풋이 반짝반짝 빛나고 있었다. 그녀에게 약간 등을 보이고 에드워드가 앉아 있었다. 그의 머리끝이 목 부분에서 약간 안으로 말려들어가 있었는데 그 목덜미가 대단히 멋있어 보였다—정말 보기 좋은 목덜미였다. 황갈색으로 햇빛에 적당히 그을려 있었으며 흠집이 전혀 없었다. 대개의 남자들의 목은 칼라 끝에 스쳐서 물집이나 부스럼이 나 있는데—예를 들어 종기가 막 나려고 했던 루퍼트의 목덜미처럼.

갑자기 숨이 막힌 듯한 비명소리를 내며 빅토리아는 똑바로 앉았다. 그녀의 공상은 어디론가 사라졌고 그녀는 몹시 흥분해 있었다.

에드워드가 돌아보고 영문을 몰라 하며 물었다.

"무슨 일이오, 채링 크로스."

"지금 막 생각났어요, 루퍼트 크로프턴 리에 대해서." 빅토리아가 말했다.

무슨 일이냐는 듯 의아해하며 그녀의 얼굴을 쳐다보고 있는 에드워드에게 빅토리아는 지금 막 머리에 스치고 간 생각을 설명해 주기 시작했다. 그러나 마음만 조급할 뿐 명확하게 설명할 수가 없었다.

"종기예요, 그의 목에 있었던." 그녀가 말했다.

"목에 있었던 종기라고?" 에드워드는 어리둥절해했다.

"그래요. 비행기에서였어요. 그 사람은 내 앞에 앉았었는데, 머리 수건 모양의 모자를 벗었을 때 그것을 보았어요—종기 말이에요."

"그 종기가 뭐 어쨌다는 거요? 종기가 나면 아프겠지. 하지만 흔히 있는 일인데."

"그래요, 물론 그렇죠. 하지만 중요한 것은 그날 발코니에 앉아 있었던 사람은 없었어요."

"무엇이 없었다고?"

"종기가 나 있지 않았다고요. 오, 에드워드, 잘 들어봐요. 비행기에서의 그는 종기가 있었는데, 티오 호텔 발코니에서 본 그에게는 종기가 없었어요. 그의 목덜미는 아주 깨끗했고 흠집 하나 없었어요—바로 지금의 당신 목덜미처럼."

"아, 다 나았겠지."

"오, 아니에요, 에드워드. 그럴 리가 없어요. 단지 하루밖에 지나지 않았고, 또 내가 보았을 때는 막 나기 시작했었다고요. 흔적도 없이 다 나았다나—그럴 리가 없어요. 자, 그럼 무엇을 의미하는지 알겠지요? 그것은 결국 티오 호텔 발코니에 있었던 남자는 루퍼트가 아니란 얘기예요."

그녀는 이렇게 말하며 머리를 세차게 끄덕거렸다. 그러는 그녀를 에드워드는 빤히 쳐다보았다.

"당신은 너무 흥분해 있소, 빅토리아. 루퍼트가 틀림없을지도 모르잖소? 당신은 그에게서 그것밖엔 특별히 다른 점은 보지 못했으니까."

"그래요, 맞아요, 에드워드. 나로서는 그의 얼굴을 자세히 보지 못했어요. 그저 전체의 인상밖에는—모자, 망토, 그리고 으스대는 듯한 태도만이 머리에 남아 있을 뿐이에요. 누군가가 대신한다 해도 그리 어려운 건 아니라고 생각해요."

"하지만 대사관 사람들은 그를 알았을 것 아니오?"

"그는 대사관에 묵지 않았어요. 그렇죠? 그는 티오 호텔로 왔어요. 그를 공항에서 맞이한 사람은 말단 서기관인가 하는 사람이었어요. 대사는 영국에 있었지요. 게다가 그는 여행하러 나가 있는 일이 많았고 영국에도 그다지 머물러 있지 않았죠."

"하지만 왜—."

"카마이클 때문이죠, 그야. 카마이클은 그를 만나러 바그다드에 오기로 되어 있었어요—자기가 알아낸 것들을 루퍼트에게 이야기해 주기 위해서요. 그들은 이전엔 전혀 만난 일이 없었기에 카마이클은 그가 가짜라는 것을 몰랐던 거예요. 그래서 그는 경계도 하지 않았을 거라고 생각해요. 그래요, 역시—카마이클을 죽인 자는 루퍼트 크로프턴 리(가짜 인물)였던 거예요! 오, 에드워드, 모든 것이 딱 들어맞아요."

"난 한마디도 믿을 수가 없는데. 그저 미치광이 소리만 같으니. 루퍼트는 나중에 카이로에서 살해당했다는 것을 잊어서는 안 돼요."

"그래요, 모두 카이로에서 일어났어요. 이젠 확실히 알았어요. 오, 에드워드, 왠지 두려워요. 난, 내 눈으로 그걸 보았어요."

"눈으로 보았다고—빅토리아, 정신이 좀 이상해진 것 아니오?"

"아니에요, 조금도 이상하지 않아요. 자, 들어봐요, 에드워드 내 방에 노크소리가 났어요—헬리오폴리스 호텔에서 말이에요. 적어도 내 방이라고 생각하고 내다보았는데 아니었어요—바로 옆 루퍼트 크로프턴 리의 방이었어요. 노크한 사람은 스튜어디스라나 에어 호스티스라고 하는 여자였어요. 그녀는 괜찮다면 BOAC 사무실까지 좀 같이 가달라고 그에게 말했어요. 그저 복도를 따라 조금만 가면 된다고 하면서요. 잠시 뒤 나도 방을 나왔어요. 내가 BOAC이라고 쓰인 팻말이 붙은 방문 앞을 지나가는데 그 문이 열리며 그 사람이 나오더군요. 어딘가 걸음걸이가 다르다고 느꼈는데, 뭐 좀 언짢은 소식을 들어서 그런가 보다고 생각했었죠. 알겠어요, 에드워드? 그것은 함정이었어요. 가짜가 준비하고 기다리고 있다가 그가 들어서자마자 머리를 쳐 쓰러뜨리고 가짜가 나와 대역(代役)을 한 거예요. 진짜 루퍼트는 카이로 어딘가에 숨겨놓았었겠죠. 아마 병자로 취급해 그냥 그 호텔에 두었는지도 모르고 수면제라도 먹여놓았다가 가짜가 카이로에서 돌아왔을 즈음에서 죽였을 거예요."

"그것참 그럴싸하군. 하지만 솔직히 말해 당신의 상상에 불과해요. 우선 그것을 증명할 만한 확실한 증거가 아무것도 없잖소?"

"종기가 있잖아요."

"어휴, 그 빌어먹을 종기!"

"그리고 또 한두 가지가 더 있어요."

"무엇이오?"

"문에 붙어 있던 팻말이에요. 그것이 나중엔 보이지 않았어요. BOAC 사무실이 그 호텔 현관을 들어서서 다른 쪽으로 있는 것을 발견하고는 좀 의아해했던 것이 기억나요. 그것이 하나예요. 그리고 또 하나는 문을 노크했던 스튜어디스예요. 그 이후에도 그녀를 봤어요—여기, 바그다드에서. 그것도 올리브 가지회에서 말이에요. 내가 거기에 갔었던 첫날, 그녀가 들어와서 캐서린과 이야기하고 있었어요. 난 그때 그녀를 본 순간 어디서 본 듯한 느낌을 받았었죠."

잠시 침묵이 흐른 뒤 빅토리아가 말했다.

"이렇게 되면 당신도 인정하지 않을 수 없겠죠, 에드워드. 내가 꾸며낸 얘기가 아니라고."

에드워드는 천천히 말했다.

"모두가 올리브 가지회로 모아지는군—그리고 캐서린에게로. 빅토리아, 농담이 아니고 당신은 더욱 캐서린과 가까워져야만 해요. 그녀를 칭찬도 하고 우쭐하게 만들기도 하고 그녀와 볼셰비키적인 과격한 사상에 대해서 이야기도 나누어 봐요. 되도록 그녀와 친하게 되어 어떤 친구들이 있는지, 어디에 자주 가는지, 올리브 가지회 밖에서는 어떤 사람들과 접촉하고 있는지 알아내는 거요."

"쉬운 일은 아니나 한번 해보겠어요." 빅토리아가 말했다.

"데이킨 씨에게도 이야기해 두는 게 좋겠죠?"

"그렇소, 물론이오. 하지만 하루이틀 더 기다려 봅시다. 뭔가 더 확실한 단서가 잡힐지도 모르니까."

이렇게 말하며 에드워드는 한숨을 쉬었다.

"나도 가까운 시일 내에 캐서린을 술집에라도 데리고 가 이야기를 들어봐야겠소."

이번에는 빅토리아도 질투심을 느끼지 않았다. 에드워드가 자신이 수행해야 할 임무에 대해 어떤 주저의 빛도 찾을 수 없는 대단한 결의에 찬 목소리로 말했기 때문이다.

2

의외의 발견에 기분이 좋아진 빅토리아에게 다음 날 캐서린에게 일부러 친한 척하며 말을 거는 것은 그다지 어렵게 느껴지지 않았다. 머리를 감겨주는 곳을 가르쳐주면 고맙겠다고, 꼭 감아야 하기 때문에 그렇다고 그녀는 캐서린에게 말했다(그것은 틀림없는 사실이었다. 바빌론에서 돌아와 보니 검은 머리는 모래를 온통 뒤집어써서 적갈색으로 변해 있었던 것이다).

"정말 형편없게 되었군요."

캐서린은 아주 고소하다는 듯 빅토리아의 머리를 보며 말했다.

"어제 오후 모래바람이 불었었는데 역시 외출했었군요?"

"차를 빌려 타고 바빌론에 갔었어요." 빅토리아가 말했다.

"굉장히 재미있었어요. 그런데 돌아오는 길에 모래바람을 만나 숨이 막힐 지경이 되어버렸고, 앞도 보이지 않아 혼났어요."

"바빌론은 흥미 있는 곳이죠." 캐서린이 말했다.

"하지만 그곳의 지리를 잘 알고 있고 그곳에 대해 정확하게 이야기해 줄 수 있는 사람과 같이 가는 게 좋죠. 아, 그리고 당신 머리, 지난번에 얘기했던 그 아르메니아인 여자에게 오늘 밤 데리고 가줄게요. 크림 샴푸를 해줄 거예요. 그것이 최고지."

"당신 머리는 어쩜 그렇게 멋있죠? 어떻게 하면 그렇게 할 수 있죠?"

빅토리아는 정말 감탄했다는 듯 소시지처럼 돌돌 말아 올려 세운 캐서린의 머리를 보면서 말했다.

항상 기분이 언짢은 표정을 하고 있던 캐서린의 얼굴에서 미소가 번져 나오자 빅토리아는 칭찬을 아끼지 말라는 에드워드의 말이 얼마나 옳았는가를 생각했다.

그 이유로 해서 그날 저녁 올리브 가지회를 나설 때 두 사람은 그지없이 친한 사이가 되어 있었다. 캐서린은 좁은 통로와 골목길을 이리저리 누벼, 마침내 그다지 눈에 띄지 않는 집 앞에 다다라 문을 두드렸다. 미장원 같지는 않고 그저 보통 집이었다. 나와서 맞이한 사람은 평범하게 생겼으나 솜씨가 좋아 보이는 젊은 여자였는데, 느리긴 했으나 또박또박한 영어를 구사했다. 그녀는 빅토리아를 반짝이는 마개가 달린, 때 하나 없는 세면대 앞으로 안내했다. 여러 가지 병과 로션이 그 주위에 놓여 있었다. 캐서린은 돌아갔고, 빅토리아는 더러워진 머리를 안쿠미안 양의 능숙한 손에 맡겼다. 그녀의 머리는 곧 크림 상태의 거품으로 덮여졌다.

"자, 이렇게—."

빅토리아는 세면대 위로 머리를 구부렸다. 물은 그녀의 머리칼을 씻어 내리고 배수관 아래로 콸콸 쏟아져 내려갔다.

갑자기 그녀의 코에 막연히 병원을 연상시키는, 향긋하다기보다는 역겨운 냄새가 엄습해 왔다. 어떤 액체를 적신 듯한 수건이 강하게 그녀의 코와 입을 틀어막았다. 그녀는 몸을 비틀며 강하게 반항했으나 강철 같은 손아귀의 힘이 수건을 찍어 누르고 있었다. 숨이 막혀 왔으며 머리가 어지럽게 빙빙 돌았고 꽝 하는 굉음이 들리는 듯했다. 그것을 마지막으로는 그녀는 깊은 어둠 속으로 빠져버린 것이었다.

제18장

　빅토리아가 겨우 의식을 되찾았을 때에는 아주 오랜 시간이 흐른 듯한 느낌이 들었다. 어지러운 기억들이 그녀의 머릿속에서 꿈틀거렸다―차 속에서의 심한 흔들림, 아랍어로 언성을 높여 싸우듯이 떠드는 소리, 그녀의 눈으로 들어온 번쩍이는 불빛, 심하게 느낀 메스꺼움, 그리고 그녀는 침대에 눕혀져 누군가가 그녀의 팔을 걷어올린 것을 희미하게나마 기억했다―날카로운 바늘 끝에 찔린 따끔함, 그리고 더 걷잡을 수 없는 몽롱함과 어둠이 주위를 에워쌌다. 그리고 안타깝고 절실한 긴박감을 느끼며……

　아직 몽롱한 상태였으나 그녀는 차츰 정신을 되찾기 시작했다―빅토리아……그런데 어떤 일인가가 빅토리아 존스에게 일어난 것 같았다―아주아주 오래전에, 아니, 몇 달 전에―아니, 몇 년 전에……아니다. 혹시 며칠 전 일이었는지도 모른다.

　바빌론, 태양, 모래 먼지, 더러워진 머리, 캐서린―역시 캐서린이 시킨 짓이 틀림없어. 겉으론 미소를 띠고 있었지만 소시지처럼 말아 올린 머리 밑의 눈은 교활해 보였어―캐서린이 머리를 감게 해준다고 나를 데리고 갔었지. 그러고서―어떻게 된 걸까? 그 지독한 냄새―아직도 코끝에 맴돌고 있었다. 그 메스꺼움―역시 클로로포름 냄새였다. 그들은 그녀에게 클로로포름 냄새를 맡게 하고 어디론가 데리고 간 것이다. 그런데 도대체 여기는 어디일까?

　조심스럽게 빅토리아는 일어나 보려고 했다. 그녀는 침대 위에 뉘어져 있는 듯했다―몹시 딱딱한 침대였다. 머리가 띵했고 어지러웠다. 그녀는 여전히 졸렸다―지독하게 졸렸다……그 주사바늘의 따끔함. 그것은 마취 주사였나 보다……그 기운이 아직도 남아 있는 것이다.

　하지만 그들은 그녀를 죽이지는 않았다(왜 그랬을까?). 아무튼 그것은 고마운 일이다. 반쯤 마취된 상태의 머리로 빅토리아는 자는 것이 최선이라고 생각했다. 그러고는 곧 잠에 떨어졌다.

다시 잠에서 깨어났을 때에는 머리가 훨씬 맑아져 있음을 느낄 수 있었다. 그때는 낮이어서 주위를 좀더 자세히 볼 수 있었다.

그녀는 작지만 천장이 높고 벽에는 푸른빛을 띤 회색 페인트가 칠해져 있는 방에 있었다. 밑은 밟아서 다진 흙바닥이었다. 방 안의 가구라고는 그녀가 더러운 담요를 덮고 누워 있는 침대뿐이었다. 흔들거리는 테이블 위에는 금이 간 에나멜 대야가 있었고, 그 밑에 아연으로 된 양동이가 놓여 있었다. 나무로 된 창문도 있었는데, 거기에 창살이 쳐져 있었다. 빅토리아는 몹시 머리가 아팠고 현기증이 났으나, 기운을 내 창문 쪽으로 가보았다. 창살 사이로 확실하게 밖을 볼 수 있었는데, 정원이 보였고 그 건너편으로 야자수 숲이 보였다. 그 정원은 영국 교외에 집을 갖고 있는 사람에게는 보잘것없는 것이겠으나 동양의 수준에서 보면 그래도 꽤 괜찮은 편이었다. 오렌지색 금잔화가 흐드러지게 피어 있었고, 먼지를 뒤집어쓴 유칼리나무 몇 그루, 그 밖에 관상용으로 쓰이는 위성류가 무성해 있었다. 얼굴에 푸른 문신을 하고 팔에 많은 팔찌를 낀 어린아이 하나가 멀리서 들리는 백파이프 소리 같은 콧소리를 내며 공을 퉁기고 있었다.

빅토리아는 다음엔 크고 튼튼해 보이는 문으로 시선을 돌렸다. 큰 기대 없이 그녀는 그쪽으로 가 손잡이를 돌려보았다. 문은 잠겨 있었다. 빅토리아는 다시 돌아와 침대 끝에 걸터앉았다.

도대체 여기는 어디일까? 틀림없이 바그다드는 아니다. 이제부터 어떻게 하면 좋을까?

1~2분 뒤 그녀는 지금부터 어떻게 하면 좋을까 하는 물음이 이 경우에는 어울리지 않는다는 것을 알았다. 오히려 이제부터 누군가에 의해 어떻게 될까 —라는 것이 더 문제라고 생각했다. 위 언저리에 약간의 통증을 느끼며 붙잡히게 되면 알고 있는 모든 것을 말하라고 한 데이킨의 충고를 떠올리고 있었다. 하지만 그들은 벌써 그녀가 마취돼 있는 동안 모든 것을 알아냈는지도 모른다.

빅토리아는 어찌되었든 간에 자신이 아직도 살아 있다는 점에 안도의 한숨을 내쉬었다. 에드워드가 찾을 때까지 살아 있으면 되는 것이다―그녀가 사라진 것을 알게 되면 에드워드는 어떻게 할까? 데이킨에게 갈까? 그렇지 않으면 혼자서 찾아나설까? 캐서린을 다그쳐 모든 것을 자백받을 수나 있을지―대체 그가 캐서린을 의심이나 할까? 에드워드가 마음 든든하게 행동해 주리라 상상하면 할수록 에드워드의 인상은 흐려지고 얼굴 없는 추상화처럼 되어버리는 것이었다. 우선 에드워드의 머리가 그런 식으로 기민하게 움직여 줄지 그것이 문제다. 정말 그는 홀딱 반할 만큼 매력있는 남자다. 하지만 두뇌는 어떨지? 곤경에 놓인 지금의 그녀 처지에는 무엇보다도 필요한 것은 명석한 두뇌였다.

그렇게 생각한다면 데이킨 쪽은 그 필요한 두뇌를 가지고 있었다. 하지만 그녀를 구해 줄 만한 이유를 그 사람이 갖고 있을까? 그렇지 않으면 벌써 마음속 명단에서 그녀의 이름을 지워버리고 명복을 비는 정도로 끝내진 않았을까? 결국 데이킨에게 있어 그녀는 자신이 알고 있는 수많은 사람들 중 하나에 불과할 뿐이다. 그 많은 사람들의 운명은 하늘에 달렸을 뿐 자신이 선택할 여지는 없는 것이다. 데이킨이 구해 주리라는 희망은 갖지 않는 편이 좋을 것이다. 그는 한 차례 그녀에게 경고도 한 적이 있지 않은가.

그리고 래스본 박사도 그녀에게 경고를 했었다(경고였는지 위협이었는지?). 그녀가 그 협박에도 아랑곳하지 않자 시간을 지체하지 않고 실행에 옮긴 것인가…….

하지만 나는 아직 살아 있다고 빅토리아는 되풀이해서 중얼거리고는 희망적인 쪽으로 생각하리라 굳게 마음먹었다.

그때 문 밖에서 발소리가 가까이 다가오더니 녹슨 열쇠구멍에 열쇠를 꽂는 소리가 났다. 그러고는 손잡이가 돌아가더니 갑자기 문이 벌컥 열렸다. 열려진 문으로 나타난 사람은 아랍인이었다. 그는 몇 개의 접시가 놓인, 오래되어 쭈그러진 양철쟁반을 들고 왔다.

그 아랍인은 기분 나쁘게 이를 드러내고서 싱긋싱긋 웃으며 뭔지 알아들을 수 없는 아랍어로 중얼거리며 쟁반을 내려놓고 입을 벌려 목을 손가락으로 가리키고는 다시 자물쇠를 잠그고 돌아갔다.

빅토리아는 쟁반 위에 무엇이 있을까 궁금해하며 그곳으로 다가갔다. 거기에는 큰 공기에 담긴 밥과 양배추를 말아놓은 것, 그리고 큰 덩어리의 아랍 빵이 있었다. 또한 컵과 물주전자도 함께 있었다.

빅토리아는 우선 물을 한 컵 마시고 밥과 빵, 그리고 양배추를 먹어치웠다. 양배추 안에는 색다른 맛의 두껍게 자른 고기가 들어 있었다. 쟁반 위의 것들을 모두 먹고 나니 기분이 훨씬 좋아졌다.

그녀는 지금 자신이 놓여 있는 처지에 대해서 곰곰이 생각해 보았다. 클로로포름 냄새를 맡고서 납치된 이후로 도대체 시간은 얼마나 흘렀을까? 아무리 생각해 보아도 확실치가 않았다. 비몽사몽 간으로 지낸 희미한 기억으로는 며칠 전인 듯싶었다. 바그다드를 벗어난 것은 확실했다―그럼 여기는 어디일까? 그 점에 이르면 그녀는 다시 아는 게 아무것도 없게 된다. 그녀는 아랍어에 대해 일자무식이었기에 무엇을 물어보는 것도 불가능했다. 장소도, 이름도, 날짜도 알아낼 수 없었다.

참으로 지루한 몇 시간이 흘러갔다.

저녁이 되어서 아까의 그 간수가 음식이 담긴 또 다른 쟁반을 들고 다시 나타났다. 이번에는 혼자가 아니고 두 명의 여자와 함께 왔다. 그 여자들은 낡아빠진 검은 천으로 얼굴을 가리고 있었다. 그들은 방 안으로 들어오지 않고 문 밖에 서 있었다. 한 여자는 아기를 안고 있었는데, 그 둘은 낄낄 웃고 있었다. 그녀가 느끼기에 그들은 엷은 베일 사이로 그녀를 호기심 어린 눈초리로 보고 있는 듯했다. 유럽 여자가 여기에 갇혀 있는 것이 그들에게는 흥미진진했고 우스꽝스러웠을 것이다.

빅토리아는 그들에게 영어로 말해 보기도 하고, 프랑스어로 말해 보기도 했으나 그들의 대답은 그저 낄낄 웃는 것뿐이었다. 같은 여자들끼리 말이 통하지 않을 리가 없다고 생각하고서 그녀는 쉬운 단어를 가지고 다시 천천히 말해 보았다.

"엘 함두 릴라."

그들은 고개를 세차게 끄덕이면서 즐거움에 넘치는 아랍어 몇 마디로 대답을 대신했다. 빅토리아가 그들에게 다가서려 하자 아랍인 하인인지 뭔지 하는 그 남자가 재빠르게 뒤로 물러서서는 그녀 앞을 가로막았다. 그는 두 여자에게 돌아가라는 몸짓을 하고서는 자기도 문 밖으로 나가 다시 자물쇠를 잠갔다. 그는 나가기 전에 단어 하나를 여러 번 되풀이해 말했다.

"부크라—부크라……."

그 말은 빅토리아도 들어본 적이 있었는데, 내일이란 뜻의 아랍어였다.

빅토리아는 침대에 걸터앉아 여러모로 생각해 보았다. 내일이라고? 내일 누군가가 온다는 것인가, 아니면 무슨 일이 일어난다는 것일까, 내일 그녀의 감금은 끝날 것이다(아니야, 끝나지 않을지도 몰라)—혹시 그것이 끝이라면 그녀의 생명 역시 끝일지도 몰라! 이렇게 생각하니 내일이 온다는 것이 빅토리아에게는 그다지 달갑지 않았다. 그리고 그녀는 본능적으로 내일이 되기 전에 어딘가 다른 곳으로 피해야겠다고 느꼈다.

그러나 그것이 가능할까? 우선 그녀는 이 문제에 온 신경을 집중했다. 그녀는 먼저 문으로 가서 그것을 시험해 보았다. 문으로 나가는 것은 거의 불가능했다. 머리핀을 사용해서 열 수 있는 문이 아니었다—그녀가 머리핀을 사용해 어떤 문이라도 열 수 있다 해도 이 문만은 예외였다.

그다음으로 남아 있는 것은 창문이었다. 문보다는 훨씬 가능성이 있어 보였다. 나무로 된 창살은 오래돼 낡아 있었기에 손으로 쳐서 부술 수도 있어 보였고, 또 그곳을 통해 밖으로 나갈 수 있을 것도 같았다. 하지만 그 경우에는 큰 소리가 날 것이니 감시자에게 알려지는 것은 뻔한 일이었다. 게다가 이 방은 2층이어서 로프 같은 것이 있지 않으면 뛰어내리는 수밖에 없다. 뛰어내린다면 십중팔구 다리를 삐거나 상처를 입을 것이다. 일단 침구를 찢어 로프를 만들어 보자고 생각하고서 얇은 목면이불과 다 떨어진 담요를 살펴보았으나, 어느 것 하나 사용하기에 적당치 않았다. 이불을 가늘게 자를 가위도 없었고, 담요는 손으로 찢을 수도 있었으나 다 낡아 약해빠진 상태로는 그녀의 체중을 이겨내지도 못할 것 같았다.

"제기랄!" 빅토리아는 큰 소리로 말했다.

도망가야 된다는 생각은 점점 더 그녀를 사로잡고 놓아주지 않았다. 그녀의 판단으로는, 이곳 감시자들은 그녀를 방에 가두고 자물쇠를 잠근 것으로 만사

오케이라고 안심하는 그런 단순한 사람들 같았다. 그들은 그녀가 죄인인 이상 도망갈 리도 없고 또 도망칠 수도 없다고 믿고 있는 듯했다. 그녀에게 마취제를 주사하고 아마도 그녀를 여기에 데려왔던 그 누군가는 지금 여기에 없는 게 확실했다. 적이 남자인지 여자인지, 또는 여럿인지 알 수는 없으나 '내일' 오기로 되어 있는 듯했다. 그들은 그녀를 이 변두리에 가두어놓고 충실하기는 하나, 이대로 마지막이 아닌가 하고 공포에 사로잡혀 있는 젊은 유럽 여성이 필사의 탈출계획을 세우리라고는 꿈에도 생각지 못하는 단순한 사람들에게 감시케 하고 어디론가 가버린 듯했다.

"어떻게 해서든지 이곳을 빠져나가야지." 빅토리아는 마음속으로 다짐했다.

그녀는 테이블로 다가가 새로 가져다놓은 음식을 먹었다. 되도록 힘을 보충해두려 했다. 이번에 가져온 쟁반 위에는 아까처럼 밥이 있었고, 오렌지 몇 개가 있었으며, 윤기 나는 적황색의 소스를 끼얹은 고기도 약간 곁들여 있었다.

빅토리아는 쟁반 위의 것을 남김없이 먹어치우고 나서 물을 마셨다. 물주전자를 다시 테이블 위에 놓으려다가 테이블이 약간 기울어져 있어 물이 약간 바닥에 쏟아졌다. 물이 떨어진 바닥은 금세 진창이 되었다. 그것을 보는 순간 항상 회전이 빠른 빅토리아 존스 양의 머리에 하나의 생각이 스치고 지나갔다.

혹시 문 밖에 열쇠를 그냥 꽂아놓지는 않았을까?

해는 막 지고 있었다. 머지않아 어두워질 것이다. 빅토리아는 문으로 가서 무릎을 꿇고 커다란 열쇠구멍을 들여다보았다. 그녀의 생각대로 열쇠가 꽂혀 있는 듯 빛이 전혀 들어오지 않았다. 그녀에게 있어 지금 필요한 것은 구멍을 찌를 수 있는 물건이다―연필이나, 아니면 만년필 끝이라도. 핸드백을 가져오지 못한 것을 못내 아쉬워하며 그녀는 방 안을 둘러보았다. 기구가 될 만한 것은 테이블 위의 커다란 스푼뿐이었다. 하지만 구멍을 찌르기에는 적당치 않았다. 나중에 뭔가 다른 용도로 쓸 수 있을지는 모르지만. 빅토리아는 침대에 걸터앉아 열심히 궁리해 보았다. 얼마쯤 지나서 그녀는 탄성을 지르며 한쪽 구두를 벗고서 그 안에서 구두창을 뜯어냈다. 그것을 단단하게 돌돌 마니 꽤 쓸 만한 도구가 되었다. 그것을 열쇠구멍 안으로 힘껏 밀어 넣었다. 다행스럽게도 열쇠는 구멍에 느슨하게 꽂혀 있었기 때문에 3~4분 뒤에는 노력한 보람으로 열쇠가 문 밖에 떨어졌다. 흙바닥이었기에 그다지 큰 소리는 나지 않았다.

자, 어두워지기 전에 서두르지 않으면 안 돼—하고 빅토리아는 생각했다. 그녀는 물주전자를 가져와 열쇠가 떨어졌을 것으로 짐작되는 곳과 되도록 가까운 문틈 밑의 흙에다 조심스럽게 물을 부었다. 그러고 나서 물에 젖은 흙을 스푼과 손을 사용해 파내기도 하고 떠내기도 했다. 가끔씩 새로이 물을 부어가면서 그녀는 문 밑에 낮은 구덩이를 팠다. 엎드려서 그곳을 통해 문 밑을 들여다보려 했으나 생각처럼 쉽지 않았다. 하지만 소매를 걷어 올리니 손목까지는 문 밑으로 들이밀 수가 있었다. 손을 들이밀고 손끝으로 이곳저곳을 더듬는 사이에 드디어 손끝에 금속성의 감촉이 느껴졌다. 이것으로 열쇠의 위치는 알게 되었으나 팔을 더 뻗쳐 가까이 끌어당기는 것은 불가능했다. 그래서 그녀는 속옷 어깨끈이 끊어져 꽂아 놓은 안전핀을 뺐다. 그것을 갈고리처럼 구부려서 아랍 빵 모양으로 빚은 흙덩이에 박아서는 다시 엎드려 열쇠 낚는 작업을 했다. 뜻대로 되지 않아 속이 상해 울어버리고 싶었을 때 갈고리 끝이 열쇠에 걸렸다. 그녀는 그것을 손이 닿는 곳까지 끌어당겨서 진창 구덩이로 떨어뜨려 문 이쪽에서 꺼낼 수 있게 했다. 뒤이어 그녀는 일어나 앉아 자신이 드디어 해냈음에 대해 찬사를 보냈다. 그러고서 흙투성이의 손으로 열쇠를 집어들어 열쇠구멍에 꽂았다. 그리고 가까이 어딘가에서 들개들이 한바탕 짖어대기를 기다려 열쇠를 살짝 돌렸다. 문은 그녀가 미는 대로 아무 저항 없이 끼익하고 조금 열렸다. 빅토리아는 열려진 틈으로 주위를 조심스럽게 살폈다. 밖은 또 다른 작은 방이었으며, 건너편 끝에 있는 문은 열어놓은 채였다. 빅토리아는 잠시 기다렸다가 발꿈치를 들고 그 방을 가로질러 갔다. 이 바깥방은 천장에 여러 개의 뚫어진 구멍이 있었고, 바닥에도 한두 곳에 금이 가 있었다. 건너편 끝의 문은 집 한켠에 마련된 흙벽돌로 엉성하게 만든 계단 위로 이어져 있었고, 계단 아래는 정원이었다.

한번 살펴본 빅토리아에게는 그것만으로 충분했다.

그녀는 다시 발꿈치를 들고 자신이 갇혀 있었던 방으로 돌아왔다. 오늘 밤에 누군가가 다시 그녀의 동태를 살피러 올 가능성은 희박했다. 그녀는 밖이

어두워지고 마을인지 거리인지는 알 수 없으나 주위가 잠잠해지기를 기다렸다가 이곳을 나가기로 했다.

또 한 가지 그녀가 마음에 두고 있는 일이 있었다. 바깥 창문 가까이에 낡아서 보기 흉한 검은 천 한 뭉치가 놓여 있었다. 오래 입어서 낡은 아바(아랍인이 몸에 걸치고 다니는 모직 천)였는데 그녀의 서구풍 옷을 가리는 데 사용할 수 있겠다고 그녀는 생각했던 것이다.

얼마나 기다렸는지 그녀는 알 수가 없었다. 그녀에게는 싫증날 만큼 지루한 시간이었다. 하지만 이제 마침내 가까이 어딘가에서 들리던 사람들 소리도 조용해졌다. 멀리서 들려오던 축음기인지 유성기인지의 아랍 노랫소리도, 귀에 거슬리는 목소리들도, 침 뱉는 소리도 그쳤고, 여자들이 떠들며 깔깔거리고 웃는 소리도, 어린아이들이 우는 소리도 더 이상 들리지 않았다.

멀리서 짖어대는 재칼의 소리와, 아마도 밤새도록 간헐적으로 계속되리라 생각되는 개 짖는 소리만이 들려올 뿐이었다.

"자, 이제부터 시작이다." 빅토리아는 이렇게 말하며 일어섰다.

잠시 생각한 뒤 그녀는 문 밖으로 나가 자기가 갇혀 있던 방문을 잠그고는 열쇠를 그냥 꽂아둔 채 놔두었다. 그러고서 어두운 바깥방을 더듬거리며 가로질러 검은 아바 한 뭉치를 집어들고는 흙벽돌 계단 맨 위로 나가 섰다. 달은 떠 있었으나 낮게 드리워져 있었다. 그래도 주위를 밝히기에는 충분했다. 빅토리아는 살금살금 계단을 내려오다가 밑에서 네 번째쯤 되는 계단에 멈춰 섰다. 여기가 정원을 둘러싸고 있는 흙벽돌 담과 같은 높이였다. 계단 밑까지 내려가면 집 옆을 지나가야 했다. 아래층 방에서는 코고는 소리가 들려왔다. 담 위로 올라가 그 위를 걸어갈 수 있다면 그것이 훨씬 더 안전했다. 다행스럽게도 담 위는 걸어갈 수 있을 정도의 충분한 넓이였다.

빅토리아는 결국 그 방법을 택하기로 하고서 담이 직각으로 꺾어지는 곳까지 조금 비틀거리면서 재빠르게 담 위를 걸어갔다. 거기서 내려다보니 밖은 야자수를 심어놓은 정원같이 보였고, 담 한 군데가 무너져 있었다. 빅토리아는 거기까지 걸어가 반은 뛰고 반은 미끄러지듯이 해서 밑으로 내려와 잠시 뒤에는 야자 숲 사이를 지나 건너편 담의 틈새가 벌어진 곳을 향해 걸어가고 있었다. 거기서 밖으로 나오니 자동차가 지나다니기에는 좁았으나 당나귀는 충분히 지나다닐 수 있을 정도의 원시적인 느낌이 드는 길이 나왔다. 양옆은 흙벽돌 담이었는데, 빅토리아는 그 길을 따라 되도록 빨리 걸어갔다.

그때 개들이 사납게 짖어대기 시작했는데, 어느 집 대문에선가 두 마리의 들개가 으르렁거리며 그녀에게 다가왔다. 빅토리아는 벽돌 부스러기를 한 움큼 집어들고는 돌 하나를 그 개들에게 던졌다. 개들은 깽깽거리며 달아나 버렸다. 빅토리아는 걸음을 재촉했다. 그녀는 모퉁이를 돌아 이 마을의 중심 도로인 듯싶은 길로 나섰다. 바퀴자국으로 심하게 긁힌 좁은 길이 달빛 속에서 한결같이 초라하게 보이는 흙벽돌집들 사이로 나 있었다. 담 너머로는 야자수 잎이 늘어져 있었고, 개들이 으르렁거리기도 하고 짖어대기도 했다. 빅토리아는 크게 심호흡을 한번 하고는 달리기 시작했다. 개들은 끊임없이 짖어댔지만 밤의 어둠 속을 달리는 도둑이라고도 생각될 그녀에게 관심을 갖는 사람은 아무도 없었다. 곧 그녀는 흙탕물 개천이 흐르는 넓은 공터에 다다랐다. 그 개천 위로는 다 무너져가는, 곱사등처럼 굽은 다리가 놓여 있었다. 다리 건너편으로는 사람의 발자국으로 다져진 좁은 길이 끝도 없는 공간으로 죽 이어져 있는 듯이 보였다. 빅토리아는 숨이 찰 때까지 계속해서 달렸다.

마을은 이제 뒤쪽 저 멀리에 있었고 달은 중천에 떠 있었다. 앞뒤 좌우 가릴 것 없이 모두 돌땅이었으며, 경작된 흔적도, 집 비슷한 것도 전혀 찾아볼 수 없었다. 겉으론 평탄해 보이는 길이었으나 실제로는 약간 기복이 있었다. 빅토리아가 살펴본 바로는 표지판 같은 것도 없었고, 도대체 이 길이 어디로 향하고 있는지 짐작도 할 수 없었다. 그녀는 나침반이 없이 별자리로는 사방을 구별할 수 없었다. 이 광막한 황무지는 말할 수 없는 두려움을 느끼게 했으나 돌아갈 수는 없는 노릇이었다. 앞으로 전진할 수밖에.

한숨 돌리기 위해 잠시 멈춰 선 그녀는 어깨너머로 뒤에서 쫓아오는 사람이 없나를 확인하고는 한 시간에 3.5마일의 속도로 미지의 세계를 향해 한 걸음 한 걸음 차근차근 걸어갔다.

새벽이 되었을 때에는 마침내 빅토리아는 다리도 아프고 녹초가 되어 거의 히스테리를 일으킬 지경이 되었다. 하늘이 밝아오는 것을 보고 대강 남서쪽으로 향하고 있다는 것은 알 수 있었으나, 그녀가 있는 곳을 몰랐기 때문에 그 것은 하나도 도움이 되지 않았다.

앞쪽 길 조금 옆으로 작은 언덕인지 무덤 같은 것이 보였다. 빅토리아는 길 에서 벗어나 그곳으로 가, 꽤 가파른 언덕을 기어올라 꼭대기에 간신히 도착 했다.

꼭대기에 오르니 사방을 둘러볼 수 있었으나, 어떻게 할 수 없는 낭패감이 그녀를 다시 사로잡았다. 어디를 향해도 무엇 하나 보이지 않는 것이었다…… 이른 아침 햇빛 속에서 참으로 아름다운 광경이 펼쳐져 있었다. 대지와 지평 선이 모두 살구색, 크림색, 그리고 분홍색 엷은 파스텔풍의 빛깔을 띠고서 반 짝 반짝 빛나고 있었고, 또한 그런 그림자가 드리워져 있는 것이었다. 아름답 기도 했으나 두렵기조차 한 그런 광경이었다.

"이젠 나도 알 것 같아." 빅토리아는 생각했다.

"이 넓은 세상에 단지 혼자라는 사실이 어떤 의미인지를……."

여기저기에 잘 자라지 못한 풀이 거무스름하게 엉겨붙어 있었고, 말라버린 가시나무가 몇 그루 있었다. 하지만 그것을 제외하고는 재배되었거나 생명을 가진 것은 전혀 볼 수 없었다. 천지간에 단지 한 사람, 빅토리아 존스뿐이었다.

그녀가 갇혀 있었던 마을의 모습은 이젠 전혀 보이지 않았다. 왔던 길을 돌 아보니 그 끝은 끝도 없는 황무지로 이어져 있는 듯했다. 그 마을이 시야에서 전혀 보이지 않을 정도로 그렇게 멀리 왔다는 것이 믿어지지 않는다. 그 순간 그녀는 당황한 나머지 그 마을로 다시 돌아가고 싶다는 충동을 느꼈다. 사람 들이 그립다는 생각이 간절했기에…….

그러나 그녀는 곧 마음을 가다듬고 자신의 앞일에 대해 생각했다. 도망치기 로 하고서 일단은 도망치는 데에 성공은 했다. 하지만 그녀를 가두어 두었던 사람들에게서 몇 마일 떨어진 곳까지 도망쳤다고 해서 아직 결코 안심할 수는 없지 않은가. 아무리 낡은 고물차라 해도 상대방에게 자동차가 있다면 금방 따라잡힐 것이다. 그녀가 도망친 것을 알게 되면 누군가가 그녀를 찾으러 쫓 아올 것이 틀림없다. 그렇다면 그 경우 어디에 몸을 숨겨야 한단 말인가. 숨을 만한 곳은 어디에도 없었다. 그녀는 갇혀 있었던 집을 나올 때에 들고 나온 검고 낡은 아바를 아직도 손에 들고 있는 게 생각났다. 시험 삼아 그녀는 그것을 몸에 두르고는 그 끝을 얼굴 앞으로 잡아당겨 보았다. 거울이 없었기 때문에 어떤 모습으로 보이는지 알 수 없었다. 유럽 스타일의 구두와 스타킹을 벗고 맨발로 다리를 질질 끌며 걷는다면 감쪽같이 추격자의 눈을 속일 수 있을지도 모른다. 얼굴에 정숙하게 베일을 두른 아랍 여자에게는 아무리 낡은 옷을 입고 가난해 보일지라도 함부로 손을 댈 수 없다는 것을 그녀는 알고 있었다. 아랍 여자에게 남자가 느닷없이 말을 거는 것은 예의에서 아주 벗어나는 일이기 때문이다. 하지만 도망친 그녀를 자동차에 앉아서 찾을 서구인의 눈을 이 정도의 변장으로 속일 수 있을까? 그러나 더 이상의 방법은 없었다.

그녀는 너무 지쳐 있었기에 앞으로 더는 걸어갈 수가 없었다. 게다가 너무 목이 말랐기 때문에 아무것도 할 수가 없었다. 지금으로서 최선의 행동은 이 언덕 옆구리에 기대어 한잠 자는 거라고 그녀는 생각했다. 언덕 옆의 무너져 움푹 팬 곳에 몸을 들이밀고 있으면 차 오는 소리도 들을 수 있고, 차에 누가 타고 있는지 내다볼 수도 있었다.

한편 그녀에게 있어 무엇보다도 필요한 것은 문명세계로 돌아가는 것이었으며, 거기에는 단지 한 가지 방법밖에 없었다. 그것은 유럽인이 운전하는 차를 세워 태워달라고 부탁하는 것이다.

그러나 그녀는 우선 그 유럽인이 적이 아닌지 확인해야만 한다. 하지만 도대체 어떻게 확인할 수 있단 말인가?

이 점에 대해서 이러저러한 걱정을 하는 사이에 빅토리아는 자신도 모르게 잠에 골아떨어지고 말았다. 오랜 시간 걸어 체력이 소모되어 녹초가 되어버린 탓이다.

그녀가 잠에서 깨어났을 때에는 해가 중천에 떠 있었다. 날은 몹시 더웠으며 몸 마디마디가 아팠고 머리는 띵한 상태였다. 그 위에 갈증은 더욱더 참을 수 없는 고통이었다. 빅토리아는 신음소리를 냈다. 그러나 바짝바짝 말라 터진 입술에서 신음소리가 새어나옴과 동시에 그녀는 갑자기 몸을 긴장하고서 귀를 기울였다. 희미하긴 했으나 분명히 자동차 소리가 들렸던 것이다. 그녀는 매우 조심스럽게 머리를 쳐들어 보았다. 자동차는 그 마을에서 오는 것이 아니고 거꾸로 그쪽을 향해 오고 있는 듯했다. 그것은 그녀를 뒤쫓아 오는 자동차가 아님을 의미했다. 자동차는 아직 길 저 멀리에서 하나의 검은 점처럼 보일 뿐이었다. 그녀는 그대로 누운 채 되도록 몸을 숨기고 가까이 다가오는 자동차에 시선을 집중시켰다. 그러면서 그녀는 쌍안경이 없음을 아쉬워했다.

자동차는 땅이 움푹 들어간 곳을 지나오고 있는 듯, 몇 분간 시야에서 사라졌다가 그리 멀리 않은 곳에서 경사면을 올라 다시 나타났다. 아랍인 운전사 옆에 유럽풍 양복을 입은 남자가 앉아 있었다.

"자, 난 여기서 결정을 해야 해." 빅토리아는 생각했다. 이것이야말로 구조될 수 있는 유일한 기회가 아닐까? 길로 달려 내려가 자동차를 불러 세워야만 되지 않을까?

그렇게 하기로 마음먹는 순간, 갑작스런 불안이 그녀를 멈추게 했다. 만일, 만일 저것이 적의 자동차라면?

어떻게 그렇지 않다고 장담할 수 있겠는가? 저 길에는 자동차는 좀처럼 다니지 않는 듯했다. 지금까지 한 대의 자동차도 지나가지 않았다. 트럭도, 짐실은 당나귀조차도. 어쩌면 저 자동차는 어젯밤 그녀가 도망쳐 나온 마을을 향해 가고 있는지도 모른다……

어떻게 하면 좋단 말인가? 아주 짧은 순간에 쉽지 않은 결정을 해야만 했다. 만일 적이라면 모든 것은 끝장이다. 하지만 적이 아니라면 구사일생으로 목숨을 부지할 수 있을지도 모른다. 왜냐하면 이대로 계속 헤맨다면 갈증과 일사병으로 죽게 될지도 모르기 때문이다. 어떻게 하면 좋을까?

아직도 마음을 정하지 못하고 주저하고 있는데 자동차 엔진 소리에 변화가 생겼다. 자동차는 속도를 늦추더니 길에서 벗어나 돌땅을 가로질러 그녀가 몸을 감추고 있는 언덕 쪽으로 오고 있었다.

들켰구나! 나를 찾고 있는 거야!

빅토리아는 숨어 있던 곳에서 미끄러져 내려와 가까이 다가오는 자동차를 피하기 위해 언덕 뒤로 기어갔다. 자동차는 섰고, 탕 하고 차 문이 닫히는 소리가 들렸으며, 누군가가 밖으로 나온 듯했다.

그러고서 그 누군가가 뭐라고 아랍어로 말했다. 얼마 동안은 아무 일도 벌어지지 않았다. 그런데 갑자기 아무런 기미도 없이 한 남자의 모습이 눈앞에 나타났다. 그는 언덕에 반쯤 올라, 그 주위를 돌면서 아래를 내려다보며 이따금씩 몸을 구부려 무엇인가를 줍고 있었다. 무엇을 찾고 있는지는 알 수 없으나, 빅토리아 존스라 불리는 여자에 관한 일은 아닌 듯싶었다. 게다가 그는 의심할 여지없이 영국인이었다.

안도의 한숨을 내쉬고 빅토리아는 비틀거리면서 그에게 다가갔다. 그는 머리를 쳐들고 놀란 얼굴로 쳐다보았다.

"오, 제발 도와주세요." 빅토리아가 말했다.

"당신을 만나게 되어 다행이에요."

그는 여전히 쳐다보았다. 그러더니 물었다.

"도대체 당신은 누구요? 영국인이오? 그런데—."

웃음을 머금으며 빅토리아는 몸을 감싸고 있던 아바를 홱 벗어던졌다.

"예, 전 영국인이에요." 그녀는 말했다.

"부탁이에요, 절 데리고 바그다드로 돌아가 주시겠어요?"

"바그다드에는 가지 않소. 지금 막 바그다드에서 오는 길이오. 그런데 이런 사막 한가운데서 도대체 혼자서 무엇을 하고 있는 거요?"

"전 납치당했어요." 빅토리아는 숨이 끊어질 듯이 말했다.

"머리를 감으러 갔었는데, 저에게 클로로포름을 맡게 한 거예요. 정신을 차려보니 저쪽 마을의 아랍인 집에 갇혀 있는 것이었어요."

그녀는 손짓으로 지평선 쪽을 가리켰다.

"만달리 말입니까?"

"마을 이름은 모르겠어요. 어젯밤에 도망쳐 나와 밤새도록 걸었어요. 그리고 당신이 적인 줄 알고 이 언덕 뒤에 숨어 있었던 거예요."

그는 매우 미심쩍어하는 표정으로 그녀를 쳐다보았다. 그는 약간 사람을 얕보는 듯한 표정의 35세 정도의 금발머리 남자였다. 그의 말투는 학자풍이며 정확하고 빈틈이 없었다. 그는 일부러 코안경을 꺼내어 쓰고는 그것을 통해 어이없어하는 표정으로 그녀를 쳐다보았다. 빅토리아는 이 남자가 자신이 말한 것을 한마디도 믿지 않고 있음을 알아차렸다.

그녀는 곧 미칠 것 같이 화가 났다.

"내 말은 사실이에요." 그녀가 말했다.

"거짓말은 한마디도 없어요!"

그는 더 못 믿겠다는 표정으로 쳐다보았다.

"놀라운 이야기로군." 그는 냉정한 목소리로 말했다.

빅토리아는 절망감에 사로잡혔다. 지금까지는 거짓말을 해도 항상 정말같이 들어주었는데, 막상 사실을 이야기하고 있는데도 믿어주지 않다니! 그녀는 확신도 없이 너무 노골적으로 말해 버린 것이다.

"뭐 마실 것 좀 없을까요? 목이 말라 죽을 것 같아요. 하긴 당신이 날 여기 그냥 내버려두고 간다면 목이 말라서 죽겠지만." 그녀는 말했다.

"물론 그럴 생각은 없습니다." 그는 딱딱한 어조로 말했다.

"혼자서 사막을 헤매고 있다는 것이 영국 여자에게는 어울리지 않는 일이긴 합니다만. 저런, 정말 입술이 타고 있군요. 압둘!"

"예, 베이커 씨?"

운전사가 언덕 주위를 돌아 모습을 나타냈다.

아랍어로 뭐라고 이야기하니 그는 차 있는 쪽으로 달려갔다가 잠시 뒤 커다란 보온병과 플라스틱 컵을 가지고 왔다.

빅토리아는 게걸스럽게 물을 마셔댔다.

"아, 이젠 살 것 같아요."

"난, 리처드 베이커라고 합니다." 영국인 남자가 말했다.

빅토리아도 이에 응답하여, "난 빅토리아 존스예요."라고 말했다. 그러고 나서 잃은 힘을 회복하고 상대의 얼굴에서 보였던 불신(不信)을 존경 어린 눈빛으로 바뀌게 하려고 그녀는 한마디 더 덧붙였다.

"파운스풋 존스예요, 전. 큰아버지인 파운스풋 존스 박사가 이끄는 발굴대에 합류하기로 되어 있었단 말이에요."

"아, 이거 기이한 우연의 일치로군요."

베이커는 놀라워하는 눈빛으로 그녀를 쳐다보았다.

"나도 지금 발굴 현장으로 가는 길이오. 여기서는 불과 15마일 정도 밖에 떨어져 있지 않지요. 그런 내가 당신을 구한 것은 정말 잘된 일이군요, 안 그렇소?"

빅토리아로서는 놀란 것만이 아니다. 정말 어쩔 줄 모르게 되었으며, 그야말로 한마디도 입을 뗄 수가 없었다. 그녀는 입을 다물고서 다소곳이 리처드의 뒤를 따라 자동차가 있는 곳으로 가 차에 탔다.

"당신은 인류학자이지요?"

리처드는 그녀를 뒷좌석에 앉히고서 거추장스러운 짐을 치우며 이렇게 말했다.

"당신이 온다는 소리는 들었지만 이렇게 빨리 올 줄은 몰랐소."

잠깐 그는 선 채로 여러 가지 토기의 파편들을 주머니에서 꺼내어 분류했다. 아, 아까 이 남자가 언덕에서 주운 것이 바로 이것이었구나─하고 빅토리아는 생각했다.

"그저 평범한 텔(서남아시아에서 소아시아, 이집트의 일부에 걸쳐 형성된 선사시대부터 역사시대 초기까지의 유적군)이지요."

그는 언덕 쪽을 가리키며 말했다.

"그런데 내가 보기에는 특별히 진귀한 것은 없는 듯합니다. 대개는 앗시리아 후기의 토기로서─조금은 파르티아 것도 섞여 있습니다만. 카스트기(期)의 원형이 꽤 보존된 토대원추(土臺圓錐)도 약간 있었지요."

이렇게 말하고 그는 미소 지으며 다시 덧붙였다.

"당신이 말한 대로 곤경에 처해 있었음에도 불구하고 고고학적 본능에서 텔을 조사해 보려 했다니 기쁘기 그지없소."

빅토리아는 입을 열어 말을 하려다가 또 못하고 말았다. 운전사가 차의 시동을 걸고서 그들은 출발했다.

도대체 그녀가 무슨 말을 할 수 있겠는가? 발굴대에 도착하면 곧 그녀의 가면은 벗겨지게 될 것이다. 하지만 정체가 폭로되어 거짓말을 해서 죄송하다고 고백하는 것도 거기에 가서 하는 편이, 이 무인지경 황무지에서 리처드 베이커라는 사람에게 하는 것보다 나을 것이다. 최악의 사태가 벌어진다 해도 바그다드에 돌려보내지기밖에 더 하겠는가. 그리고 어떻게 해서라도 발굴대에 도착하기 전에 그럴 듯한 변명을 생각해내야 한다고, 빅토리아는 아직도 뉘우치지 않고 예나 다름없이 그런 생각들을 하는 것이었다. 그녀는 바쁘게 상상력을 동원하며 머리를 짜내기 시작했다. 기억상실이라고 하면 어떨까? 어떤 여자와 함께 여행을 하고 있었는데 그 여자가 그녀에게—할 수 없다, 모든 것을 숨김없이 털어놓는 수밖에. 하지만 어차피 솔직히 털어놓고 이야기할 바에야, 사람을 얕보듯이 눈썹을 치켜세우고는 거짓없이 털어놓는 그녀의 이야기를 듣고서도 그런 이야기를 누가 믿을 수 있겠느냐는 얼굴을 한 이 리처드 베이커라는 인물보다야 파운스풋 존스 박사에게 이야기하는 편이 나을지 모른다. 박사가 어떤 인물인지는 전혀 모르지만.

"만달리 마을로는 가지 않습니다." 베이커는 앞좌석에서 뒤돌아보며 말했다.

"길에서 꺾어져 약 1마일 앞의 사막으로 갑니다. 특별한 표지판 없이 목표까지 정확하게 도달하는 것은 꽤 힘이 들지요."

그가 아랍어로 뭔가 압둘에게 말하자 자동차는 길에서 홱 꺾어져 사막을 향해 똑바로 달리기 시작했다. 빅토리아가 보기에는 특별한 표지판도 없었는데 리처드 베이커는 압둘에게 손짓으로 길을 지시했다—오른쪽을 가리키기도 하고, 왼쪽을 가리키기도 하면서. 한참을 가더니 리처드는 만족해하며 이렇게 외쳤다.

"맞았어, 이대로 가면 돼."

빅토리아의 눈에는 길 같은 건 보이지 않았으나 마침내 이따금 희미한 타이어 자국이 눈에 띄게 되었다.

좀더 길처럼 보이는 곳을 막 가로질러 가는데 리처드는 큰 소리로 압둘에게 차를 세우라고 말했다.

"여기서 당신에게 보여줄 게 있소." 빅토리아에게 말했다.

"당신은 이 나라가 처음인가 본데, 이런 것은 본 적이 없을 거요."

두 남자가 교차로를 따라서 차 있는 쪽으로 다가오고 있었다. 한 사람은 나무로 된 긴 의자를 등에 지고 있었고, 또 한 사람은 그랜드 피아노 정도 크기의 목제품(木製品)을 역시 등에 지고 있었다.

리처드가 큰 소리로 부르니, 그들은 대단히 반가워하며 그에게 인사했다.

에드워드가 그들에게 담배를 권하자 그들 셋은 전에 만난 적이 있는 듯 절친해 보였다.

리처드가 뒤돌아보며 그녀에게 물었다.

"영화 좋아합니까? 자, 한번 보여 드리지요."

그가 두 사람에게 뭐라고 하자 그들은 기뻐하며 웃는 것이었다. 그리고 긴 의자를 내려놓고는 리처드와 빅토리아에게 앉으라고 손짓을 했다. 그리고 나서 그들은 둥근 모양의 고안품인 듯한 것을 등에 지고 있었던 목제품 위에 올려놓았다. 그 고안품에는 들여다보는 구멍이 두 개 뚫려 있었는데, 그것을 보고 빅토리아는 큰 소리로 외쳤다.

"부둣가에 흔히 있는 거예요. '집사(執事)가 본 것'이라고 하면서."

"그렇소. 그것의 원시적인 형태이지요."

빅토리아는 두 눈을 유리가 끼워진 그 구멍에 갖다대었다. 두 남자 중 한 사람이 크랭크인지 핸들인지를 돌리자 나머지 한 사람은 단조로운 목소리로 무엇인가 읊조리기 시작했다.

"뭐라고 하는 거예요?" 빅토리아가 물었다.

노래 부르듯 읊조리는 소리에 맞춰 리처드가 통역을 했다.

"가까이 다가와 커다란 경이와 기쁨을 기대하고 있는 당신, 고대의 불가사의한 경이로움을 맘껏 맛보십시오."

유치하게 색칠된, 흑인이 밀을 거둬들이고 있는 그림이 크게 흔들리면서 빅토리아의 눈앞에 펼쳐졌다.

"미국의 농부." 리처드가 계속해서 통역해 주었다.

또 다른 그림이 계속 이어졌다.

"서양의 위대한 왕비."

리처드의 목소리와 함께 억지웃음을 띠고서 긴 고수머리를 만지고 있는 프랑스 유지니 왕비의 얼굴이 나타났다. 뒤이어 몽테네그로 왕궁의 그림, 만국박람회 그림이 이어졌다.

참으로 기묘한 여러 가지 그림이 차례차례로 아무런 맥락도 없이 계속됐고, 설명은 이따금 허무맹랑하기도 했다.

빅토리아 여왕의 남편 앨버트 공. 영국의 정치가 디즈랠리, 노르웨이의 표 르드식 해안, 그리고 스위스의 스케이트 타는 사람들 그림을 마지막으로 지나 간 먼 옛날로의 기묘한 여행은 끝을 맺었다.

그림을 설명하던 연사도 다음과 같은 말을 끝으로 해설을 마쳤다.

"자, 당신은 다른 나라들과 먼 곳의 불가사의한 고대 모습을 보셨습니다. 당 신이 느낀 그 경이로움에 걸맞는 기부금을 내주시면 고맙겠습니다. 지금 보신 모든 것은 숨김없는 사실입니다."

모두 끝이 났다. 빅토리아의 얼굴에는 희색이 만면했다.

"정말 놀라워요! 이런 곳에서 이런 것을 볼 수 있다니 믿어지지 않아요."

그녀는 말했다.

순회 영화를 상영한 두 사람은 자랑스러워하며 미소를 짓고 있었다. 빅토리 아가 긴 의자에서 일어나자 다른 한쪽 끝에 앉아 있었던 리처드는 꼴사나운 모습으로 땅바닥에 나뒹굴고 말았다. 빅토리아는 입으로는 미안하다고 했으나 마음속으로는 고소해했다. 리처드가 돈을 주니 그들은 정중하게 감사의 뜻을 표하며 부디 가는 길이 무사할 것과, 한 사람 한 사람에게 알라신의 가호가 있기를 기원해 주었다. 그들과 헤어져 리처드와 빅토리아는 다시 차에 탔고, 그들은 사막 가운데로 터벅터벅 걸어갔다.

"저 사람들 어디로 가는 거예요?" 빅토리아가 물었다.

"저들은 온 나라 안을 다 돌아다니지요. 내가 저들을 처음 만난 곳은 트란 스요르단이었는데, 그때는 사해에서 암만으로 향하는 길을 터벅터벅 걸어가고 있었지요. 지금은 케벨라로 간다고 하더군요. 좀처럼 사람이 다니지 않는 길을 지나 외딴 마을에 가서 공연을 하지요."

"가능하다면 도중에서 지나가는 자동차를 얻어 타면 되겠네요?"

리처드는 웃었다.

"그것은 아마 저들 쪽에서 거절할 겁니다. 나도 한번 바스라에서 바그다드 로 가는 노인에게 태워주겠다고 한 적이 있지요. 걸어서 가면 얼마나 걸리냐 고 하니 두 달이 걸린다고 합디다. 그러니 자동차를 타고 가면 그날 밤 늦게 는 목적지에 도착할 수 있다고 했더니, 그 노인은 고맙다고 하면서도 타지 않더군요. 두 달이 걸려도 좋다고 하면서. 이곳에서는 시간은 아무런 의미도 없습니다. 일단 이 사실을 머릿속에 넣으면 우리들도 이상한 만족감을 느끼게 되지요."

"그래요, 상상이 되네요."

"아랍인들에게는 우리 서양인이 빨리 하려고 조급하게 구는 것이 전혀 이해가 안 가는 모양입니다. 사람들과 만나 이야기를 할 때도 곧바로 요점에 들어가는 것이 우리들의 습관입니다만, 그네들에게는 그것이 몹시 버릇없게 보이나 봅니다. 아랍인과 이야기할 때는 둥글게 둘러앉아 한 시간 정도는 전혀 관계도 없는 일반적인 화제에 대해서 이야기하지 않으면 안 되지요—물론 원한다면야 하지 않아도 상관은 없습니다만."

"런던의 사무실에서 그런다면 중요한 시간을 낭비한다고 오히려 더 이상하게 볼 거예요."

"그렇죠. 하지만 우리 다시 본질적인 문제로 돌아가 봅시다. 시간이란 것은 무엇이고, 또 낭비한다는 것은 도대체 무엇입니까?"

빅토리아는 이 점에 대해 잠시 생각해 보았다. 자동차는 아직 어디로 향하고 있는지 알 수 없었으나, 가는 길은 분명한 듯 달려가고 있었다.

"저, 어디에 있나요?" 그녀가 마침내 물었다.

"텔 아스워드 말입니까? 예, 사막 한가운데 있지요. 이제 곧 지쿠랏(옛 바빌로니아, 앗시리아의 피라미드 모양의 신전)을 보게 될 겁니다. 자, 우선 왼쪽을 한번 보십시오. 저기—내가 손으로 가리키는 곳을."

"구름인가요? 산은 아닌 것 같은데?"

"그런데 산입니다. 눈에 덮인 쿠디스탄(터키, 이란, 이라크에 걸친 고원지대)의 산들이지요. 아주 맑은 날이 아니면 볼 수 없습니다."

빅토리아는 꿈을 꾸는 듯한 만족감에 휩싸였다. 이렇게 언제까지나 차를 타고 달릴 수 있다면. 그런 엄청난 거짓말을 하지 않았더라면 더 좋았을 텐데. 그녀는 당장 유쾌하지 못한 결과가 닥칠 것을 생각하고 어린애처럼 겁이 나 몸을 움츠렸다. 파운스풋 존스 박사는 어떤 사람일까? 키가 크고, 긴 회색의 턱수염을 기른, 찡그린 얼굴을 한 무서운 사람은 아닐까? 하지만 걱정할 것

없어. 아무리 파운스풋 존스 박사가 화를 낸다 해도 난 캐서린과 올리브 가지회, 게다가 래스본 박사까지 보기 좋게 속이고서 선수를 친 사람이니까 어떻게 되겠지.

"자, 저기입니다." 리처드가 말했다.

그가 손으로 가리킨 곳을 바라보니 먼 지평선에 볼록 올라온 조금 높은 곳이 빅토리아의 눈에 띄었다.

"아직 몇 마일도 더 남은 것 같은데요."

"아뇨, 그렇지 않습니다. 조금만 더 가면 되지요. 자, 보십시오."

정말로 조그맣게 볼록 올라와 보이던 것이 놀랄 정도의 빠른 속도로 크게 눈앞에 다가오는 것이었다. 처음에는 물방울만 하게 보이더니 다음엔 언덕, 마침내는 커다랗고 인상적인 텔이 되었다. 그 한쪽 옆에는 흙벽돌로 지은 좁고 긴 건물이 죽 뻗어 있었다.

"발굴대의 숙소입니다." 리처드가 설명해 주었다.

자동차는 개들이 짖어대는 한가운데를 경적을 울리며 지나 숙소 옆으로 가 멈추었다. 하얀 옷을 입은 하인들이 만면에 미소를 띠고서 달려나와 맞이했다.

그들과 한 차례 인사를 주고받은 뒤 리처드가 말했다.

"저들도 당신이 이렇게 빨리 올 줄은 생각지 못한 것 같소. 하지만 서둘러 당신의 잠자리를 준비해 줄 거요. 그리고 더운 물도. 얼굴과 손을 씻고 좀 쉬고 싶을 테니까. 파운스풋 존스 박사님은 텔에 가 계십니다. 내가 가서 만나봐야 되겠소. 이브라힘이 당신을 돌봐줄 거요."

그가 성큼성큼 걸어가 버리자 빅토리아는 웃고 있는 이브라힘을 따라 숙소 안으로 들어갔다. 햇빛이 비치고 있는 밖에서 안으로 들어왔기 때문에 처음엔 숙소 안이 어두워 보였다. 빅토리아는 큰 테이블 몇 개와 흠집투성이의 팔걸이의자 두세 개가 놓인 응접실을 지나서 안뜰을 돌아 조그마한 창문이 하나 있는 작은 방에 안내되었다. 그 방에는 침대, 그리고 낡은 서랍장, 의자, 주전자와 대야가 놓인 테이블이 있었다. 이브라힘은 웃으며 고개를 끄덕여 인사를 하고는 그녀에게 차라리 흙탕물처럼 보이는, 더운 물이 담긴 큰 주전자와 거칠거칠한 수건을 갖다주었다. 그리곤 이런 것밖에 없어서 죄송하다는 듯 미소를 지으며 가지고 온 작은 손거울을 벽의 못에 조심스레 걸었다.

빅토리아는 씻을 수 있다는 것을 고맙게 생각했다. 그때서야 그녀는 자신이 얼마나 지쳐 있으며, 사막의 모래를 뒤집어써서 얼굴과 손발이 얼마나 더러워져 있나를 깨닫게 되었다.

"필시 모습이 엉망일 거야"

빅토리아는 이렇게 혼잣말로 중얼거리며 거울로 다가갔다.

잠시 그녀는 거울에 비친 자신의 얼굴을 어리둥절해하며 쳐다보았다.

이것은 내가 아니야—빅토리아 존스가 아니야.

하지만 그녀는 곧 깨달았다. 이목구비가 균형잡힌 얼굴 생김새는 빅토리아 존스의 그것이었으나, 머리가 엷은 금발로 물들어져 있었던 것이다.

제19장

1

리처드가 발굴현장에 가보니 파운스풋 존스 박사는 현장감독 옆에 쭈그리고 앉아서 눈앞의 칸막이 벽을 작은 곡괭이로 가볍게 두드리고 있었다.

박사는 리처드를 바로 어제도 만난 사람처럼 가볍게 맞이했다.

"어, 리처드, 자네 왔나. 난 자네가 화요일에나 도착하겠거니 생각했었는데. 왜 그렇게 생각했는지는 모르겠네만."

"오늘이 그 화요일입니다." 리처드가 말했다.

"아, 그런가?" 파운스풋 존스 박사는 별로 관심없는 듯 말했다.

"자, 이리로 내려와 자네 의견을 한번 말해 보게. 별로 붕괴되지 않은 벽이 벌써 나왔네. 아직 3피트밖에 파지 않았는데도 말이야. 페인트칠 흔적이 여기저기에 희미하게 보이는 것 같네. 자네 생각은 어떤가? 난 꽤 가능성이 있어 보이는데."

리처드가 파놓은 도랑 안으로 껑충 뛰어내린 뒤에 두 고고학자는 약 15분간 전문가답게 진지하게 의견을 교환했으며, 그간의 발굴 성과에 대해 기뻐하기도 했다.

"그런데—." 리처드가 말했다.

"아가씨를 데리고 왔습니다."

"오, 자네가? 어떤 아가씨 말인가?"

"박사님 조카딸이라고 하던데요."

"내 조카딸?"

파운스풋 존스 박사는 흙벽돌에 쏟았던 온 정신을 애써 속세의 일로 되돌렸다.

"내겐 조카딸이 없는 줄 아는데."라며 그는 자신이 마치 조카딸이 있는데

깜빡 잊기라도 한 듯 의심스러워하며 말했다.

"그녀는 박사님 일을 도와주러 왔다고 하던데요."

"아, 그런가." 박사는 갑자기 얼굴이 밝아지며 말했다.

"알았네, 베로니카일 걸세."

"빅토리아라고 하던 것 같던데요."

"맞아, 맞아. 빅토리아네. 에머슨이 그녀에 대해 케임브리지에서 편지를 보내왔지. 아주 유능한 아가씨 같더군. 인류학자라고 하던데. 난 인류학자가 되고자 하는 사람이 있다는 게 도무지 이해가 안 가네만."

"여자 인류학자가 온다는 이야기는 박사님께 들었습니다."

"아직까지는 그 아가씨의 도움이 필요하지 않은 것 같네. 물론 발굴을 막 시작했기 때문이네만. 사실상 난 그녀가 두어 주일 뒤에나 오는 줄 알고 있었거든. 하지만 편지도 건성으로 읽는데다가 그 편지도 어디로 가버렸는지 모르고, 또 언제 온다고 했는지 확실히 기억도 하지 못하네. 우리 집사람은 다음 주에 온다네—아니면 그다음 주가 될지도 모르네만. 집사람 편지는 또 어디에 두었지? 난 오히려 베네티아가 집사람과 함께 오는 게 아닌가 하고 생각했었는데—하지만 내가 잘못 생각했는지도 모르지. 아무튼 잘됐네. 앞으론 토기도 많이 나올 테니 여러모로 도움이 될 게야."

"그 아가씨에게는 뭔가 좀 이상한 점이 있는 게 아닙니까?"

"이상한 점?"

파운스풋 존스 박사는 리처드의 얼굴을 쳐다보며 물었다.

"신경쇠약이라든지, 뭐 그런 것에 걸렸던 적이 없는가 하고요?"

"에머슨이 그녀가 너무 공부를 열심히 한다고 했던 것은 기억이 나네. 졸업시험 때문인지 학위시험 때문인지 뭔지는 모르겠네만. 하지만 신경쇠약에 걸렸다는 얘기는 듣지 못했다고 생각하네. 왜 그러는가?"

"예, 길에서 그녀를 발견했는데, 그녀 혼자 헤매고 있었습니다. 실은 이쪽으로 꺾어지는 불과 1마일 정도 앞에 왜 그 작은 텔이 있지요, 거기서—."

"아, 기억하고 있네. 나도 한번 그 텔에서 누주 토기 파편을 주운 적이 있었지. 그런 남쪽에서 발견했다는 것은 정말 이상하군."

리처드는 고고학적 화제에는 관심을 돌리지 않고 계속해서 이 이야기만 했다.

"그 아가씨는 또 참으로 이상한 이야기를 저에게 했습니다. 그녀 말로는 머리를 샴푸하러 갔다가 클로로포름 냄새를 맡고 납치되어 만달리 마을로 끌려갔으며, 그곳의 집에 갇혀 있다가 밤중에 도망쳐 나왔다고 하더군요—좌우간 지금까지 들어본 적도 없는 터무니없고, 조리에 안 맞는 이야기였어요."

파운스풋 존스 박사는 머리를 흔들었다.

"그런 일이 있을 리가 나." 그는 말했다.

"이 나라는 지금 지극히 조용하고 경찰의 치안상태도 잘되어 있는데. 그러니 그런 사고는 있을 수가 없지."

"그렇고 말고요. 분명 모두 꾸며댄 이야기일 겁니다. 그래서 신경쇠약에 걸리지 않았나 물어본 겁니다. 아마 그녀도 부목사가 자기에게 사랑을 고백한다느니, 의사가 자신을 폭행하려 한다느니 하는 터무니없는 말을 하는 히스테리컬한 여자들일 겁니다. 어쩌면 그녀가 우리에게 골칫거리가 될지도 모르겠네요."

"오, 부디 그녀가 마음을 가라앉혔으면."

파운스풋 존스 박사는 이렇게 낙천적으로 말했다.

"그런데 지금 어디 있나?"

"얼굴도 씻고 하라고 숙소에 있으라고 했습니다." 그러고서 리처드는 조금 망설이면서 말을 계속했다.

"그런데 짐을 하나도 갖고 있지 않았어요."

"짐이 하나도 없었다고? 그건 정말 곤란한데. 설마 내 잠옷을 빌려 입을 생각을 하는 건 아니겠지? 나도 두 벌밖에 없고, 그나마 한 벌은 몹시 낡았는데."

"하는 수 없지요 뭐. 다음 주 트럭이 나갈 때까지 그럭저럭 지내는 수밖에. 그런데 정말 이상한 일입니다. 도대체 무엇을 하고 있었을까요—그것도 혼자, 그런 아무것도 없는 곳에서."

"요즘 아가씨들은 정말 대단해." 파운스풋 존스 박사는 좀 모호하게 말했다.

"가는 곳마다 쫓아오니 말일세. 빨리 일을 진행시키고 싶을 때에는 정말 귀찮지. 이곳은 외딴 곳이라 방문객이 없을 거라고 생각했네만, 차도 사람도 용

케들 찾아오더구먼. 그것도 이쪽이 일이 잘 안 풀릴 때에 계속해서 찾아들 오니 정말 답답하지 뭔가. 자, 인부들이 일을 멈추었네. 점심시간인가 보구먼. 우리도 숙소로 돌아가는 것이 좋을 것 같네."

2

　빅토리아가 불안해하며 기다리고 있던 파운스풋 존스 박사는 그녀의 상상과 너무나 동떨어진 인물이었다. 작은 키에 뚱뚱한 체격에다, 머리는 반쯤 벗겨졌고 빛나는 눈을 가진 남자였다. 그런 그가 두 손을 벌리고 반가워하며 그녀에게 다가왔기에 그녀는 어안이 벙벙했다.

　"오, 잘 왔다, 베네티아—아니, 빅토리아!" 그가 말했다.

　"난 아주 놀랐단다. 무슨 이유인지는 모르지만 네가 다음 달까지는 오지 않을 거라고 생각하고 있었거든. 하지만 만나게 되니 반갑구나. 정말 기쁘단다. 에머슨은 어떻게 지내고 있지? 천식은 그렇게 심하지 않겠지?"

　빅토리아는 겨우 정신을 차리고서 조심스럽게 천식은 그다지 심한 것 같지 않다고 대답했다.

　"조심한다고 목을 무턱대로 싸매서 탈이야. 잘못하는 거라고 그렇게 말했는데도 말이야. 대학 같은 데서 어정쩡하고 있는 아카데믹한 녀석들은 너무 지나치게 자신의 건강에 신경을 쓴단 말이야. 건강이란 것은 자연스럽게 지켜져야 하는 것도 모르고. 자, 이곳에 빨리 익숙해지기를 바라겠다. 집사람은 다음 주에 오기로 되어 있다—아니면 그다음 주에 오던가. 그 사람은 몸이 좀 불편하단다. 집사람에게서 온 편지를 아무리 해도 찾을 수가 없으니, 참. 리처드에게서 들으니 짐이 없어졌다고 하던데, 어떻게 지낼 수 있겠니? 다음 주까지는 아무래도 트럭을 내보낼 수 없는데."

　"그때까지는 어떻게 되겠죠. 또 별다른 도리도 없고요."

　빅토리아는 대답했다.

　파운스풋 존스 박사는 껄껄거리며 웃었다.

　"리처드도 나도 너에게 빌려줄 게 아무것도 없단다. 아, 칫솔은 넉넉하지.

한 다스 정도가 창고에 있으니까—그리고 탈지면이 필요하다면, 그런 건 많이 있다. 또, 뭐랄까, 탤컴파우더(활석가루에 붕산 향료를 넣은 화장품)도 있고, 양말과 손수건도 좀 있지. 그 밖에 것은 미안하게도 없단다."

"됐어요, 걱정하지 마세요." 빅토리아는 웃으며 말했다.

"너의 전문분야인 분묘(墳墓)는 아직 그림자도 비치지 않는구나."

파운스풋 존스 박사가 그녀에게 알려주었다.

"꽤 원형이 잘 보존된 벽이 출토되기 시작했단다. 저쪽에서 판 도랑에서는 토기 조각이 꽤 많이 나왔다. 토기들 조각을 맞추어 봐야 할지도 모른다. 우린 어떻게 해서든지 너를 바쁘게 만들 작정이다. 사진은 찍을 수 있겠니?"

"예, 조금은 알고 있어요."

빅토리아는 조심스럽게 말하며, 자신이 알고 있는 부분으로 화제가 돌려진 데 대해 후유하고 한숨을 쉬었다.

"좋아, 됐다. 사진 원판 현상은 어때? 난 구식이라—아직 감광판을 사용하고 있단다. 암실도 원시적이라, 편리한 기계에 익숙해져 있는 너와 같은 젊은이들은 이곳 같은 원시적인 조건에서는 자주 당황하게 될 게다."

"아니요, 상관없어요." 빅토리아는 말했다.

발굴대의 비품 가운데서 그녀는 치약과 칫솔, 그리고 스펀지와 탤컴파우더를 쓰기로 했다.

여기서 자신의 입장은 어떤 것일까 하고 파악해 보려는 빅토리아의 머릿속은 뭐가 뭔지 모르게 혼란스러웠다. 분명히 박사는 발굴대에 와서 함께 참가하기로 되어 있는, 베네티아인가 뭔가 하는 인류학 전공의 아가씨와 그녀를 혼동하고 있는 듯했다. 빅토리아는 인류학자가 무엇을 하는 것인지조차 모른다. 어디에 사전이라도 있다면 찾아봐야 할 텐데. 추측건대 또 다른 아가씨는 적어도 앞으로 일주일간은 오지 않을 듯했다. 그렇다면 앞으로 일주일—아니 적어도 자동차나 트럭이 바그다드에 가기까지는 되도록 조심하면서 베네티아인가 뭔가 하는 여자가 되는 수밖에. 털털하고 사람 좋아 보이는 파운스풋 존스 박사에 대해서는 정말 걱정이 없었으나, 리처드 베이커는 신경이 쓰였다. 의미 있는 눈으로 그녀를 주시하고 있는 모습에 마음 놓을 수도 없었고, 까딱 잘못하다가는 인류학자가 아니라는 사실이 금방 탄로나 버릴 것만 같았다. 운 좋게도 한동안 런던 고고학 연구소에서 비서 겸 타이피스트로 일한 경험이 있어서 전문용어 등은 수박 겉핥기식으로 주워들었기에 그것이 도움이 될지도 모르겠다. 하지만 섣불리 입을 놀려 실수하지 않도록 주의에 주의를 하지 않으면 안 되겠다고 생각했다. 다행히 남자들은 항상 여자보다 낫다고 여기고들 있기에, 약간의 실수는 이상하다고 느끼기보다는 오히려 여자가 우둔할 정도로 어리석은 증거라고 치부해 버릴 것이다.

정체가 탄로날 때까지이긴 하나 그녀가 몹시 필요하다고 느낀 휴식의 시간이 잠시 동안이나마 그녀에게 주어진 것은 고마운 일이라고 그녀는 생각했다. 하지만 올리브 가지회로서 보면 그녀의 소식이 묘연해진 데 대해 몹시 당황해하고 있을 게 틀림없을 것이다. 갇혀 있었던 곳에서 도망쳐 나온 뒤 그녀에게 어떤 일이 벌어졌는지 전혀 짐작도 못할 것이며, 리처드의 차가 만달리 마을을 지나가지 않았기 때문에 어느 누구도 그녀가 텔 아스워드에 있을 것이라고는 상상도 못할 것이다. 그렇다, 그들의 관점에서 보면 빅토리아는 흔적도 없이 홀연히 사라진 것처럼 보일 것이다. 그들은 아마 그녀가 죽었을 거라고 결론지을지도 모른다. 사막을 헤매다 피로에 지쳐 쓰러져 죽었을 거라고.

그렇다면 그렇게 생각하도록 내버려두자. 유감스럽지만 에드워드도 물론 그렇게 생각할 것이다! 하지만 괜찮아. 슬프긴 하겠지만 에드워드도 참아야만 해. 어떻든 그렇게 긴 시간은 아닐 테니까. 그녀에게 캐서린과 친하게 지내게 한 일로 에드워드가 후회와 괴로움에 싸여 있을 바로 그때—그녀가, 갑자기 무사한 모습으로 나타나는 것이다—죽음에서 되살아나는 것이다. 아무 상처도 없이, 단지 검은 머리에서 금발로 변해서 말이다.

그렇게 생각했을 때, 그녀는 다시 적(그것이 누구일지라도)이 왜 자기 머리를 물들였을까 하는 의혹에 사로잡혔다. 무슨 이유가 있을 게 틀림없다고 빅토리아는 생각했다—그러나 아무리 생각해 보아도 그 이유를 알 수가 없었다. 이대로 두어 머리가 자라나와 머리 뿌리 부분이 검게 되면 참으로 괴상하게 보일 것이다. 얼굴에 바르는 분도 립스틱도 갖고 있지 않은, 머리를 엷은 금발로 물들인 여자! 이것보다 더 이렇게 난처한 입장에 놓인 여자가 있을 수 있을까? 하지만 괜찮아, 난 살아 있는 걸 뭐. 그리고 마음껏 즐겨 나쁠 것도 없잖아. 적어도 일주일간은 말이야—하고 빅토리아는 생각했다. 고고학적인 발굴 장면을 실제로 보고 듣는 것은 대단히 재미있었다. 일이 잘 돌아가 정체가 탄로나지 않고 끝나면 좋을 테지만.

그녀의 역할은 그렇게 쉬운 것이라고는 할 수 없었다. 고고학 관계의 인명이나 간행물, 또는 건축양식, 토기의 종류 등이 화제에 오를 때에는 신중하게 대답해야만 했다. 다행히도 열심히 듣는 사람은 언제나 환영받았다. 빅토리아는 두 고고학자의 이야기에 열심히 귀를 기울여 주의 깊게 들어두어서, 고고학 전문용어를 점점 쉽고 올바르게 쓰는 데 익숙해지기 시작했다.

혼자서 숙소에 있을 때에는 남모르게 열심히 문헌을 들춰보았다. 숙소에는 고고학에 관한 간행물이 많이 비치되어 있었다. 빅토리아는 이 학문에 대해 수박 겉핥기식으로나마 재빠르게 지식을 쌓았다. 이곳의 생활은 의외로 매력적인 데가 있었다. 아침 일찍 그녀에게 차 한 잔을 가져왔다. 그럼 그 차를 마시고 발굴현장으로 나간다. 그곳에서 리처드를 도와 사진을 찍기도 하고, 토기 조각을 맞추어보기도 했다. 발굴 작업을 하고 있는 인부들을 보면서 발굴물이 깨지지 않도록 곡괭이질을 하는 그들의 능숙함과 정교함에 감탄하기도 하고, 흙을 바구니에 담아서 버리는 곳으로 쏟으러 달려가는 소년들의 노랫소리와 웃는 소리를 넋을 잃고 듣기도 했다. 빅토리아는 고고학의 연대에 대하여 정통하게 됐고, 발굴이 진행되고 있는 여러 가지 지층의 차이도 구별하게 되었으며, 이전 시즌의 작업에 대해서도 이해할 수 있게 되었다. 그녀가 단지 하나 두려워하고 있는 것은 사람의 뼈가 발굴되면 어떻게 하나 하는 것이었다. 그녀가 들추어본 문헌들에서는 현역 인류학자에게 기대되는 행동에 대해서는 아무런 힌트도 얻을 수 없었다. "만일 뼈나 묘가 발굴되면 악성 감기에 걸렸다고—아니, 급성 간장 장해인가 뭔가 하는 것으로, 침대에 드러누워 버리는 수밖에 없지 뭐." 하고 빅토리아는 혼잣말을 했다.

그러나 다행히 분묘는 발굴되지 않고 대신에 궁전의 벽이 차츰 그 모습을 나타내기 시작했다. 그것을 보고 빅토리아는 황홀해했으며, 그것에는 새삼스레 어떤 재능이나 특수기능을 보일 필요도 없었던 것이다.

리처드 베이커는 여전히 이따금 그녀를 따가운 눈초리로 쳐다보았으며, 그녀는 그가 입밖으로 내지는 않았으나 자기를 평가하고 있음을 느꼈다. 하지만 그의 태도는 더없이 친절했으며, 그녀가 열심인 것을 보고 정말로 재미있어하는 듯했다.

"영국에서 온 당신에게는 모든 것이 새로울 거요."

어느 날 그는 그녀에게 이렇게 말했다.

"나도 첫 번째 시즌에는 커다란 스릴을 맛보았었으니까."

"그게 어느 정도 전의 일인가요?"

리처드는 미소를 띠었다.

"아주 오래전이지요. 15년—아니, 16년 전쯤 될 거요."

"당신은 이 나라를 아주 잘 알겠군요?"

"발굴이라고 해도 여기만이 아니랍니다. 시리아, 그리고 페르시아에도 갔었죠."

"당신은 아랍어를 아주 잘하시던데, 아랍인으로 변장하면 그대로 통하겠어요?"

리처드는 머리를 흔들었다.

"그렇지 않소—그것은 쉬운 일이 아니죠. 아랍인으로 통할 수 있었던 영국인은 없다고 생각해요—그저 잠깐 동안이라면 몰라도."

"아라비아의 로렌스(영국의 고고학자며 군인)는 어떻게 된 거예요?"

"로렌스가 아랍인으로 통했었다고는 생각지 않아요. 맞아, 내가 알고 있는 남자 중 현지인과 정말로 구별이 안 되는 유일한 사람은 실제로 이곳에서 태어났죠. 그 친구 아버지가 카시카르와 그 밖에 여러 미개지의 영사였었답니다. 그 친구는 어려서부터 여러 외딴 곳의 사투리를 배웠는데, 아마 그 뒤에도 익숙하게 사용했을 거라고 생각합니다."

"그 사람, 어떻게 되었는데요?"

"학교를 졸업한 이후에는 소식을 알지 못해요. 우리는 학교를 같이 다녔죠. 우리 친구들은 그를 파키르(행자(行者))라고 불렀는데, 그 이유는 그가 정좌하고 미동도 하지 않은 채 그대로 일종의 황홀 상태로 몰입할 수 있었기 때문이었죠. 지금은 그 친구가 무엇을 하고 있는지는 모릅니다—다만 추측은 할 수 있지만."

"학교를 졸업하고 나서 한 번도 그분을 만나지 못했나요?"

"이상한 일이지만, 바로 얼마 전 우연히 만났었죠—바스라에서. 아주 기묘한 상황에서였소."

"기묘하다고요?"

"그래요. 나는 그 친구를 처음엔 알아보지 못했었죠. 그 친구는 아랍인으로 변장하고 있었는데, 머리에는 캐피야를 쓰고 줄무늬의 긴 옷에, 다 떨어진 군복 윗도리를 입고 있었답니다. 그리고 아랍인이 이따금 가지고 다니는 호박 염주를 손에 들고 있었는데, 아랍인이 하는 것처럼 손가락 사이에서 굴려 소리를 내더란 말이오—그런데 그 소리 내는 방법이 군대에서 사용하는 모스 신호였단 말입니다. 그 친구는 소리를 내어 전갈을 보내고 있었던 거였어요—나에게!"

"어떤 전갈이었는데요?"

"먼저 내 이름—아니, 이름이라기보다는 별명을, 그러고 나서 자기의 별명. 뒤이어 '준비해라, 위기'라고."

"그럼 무슨 일이 있었나요?"

"그렇소. 그가 일어나 문으로 걸어가는데 대합실에 앉아 있던 어떤 세일즈맨 같은 극히 평범해 보이는 남자가 갑자기 권총을 꺼내 그를 쏘려 하는 거지 뭡니까. 난 그놈의 팔을 밑에서 걷어찼죠—그리고 카마이클은 도망쳤어요."

"카마이클이라고요?"

리처드는 그녀의 목소리에 주의가 끌렸는지 재빠르게 돌아보았다.

"그 친구 본명이오. 그런데 왜—그를 아시오?"

빅토리아는 속으로 생각했다. '그 사람은 내 침대에서 죽었어요.'라고 말한다면 얼마나 이상하게 들릴까.

"예." 그녀는 천천히 말했다.

"그 사람을 알아요."

"그를 안다고? 그러면, 그는—"

빅토리아는 고개를 끄덕거렸다.

"예." 그녀는 말했다.

"그 사람은 죽었어요."

"언제 그가 죽었소?"

"바그다드, 티오 호텔에서요." 이렇게 말하고 그녀는 재빠르게 덧붙였다.

"하지만 그것은—극비이기 때문에 아무도 몰라요."

그는 천천히 머리를 끄덕거렸다.

"알겠소. 그런 종류의 사건이었었군. 그런데 당신은—."

그는 그녀의 얼굴을 쳐다보았다.

"어떻게 알고 있소?"

"말려들어 버렸어요—아주 우연히."

그는 한참 동안 생각에 잠긴 눈으로 그녀를 보았다.

빅토리아가 갑자기 물었다.

"학교 다닐 때 당신 별명이 루시퍼 아니었어요?"

그는 놀란 듯이 보였다.

"루시퍼? 아니오, 부엉이라고 불렸었소—항상 안경을 쓰고 다녔기 때문에."

"혹시 루시퍼라고 하는 사람 모르세요—바스라에서?"

리처드는 머리를 흔들었다.

"루시퍼, 새벽의 아들—타락한 천사."라고 중얼거리며 잠깐 사이를 두었다가
덧붙여 말했다.

"그런 이름의 황린 성냥이 옛날에 있었는데. 그 성냥의 장점은 바람이 불어
도 꺼지지 않는 것이었소."

이렇게 말하며 그는 다시 빅토리아의 얼굴을 빤히 쳐다보았고, 빅토리아는
자신도 모르게 눈살을 찌푸렸다.

"바스라에서 어떤 일이 일어났는지 좀 자세하게 이야기해 주세요."

그녀는 재빠르게 이렇게 말했다.

"지금 이야기한 그대로요."

"아뇨, 도대체 어디서 그런 일이 벌어졌냐고요?"

"아, 그것 말이오? 영사관의 대합실에서였소. 난 크레이턴 영사를 만나려고

기다리고 있었죠."

"다른 사람은 누가 있었나요? 그 세일즈맨 같은 사람과 카마이클 말고요."

"두 사람이 더 있었소. 한 사람은 마르고 검은 얼굴의 프랑스인인가 시리아인이었고, 또 한 사람은 노인이었소. 아마 페르시아인이었을 거요."

"그 세일즈맨이 권총을 꺼냈는데 당신이 그것을 막았고 카마이클은 방에서 나갔다―그 뒤엔 어떻게 되었나요?"

"그 친구는 처음엔 영사 사무실로 가려는 것 같았죠. 정원을 끼고 있는 복도 끝에 있는 방이었는데―."

빅토리아가 그의 말을 가로막았다.

"알고 있어요. 나도 한 이틀 거기에 묵었었어요. 당신이 떠난 바로 직후에 말이에요."

"아, 그렇소?"

그는 다시 한 번 그녀의 얼굴을 주의 깊게 바라보았으나 빅토리아는 눈치채지 못했다. 영사관의 그 긴 복도가 눈에 선하게 떠올랐던 것이다. 그 복도 한쪽 끝의 문이 열려져 있었고, 그 문은 나무가 우거지고 햇볕이 내려 쪼이는 정원으로 통하고 있었다.

"지금 말한 것처럼 카마이클은 그 모퉁이로 뛰어가다가, 갑자기 홱 방향을 바꾸어 반대쪽으로 달려가서는 길거리로 나가고 말았죠. 그것이 내가 그를 본 마지막이오."

"세일즈맨인가 하는 사람은요?"

리처드는 어깨를 으쓱해 보였다.

"전날 밤엔가 누군가에게 습격을 당해 돈을 빼앗겼는데, 그 아랍인이 그 사람인 줄 알았다나 뭐라나, 거짓말을 줄줄 늘어놓더구먼. 난 그다음에 비행기로 쿠웨이트로 갔기 때문에 더 이상은 듣지 못했소."

"그 사건이 일어났을 바로 그때 영사관에는 어떤 사람들이 묵고 있었나요?"

"크로스비라고 하는―석유회사 사람뿐이었소. 아, 그래, 누군가가 바그다드에서 오기로 되어 있다고도 했는데. 하지만 난 만나보지 못했고, 이름도 기억할 수가 없군요."

"크로스비."

빅토리아는 속으로 중얼거렸다. 그리고 그녀는 크로스비 대위가 작달막한 체구에 말을 딱딱 끊어서 하던 것을 기억해 냈다. 극히 평범한 남자로서 기교를 부릴 줄 모르는 예의바른 사람이었다. 그런데 카마이클이 티오 호텔로 오던 날, 크로스비는 바그다드에 돌아와 있었다. 카마이클이 갑자기 방향을 바꾸어 영사의 사무실로 가지 않고 길거리로 뛰어나간 것은 복도 한쪽 끝에서 크로스비의 모습이 햇빛을 받아 그림자로 비추어졌기 때문일까?

그녀는 좀 멍한 채 생각에 빠져 있었기에 리처드 베이커가 자신을 빤히 쳐다보고 있음을 알아차리고는 조금 당황해 했다.

"왜 이런 것들을 그렇게 알고 싶어하는 겁니까?" 리처드가 물었다.

"그저 흥미가 있어서요."

"또 다른 질문은 없소?"

빅토리아가 물었다.

"르파지라고 불리는 사람, 혹시 모르세요?"

"글쎄―모르겠소. 여자요, 아니면 남자요?"

"나도 몰라요."

그녀는 또다시 크로스비에 대해 의아하게 생각하고 있었다.

크로스비? 루시퍼? 루시퍼가 곧 크로스비란 말인가?

그날 밤, 빅토리아가 두 남자에게 밤인사를 하고 침실로 간 뒤 리처드는 파운스풋 존스 박사에게 말했다.

"에머슨에게서 온 편지를 좀 볼 수 있을까요? 저 아가씨에 대해 뭐라고 쓰여 있는지 알고 싶습니다."

"물론이지. 물론이고말고. 어딘가에 있을 걸세. 편지 겉봉에 메모를 적어 두었는데. 내 기억으로는 에머슨은 저 베로니카를 대단히 칭찬했었네. 아주 연구에 열심이라고 하면서 말이야. 내가 보기엔 아주 매력적인 아가씨던데―아주 매력적이야. 짐을 잃어버렸다고 안달복달하지도 않으니 정말 대단한 아가씨지. 다른 아가씨들 같으면 어떻게 하든 그다음 날 바그다드로 트럭을 타고나가 새로운 여행 장비들을 사들였을 걸세. 그래, 소탈하고도 쩨쩨하지 않은 아가씨야. 그런데 어떻게 하다 짐을 잃어버렸다고 하던가?"

"클로로포름 냄새를 맡고 납치되어 원주민의 집에 갇혀 있었다고 하던데요."

리처드는 태연하게 말했다.

"저런, 그래, 그 이야기는 자네한테 들었었지. 있을 수 없는 이야기야. 그래서 생각이 났는데—아, 누구였더라? 그래 그래, 엘리자베스 캐닝이었지, 자네도 기억하겠지만, 그 아가씨는 두 주일이나 종적을 감추었다가 나타나서는 정말 터무니없는 이야기를 해댔었지. 말하는 것이 어찌나 두서가 없었던지 재미있기까지 했었잖나—집시들이 뭐 어떻게 했다더라, 잘 생각이 나지 않네만. 그리고 그녀는 그저 평범하게 생긴 아가씨라 남자가 관련돼 있으리라고는 생각할 수 없거든. 하지만 저 빅토리아—베로니카, 도무지 이름을 분간할 수가 없군. 그녀는 눈에 띄게 예쁜 아가씨야. 분명히 남자가 관련돼 있을지도 모르네."

"머리를 물들이지 않았으면 더 아름답게 보였을 테죠."

리처드는 비꼬아서 말했다.

"머리를 물들였다고? 자네는 어떻게 그렇게도 잘 아나? 정말 잘도 아네."

"에머슨 편지 말인데요, 박사님—."

"아, 그래, 알겠네. 그런데 어디에 두었지? 자네가 한 번 찾아보게—나도 어떻게 해서든 그 편지를 찾아야 되거든. 겉봉에 써놓은 메모가 필요해서 말이야. 거기에 코일 모양의 장식이 있는 구슬도 그려놓았는데."

제20장

다음 날 오후, 희미하게 들려오는 자동차 소리에 파운스풋 존스 박사는 지겹다는 듯이 소리를 질렀다. 이내 사막을, 그들이 있는 텔 쪽으로 향해 돌기 시작한 자동차가 보였다.

"견학자로군." 그는 정말 반갑지 않은 목소리로 말했다.

"그것도 하필이면 제일 바쁠 때 성가시게. 나는 북동쪽의 꽃 모양으로 장식된 벽에 셀룰로이징 하는 것을 감독하고 싶은데. 분명 바그다드에서 온 멍청한 녀석들이 외교상 듣기 좋은 빈말을 늘어놓으며 발굴지를 구경하고 싶다고 할 걸세."

"여기는 빅토리아에게 맡기시지요." 리처드가 말했다.

"괜찮겠죠, 빅토리아? 부탁합니다. 당신에게 견학자 안내를 맡기고 싶은데 말입니다."

"난 아마 틀린 말만 해댈 거예요, 전혀 경험이 없어서." 빅토리아는 말했다.

"아니오, 난 당신이 아주 잘할 거라고 생각하는데."

리처드는 상냥하게 말했다.

"오늘 한쪽 면만 볼록한 아침의 평철벽돌에 대한 당신의 의견은 마치 딜루가즈의 저서를 읽고 있는 듯 훌륭했었소."

빅토리아는 좀 얼굴이 빨개지며, 지금부터는 읽은 것을 더 신경 써서 자신의 것으로 만들어야겠다고 마음먹었다. 이따금 두꺼운 안경 너머로 보내는 그의 야릇한 시선은 그녀를 당황하게 만들었던 것이다.

"열심히 해보겠어요." 그녀는 얌전하게 말했다.

"우리가 자질구레한 일들을 모두 당신에게 떠맡기고 있군요."

리처드가 말했다.

빅토리아는 미소 지었다.

정말 요 닷새간에 그녀가 한 일에 대해서는 그녀 자신도 적잖이 놀라고 있었다. 탈지면으로 걸러낸 물을 사용하고, 가장 결정적인 순간에 꺼져버리기 일쑤인 촛불을 켜놓은 등에 의지해 그녀는 감광판을 현상했다. 포장 상자를 이용한 암실의 탁자가 너무 낮아서 몸을 쭈그리거나 무릎을 꿇어야만 했다—암실은 마치, 리처드의 말을 빌리면 중세 악명 높은 좁은 감방의 현대판이라고 한 바로 그대로였다. 파운스풋 존스 박사는 항상 이번에는 작업환경을 좀더 쾌적하게 개선해 봐야지 생각하지만—당장 인부들에게 급료를 주어 발굴 성과를 높이는 데에도 힘에 벅차다고 이해가 갈 만하게 얘기해 주는 것이었다.

처음에 빅토리아는 바구니에 모아둔 깨어진 토기 조각들을 보고, 왜 이런 짓을 하나 하고 어처구니없어 하며 비웃기까지 했었다(물론 내색은 하지 않았지만). 이런 보잘것없는 토기 조각—도대체 무엇이길래 하고 말이다.

그러나 깨어진 조각을 맞추어 고정시켜서 모래를 넣은 상자 안으로 옮기며 조금씩 흥미가 생기기 시작했다. 모양의 차이와 연대에 따른 유형의 차이를 알게 되었고, 마침내는 마음속으로 그런 그릇들이 3천 년도 전에 어떻게, 또 무엇 때문에 쓰인 것인가를 재구성해 보려고도 하게 되었다. 허름한 개인주택이 몇 채인가 발굴된 한쪽 구석에 서서 그녀는 그런 집들이 그 옛날 어떻게 보였을까, 또 그곳에 살았던 사람들, 그들의 재산, 직업, 욕구, 희망, 두려움 같은 걸 상상해 보기도 했다. 빅토리아는 원래 상상력이 풍부했기에 쉽게 한 폭의 그림이 그녀의 가슴속에 그려졌다. 황금 귀걸이 여섯 개가 들어 있는 흙으로 빚은 항아리가 어느 벽 속에서 발견된 날은 그녀도 기뻐서 어찌할 바를 몰랐다. 아마도 어느 집 아가씨의 신부 지참금 대신으로 숨겨 놓은 것일 거라고 리처드는 웃으며 말했다.

접시에 담겨진 곡식 낟알, 신부 지참금으로 소중하게 보관된 황금 귀걸이, 뼈로 된 침, 맷돌, 절구, 사람을 본뜬 작은 형상(形象), 부적—이런 것들이 극히 평범한 사람들로 이루어진 사회의 일상생활, 그 두려움과 희망의 전부였다.

"내가 매력을 느끼는 것은 이런 것들이에요." 빅토리아는 리처드에게 말했다.

"난 이때까지 고고학이라면 왕가의 분묘라든가 왕궁에 대해서만 생각했어요." 그러고서 뭔가 생각한 듯이 미소를 띠고서, "바빌론의 왕 말이에요." 하고 그녀는 덧붙였다.

"하지만 내가 이런 것들에 어쩔 수 없이 마음이 끌리게 되는 것은 무엇보다도 일상의 보통사람들—나 자신과 같은 사람의 생활을 훤하게 알 수 있게 해주기 때문이죠. 내게도 아끼는 물건이 몇 개인가 있어요. 잃어버린 물건이 있을 때, 찾게 해달라고 하면 언제나 찾게 해주는 세인트 엔터니 상(像), 그리고 행운을 가져다주는 도자기로 된 돼지, 또 케이크 만들 때 밀가루를 섞는 데 아주 좋은, 안은 파랗고 겉은 흰색의 그릇. 깨졌기에 다시 샀지만 새것은 마음에 들지 않아 역시 옛날 것을 사용했지요. 그래서 난 여기서 옛날에 살던 사람들이 왜 마음에 드는 그릇이나 접시가 깨어졌을 때에 조심스럽게 역청(瀝靑; 아스팔트)으로 붙여 다시 사용했는지를 알 수 있어요. 인생이란 모두 같은 것 아니겠어요—예나 지금이나?"

견학자들이 텔 옆쪽으로 올라오는 것을 지켜보면서 빅토리아는 이런 것들을 생각하고 있었던 것이다. 리처드가 나가서 그들을 맞이했고 빅토리아도 그의 뒤를 따랐다.

견학자는 고고학에 관심이 있는 두 프랑스인으로, 시리아와 이라크를 여행하고 있다고 했다. 정중한 인사를 나눈 뒤 빅토리아는 그들을 안내하면서 발굴현장을 돌았다. 어떤 작업이 진행되고 있는가를 주워들은 대로 앵무새처럼 떠들어대다가, 이야기 도중에 그냥 잡다한 수식어를 늘어놓았다. 이야기를 재미있게 하기 위해서 그랬으니 나쁠 것도 없다고 은근히 자기변명까지 해가면서 말이다.

견학자 중 한 사람은 안색이 매우 나빴고, 흥미가 없는 듯 발을 질질 끌며 늑장을 부리더니 이내 정말 죄송하지만 숙소에 가서 좀 쉬면 안 되겠느냐고 묻는 것이었다. 아침부터 계속 기분이 안 좋은데다가 계속해서 햇빛에 나와 있어서 더욱 나빠진 것 같다고 했다.

그 남자가 숙소 쪽으로 가니 나머지 한 사람이 목소리를 낮춰, 공교롭게 그 사람은 복통을 앓고 있는 중이라고 말해 주었다. 바그다드성 복통인가 하는 것인데, 오늘은 외출을 안 했어야 했다고 했다.

견학은 끝났으나 남아 있던 프랑스인은 빅토리아를 붙잡고 계속 이야기를 해나갔다. 마침내 파이도에게 시켜서 파운스풋 존스 박사를 모시고 왔더니, 박사는 손님은 손님이니 어쩔 수 없다고 생각한 듯 돌아가기 전에 함께 차라도 한잔 나누자고 하는 것이었다. 하지만 프랑스인은 사양하면서, 어둡기 전에 서둘지 않으면 돌아가는 길을 헤매게 될 거라고 했다. 리처드 베이커가 그건 그렇다고 맞장구를 쳤다. 아직 기분이 썩 좋지 않은 듯한 친구가 숙소에서 나와 자동차는 전속력으로 달려갔다.

"이제 시작에 불과해." 파운스풋 존스 박사가 푸념 섞인 목소리로 말했다. "이제 매일같이 견학자가 올 걸세."

그는 아랍 빵을 한 조각 잘라 살구잼을 듬뿍 발랐다.

리처드는 차를 마시고 자기 방으로 갔다. 그는 편지에 답장도 써야 했고, 내일 바그다드에 가기에 앞서 그 밖에도 몇 가지 써두어야 할 것이 있었다.

방으로 들어온 그는 갑자기 눈썹을 치켜세웠다. 그는 겉으론 단정하고 말쑥해 보이진 않았으나, 옷이나 책들은 어지럽히지 않고 항상 정리정돈해 두고 있었다. 그래서 서랍이란 서랍을 모두 누군가가 뒤진 흔적이 있음을 금방 알아차렸다. 하인들 짓은 분명 아니었다. 그렇다면 아프다는 핑계로 숙소에 왔었던 그 견학자가 뻔뻔스럽게도 그의 소지품을 샅샅이 뒤졌단 말인가. 없어진 것은 없는 것 같다고 스스로 안심은 했지만. 돈에도 손을 대지 않았다. 그러면 도대체 무엇을 찾고 있었을까? 이 사건의 의미를 생각하고 있는 사이에 그의 표정은 침통하게 변했다.

그는 보존실로 가서 인장이랑 봉인을 넣어둔 서랍 속을 들추어보고는 씁쓸한 미소를 지었다—손댄 흔적도 훔쳐간 것도 없는 듯했다. 그는 응접실로 갔다. 파운스풋 존스 박사는 현장감독과 안뜰에 나가 있었고, 빅토리아 혼자 몸을 구부리고 앉아 책을 읽고 있었다.

리처드가 대뜸 말했다.

"누군가가 내 방을 뒤졌소."

빅토리아는 놀라 쳐다보았다.

"아니, 왜요? 그리고 누가요?"

"당신 아뇨?"

"내가요?" 빅토리아는 화가 났다.

"분명히 아니에요. 내가 왜 당신 소지품을 뒤지겠어요?"

그는 빤히 그녀의 얼굴을 쳐다보다가 말했다.

"그럼 그 빌어먹을 견학자가 틀림없겠군─꾀병을 부려 숙소에 들어온 녀석 말이오."

"뭐라도 훔쳐갔나요?"

"아니오, 없어진 것은 없소."

"그런데 왜 그런─."

리처드가 그녀의 말을 가로막고 말했다.

"그 이유는 당신이 잘 알 거라고 생각하는데."

"내가요?"

"그렇소. 당신 얘기로는 당신에게는 지금까지도 좀 이상한 일이 몇 번인가 일어났다고 했으니까."

"아, 그 일 말이군요─예, 그래요."

빅토리아는 좀 놀란 듯한 표정으로 말하고서 천천히 덧붙였다.

"그런데 왜 당신 방을 뒤졌는지 모르겠군요. 당신은 그 일과는 아무런 관계도 없는데."

"그 일이라니?"

빅토리아는 대답을 않고 잠시 조용히 있었다. 생각에 골똘해 있는 것이었다.

"아, 미안해요." 그녀는 한참만에 말했다.

"뭐라고 했어요? 못 들었어요."

리처드는 아까 그 질문을 되묻지 않고 대신에 다른 것을 물었다.

"무엇을 읽고 있소?"

빅토리아는 약간 얼굴을 찡그리며 말했다.

"여기에는 가볍게 읽을 수 있는 것이 별로 없어요. 《두 도시 이야기》, 《오만과 편견》, 《플로스 강의 물방앗간》 정도예요. 지금은 《두 도시 이야기》를 읽고 있어요."

"전에 읽은 적이 없소?"

"예, 없어요. 디킨즈 작품은 항상 따분하다고 생각했었거든요."

"그렇지 않소!"

"예, 아주 재미있군요."

"어디까지 읽었소?"라며 그녀 어깨너머로 책을 들여다보며 소리 내어 읽었다.

"'뜨개질을 하면서 여자들은 하나 하고 세었다.'"

"난 그 여자가 아주 무서운 사람이라고 생각해요." 빅토리아가 말했다.

"마담 드파지 말입니까? 그렇소, 흥미 있는 인물이지요. 다만 뜨개질을 하면서 이름들을 넣어 짠다는 것이 나에겐 항상 의심스럽게 느껴지더구먼. 그러나 난 뜨개질을 하지 않으니까."

"어머, 할 줄 안다고 생각했는데."

빅토리아는 이렇게 말하며 그 점에 대해서 생각해 보았다.

"걸뜨기에 안뜨기, 그리고 모양내서 뜨기. 이따금 뜨는 방법이 틀리기도 하고, 코를 빠뜨리기도 하고 그래요—그럴 수도 있어요. 물론 뜨개질이 서투른 사람이 틀린 것처럼 보이게 하면……."

갑자기 그녀의 가슴속에서 번개의 번쩍임처럼 생생하게 두 가지 일이 결부되어 폭발적인 힘으로 전신을 뒤흔들었다. 어떤 이름과—그리고 눈에 보이는 듯한 선명한 기억. 손으로 짠 다 떨어진 목도리를 움켜쥐고 있던 남자……, 그 목도리를 그녀는 나중에 허겁지겁 집어서 서랍 속에다 쑤셔 넣어 두었었는데. 그리고 그 일과 함께 하나의 이름. 드파자—르파지가 아니고 드파지. 마담 드파지였던 것이다.

리처드가 그녀에게 뭐라고 친절하게 말을 하는 바람에 그녀는 제정신을 차렸다.

"무슨 일이 있습니까?"

"아니에요. 아무 일도 아니에요. 뭐를 좀 잠깐 생각했을 뿐이에요."

"그랬군요."

리처드는 그 특유의 사람을 얕보는 듯한 표정으로 눈썹을 치켜세웠다.

내일이 오면—빅토리아는 생각했다. 모두 바그다드로 가기로 되어 있다. 내

일이면 그녀의 휴식시간도 끝난다. 일주일 동안 그녀는 안전하고도 평화스런 생활을 누렸고, 기운을 회복할 여유도 얻었다. 그리고 그녀는 그 시간들을 즐겼다―최대한도로. 아마 난 겁쟁이인가 봐 하고 빅토리아는 생각했다. 그렇다. 모험에 대해서 자신만만하게 떠들어댔었지만 정말 모험의 기회가 왔을 때 그다지 기쁘다고는 생각하지 않았었다.

클로로포름을 적신 수건을 피하려고 몸부림쳤고, 서서히 숨이 막혀옴을 느꼈었던 그 무서운 기억. 떨어진 옷을 입은 아랍인이 '내일'이라고 했을 때 그 계단 위의 방에서 그녀는 정말로 두려운 느낌을 가졌었던 것이다.

그런 사실을 가지고 그녀는 이제는 돌아가려고 하는 것이다. 데이킨에게 일을 부탁받았고, 그에게서 돈을 받은 이유로 해서 말이다. 받은 돈만큼의 일은 해야만 했고, 또 용감한 여자임을 보여주어야만 하는 것이다. 혹시 올리브 가지회로 돌아가라고 할지도 모른다. 래스본 박사, 무엇인가를 알아내려는 듯한 그 의미 있는 시선이 생각나자 그녀는 자신도 모르게 몸서리가 쳐졌다. 그는 그녀에게 경고했었는데…….

그러나 올리브 가지회로 돌아갈 필요는 없을지도 모른다. 아마 데이킨은, 돌아가지 않는 게 좋을 거요, 당신의 일은 이미 적이 알고 있으니까―하고 말할 것이다. 하지만 하숙집으로 돌아가 자기 물건들을 가지고 올 필요는 있었다. 왜냐하면 그 카마이클의 빨간 털목도리를 아무렇게나 작은 가방 속에 쑥 찔러 넣어 두었기 때문이다……그녀는 바스라로 떠나기 전에 모든 것을 가방 속에 넣어 싸놓았던 것이다. 그 목도리를 데이킨에게 건네주면 아마 그녀의 임무는 끝날 것이다. 데이킨은 영화에서처럼, "잘했소, 빅토리아, 수고했소"라고 말할 것이다.

얼굴을 들어보니 리처드 베이커가 자기를 쳐다보고 있었다.

"그런데 내일 여권을 가지고 갈 수 있겠소?" 그가 말했다.

"내 여권 말이에요?"

빅토리아는 자신의 입장을 생각해 보았다. 사실은 그녀다운 것이었으나, 발굴대에 관한 자신의 계획을 아직 정해놓지 않았다. 진짜 베로니카(또는 베네티아)가 조만간 영국에서 올 테니 적당한 시기를 택해 물러날 필요가 있었다.

하지만 아무도 모르게 자취를 감출까, 그렇지 않으면 후회의 빛을 띠고서 거짓말을 해서 죄송하다고 고백을 할까? 둘 중 어떤 것을 택할 것인가를 아직까지는 시급한 문제로 생각해 보지 않았다. 빅토리아는 일이 잘 해결되겠지 하는 디킨즈에 나오는 낙천주의 인물 미코버처럼 항상 좋은 쪽으로 생각하는 경향이 있는 아가씨였던 것이다.

"뭐 어떻게 되겠죠." 빅토리아는 얼버무렸다.

"여권을 이 지역 경찰에게 제시해야 하는데." 리처드가 말했다.

"경찰은 당신의 여권번호, 이름, 나이, 그리고 외모상의 특징, 그 밖에 모두를 등록해 놓지요. 당신의 경우는 여권이 없으니까 이름과 특징을 말해 주어야 할 겁니다. 그런데 당신의 성(姓)은 무엇이오? 난 당신을 항상 '빅토리아'라고만 불러왔으니."

빅토리아는 기세당당하게 반격을 하듯이 말했다.

"어머, 당신은 나만큼이나 내 성을 잘 알고 있으면서."

"그렇지 않소."

리처드가 말했다. 미소는 띠고 있었으나 어딘지 모르게 기분 나쁜 표정이었다.

"난 당신 성을 알고 있소. 모르는 사람은 당신 자신이라고 생각하는데."

안경 너머로 리처드의 눈이 그녀를 빤히 쳐다보고 있었다.

"내 성 정도는 알고 있어요." 빅토리아는 차갑게 말했다.

"자, 말해 주시오. 나에게—지금."

리처드의 목소리는 갑자기 딱딱해졌고 퉁명스럽게 들렸다.

"거짓말을 해도 소용없소. 연극은 이미 끝났으니까. 당신은 영리하게 아주 잘해냈소. 당신의 전공이라고 속인 부분에 대해 책을 읽어서 꽤 박학하게 피력도 했지—하지만 그것은 연극에 불과했으니 더 이상은 계속 할 수가 없을 거요. 내가 함정을 파놓았는데 당신은 그 함정에 빠지고 말았소. 다시 말해, 내가 아무렇게나 엉터리로 인용을 했는데도 당신은 아무 의심없이 그것들을 받아들이더란 말이오."

잠깐 사이를 두었다가 그는 다시 말했다.

"당신은 베네티아 새빌이 아니오. 자, 당신은 누구요?"

"처음 만났을 때 내가 누구라고 말했잖아요. 난 빅토리아 존스예요."

"파운스풋 존스 박사의 조카딸?"

"그렇지는 않지만—이름은 정말 존스예요."

"당신은 그 밖에도 여러 가지 일들을 나에게 말했었지."

"그래요, 했어요. 그리고 그것은 모두 사실이에요. 하지만 내가 한 말들을 당신이 믿고 있지 않다는 것은 알고 있었어요. 그리고 그것이 나를 미치게 만들었어요. 왜냐하면 내가 비록 이따금 거짓말을 하지만—물론 아주 자주이긴 해도—내가 당신에게 말한 것은 거짓말이 아니었기 때문이에요. 그래서 나를 더 확신 있게 보이게 하려고 내 이름이 파운스풋 존스라고 말해 버린 거예요. 여기에 오기 전에 몇 번인가 그 이름을 댄 적이 있는데 그때마다 꽤들 놀라며 감명을 받는 듯했기에 말이죠. 정말로 당신이 나를 여기로 데리고 올지 어떻게 알았겠어요?"

"그것이야말로 당신에겐 꽤 충격이었겠군." 리처드는 냉정하게 말했다.

"당신은 곤경에서 아주 잘 벗어났소—그것도 대단히 침착하게 말이오."

"속으론 안 그랬어요. 많이 떨었죠. 하지만 여기에 도착할 때까지 기다렸다가 그다음에 설명을 하면—일단 신변의 안전은 보장받을 수 있을 거라고 생각했던 거예요."

"신변의 안전?" 그 말에 그는 주의를 기울였다.

"자, 빅토리아, 당신이 나에게 이야기한, 도저히 믿을 수 없는 그 터무니없는 클로로포름 냄새를 맡게 되었다는 그 이야기가 정말 사실이오?"

"그야 사실이고말고요. 이야기를 꾸며서 하려 했다면 더 그럴 듯한 이야기도 만들어낼 수 있고, 또 더 능숙하게 했을 거예요!"

"지금은 당신을 좀더 자세히 알고 있으니까 지금 말한 이야기의 설득력은 인정할 수 있소. 하지만 처음에 당신의 이야기를 들었을 땐 얼마나 터무니없게 들렸는지 그것은 당신도 인정해야만 하오."

"지금은 왜 그것이 가능한 일일지도 모른다고 생각하게 되었나요?"

리처드는 천천히 말했다.

"왜냐하면 당신의 말마따나, 당신이 카마이클의 죽음에 말려들었다고 했기 때문이오—그렇소, 그것은 사실 같으니까."

"그것이 최초의 발단이었어요." 빅토리아가 말했다.

"나에게 모든 것을 이야기해 주는 게 좋다고 생각하는데."

빅토리아는 그의 얼굴을 빤히 쳐다보았다.

"당신을 믿을 수 있으면 좋겠군요." 그녀가 말했다.

"번지수가 틀렸소. 그건 내가 할 말이오. 난 당신이 가짜 이름으로 여기에 들어온 것이 나에게 정보를 알아내기 위해서가 아닌가 하는 의심을 품고 있었소. 아마 그렇지 않다고는 말할 수 없을 거요."

"그렇다면 당신도 카마이클에 대해서 뭔가를 알고 있는데, 그것을 저들이 알고 싶어한다는 얘기인가요?"

"저들이라니, 그들이 누굽니까?"

"역시 이야기해야만 할 것 같군요." 빅토리아가 말했다.

"별 도리가 없어요—만일 당신이 그들 일당이라면 이미 다 알고 있을 테니까 문제가 되진 않겠죠."

이런 이유로 해서 그녀는 카마이클이 죽던 날 밤의 일, 데이킨과 나눈 이야기, 바스라에 오게 된 것, 올리브 가지회에 들어간 일, 캐서린이 적의를 품은 것, 래스본 박사와 그의 경고, 그리고 아랍인의 집에서 있었던 그 대단원에 대해서 이야기했고, 머리가 물들여진 수수께끼 같은 이야기도 덧붙였다. 다만 한 가지 이야기하지 않은 것은 빨간 목도리와 마담 드파지에 관한 것뿐이었다.

"래스본 박사라고 했소?" 리처드는 이 점을 다시 물었다.

"그 사람도 그 일에 관계가 있다고 생각하는 거요? 무슨 흑막이 있다고 말이오? 하지만, 빅토리아, 그는 대단히 중요한 인물이오. 그는 전 세계에 잘 알려져 있어요. 그의 사업에 대해서는 온 세계에서 기부금이 오고 있단 말입니다."

"그런 유명인사인 것이 이 경우엔 더 이롭지 않겠어요?"

"난 래스본이 거드름을 피우는 바보라고만 생각했었는데."

리처드는 생각에 잠겨서 말했다.

"그것 역시 철저한 위장이에요."

"그래—그렇지, 그럴지도 몰라요. 당신이 저번에 나에게 물은 르파지는 누구요?"

"그저 이름만 들었을 뿐이에요. 안나 쉴레도 그렇고요." 빅토리아가 말했다.

"안나 쉴레? 그 이름도 들은 적이 없는데."

"역시 중요인물인 것 같아요. 하지만 난 정확하게 그 이름이 어떤 의미를 가지고 있는지, 또 왜 중요한지를 전혀 몰라요. 모두 복잡하게만 얽혀 있어서."

"한 번 더 이야기해 봐요." 리처드가 말했다.

"이 일에 당신을 깊이 관계하게 만든 사람이 누구라고 했소?"

"에드워—아, 데이킨 말인가요? 석유관계 일을 하고 있는 듯했는데."

"지쳐 보이고 몸이 구부정하며 조금 멍한 느낌이 드는 남자 말입니까?

"예, 그래요. 하지만 그의 진짜 모습이 아닌 것 같아요. 멍청하게 보이는 것 말이에요."

"그 사람은 술을 못하지요?"

"사람들은 그렇게 말하지만, 난 그렇게는 생각지 않아요."

리처드는 뒤로 등을 기대앉으며 그녀를 바라보았다.

"필립스 오펜헤임, 윌리엄 르 큐. 그리고 그 밖에 유명한 추리작가와 맞먹을 명추리요. 이 이야기가 모두 사실이란 말이지. 당신도 진짜요? 그리고 당신은 고난받은 여주인공이오, 아니면 심술궂은 모험가요?"

거기에 대해서 빅토리아는 극히 현실적인 태도로 말했다.

"중요한 것은 파운스풋 존스 박사에게 나에 대해서 어떻게 말해야 되느냐는 거예요."

"아무것도 말할 필요는 없소. 그럴 필요는 없을 거요." 리처드는 말했다.

제21장

일행은 다음 날 아침 일찍 바그다드를 향해 출발했다. 빅토리아는 이상하게 기분이 가라앉아 있었다. 발굴대의 숙소를 마지막으로 둘러보았을 때에는 거의 목이 메어 눈물이 나올 지경이 되었다. 그러나 몹시 울퉁불퉁한 길을 달려가는 트럭을 타고 이리저리 흔들리는 바람에 기분은 대단히 나빠져서 당장 고통스럽다는 것밖에는 아무것도 생각나질 않았다. 당나귀들을 앞질러가고, 먼지를 뒤집어쓴 트럭과 스쳐 지나가면서 소위 길이라고 하는 데를 다시 차를 타고 지나가는 것이 어쩐지 이상하게 생각되는 것이었다. 바그다드 교외에 도착하기까지 거의 세 시간이 걸렸다. 트럭은 그들을 티오 호텔에 내려준 뒤 요리사와 운전사를 태우고 필요한 물건을 사러 갔다. 티오 호텔에서는 커다란 우편물 꾸러미가 파운스풋 존스 박사와 리처드를 기다리고 있었다. 호텔에 도착하니 거구에 웃음을 띤 마커스가 어딘가에서 갑자기 나타나, 늘 그랬듯이 친절하게 빅토리아를 맞이해 주었다.

"오, 아주 오래간만이군요." 그가 말했다.

"당신, 우리 호텔에 오지 않았었지요, 일주일—아니, 두 주일 동안이나. 왜 그랬소? 오늘 점심은 여기서 드시지요. 원하는 것은 모두 준비할 테니. 병아리 요리는 어떻소? 아니면 커다란 스테이크로 할까? 단, 쌀과 향료를 속에 채워 넣어 만든 그 특제 칠면조 요리만은 낼 수가 없어요. 그것은 미리 알려주어야 하는 거라서."

티오 호텔에 관한 한 빅토리아의 납치 사건은 전혀 모르고 있는 듯했다. 아마도 에드워드는 데이킨의 충고도 있고 해서 그녀의 행방이 묘연해진 데 대하여 경찰에 알리지 않았는지도 모른다.

"데이킨 씨가 지금 바그다드에 있는지 알고 있으세요, 마커스?"

그녀가 물었다.

"데이킨 씨—아, 예, 아주 좋은 사람이지요. 당신 친구이기도 하고. 어제 여기에 왔었죠—아니, 그저께죠. 그리고 크로스비 대위, 당신도 알고 있지요? 데이킨 씨 친구죠. 그 사람은 케르만샤에서 오늘 도착합니다."

"데이킨 씨 사무실이 어딘지 아세요?"

"알고 있고말고. 이라크 이라니안 석유회사가 어디 있는지는 모든 사람이 압니다."

"예, 그래요. 지금 거기에 가고 싶은데, 택시로 말이에요. 그런데 택시 운전사가 알고 있는지 몰라서요."

"내가 운전사에게 가르쳐 주지요." 마커스는 친절하게 말해 주었다.

그는 빅토리아를 골목길로 꺾어지는 모퉁이로 데리고 가서 타고난 그 큰 목소리로 고함을 쳤다. 그러고는 깜짝 놀란 모습으로 달려온, 여기저기 뛰어다니며 심부름하는 소년에게 택시를 불러오라고 일렀다. 마커스는 택시까지 빅토리아를 바래다주고 나서 운전사에게 행선지까지 일러준 뒤 한 발 뒤로 물러나서 손을 흔들었다.

"저, 방을 하나 쓰고 싶은데." 빅토리아가 말했다.

"쓸 수 있을까요?"

"그럼요, 그럼요. 근사한 방을 준비해 놓죠. 커다란 스테이크도. 그리고 오늘 밤은, 특상품인 캐비어(철갑상어의 알)도 대접하리다. 들기 전에 술도 함께 한잔합시다."

"좋아요." 빅토리아는 말했다.

"아, 그리고, 마커스 씨, 저에게 돈 좀 빌려줄 수 있겠어요?"

"물론이오, 빅토리아. 자, 여기 있소. 필요한 만큼 가져가시오."

택시가 요란한 경적소리를 울리며 달리기 시작하자 빅토리아는 동전과 지폐 얼마를 손에 움켜쥔 채 좌석에 등을 기댔다.

5분 뒤 빅토리아는 이라크 이라니안 석유회사 사무실로 들어가 데이킨을 찾았다.

데이킨은 뭔가를 쓰고 있다가 빅토리아가 나타나자 책상에서 일어나 그녀와 의례적인 악수를 나누었다.

"미스—어, 존스 양, 맞지요? 커피 가져와요, 압둘라."

사무원이 나가고 방음문이 닫히자 그는 조용한 목소리로 말했다.

"사실은 여기에 찾아오지 않는 게 좋은데 그랬소."

"이번에는 어쩔 수가 없었어요." 빅토리아가 말했다.

"빨리 당신에게 이야기해야 할 일이 있어서요—저에게 어떤 일이 더 일어나기 전에 말이에요."

"당신에게 어떤 일이? 무슨 일이 있었소?"

"모르세요?" 빅토리아가 물었다.

"에드워드가 당신에게 아무것도 얘기하지 않던가요?"

"나는 당신이 여전히 올리브 가지회에서 일하고 있는 줄 알았는데. 내게 이야기해 준 사람이 아무도 없었소."

"캐서린이야." 빅토리아는 외쳤다.

"무슨 뜻이오?"

"모두 그 고양이 같은 캐서린 짓이에요! 그녀가 에드워드에게 그럴 듯한 이야기를 했을 거고, 그 얼간이는 그 이야기를 그냥 믿은 게 분명해요."

"자, 무슨 얘기인지 들어나 봅시다." 데이킨이 말했다.

"자, 그리고—이런 얘기를 해서 어떨지 모르겠지만."

그의 눈은 빅토리아의 금발 머리로 슬며시 옮겨갔다.

"당신은 검은 머리가 어울린다고 생각했었는데."

"이것도 그 음모의 일부예요." 빅토리아가 말했다.

문을 노크하는 소리가 나더니 사무원이 향이 좋은 커피가 담긴 작은 찻잔 두 개를 들고 들어왔다. 그가 나가자 데이킨이 말했다.

"자, 급하지 않으니까 천천히 이야기를 모두 해봐요. 여기라면 누가 들을 염려도 없으니까."

빅토리아는 곧 자신의 모험담을 이야기하기 시작했다. 데이킨에게 이야기할 때는 어떻게든 조리 있고 간결하게 하려고 애썼다. 마지막으로 그녀는 카마이클이 떨어뜨린 빨간 목도리에 관한 일, 그리고 그것을 그녀가 《두 도시 이야기》의 마담 드파지에서 연상해 낸 일도 이야기했다.

그러고 나서 그녀는 마음을 졸이며 데이킨의 얼굴을 보았다. 그녀가 처음 방에 들어왔을 때에 데이킨은 평소보다 더 구부정하고 피곤에 지쳐 보였었다. 하지만 지금 보니 그의 눈은 뭔가 이상한 광채를 띠고 반짝반짝 빛나고 있는 것이었다.

"나도 자주 디킨즈를 읽어야겠군." 그가 말했다.

"그럼 제 추측이 맞았다고 생각하세요? 카마이클이 말한 것은 드파지이고—무슨 전갈을 그 안에 넣어 짰다고 당신도 생각하시는군요?"

"어쨌든 그것은 우리가 지금까지 찾아낸 첫 번째의 실질적인 단서요—당신에게 고맙다고 해야겠구먼. 그런데 중요한 것은 그 목도리인데 그게 어디에 있소?"

"제 짐 속이요. 그날 밤 서랍 속에 쑤셔 넣었다가—짐을 쌀 때 다른 것과 함께 집어넣은 기억이 나요."

"아무에게도 그 이야기를 하지 않았겠지, 존스 양? 어떤 사람에게도. 그 목도리가 카마이클의 것이라는 이야기를 말이오?"

"물론이죠, 완전히 잊고 있었는걸요. 바스라로 갈 때 다른 것과 함께 가방에 넣은 이후로는 그 가방은 한 번도 연 적이 없어요."

"그렇다면 다행이오. 만일 저들이 당신의 소지품을 뒤졌다하더라도 다 떨어진 더러운 털목도리는 그리 중요하지 않았을 게요—저들이 그에 관한 정보를 듣지 않은 한은. 그런 건 불가능하지. 자, 지금부터 우리가 해야 할 일은 당신 짐을 모두 한데 모아 당신 거처로 옮기는 일인데, 어디 마땅히 묵을 곳이 있겠소?"

"티오 호텔에 방을 부탁해 놓았어요."

데이킨은 머리를 끄덕거렸다.

"그곳이라면 안전할 게요."

"저—올리브 가지회로 돌아갈 필요가 있을까요?"

데이킨은 날카로운 시선으로 그녀를 쳐다보았다.

"겁이 나나?"

빅토리아는 턱을 삐죽 내밀었다.

"아니에요." 그녀는 반항하듯 말했다.

"당신이 가라고 한다면 가겠어요."

"그럴 필요는 없어요—현명한 일도 아닐 테고. 어떻게 알았는지는 알 수 없으나, 누군가가 당신의 활동에 관해 눈치챈 듯해요. 따라서 더 이상은 거기서 당신이 알아낼 수 있는 것은 없을 게요. 거기에는 더 가까이하지 않는 편이 좋겠소."

그는 미소 지으며 덧붙여 말했다.

"그렇지 않으면 다음번에 당신을 만날 때에는 머리가 빨갛게 물들여져 있을지도 모르니까."

"그 일이 무엇보다도 제가 알고 싶어하는 거예요."

빅토리아는 큰 소리로 외쳤다.

"왜 저들이 제 머리를 물들였을까요? 아무리 생각해 보아도 그 이유를 모르겠어요. 당신은 알 수 있어요?"

"당신 시체의 신원이 좀처럼 밝혀지지 않게 하기 위해서가 아닐까 하는, 약간 불유쾌한 상상 외에는 아무것도."

"하지만 저들이 절 죽이려고 했다면 왜 곧바로 죽이지 않았을까요?"

"그것은 아주 흥미있는 질문이요, 빅토리아. 나도 그 대답을 무엇보다도 알고 싶소."

"당신은 짐작이 가지 않나요?"

"전혀 생각이 떠오르지 않는데." 데이킨은 살짝 미소를 지어 보였다.

"생각이 난다고 하면, 저번 날 아침 티오 호텔에서 본 루퍼트 크로프턴 리 경에 대해서 뭐랄까 이상한 기분이 들었었다고 제가 말한 것은 기억하세요?"

"그렇소."

"당신은 개인적으로는 그를 모르시지요?"

"만난 일은 없소."

"그럴 거라고 생각했어요. 왜냐하면 그 남자는 루퍼트 크로프턴 리 경이 아니었으니까요."

이렇게 말하며 빅토리아는 활기를 띠고 루퍼트 목 뒤에 나 있던 종기에 관한 것부터 이야기하기 시작했다.

　"그렇게 된 게로군." 데이킨이 말했다.

　"실은 어떻게 그렇게 완전히 긴장을 풀고서 그날 밤 살해되었는지 도무지 이해가 가지 않았었소 카마이클은 루퍼트를 만나기 전까지는 무사했었소—그런데 바로 그 루퍼트가 그를 찔러죽인 거지. 그런데 그는 간신히 도망을 쳐서 당신 방으로 뛰어들어 거기서 쓰러진 거요. 목도리는 끝까지 움켜쥐고서 말이자—글자 그대로 사수(死守)하면서."

　"제가 당신에게 그 이야기를 할까 봐 저들이 저를 납치한 거로군요? 하지만 에드워드밖에는 아무도 그 일을 모르는데."

　"저들은 당신을 귀찮은 존재라고 생각한 것 같소 올리브 가지회에서 벌어지고 있는 일을 당신이 너무 많이 알아차리면 곤란하다고 생각했을 게요."

　"래스본 박사는 저에게 경고를 했었어요. 아니—경고라기보다는 오히려 위협이었지요. 제 생각엔 그 사람이 제가 위장한 것을 알아차린 듯했어요."

　"래스본은 바보가 아니니까." 데이킨은 냉담하게 말했다.

　"그리고 돌아가지 않아도 돼서 기뻐요." 빅토리아가 말했다.

　"용감한 척했지만, 실은 겁이 많이 났거든요. 그럼, 올리브 가지회에 가지 않으면 어떻게 해서 에드워드와 연락하지요?"

　데이킨이 미소 지었다.

　"마호메트가 산에 가까이 가지 않으면 산이 마호메트에게로 오는 수밖에 없지 않겠소 에드워드에게 지금 쪽지를 하나 쓰시오. 티오 호텔에 있다고 하고서, 당신의 옷과 짐을 싸서 갖다 달라고 부탁하시오. 난 오전 중에 래스본 박사에게 가서 그의 수아레 클럽 일에 대해 의논하기로 되어 있소 비서인 에드워드에게 쪽지 정도 전하는 것은 쉬울 거요—당신의 적인 캐서린이 쪽지를 버릴 염려도 없을 거고 당신은 어서 티오 호텔로 돌아가 있는 게 좋겠소 그리고, 빅토리아—."

　"예?"

　"위험에 빠지게 되면 가능한 한 당신 자신은 당신이 지키시오 우리도 당신

신변을 되도록 지켜주겠지만, 적은 그리 만만치 않소. 그리고 유감스럽게도 당신은 너무 많이 알고 있소. 짐이 티오 호텔에 도착하면 그 시점으로부터 당신의 나에 대한 임무는 끝나는 게요, 알겠소?"

"지금 곧 티오 호텔로 돌아가겠어요." 빅토리아는 말했다.

"가다가 상점에 들러 얼굴 분과 립스틱, 화장 크림을 사야겠는데. 역시—."

"역시 화장도 않고 애인을 만날 수는 없는 거니까." 데이킨이 말했다.

"상대가 리처드 베이커라면 아무래도 상관없어요. 하긴 저도 치장을 하면 꽤 미인으로 보일 수 있다는 것을 그에게 알려주고 싶기도 하지만."

빅토리아는 말했다.

"그러나 에드워드는—."

제22장

　금발의 머리를 정성들여 손질한 뒤 얼굴에 분을 바르고 립스틱도 고쳐 바른 빅토리아는 한 번 더 로미오를 기다리는 현대판 줄리엣이 되어 티오 호텔 발코니에 나와 섰다.

　드디어 로미오가 왔다. 그는 이곳저곳을 두리번거리면서 잔디밭에 나타난 것이다.

　"에드워드." 빅토리아가 불렀다.

　에드워드는 위를 올려다보았다.

　"아, 거기 있었군, 빅토리아."

　"이리로 올라오세요."

　"그러지."

　잠시 뒤, 사람들이 즐겨 찾지 않는 발코니로 에드워드가 나왔다.

　"여기가 조용하고 좋아요. 조금 있다가 밑으로 내려가 마커스에게 마실 것 좀 달라고 하죠 뭐."

　에드워드는 의아해하며 빅토리아를 쳐다보고 있었다.

　"아니, 빅토리아, 머리를 어떻게 한 거요?"

　빅토리아는 화가 나서 못 참겠다는 듯 한숨을 쉬었다.

　"이 이상 내 머리에 대해서 말하는 사람이 있으면 난 정말 그 사람 머리를 후려갈기고 싶을 정도예요."

　"그전 머리가 더 좋았었는데." 에드워드가 말했다.

　"캐서린에게 그렇게 얘기해 주세요!"

　"캐서린? 당신 머리가 캐서린과 무슨 관계가 있소?"

　"모두 다요. 당신이 그 여자와 사이좋게 지내라고 해서 난 그렇게 했어요.

덕분에 내가 어떤 일을 당했는지 아세요!"

"도대체 지금까지 어디에 있었소, 빅토리아. 몹시 걱정했었는데."

"물론 그랬겠지요. 내가 어디에 갔다고 생각했어요?"

"아, 캐서린이 당신의 말을 전해 주더구먼. 급하게 모술에 가게 되었으니 나에게 전해 달라고 했다면서. 중요한 일이 생겨서 그런가 보다고 생각하면서도 좋은 소식으로 들렸고, 또 오래지 않아 당신에게 직접 듣게 되리라 생각했었소."

"아니, 그 말을 믿었단 말이에요?"

빅토리아는 그의 어리석음을 가엾어하는 듯한 목소리로 물었다.

"어떤 실마리를 쫓고 있는 게 아닌가 하고 생각했었거든. 그래서 당연히 캐서린에게 자세한 것은 말할 수 없었겠다고—."

"캐서린이 거짓말을 했다고는 의심도 하지 않았나요? 난 기절했었단 말이에요."

"뭐라고?" 에드워드는 눈을 동그랗게 떴다.

"마취를 당했어요. 클로로포름 냄새를 맡았단 말이에요—굶어죽을 뻔도 했었는데……."

에드워드는 두리번거리면서 주위를 살펴보았다.

"맙소사! 난 꿈에도 생각 못했소—자, 여기는 창문도 많고 해서 이야기하기 곤란하니, 우리 당신 방으로 가면 어떻겠소?"

"좋아요, 내 짐은 가져왔어요?"

"그렇소. 짐꾼의 도움을 받아 차에서 모두 내려놓았소."

"두 주일 동안이나 옷을 갈아입지 못해서—."

"빅토리아, 도대체 무슨 일이 일어난 거요? 아, 내가 차를 가지고 왔소. 우리 데번셔에 갑시다. 당신은 아직 그곳에 가본 적이 없지?"

"데번셔?" 빅토리아는 놀라서 쳐다보았다.

"아, 바그다드에서 그리 멀지 않은 곳이오. 1년 중 그래도 지금 경치가 제일 좋지. 갑시다. 두 사람만이 있게 된 것도 꽤 오래간만이니까."

"바빌론 이후지요. 하지만 래스본 박사나 올리브 가지회 사람들이 뭐라고 할 텐데?"

"래스본 박사는 아무래도 상관없어. 난 어차피 바보 같은 늙은이에겐 진저리가 났으니까."

그들은 계단을 뛰어내려가 에드워드가 차를 세워놓은 곳으로 갔다. 에드워드는 큰 가로수 길을 따라 바그다드 시내를 지나 남쪽으로 차를 몰았다. 그러고서 길에서 꺾어져, 꽤 덜컹덜컹 흔들거리면서 야자수 숲을 지나 관개용수 위로 나 있는 다리를 건넜다. 그러고는 마침내는 전혀 생각지도 못한 작은 관목 숲이 있는 곳에 다다랐다. 그 숲의 주위와 한가운데로 관개용수가 흐르고 있었고, 숲 대부분의 관목들은 아몬드와 살구나무였는데, 막 꽃이 피기 시작하고 있었다. 정말이지 목가적인 풍경이었으며, 또 그 관목 숲 건너편의 조금 떨어진 곳을 티그리스 강이 유유히 흐르고 있었다.

"정말 멋져요." 빅토리아는 심호흡을 하면서 이렇게 말했다.

"봄에 영국에 돌아온 것 같아요."

공기는 부드럽고 따뜻했다. 이내 그들은 나무 그루터기에 걸터앉았고, 분홍 꽃이 핀 가지가 그들 머리 위로 늘어져 있었다.

"자, 빅토리아, 무슨 일이 일어났었는지 얘기해 봐요. 정말 난 몹시 걱정했었소."

"정말이에요?"

이렇게 말한 빅토리아는 꿈을 꾸듯 황홀해하며 미소 지었다.

그러고 나서 그녀는 말해 나갔다. 캐서린의 친구라는 미용사 집에 갔었던 일, 클로로포름 냄새를 느끼고 저항하던 일, 깨어났을 때 마취 기운이 남아 있어 머리가 띵하던 일, 어떻게 그 집에서 도망쳤으며 운 좋게 리처드 베이커를 만나 발굴대의 큰아버지가 있는 곳에 가는 중이라며 빅토리아 파운스풋 존스로 꾸민 일, 그리고 영국에서 온 인류학 전공의 학생 역할을 거의 감쪽같이 해낸 일들을.

그녀가 여기까지 이야기하자 에드워드는 큰 소리로 웃었다.

"정말 대단해요, 빅토리아, 당신이 생각하는 것이나―꾸며대는 것을 들어보면 말이야."

"나도 알아요, 큰아버지들 얘기 말이죠?" 빅토리아가 말했다.

"이번엔 파운스풋 존스 박사를, 그전에는 큰아버지가―주교라고 했고."

그때 빅토리아는 갑자기 생각이 떠올랐다. 바스라에서 크레이턴 부인이 마실 것이 준비되었다고 불러서 에드워드와의 이야기가 중단되었을 때, 그녀가 에드워드에게 물어보려고 한 것이 무엇이었는지 지금 생각이 난 것이다.

"전에도 한번 물어보려고 했었는데—." 그녀는 말했다.

"주교 큰아버지가 있다고 한 것을 어떻게 알았어요?"

그녀의 손을 쥐고 있던 에드워드의 손이 갑자기 뻣뻣해지는 것이 느껴졌다. 그는 빠르게 말했다. 조금 이상하다고 느낄 정도로 아주 재빠르게.

"당신이 말해 주었잖아?"

빅토리아는 그를 쳐다보았다. 어린아이처럼 부주의하게 내뱉은 말 한마디 때문에 생각지도 않은 커다란 결과가 초래되는구나 하고 그녀는 나중에 생각했다.

왜 그런 생각을 했느냐 하면, 그가 불의의 습격을 받은 듯 몹시 허둥거리고 있었기 때문이다. 순간적으로 그럴싸하게 얼버무리지도 못하고—그의 얼굴은 갑자기 무방비 상태가 되었고 가면도 벗겨지게 된 것이다.

그곳에 앉아 에드워드의 얼굴을 보면서, 모든 것이 선명하게 끊임없이 이어지는 한 편의 만화경(萬華鏡)처럼 지나가면서 하나의 모양이 형성되었다. 그리하여 그녀는 진상을 깨달았던 것이다. 아마도 그것은 그 순간 갑자기 깨달은 것이 아닐지도 모른다. 어쩌면 그녀의 잠재의식 속에서 어떻게 에드워드가 주교 큰아버지가 있다고 꾸며댄 것을 알았을까 하는 질문이 그녀를 늘 괴롭히고 들볶아서 유일하고도 불가피한 결론에 도달하게 되었을 것이다…… 에드워드는 랭고 주교에 대해서 그녀에게 들은 것이 아니다. 그런 말을 그에게 알려줄 수 있는 사람은 단지 해밀턴 클립 부부뿐이었던 것이다. 하지만 바그다드에 그녀가 도착한 뒤에 그들이 에드워드를 만났을 리는 없다. 에드워드는 그때 바스라에 가 있었으니까. 그렇다면 영국을 떠나기 전에 그들에게 들었다고 밖에는 생각할 수가 없다. 그러면 그는 처음부터 빅토리아가 그들과 동행해서 바그다드에 온다는 것을 알고 있었다는 것이 된다—굉장한 우연의 일치라고 한 것이 결국은 우연이 아니었던 것이다. 그것은 처음부터 계획하고 의도된 것이다.

가면을 벗은 에드워드의 얼굴을 지켜보면서 그녀는 갑자기 카마이클이 루시퍼라고 한 것이 무엇을 의미하는지 깨달았다. 그날 카마이클이 영사관 복도 끝의 정원에서 본 것이 무엇이었는지 그녀는 그 순간 알게 되었다. 그것은 지금 자기 눈앞에 있는 젊고 잘생긴 얼굴이었던 것이다—정말 잘생긴 얼굴.

'루시퍼(이사야 14장 12절 참조 밀턴의 《실락원》에 등장하는 악마), 새벽의 아들, 어째서 당신은 하늘에서 떨어졌는가?'

래스본 박사가 아니었던 것이다—처음부터 에드워드, 에드워드였던 것이다! 에드워드는 뒷전에서 비서 역할을 하면서 실은 모든 것을 통제하고, 계획하고, 명령하고, 래스본을 표면에 내세웠던 것이다—그래서 래스본은 그녀에게 더 늦기 전에 이곳을 떠나라고 경고해 준 것이고……

그 잘생긴 악마 같은 얼굴을 바라보면서 그녀의 순진하고 풋풋한 사랑은 온데간데없이 사라져 버렸다. 그리고 에드워드에게 그녀가 느꼈던 것이 결코 사랑이 아니었음을 깨달았다. 그것은 몇 년인가 전에 그녀가 험프리 보가트, 좀더 뒤에는 에딘버러 공에 대해서 느꼈던 것과 같은 감정, 바로 그것이었다. 에드워드는 한 번도 그녀에게 사랑 같은 건 느껴본 적이 없는 게 틀림없다. 그는 계획적으로 그녀에게 매력을 발휘해서 그녀의 마음을 사로잡았던 것이다. 그날 그녀에게 접근한 그는 참으로 자연스럽고, 그리고 아주 쉽게 그녀를 그의 매력의 포로로 만들어 버렸다. 그녀는 아무 저항도 못하고 거기에 빠져버린, 그야말로 풋내기였던 것이다.

그저 몇 초 사이에 얼마나 많은 일이 머릿속을 스쳐갔는지, 그것은 정말 이상할 정도였다. 곰곰이 생각할 필요도 없었다. 번개처럼 스쳐간 것이다. 모두가 일순간에 이해되었다. 아마 잠재의식적으로 처음부터 알고 있었기에 그런 것이 아닐까……

그와 동시에 빅토리아의 정신작용이 모두 그러하듯, 일종의 자기보존 본능이 더없이 신속하게 움직였다. 빅토리아는 어리석고 그저 신기해하기만 하는 얼빠진 표정을 지어 보였다. 그 이유는 그때 그녀는 본능적으로 지금 자기가 몹시 위험한 상황에 놓여 있음을 깨달았기 때문이다. 이 위험에서 벗어나 자기를 구하는 길은 단지 하나일 뿐, 그녀가 취할 수 있는 행동은 오직 하나뿐인 것이었다. 그녀는 지체없이 그 행동을 실행에 옮겼다.

"어머, 처음부터 알고 있었군요!" 그녀가 말했다.

"내가 머지않아 여기에 온다는 것을 말이에요. 그리고 당신이 그 모든 계획을 세워놓았던 거고요. 오, 에드워드, 당신은 정말 멋져요!"

표정을 자유자재로 바꿀 수 있는 그녀의 얼굴은, 그 순간엔 단지 하나의 표정으로만 가득 차 있었다―오로지 동경해 마지않는다는 감정을 표현하고 있었던 것이다. 그리고 그녀는 에드워드의 즉각적인 반응을 보았다―희미하게 비웃는 듯한 미소, 그리고 한시름 놓는 것을. 그녀는 또 에드워드가 자기에게, '어리석은 꼬마 아가씨! 내가 말하는 것을 무엇이든 곧이듣는 것 같군! 마음대로 조롱할 수 있겠는데.' 하고 말하는 것을 정말로 느낄 수 있었다.

"그런데 도대체 어떻게 그런 계획을 세웠어요? 당신에게는 확실히 큰 힘이 있나 봐요. 당신은 보기와는 정말 달라요. 당신은―언젠가도 말했듯이, 그야말로 바빌론의 왕과 같은 힘을 가지고 있어요."

그 말에 그의 얼굴이 자랑하고 싶은 듯 밝아지는 것을 보았다. 점잖고 호감이 가는 젊은이의 가면 밑에 숨겨져 있는 권력욕, 악의 힘, 근시함, 그리고 잔학함을 본 것이다.

'그래, 난 일개 그리스도교도 노예에 불과해.' 빅토리아는 생각했다. 그리고 서둘러 걱정스러운 듯, 자신의 말을 정말처럼 들리게 하기 위해, 말하자면 화가가 그림을 완성하기 위해 대는 마지막 한 터치처럼(그것은 그녀의 자존심으로는 참기 어려운 거짓말이었으나) 물었다.

"그런데 당신은 정말로 나를 사랑하고 있는 거예요?"

그의 표정은 여전히 비웃는 듯했다. 이 어리석은 꼬마 아가씨야―여자란 어느 누구 할 것 없이 모두 명청이뿐이라니까! 사랑받고 있다고 쉽게 생각하고, 사랑밖에는 관심이 없으니! 건설의 숭고함. 새로운 세계의 위대함을 조금도 이해하지 못하고 사랑만을 넋두리처럼 읊어대는 바보 천치들. 어차피 여자들은 노예이고 목적을 추진하기 위한 도구에 불과해―아마도 이렇게 생각하고 있었겠으나 그는 입으로는, "물론 사랑하고말고."라고 말했다.

"그런데 당신의 계획은 도대체 어떤 의미를 가지고 있어요? 말해 주세요,

에드워드? 나에게도 알려주세요."

"새로운 세계가 탄생하는 것이지, 빅토리아. 오래된 먼지와 재 속에서 새로운 세계가 탄생하려는 거요."

"좀더 자세하게 이야기해 주세요."

에드워드는 그녀에게 말해 주었다. 그리고 듣고 있는 사이에 그녀는 자신도 모르게 그 말에 끌려 들어가서 위험스럽게도 그의 몽상 속으로 함께 말려 들어가는 듯한 느낌을 받았다. 그의 말은 대강 이러했다. 낡고 악한 것들을 서로 싸우게 해야 한다. 그래서 세계적인 규모의 전쟁이 필연적으로 일어나고—모두가 파괴되어야 한다. 그러고 나서, 그 위에 새로운 신천지가 생겨나는 것이다. 고도의 지성과 정신력을 갖춘 소수의 선택된 인간들의 집단, 과학자, 농업 전문가, 행정관—결국 에드워드와 같은 젊은이들, 신세계의 지그프리트(독일 전설의 영웅)들이 그 위에 나서는 것이다. 모두가 한결같이 젊고 슈퍼맨들로서 자신의 운명을 믿고 있는 자들, 파괴가 자신의 과업을 끝냈을 때, 그때야말로 그런 젊은이들의 차례가 된다. 그때 그들이 등장해서 권력을 장악하는 것이다.

확실히 미쳐 있는지도 모른다—하지만 그것은 건설적인 광기인 것이다. 붕괴되고 해체되어 가고 있는 세계에 있어 실현가능성이 있는 위업이라고.

"하지만 먼저 그것 때문에 살해되는 사람들을 생각해 보세요."

빅토리아가 말했다.

"당신은 내 말을 이해 못하고 있어." 에드워드가 말했다.

"그런 것은 아무래도 상관없소."

자신의 목적에 관계가 없는 것은 아무래도 상관없다—그것이 에드워드의 신조였다. 갑자기 아무런 이유도 없이 빅토리아의 머리에 그 3천 년의 역사를 가진 보잘것없는 토기가 떠올랐다. 정말 그런 것들이야말로 중요한 것이다—몇 안 되는 일용품들, 밥을 짓고 반찬을 만들어 먹여야 하는 가족, 가정생활을 영위할 수 있는 공간을 만들어주는 네 개의 벽, 한두 가지 소중히 여기는 재산, 지구상에 사는 수많은 보통 사람들, 각자의 생업에 따라 토지를 경작하고 그릇을 빚고 어린아이들을 교육시키며 울고 웃으며 살아온 사람들, 아침이 되면 일어나고 밤이 되면 잠자리에 드는 평범한 사람들, 신세계를 만들고 싶어

하고, 그 때문에 누군가가 다쳐도 아랑곳하지 않는 사악한 얼굴을 가진 천사들이 아닌, 그들이야말로 중요한 사람들이다.

여기 데번셔에서 죽음의 손길이 그녀에게 뻗칠지도 모른다는 생각에 그녀는 신중에 신중을 기하면서 한마디 한마디를 했다.

"당신은 정말 훌륭해요, 에드워드. 그런데 난 무엇을 하면 좋을까요? 내가 할 수 있는 일은 없을까요?"

"돕고 싶소? 당신도 우리들의 목적을 믿는단 말이오?"

그녀는 일부러 신중한 척했다. 갑자기 전환을 하면 의심을 받을 것이다. 그것은 너무 지나친 행동인지도 모른다.

"내가 믿고 있는 것은 바로 당신이에요." 그녀는 말했다.

"하지만 난 당신이 하라고 하면 무엇이든 하겠어요, 에드워드."

"반가운 말이군, 빅토리아." 그는 말했다.

"그런데 처음부터 나를 이곳에 오도록 계획을 세운 것은 도대체 무슨 이유지요? 분명 무슨 이유가 있을 텐데?"

"물론 있지. 그날 내가 당신의 사진을 찍은 것을 기억하오?"

"예, 기억해요." 빅토리아가 말했다.

(난 바보였어. 사진을 찍겠다고 해서 난 얼마나 우쭐댔으며, 또 얼마나 바보 웃음을 지었던가!—그녀는 이렇게 속으로 생각했다.)

"당신의 옆얼굴을 보고는—당신이 어떤 인물과 너무 흡사하다는 생각을 했지. 그래서 좀더 확실히 하기 위해 사진을 찍었던 것이오."

"내가 누구와 닮았어요?"

"당신은 우릴 몹시 애먹이고 있는 여자와 무척 닮았소—안나 쉴레라고."

"안나 쉴레."

빅토리아는 한 대 얻어맞은 듯 멍하니 그의 얼굴을 쳐다보았다. 정말 거칠 것 없는 에드워드의 말이었다.

"그 여자가 나와 닮았다는 거예요?"

"옆에서 보면 빼어박았다고 해도 좋을 정도지. 그리고 한 가지, 아주 신기한 것은 당신의 윗입술에 약간 상처가 있어요, 왼쪽으로—."

"예, 있어요. 어릴 때 장난감 말에서 떨어져 난 상처예요. 날카롭게 튀어나와 있는 귀부분에 찔려서 꽤 깊게 찢겼었어요. 그렇게 눈에 띄게 보일 정도는 아니지만—신경 써서 화장하면 말이에요."

"안나 쉴레도 바로 같은 곳에 상처가 있지. 그것이 바로 아주 똑같이 닮은 점이오. 당신과 안나 쉴레는 키도 체격도 거의 비슷해요—나이는 그녀가 당신보다 네다섯 살 위일 테지만. 완전히 다른 것은 머리 색깔뿐인데, 당신 머리는 검지만 그녀는 금발이오. 그리고 머리모양도 아주 틀리지. 당신의 눈이 짙은 파란색인 것도 다르지만, 그것은 선글라스를 쓰면 문제될 게 없소."

"그런 이유로 당신은 나를 바그다드로 오게 한 거군요? 내가 그녀와 닮았기 때문에."

"그렇소. 그 닮은 점이 앞으로—도움이 될지도 모른다고 생각해서."

"모두 당신이 계획해서……클럽 부부도, 그 부부는 어떤 사람들이에요?"

"중요한 인물은 아니오—그들은 우리가 지시한 것을 수행했을 뿐이니까."

에드워드의 목소리에 빅토리아는 갑자기 등줄기가 서늘해짐을 느꼈다. 비인간적인 초연한 어조로 그는, '약한 자는 복종할 뿐이다.'라고 말하는 듯했다.

에드워드의 이 무모한 계획에는 어딘가 광신적인 면이 느껴졌다.

'에드워드에게는 자기 자신이 바로 신이야. 무엇보다도 두려운 것은 이 점이 아닐까.'

이렇게 생각하면서 그녀는 큰 소리로 에드워드에게 말했다.

"당신은 안나 쉴레가 이 계획의 주역이고 여왕벌과 같은 존재라고 나에게 말했었잖아요?"

"당신을 떼쳐버리기 위해서 그럴 듯한 얘기를 해주어야 했기 때문이지. 당신은 이미 너무 많은 것을 알고 있었거든."

'내가 안나 쉴레와 닮지 않았었다면 너무 많은 것을 알고 있다는 이유로 죽여버렸을 거야, 분명히.' 빅토리아는 혼자 속으로 생각했다.

그녀는 다시 물었다.

"그녀는 정말로 어떤 사람이에요?"

"오토 모건덜이라고 하는 미국의 은행가면서 국제은행인으로 이름이 알려져 있는 인물의 비서요. 하지만 그것만이 아니지. 경제면에 있어서 그녀는 지극히 뛰어난 두뇌를 가지고 있는데, 우리 활동의 경제면에 관한 것을 밝혀내려 하고 있는 듯해요. 지금까지 그녀를 포함해서 세 사람이 우리에게 있어 위험한 존재였소—루퍼트 크로프턴 리, 카마이클. 이 두 사람은 이미 해치웠으나 안나 쉴레만은 아직 남아 있소. 그녀는 사흘 뒤에 바그다드에 도착하기로 되어 있는데, 현재까지는 행방불명이요."

"행방불명이라고요? 어디에서요?"

"런던. 아주 땅에서 모습을 감추고 사라져 버렸소"

"그녀가 어디로 갔는지 아무도 모르고 있나요?"

"데이킨은 혹시 알고 있을지도 모르지."

하지만 데이킨도 모르고 있었다. 에드워드도 모르고 있다면—도대체 안나 쉴레는 지금 어디에 있는 것일까?

"당신도 정말 전혀 짐작이 가지 않나요?"

"하나 짐작이 가는 일이 있기는 있지만—." 에드워드는 천천히 말했다.

"그게 어떤 거예요?"

"안나 쉴레가 회담 때문에 이 바그다드에 온다는 것은 더없이 중요한 일이오. 더구나 회담 날짜는 닷새 뒤로 다가와 있소"

"어머, 얼마 남지 않았군요? 난 몰랐어요."

"우리는 이 나라에 입국하는 사람들을 엄중하게 조사해 왔었소. 그녀가 온다면 본명이 아닌 가명을 사용할 거요. 그리고 영국 정부가 제공한 공용기로는 오지 않을 것이고 그것은 어떤 루트를 통해 확인했소. 그래서 우리는 비행기의 예약을 조사해 보았소. 그랬더니 BOAC에 그레테 하든이란 여자로 예약되어 있더군. 그 여자의 신원을 조사해 보았으나 그런 인물은 실재하지 않는다는 것을 알았소. 결국 가명인 것이지. 주소도 꾸며댄 것이었소. 이런 이유로 해서 우리는 그레케 하든이 곧 안나 쉴레가 아닌가 하는 의심을 하고 있는 거요." 이렇게 말하며 에드워드는 생각난 듯이 덧붙였다.

"그레테 하든이 탄 비행기는 다마스커스에 모레 도착하기로 되어 있소"

"그래서요?"

에드워드의 눈이 갑자기 뚫어질 듯이 그녀의 눈을 쳐다보았다.

"그래서 당신의 차례란 얘기지."

"내 차례?"

"당신이 그녀를 대신하는 거요."

빅토리아는 천천히 말했다.

"루퍼트 크로프턴 리처럼?"

거의 속삭이는 듯한 목소리였다. 루퍼트의 대역(代役)이 등장해서 루퍼트를 대신하고 루퍼트는 죽었다. 빅토리아가 안나 쉘레를 대신할 때 안나 쉘레, 또 다른 이름 그레테 하든도 추측건대 또 죽게 될 것이다……비록 내가 따르지 않는다고 해도 안나 쉘레는 여전히 죽게 될 것이다.

더욱이 에드워드가 내 대답을 기다리고 있는 것이다―비록 그저 일순간이라도 에드워드가 그녀의 충성심을 의심하게 되면 그녀 빅토리아는 당장 죽게 될 것이다―누구에게 알릴 수도 없이 말이다.

그래, 일단 승낙해 놓고 기회를 보아 데이킨에게 보고하는 수밖에 없다.

빅토리아는 깊이 숨을 들이마시고 말했다.

"난, 난―오, 하지만, 에드워드, 난 그런 일은 도저히 못하겠어요. 분명히 들통 나버릴 거예요. 미국인 같은 억양으로 말할 수도 없고"

"안나 쉘레에게는 거의 악센트가 없소, 게다가 당신은 후두염에 걸려서 그녀를 대신하게 될 거요. 세계적으로 그 분야의 권위자인 의사가 그런 진단을 내릴 테고"

'정말 적의 심복은 어디에도 있구나.' 빅토리아는 생각했다.

"그럼, 난 무엇을 해야 되지요?" 그녀는 물었다.

"그레테 하든이 되어 다마스커스에서 바그다드까지 비행기를 타는 거요. 그리고 바그다드에 도착하면 곧바로 침대에 드러눕게 될 거요. 그러다가 우리의 평판 좋은 의사가 일어나도 좋다는 허락을 하게 되면 시간에 임박해서야 회담에 가는 것이오. 그 회담에 가서 당신은 사람들 앞에서 가지고 온 문서를 제출하는 거요"

빅토리아가 물었다.

"진짜 문서인가요?"

"물론 아니오. 우리가 가짜로 꾸민 것과 바꿔치기해야 하오."

"가짜에는 어떤 내용이 쓰여 있나요?"

에드워드는 미소 지었다.

"미국에서 공산주의자들이 엄청난 음모를 꾸민다는 그럴 듯한 내용이오."

'만사가 주도면밀하게 계획되어 있구나.' 빅토리아는 생각했다.

그녀는 큰 소리로 말했다.

"에드워드, 내가 정말 들키지 않고 그 일을 해낼 수 있을 것 같아요?"

빅토리아는 이제는 이미 역할을 해내기로 마음먹은 듯, 진심으로 걱정하며 물었다.

"물론 해낼 수 있고말고. 내가 보기에 당신은 다른 역할을 연기하는 것이 더할 수 없는 즐거움인 것 같으니까. 다른 것에는 의심받을 여지가 전혀 없소."

빅토리아는 진지하게 말했다.

"해밀턴 클립 부부의 일을 생각하면 내가 지독한 바보였다는 느낌을 떨쳐버릴 수가 없어요."

그는 비웃듯이 코웃음을 쳤다.

빅토리아는 얼굴엔 여전히 동경해 마지않는다는 표정을 짓고 있었으나 속으로는 악의에 찬 생각을 하고 있었다.

'하지만 당신도 또한 지독한 바보예요, 에드워드. 주교에 대한 얘기를 무심코 입 밖에 냈잖아요. 그게 아니었더라면 난 당신이 어떤 사람인지 전혀 알아차리지 못했을 거예요.'

그녀가 갑자기 물었다.

"래스본 박사는 어때요?"

"어떻다니, 무슨 뜻이오?"

"그는 그저 간판에 불과한 건가요?"

에드워드의 입술이 냉소를 머금은 채 비뚤어졌다.

"래스본은 시키는 대로 하고 있을 뿐이오. 그가 요 몇년 간 무슨 일을 해왔는지 알고 있소? 전 세계에서 보내온 기부금의 4분의 3을 사적인 일에 유용한 거요. 국책(國責)을 둘러싼 사기죄로 걸려든 호레이쇼 버텀리 이래 가장 교묘하게 거액을 사취한 거지. 그렇소, 래스본은 완전히 우리의 손 안에 있소─우리가 언제든지 그 사실을 폭로할 수 있다는 것을 그도 잘 알고 있지."

빅토리아는 품위 있는 넓은 이마에, 또한 탐욕스런 영혼의 소유자일지도 모르는 그 노신사에게 갑작스레 깊은 감사를 느꼈다. 그는 사기꾼일는지는 모른다─하지만 동정심은 갖고 있었던 것이다. 더 늦기 전에 나를 도망치게 하려고 충고해 주었던 것이다.

"모든 것은 우리의 새로운 질서를 향해 전진하고 있소." 에드워드가 말했다.

빅토리아는 속으로 생각했다.

'분별 있게는 보이나, 에드워드, 이 사람은 정말은 미친 거야! 신의 역할을 떠맡아 대신하려면 사람은 미쳐야 할지도 모르지. 겸손은 기독교도의 미덕이라고 사람들이 얘기하는데─난 이제야 그 의미를 알게 됐어. 겸손이야말로 사람을 제정신으로, 그리고 인간다운 인간으로 지켜주는 거야……'

에드워드는 일어섰다.

"자, 이제 행동을 개시해야 할 시간이오." 그는 말했다.

"당신을 다마스커스로 출발시키고 거기서의 계획을 모레까지 완전히 세워놓아야 하오."

빅토리아도 민첩하게 따라 일어섰다. 일단 이곳 데번셔를 떠나 바그다드의 복잡한 인파 속으로, 큰 소리로 이야기하면서 항상 밝은 웃음을 띠고서 그녀에게 늘 마실 것을 권하는 마커스가 있는 티오 호텔로 돌아가면 에드워드가 가까이 있음으로 해서 오는 집요한 위협에서는 벗어날 수 있게 될 것이다. 그녀는 두 가지 역할을 동시에 해내야 한다─충성스런 개처럼 창백할 정도의 헌신적인 표정으로 계속 에드워드를 속여야 하고, 한편으로는 은밀히 그 계획을 좌절시키기 위해 행동해야 하는 것이다.

그녀가 말했다.

"데이킨 씨는 안나 쉘레가 어디 있는지 알고 있을까요? 그렇다면 내가 알아낼 수 있을지도 몰라요. 그가 무심코 입 밖에 낼지도 모르니까."

"그런 일은 없을 거요─게다가 당신은 이제 데이킨과는 만나지 않게 될 거요."

"하지만 오늘 밤 그 사람이 있는 곳으로 오라고 했는데ㅡ."

빅토리아는 거짓말을 했다. 에드워드의 이야기에 등줄기가 오싹해지는 듯한 공포를 느끼기 시작했던 것이다.

"내가 가지 않으면 아마 이상하게 생각할 거예요."

에드워드는 말했다.

"그가 어떻게 생각하든 지금으로서는 이제 상관할 바가 아니오. 게다가 우리의 계획은 이미 세워져 있소." 그리고 그는 덧붙여 말했다.

"당신은 지금 이후로는 다시 바그다드에서는 모습을 보이지 않을 테니까."

"하지만, 에드워드, 내 짐은 모두 티오 호텔에 있어요! 방도 예약해 놓았는걸요."

목도리, 중요한 단서인 목도리도 티오 호텔에 있는 것이다.

"앞으로 얼마 동안은 짐 같은 건 필요없을 거요. 당신의 옷이랑 그 밖에 것은 모두 준비되어 있소. 자, 갑시다."

두 사람은 다시 차에 탔다. 빅토리아는 생각했다.

'내가 자기 정체를 알게 된 지금 나에게 데이킨과 연락할 기회를 줄 만큼 에드워드는 멍청한 사람이 아니야. 이 사람은 내가 자기에게 홀딱 빠져 있다고 믿고 있어ㅡ그래, 정말 그럴 거야. 하지만 여전히 고삐를 늦추지 않고 있는 거야.'

그녀는 말했다.

"찾지 않을까요? 만일 내가ㅡ나타나지 않으면?"

"그 일이라면 우리가 손을 쓸 거요. 표면상으로는 나와 다리 있는 곳에서 헤어져 서쪽 해안의 친구를 만나러 간 걸로 될 거요."

"그리고 실제로는요?"

"기다려 보면 이제 알게 돼."

울퉁불퉁한 길을 자동차는 덜컹거리며 달려 야자수 정원의 주위를 돌아 관개용수가 흐르는 강 위로 놓인 작은 다리를 건넜다.

"르파지." 에드워드가 갑자기 중얼거렸다.

"카마이클이 무슨 의미로 르파지라는 말을 했을까?"

빅토리아는 갑자기 놀라 가슴이 몹시 뛰었다.

"아, 잊고 있었어요. 뭐 단서가 될지는 모르겠지만, 텔 아스워드 발굴대 현장에 르파라고 하는 사람이 어느 날 왔었어요"

"뭐라고?" 에드워드는 너무 흥분한 나머지 차를 처박을 뻔했다.

"그것이 언제 일이오?"

"오! 약 1주일 전쯤이에요. 시리아의 어떤 발굴대에서 왔다고 했는데. 패롯 씨의 발굴대라고 하던가?"

"거기에 당신이 가 있는 동안에 앙드레와 쥐베라는 두 남자가 가지 않았었소?"

"예, 왔었어요. 그들 중 한 사람은 배가 탈이 났다면서 숙소에 가서 쉬었어요"

"그들도 우리 편이오." 에드워드가 말했다.

"그들이 거기에 왜 왔었어요? 나를 찾으러?"

"아니오—당신이 어디에 있는지 짐작도 못했었으니까. 단지 리처드 베이커가 카마이클과 같은 시간에 바스라에 있었기 때문에 혹시 그에게서 무엇이라도 전해 받은 것이 없을까 하는 생각 때문에"

"리처드는 누군가가 자기 방을 뒤졌다고 했어요. 그래, 찾아냈나요?"

"아니—자, 잘 생각해 보시오, 빅토리아. 르파지인가 하는 남자가 그 두 사람보다 먼저 왔었소, 아니면 나중에 왔었소?"

빅토리아는 생각해 내려고 애쓰듯이 하면서, 그 르파지라고 하는 가공의 인물에게 어떤 행동을 지울 것인가 결정했다.

"그러니까—예, 그래요. 두 사람이 오기 전날이었을 거예요." 그녀는 말했다.

"와서는 무엇을 했소?"

"그 사람은 먼저 발굴현장으로 갔어요—파운스풋 존스박사와 함께 말이에요. 그런 뒤에 리처드 베이커가 그 사람을 데리고 숙소로 왔죠. 보존실에서 보여줄 게 있다고 하면서 말이에요"

"그가 리처드 베이커와 숙소로 왔다, 그렇다면 둘이서 이야기를 했단 말이지?"

"예, 아마 그랬을 거예요." 빅토리아는 말했다.

"둘이 함께 물건들을 보면서 잠자코 있을 리가 없잖아요?"

"르파지." 에드워드는 중얼거렸다.

"르파지는 도대체 누구지? 어째서 그에 대한 정보가 아무것도 우리에게 들어오지 않는 거지?"

빅토리아는, "르파지는 가공의 인물이에요." 하고 말하고 싶었으나 참았다. 르파지를 창안해낸 데 대해 그녀는 혼자 만족해했다. 그녀는 그 남자의 모습을 이제는 마음속에서 아주 확실하게 그릴 수 있었다—마르고 어쩐지 결핵환자 같은 얼굴에다 검은 머리와 콧수염을 약간 기른 젊은 남자. 뒤이어 에드워드가 그녀에게 물었을 때, 그녀는 르파지의 인상을 자세하고 정확하게 설명해 주었다.

자동차는 지금 바그다드의 교외를 달리고 있었다. 에드워드는 정원으로 둘러쳐진, 발코니가 달린 유럽풍의 근대적인 집들이 늘어서 있는 골목길로 차를 몰았다. 어떤 집 앞에 커다란 포장형 관광용 자동차가 서 있었다. 에드워드는 그 뒤로 차를 세웠고, 두 사람은 차에서 내려 현관으로 이어지는 계단을 올랐다.

마르고 검은 피부의 여자가 그들을 맞이했다. 에드워드는 그 여자에게 프랑스어로 뭐라고 빠르게 말했다. 빅토리아의 프랑스어 실력으로는 두 사람이 무슨 이야기를 했는지 확실히 알 수는 없었으나, 이 여자가 바로 그 아가씨이니어서 옷을 갈아입히라고 하는 것 같았다.

여자는 그녀를 향해 정중한 프랑스어로, "자, 이쪽으로" 하고 말했다.

안내된 침실의 침대 위에는 수녀옷이 놓여 있었다. 여자가 그녀에게 몸짓으로 갈아입으라는 시늉을 했기에 빅토리아는 입고 있는 옷을 벗고서 우선 뻣뻣한 울로 된 속옷을 입고, 그 위에 검은 천의 중세풍 복장인 듯한, 풍성한 주름이 있는 옷을 입었다. 프랑스인 여자가 머리에 쓴 것을 고쳐주었다. 거울에 비친 자신의 모습을 빅토리아는 흘끗 보았다. 커다란 두건 밑의 작고 창백한 얼굴은 턱 밑의 하얀 주름 장식 탓인지 기묘하게 순결하고 속세와는 거리가 멀게 보였다. 프랑스인 여자는 그녀의 목에 나무로 된 로자리오 묵주를 걸어주었다. 그러고 나서 너무 크고 조잡한 구두를 질질 끌면서 빅토리아는 다시 에드워드 앞으로 가게 되었다.

"꽤 그럴 듯하게 보이는군." 그는 만족해하며 말했다.

"눈을 아래로 내리뜨시오. 특히 주위에 남자들이 있을 때에는."

잠시 뒤, 프랑스인 여자가 빅토리아와 거의 같은 복장으로 나타났다. 두 수녀는 집을 나와 포장형 관광용 자동차에 탔다. 키가 크고 검은 피부의 양복을 입은 원주민이 운전석에 앉아 있었다.

"자, 부탁해요, 빅토리아. 내가 말한 대로 해주시오." 에드워드가 말했다.

그 말에는 강철 같은 비정한 협박이 들어 있었다.

"당신은 같이 안 가요, 에드워드?" 빅토리아는 애처롭게 물었다.

그는 미소를 지어 보였다.

"사흘 뒤면 만나게 될 거요."

그는 말했다. 그러고 나서 다시 설득하려는 듯이 속삭였다.

"나를 실망시키지 말아요, 빅토리아. 당신밖에는 이 일을 해낼 수 있는 사람이 없어—사랑하오, 빅토리아. 수녀에게 키스하는 모습을 보여선 안 되겠지만—이별의 키스를 하고 싶은데."

빅토리아는 수녀답게 얌전히 눈을 내리깔고 있었으나, 사실은 그것은 잠시 동안 스쳐간 분노를 감추기 위해서였다.

'무서운 유다.' 빅토리아는 속으로 생각했다.

하지만 그녀는 변함없는 태도로 말했다.

"어쩐지 난 그리스도교도 노예가 된 것 같아요."

"자, 그런 기분으로 해주시오!" 에드워드는 말하고서는 생각난 듯 덧붙였다.

"하나도 걱정할 필요는 없소. 여권과 그 밖에 서류는 완전히 준비되어 있으니까. 시리아와의 국경에서도 별로 어려운 점은 없을 거요. 수녀로서 당신의 이름은 마리 데 앙지오. 동행하는 테레사 수녀가 모든 서류를 가지고 있고, 명령도 그녀가 할 거요. 명령에는 부디 충실하게 따라주시오—그렇지 않으면, 그렇지 않으면, 솔직히 말해 어떤 일을 당할지 보장할 수 없소."

에드워드가 한 발 뒤로 물러나 기분 좋게 손을 흔들자 자동차가 출발했다.

빅토리아는 등받이에 등을 기대고서, 바그다드에는 들르지 않는다면 그에 대신할 묘안은 없을까 하고 생각했다. 바그다드를 통과할 때에, 그렇지 않으면 국경에 도착했을 때에 소란을 일으켜서 자신의 의지와는 달리 납치된 것이라고 설명하면 어떨까?—그래, 그런 식으로 행동을 해서 직접 반항하는 거다.

그러나 그런 행동을 통해 도대체 무슨 일을 할 수 있을까? 그것은 아마도 빅토리아 존스의 종말을 의미할 뿐일 것이다. 테레사 수녀가 작고 성능 좋은 자동권총을 옷소매 속에 숨겨 가지고 있는 것을 그녀는 알아차리고 있었다. 입을 열 기회조차 전혀 주지 않을 것이다.

그렇지 않으면 다마스커스에 도착할 때까지 기다렸다가 소동을 피우면 어떨까? 아니다. 역시 살해당하거나, 아니면 운전수와 동행하는 수녀의 말이 더 중요시되어 그녀의 말은 전혀 안 통하게 될지도 모른다. 적은 그녀가 정신착란증세가 있다는 의사의 진단서 같은 것을 준비해 놓았을지도 모르는 일이다.

가장 좋은 방법은 시키는 대로 행동하고 그들의 계획을 순순히 받아들이는 것일 게다. 안나 쉘레로서 바그다드에 가, 안나 쉘레의 역할을 해내는 것이다. 그리고 회담장에 가서 에드워드도 더 이상 그녀의 말과 행동을 막을 수 없는 바로 그 순간에 그렇게 하는 것이다. 그녀가 그가 명령하는 것이라면 무엇이든 할 것이라고 에드워드에게 계속해서 믿게 할 수 있다면 기회는 반드시 올 것이다. 그녀가 가짜 보고서를 손에 들고 회의석상에서 일어날 때, 그때는 에드워드는 거기에 없을 것이다.

그때엔 어느 누구도 그녀를 막지 못할 것이다. 그녀는 또박 또박 이렇게 말할 것이다. "난 안나 쉘레가 아닙니다. 이 서류는 가짜이며 사실무근한 겁니다."라고.

그녀는 왜 에드워드가 그런 위험이 있을 것은 생각 못했을까 의심이 되었다. 하지만 그녀는 허영심이란 사람을 기묘하게 눈멀게 하고, 허영심은 아킬레스의 발뒤꿈치 같은 것이라고 생각했다. 게다가 에드워드와 그 무리들의 계획이 실현되기 위해서는 무엇보다도 안나 쉘레와 닮은 인물을 찾아내야 한다고 하는 사실도 있었다. 안나 쉘레와 똑 닮은 아가씨—그것도 입 주위 같은 곳에 상처까지 있는 아가씨를 찾는다는 것은 그리 쉬운 일이 아니다. 빅토리아는 리용 메일에 출연한 뒤보스크와 레시케가 희귀한 우연의 일치로 둘 다 한쪽 눈썹 위에 상처가 있었고, 또 한 사람은 날 때부터, 그리고 한 사람은 사고로 인해 한쪽 손의 새끼손가락이 똑같이 기형이었던 것을 기억해 냈다. 하지만 그런 우연의 일치는 극히 드물 것이다. 그렇다. 그 자칭 슈퍼맨들은 타이피스트 빅토리아 존스를 무엇보다도 필요로 한다. 그리고 그런 상황에서는 빅토리아 존스야말로 그들을 손아귀에 넣고 있는 것이다—그 반대가 아니라.

자동차는 다리를 건너 달렸다. 빅토리아는 티그리스 강을 향수에 젖어 바라보았다. 그 뒤 그들은 뿌얀 먼지가 이는 넓은 가도를 따라 달리고 있었다. 빅토리아는 로자리오 묵주를 만지작거렸다. 묵주알 부딪치는 소리가 마음을 위로해 주었다.

'뭐라고 해도 난 기독교도야.'

빅토리아는 갑자기 마음이 편안해지면서 이런 생각을 했다.

'기독교도라면 순교자로서 죽는 편이 바빌론의 왕으로 부(富)를 누리는 것보다 몇 백 번 나을 것이다—그리고 내가 순교자가 될 가능성이 크다는 것도 확실하다. 그래, 좋아, 순교자라고 해도 그 옛날의 기독교도처럼 사자 밥이 되는 것은 아니니까. 사자에게 물려죽는다는 것은 별로 탐탁지않아!'

제23장

1

거대한 항공기는 공중에서 급강하하여 완벽하게 착륙했다. 활주로를 따라 조용히 달려가던 비행기는 이내 지정된 장소에 멈춰 섰다. 승객들은 모두 내렸다. 그대로 바스라까지 타고 가는 사람들과, 바그다드에 가기 위해 여기서 갈아타는 사람들로 나뉘어졌다.

바그다드로 가는 승객은 네 명뿐이었다. 부유하게 보이는 이라크인 사업가, 젊은 영국인 의사, 그리고 두 여자였다. 그들은 여러 가지 검사를 받아야 했고 이런저런 질문에 응해야만 했다. 흐트러진 머리를 스카프로 아무렇게나 동여맨 여자가 제일 먼저 나왔다. 피곤한 얼굴을 하고 있었다.

"파운스폿 존스 부인이신가요? 영국인이시군요. 남편이 계시는 곳에 가시는군요. 바그다드의 주소가 어떻게 되시나요? 어느 나라 화폐를 가지고 계십니까?"

이러한 형태의 문답이 계속되었다. 다음으로 두 번째 여자가 먼저 여자가 질문을 받은 곳으로 가서 섰다.

"그레테 하든 양이시군요. 예, 국적은? 덴마크시고, 영국에서 오시는군요. 여행 목적은? 병원에서 마사지사로 일하십니까? 바그다드의 주소는 어떻게 됩니까? 어느 나라 화폐를 가지고 계십니까?"

그레테 하든은 엷은 금발의 젊은 여자로 검은 안경을 쓰고 있었다. 그녀는 말쑥한 차림이긴 했으나 입고 있는 옷은 약간 낡아 있었다.

그녀의 프랑스어는 불완전했으며—때때로 질문을 잘못 들은 듯 다시 묻기도 했다.

네 명의 승객이 탈 바그다드행 비행기는 그날 오후에 출발한다고 해서, 그들은 잠시 쉬기도 하고 점심도 먹을 겸 앰배시드 호텔로 차를 타고 가기로 되어 있었다.

그레테 하든이 침대 위에 걸터앉아 쉬고 있는데 문에서 노크 소리가 났다.

문을 여니 BOAC의 스튜어디스 제복을 입은, 검은 머리의 키가 큰 여자가 문 앞에 서 있었다.

"죄송합니다, 하든 양. BOAC 사무실까지 좀 가주시겠습니까? 예약하신 비행기표에 문제가 있어서요. 자, 이쪽입니다."

그레테 하든은 그녀 뒤를 따라서 복도를 걸어갔다. 금문자로 BOAC 사무실이라고 쓰인 커다란 간판이 걸린 방 앞에 멈춰 섰다.

스튜어디스가 문을 열고 그레테 하든에게 안으로 들어가라는 시늉을 했다. 그리고 그녀가 안으로 들어가니 밖에서 문을 닫고 재빨리 문 밖에 걸려 있던 간판을 떼어냈다.

그레테 하든이 방 안으로 들어서자마자 문 뒤에 서 있던 두 남자가 그녀 머리 뒤에서 소리 내지 못하도록 수건으로 재갈을 물렸다.

그중 한 사람이 그녀의 옷소매를 걷어 올리고 피하주사기를 꺼내 주사를 놓았다.

그저 몇 초 사이에 그녀의 몸은 기운이 빠지는 듯하더니 축 늘어졌다.

젊은 의사는 쾌활한 목소리로 말했다.

"이것으로 6시간 정도는 자게 될 거요. 자, 당신들은 어서 서둘러 준비하시오."

이렇게 말하며 방 안에 있던 또 다른 두 사람을 향해 고개를 끄덕였다. 그들은 창문 옆에 꼼짝 않고 앉아 있는 수녀 두 사람이었다. 남자들은 방 밖으로 나갔고, 두 수녀 중 나이가 위인 쪽이 그레테 하든에게로 가서 축 늘어져 있는 그녀의 몸에서 옷을 벗겨냈다. 나이가 아래쪽인 수녀는 약간 떨면서 수녀 복장을 벗기 시작했다. 조금 지나 그레테 하든은 수녀의 복장으로 평온하게 침대 위에 누워 있었고, 나이가 아래인 수녀가 대신 그녀의 옷을 입고 있었다.

나이가 위인 수녀는 젊은 동료의 아마빛 머리를 주의 깊게 바라보더니, 거울 앞에다 사진 한 장을 세워놓고 그것을 보면서 이마에 흩어진 머리카락을 빗으로 올려 목덜미에서 뚤뚤 감았다.

그녀는 뒤로 한 발짝 물러서서 프랑스어로 말했다.

"놀랍게도 머리형 하나로 이렇게 달라 보이니. 검은 안경을 써요. 당신 눈도 파랗긴 하지만 너무 짙으니까. 자—훌륭해요."

그때 문을 가볍게 두드리는 소리가 나더니 두 남자가 다시 들어왔다. 그들은 이를 드러내고 씩 웃고 있었다.

"그레테 하든은 역시 안나 쉴레였소." 그중 한사람이 말했다.

"서류는 짐 속에 들어 있었는데, 《병원에서의 마사지법》이란 덴마크어로 된 책 속에 조심스럽게 숨겨져 있더군. 자, 하든 양?"

그는 놀리듯이 정중하게 빅토리아에게 말했다.

"함께 식사할 수 있다면 영광이겠소."

그레테 하든이 된 빅토리아는 남자를 따라 방을 나와 홀로 걸어갔다. 아까 그 비행기로 도착한 또 다른 여자 승객이 호텔 접수구에서 전보를 부탁하고 있었다.

"아뇨, PAUNCE—풋이에요. 파운스풋 존스 박사예요. 오늘 티오 호텔에 도착한다고 쳐주세요."라고 말하고 있었다.

빅토리아는 그 말에 갑자기 흥미가 끌려서 그 부인을 쳐다보았다. 그 여자는 얼마 안 있어 발굴대에 합류하기 위해 오기로 한 파운스풋 존스 부인이 틀림없었다. 예정보다 일주일 빨리 도착했으나 빅토리아는 별로 이상하다고는 생각지 않았다. 파운스풋 존스 박사는 아내의 도착 날짜가 쓰인 편지를 잃어버렸다고 몇 번이고 애석해했었으니까. 하지만 26일에 도착하는 것은 거의 확실하다고 했었는데!

파운스풋 존스 부인을 통해 어떻게 해서든지 리처드 베이커에게 전갈을 보낼 수는 없을까……

그녀의 생각을 알아차리기라도 한 듯 같이 가던 남자가 재빠르게 그녀의 팔을 잡아 접수구에서 멀어지게 했다.

"다른 승객과 이야기해서는 안 돼요, 하든 양." 그는 말했다.

"저 부인이 영국에서 같이 온 승객과 당신이 다른 인물이라는 것을 알아차리면 곤란해요."

그는 그녀를 데리고 호텔 밖의 식당으로 점심식사를 하러 갔다. 그들이 돌아왔을 때 파운스풋 존스 부인은 호텔 계단을 내려오고 있었고, 그녀는 아무 의심 없이 빅토리아에게 고개를 끄덕여 보였다.

"구경하고 오는 길이에요? 나도 막 바자르에 가려던 참이었는데."

'저 여자 짐 속에 뭐라도 살짝 끼워 넣을 수만 있다면……'

빅토리아는 생각했다. 하지만 잠시도 그녀를 혼자 내버려두지 않았다.

바그다드행 비행기는 3시에 출발했다.

파운스풋 존스 부인의 좌석은 앞쪽에 있었다. 빅토리아의 좌석은 뒤쪽 문 가까이에 있었고, 통로를 사이에 두고 간수격인 금발의 젊은 남자가 앉아 있었다. 그런 이유로 빅토리아로서는 파운스풋 존스 부인에게 접근하는 일도, 그 짐 속에 메모를 살짝 끼워넣는 일도 불가능했다.

바그다드까지는 그다지 긴 여행은 아니었다. 또 한 번 빅토리아는 바그다드 시의 윤곽이 시야에 펼쳐지는 것을 상공에서 내려다보았다. 황금분할선 같은 티그리스 강이 바그다드 시 전체를 둘로 나누고 있었다.

한 달 남짓 전에도 그녀는 이 광경을 내려다보았었다. 하지만 그 이후 얼마나 많은 일이 벌어졌던가!

앞으로 이틀 뒤면 여기서 현대세계의 주류를 이루는 두 개의 이데올로기 대표자가 회담하기로 되어 있었다.

그리고 그 회담에 그녀 빅토리아도 일익을 담당하게 되어 있는 것이다.

2

"실은 그 아가씨의 일이 걱정입니다." 리처드 베이커가 말했다.

파운스풋 존스 박사는 어렴풋한 목소리로 말했다.

"아가씨라니, 누구 말인가?"

"빅토리아 말입니다."

"빅토리아?" 파운스풋 존스 박사는 이렇게 말하며 주위를 둘러보았다.

"어디에 있나, 그 아가씨—맙소사, 어제 바그다드에 두고 우리만 돌아왔군."

"빅토리아가 없는 것을 알고 계신지 알 수가 없었습니다."

리처드가 말했다.

"깜빡 잊고 있었네. 텔 아메니 발굴대 보고서에 정신이 팔려 있어서 그만. 매우 불안전한 성층(成層) 같더군. 그런데 빅토리아는 트럭이 어디서 기다리고 있는지 몰랐었나?"

"원래 그녀는 이곳으로 다시 돌아올 생각이 없었죠. 사실 그녀는 베네티아 새빌이 아니었거든요."

"베네티아 새빌이 아니라고? 그것참 이상하군. 하지만 자네는 그녀의 세례 명이 빅토리아라고 말한 것 같은데."

"그렇습니다. 하지만 인류학자는 아닙니다. 더구나 에머슨도 모르고 있었고 요. 결국 모두가─그, 오해였던 겁니다."

"그것참 이상한 이야기로군."

이렇게 말하며 파운스풋 존스 박사는 잠시 곰곰이 생각했다.

"정말 이상하군. 내 탓을 하고 있는 건 아닐 테지? 나도 좀 방심했었다는 것은 아네. 아마 다른 편지와 바뀐 모양이지."

"아무리 생각해도 잘 모르겠는데요."

리처드 베이커는 눈썹을 치켜세우며 이렇게 말했을 뿐, 파운스풋 존스 박사 의 추측에는 아랑곳하지 않았다.

"그녀는 젊은 남자와 차를 타고 나간 것 같은데, 그 뒤로는 돌아오지 않았 습니다. 게다가 짐은 호텔에 그냥 둔 채 열어본 흔적도 없으니 말입니다. 전 아무래도 그것이 이상합니다─그녀는 지독하게 더러워져 있었기에 당연히 몸 치장도 하고 화장도 하리라 생각했었는데. 그리고 점심때는 저하고 만나기로 도 했었거든요……. 아무래도 이해가 안 갑니다. 그녀에게 나쁜 일이 일어난 게 아니면 좋겠는데."

"나라면 그렇게 걱정 안 하겠네." 파운스풋 존스 박사가 마음 편하게 말했다.

"난 내일부터 H 도랑에 내려가려고 하네. 전체의 구성으로 보아, 그 주위에 서 기록소가 발견되지 않을까 싶거든. 일전에 찾아낸 간판 조각에서 보아도 그곳이 유망하네."

"그녀는 한 번 납치당했었습니다. 또다시 납치당하지 않으리란 보장이 어디 있겠습니까?"

"전혀 있을 법하지 않은 일일세—그런 일은. 이 나라는 최근 치안상태가 아주 양호하네. 자네도 그렇게 말하지 않았었나."

"어느 석유회사에 빅토리아가 아는 사람이 있다고 했는데, 그 이름을 기억할 수만 있다면……디컨이라던가? 디킨, 데이킨? 이것 같은데요."

"들은 적이 없는데. 자, 그건 그렇고, 난 무스타파 일대를 북동편으로 이동시켰으면 하고 생각하네. 그렇게 하면 J 도랑을 연장시킬 수 있지 않겠나—."

"내일 한 번 더 제가 바그다드에 가보려고 하는데 괜찮겠습니까?"

이 말을 들은 파운스풋 존스 박사는 갑자기 이 젊은 동료에게 모든 주의를 기울이며 그의 얼굴을 쳐다보았다.

"내일? 아니, 자네, 바그다드에는 바로 어제 갔다 오지 않았나?"

"그 아가씨 일이 걱정이 돼서요. 정말입니다."

"저런, 리처드 그런 일이었나, 몰랐네."

"그런 일이라뇨?"

"자네가 여자를 사랑하게 되었단 말일세. 발굴대에 여자들이 참가하면 무엇보다 곤란한 것이 그것이지—특히 예쁜 여자일 경우는 더 그렇고. 재작년의 시빌 무어필드는 만에 하나라도 그런 걱정은 없다고 생각했었는데. 정말 걱정스러울 정도로 외모가 못생겼으니까—그런데 그게 아니더군! 런던에서 클로디가 말하는 것을 들었으면 좋았을 텐데—프랑스 녀석들은 항상 관찰력이 대단해. 그때 그는 시빌의 다리에 대해 어쩌고저쩌고 하더군. 보기 드물게 죽 뻗은 다리라고 하면서 말이야. 물론 그 아가씨, 빅토리아인가 베네티아인가, 뭐 아무래도 상관없으나—대단히 매력적이고 정말 미인이더구먼. 리처드, 자네의 안목도 꽤 괜찮군. 그것은 인정하겠네. 그런데 별스러운 일이로군. 이제까진 여자 같은 덴 관심조차 보이지 않더니만."

"그런 일이 아닙니다."

리처드는 이렇게 말하며 얼굴을 붉히면서 평소보다 더 사람을 깔보는 듯한 표정을 지어 보였다.

"전 그저, 자—그 아가씨 일이 걱정이 돼서요. 그래서, 아무래도 내일 바그다드에 갔다 와야겠어요."

"내일 가게 되면 예비로 산 곡괭이를 가지고 오면 고맙겠네. 멍청한 운전사
가 트럭에 싣는 것을 잊어버렸다네."

리처드는 아침 일찍 바그다드로 출발해서는 도착하자마자 티오 호텔로 갔
다. 빅토리아는 아직 돌아오지 않았다고 했다.

"특별 메뉴의 저녁식사를 함께 하기로 되어 있었는데." 마커스가 말했다.

"그리고 근사한 방도 잡아두었는데. 정말 이상하지 않소?"

"경찰에는 알렸습니까?"

"아니오, 경찰에 알리는 것이 어떨지 몰라서요. 그녀도 별로 좋아할 것 같지
않고, 나도 마음이 내키지 않아서 말이오."

조금 더 물어본 뒤에 데이킨의 근무처를 알아내서는 그의 사무실로 찾아갔다.

그 남자에 대한 그의 기억은 그리 틀리지 않았다. 그는 몸이 구부정해 보였
고, 우유부단해 보이는 얼굴에, 손에는 약간 경련이 일고 있었다. 이런 남자가
무슨 도움이 되겠나 싶어 리처드는 실망하면서, 방해를 해서 미안하지만 빅토
리아 존스 양을 만나지 않았었느냐고 물었다.

"그저께 나를 찾아왔었소."

"지금 어디에 있는지 알려주실 수 있겠습니까?"

"티오 호텔에 있다고 생각하는데."

"짐은 거기에 있는데, 그녀가 없습니다."

데이킨은 약간 눈썹을 치켜올렸다.

"그녀는 텔 아스워드의 발굴현장에서 우리와 함께 일했었습니다."

리처드가 설명해 주었다.

"아, 그랬군요. 그런데—도움이 될 만한 것을 알고 있지 못해 미안하군요.
바그다드에 친구들이 있는 것 같은데. 그들이 누군지 말해 줄 수 있을 정도까
지 그녀를 잘 알지는 못합니다만."

"올리브 가지회에라도 가 있는 건 아닐까요?"

"난 그렇게 생각지는 않지만, 그거야 물어보면 되잖겠소."

리처드가 말했다.

"그럼, 난 그녀를 찾을 때까지는 바그다드를 떠나지 않겠습니다."

그는 화가 나서 데이킨에서 눈살을 찌푸리고는 성큼성큼 걸어 방을 나갔다.

리처드가 나가고 문이 닫히자 데이킨은 미소 지으며 머리를 흔들었다.

"오, 빅토리아." 그는 나무라듯이 중얼거렸다.

시큰거리며 티오 호텔로 돌아온 리처드는 밝은 웃음을 띤 마커스의 마중을 받았다.

"그녀가 돌아왔군요." 리처드는 간절히 바랐기에 그렇게 외쳤다.

"아니오, 아니오, 그게 아니고 파운스풋 존스 부인이 지금 막 비행기로 도착했습니다. 파운스풋 존스 박사님은 부인이 다음 주에나 온다고 나에게 말했었는데."

"그분은 늘 날짜를 잘못 알고 있지요. 그런데 빅토리아 존스에 관해서는 어떻습니까? 뭣 좀 들었습니까?"

"아니오. 그녀에 대해서는 아무것도 듣지 못했어요. 아무래도 마음에 걸립니다, 리처드 씨. 심상치가 않아요. 젊고 아름답고 명랑하고 매력적인 그 아가씨가—."

"그만, 됐습니다." 리처드는 겁을 내며 말했다.

"자, 올라가서 파운스풋 존스 부인을 만나는 게 낫겠군요. 몇 호실입니까?"

"19호실입니다."

무거운 발걸음으로 리처드는 계단을 올라갔다.

3

"아니, 당신이 여기에!" 빅토리아는 숨김없는 적의를 나타내며 말했다.

바빌로니아 팰리스 호텔의 방에 안내된 그녀가 처음으로 본 사람은 캐서린이었던 것이다.

캐서린 역시 악의를 품고 머리를 끄덕이고 있었다.

"그래요, 나예요." 그녀는 말했다.

"자, 어서 침대로 들어가요. 곧 의사가 올 거예요."

캐서린은 간호사 복장을 하고서 자신의 임무를 진지하게 수행하고 있었으며, 빅토리아의 곁을 한시라도 떠나지 않을 작정인 듯싶었다.

빅토리아는 수심에 잠겨 침대에 누우면서 중얼거렸다.

"에드워드만 만날 수 있다면—"

"에드워드, 에드워드! 이제 좀 적당히 해두시지." 캐서린이 경멸하듯 말했다.

"에드워드는 결코 당신을 사랑하지 않았어. 당신은 어리석은 영국 아가씨일 뿐이야. 에드워드가 사랑한 사람은 바로 나란 말이야!"

빅토리아는 캐서린의 고집 세게 보이는 광신적인 얼굴을 보기조차 싫은 듯이 쳐다보았다.

캐서린은 말을 계속했다.

"당신이 그날 아침 올리브 가지회에 와서 무례하게 래스본 박사를 만나게 해달라고 했을 때부터 난 당신이 너무 싫었어."

캐서린을 자극해서 화나게 할 만한 말을 찾은 끝에 빅토리아가 말했다.

"어쨌든 난 당신보다 훨씬 더 중요하고도, 없어서는 안 될 인물이야. 간호사 역할은 누구나 다 할 수 있잖아. 하지만 모든 것은 내가 내 역할을 얼마나 잘 해내느냐에 달려 있으니 말이야."

캐서린은 속으로 은근히 기뻐할 일이 있는 듯 짐짓 새침을 떨며 말했다.

"절대 필요한 사람이란 없어. 우리는 그렇게 배웠다고."

"하지만 난 그런 사람이야. 그건 그렇고, 제발 부탁이니 영양가 있고 맛있는 식사 좀 주문해줘. 먹을 것도 제대로 먹게 해주지 못한다면, 드디어 때가 왔을 때 미국인 은행가 비서 역할을 어떻게 잘해낼 수 있겠어?"

"그래, 먹을 수 있을 동안 먹어둬." 캐서린은 마지못해하며 말했다.

빅토리아는 그 말의 불길한 암시를 알아차리지 못한 것이다.

4

"하든 양이 막 도착한 걸로 아는데." 크로스비 대위가 말했다.

바빌로니안 팰리스 호텔 사무실에 있는 유순해 보이는 직원이 머리를 숙여 인사하며 대답했다.

"예, 영국에서 도착하셨습니다."

"내 여동생 친구요. 이 명함을 그녀에게 전해 주겠소?"

그는 명함 위에 몇 자 더 연필로 쓴 뒤 봉투에 넣어 건네주었다.

얼마 안 있어 보이가 그것을 그냥 손에 쥔 채 돌아왔다.

"하든 양은 몸의 상태가 좋지 않다고 하더군요. 목이 많이 부었다나 봐요. 의사가 오기로 되어 있다면서 간호사가 돌보고 있던데요."

크로스비 대위는 되돌아갔다. 그는 그대로 티오 호텔로 갔다. 거기서 마커스가 그에게 다가서며 말을 걸어왔다.

"어이, 우리 한잔하십시다. 오늘 밤 우리 호텔은 아주 만원입니다. 바로 그 회담 때문이지요. 그렇데 공교롭게도 파운스풋 존스 박사가 그저께 발굴현장으로 돌아갔지 뭡니까. 그 부인이 지금 여기에 도착했는데 말입니다. 그 부인은 남편을 여기서 만날 수 있으리라 기대했는데, 그렇지 못해 화가 난 모양입니다. 이 비행기로 온다고 알렸다고도 하던데. 그런데 박사는 당신도 알다시피 늘 그런 분이라서 말이죠. 날짜나 시간을—잘못 알기 일쑤지요. 하지만 정말 좋으신 분입니다."

그는 늘 하듯이 좋은 사람이라는 틀에 박힌 말로 이야기를 맺었다.

"그리고 난 어떻게 해서든 그 부인을 이 호텔에서 내보내야만 합니다. 국제연합으로부터 중요인물을 인계받아야만 해서—"

"바그다드 시가 온통 야단법석인 듯합니다."

"경찰을 모두 동원해서—경계에 만전을 기하고 있다더군요. 그들이 그러는데, 당신도 들었습니까? 대통령을 암살하려는 음모가 있는 듯하다고요. 경찰은 학생을 65명이나 잡아들였다고 합니다! 그 사람들은 모두를 의심하나 봅니다. 하지만 이 도시는 덕분에 활기를 되찾았지요—잘된 일입니다."

5

전화벨이 울리자 재빠르게 수화기가 들려졌다.

"예, 미국 대사관입니다."

"여긴 바빌로니안 팰리스 호텔인데, 안나 쉴레가 여기에 묵고 있습니다."

"안나 쉴레?"

곧 대사관원이 전화기를 받아들고 말했다. 안나 쉴레와 직접 통화할 수 있겠느냐고.

"쉴레 양은 후두염으로 침대에 누워 있습니다. 난 쉴레 양을 치료해 주고 있는 스몰브룩 박사입니다. 그녀가 중요한 서류를 가지고 있다면서, 대사관에서 책임 있는 분이 와서 가져갔으면 좋겠다고 해서 전화 드렸습니다. 예, 곧 오시겠다고요? 감사합니다. 기다리고 있겠습니다."

6

빅토리아는 거울 앞에서 돌아섰다. 그녀는 디자인이 잘된 맞춤옷을 입고 있었다. 금발의 머리는 단정하게 손질되어 있었고, 약간 신경이 예민해지긴 했으나 기운이 되살아남을 느꼈다.

돌아섰을 때 그녀는 캐서린의 눈이 의기양양하게 빛나고 있음을 알아차리고서 갑자기 경계를 하게 되었다. 왜 캐서린이 저렇게 의기양양해할까?

무슨 일이 일어난 것일까?

"무엇을 그렇게 기뻐하고 있지?" 그녀는 물었다.

"곧 알게 돼." 그 목소리는 이제야말로 노골적으로 악의에 차 있었다.

"당신은 자신이 그렇게 똑똑하다고 생각하나 보지."

캐서린이 경멸하듯이 말했다.

"모든 것이 당신 하기에 달렸다고, 쳇, 당신은 그저 바보일 뿐이야."

빅토리아는 그녀에게 덤벼들었다! 그러고는 그녀의 어깨를 손으로 꽉 붙잡았다.

"그게 무슨 뜻인지 말해 봐, 말하지 않으면 용서 안 할 거야."

"아파—이거 놔."

"말해—."

문을 노크하는 소리가 났다. 두 번 계속해서 두드린 다음에 잠깐 사이를 두었다가 한 번 더.

"어서 들어와요!" 캐서린이 외쳤다.

문이 열리고 한 남자가 들어왔다. 키가 큰 남자로, 국제경찰의 제복을 입고 있었다. 그는 뒤돌아서 문을 잠그고는 열쇠구멍에서 열쇠를 뺐다. 그러고는 캐서린에게 다가섰다.

"자, 빨리!" 그가 말했다.

그는 주머니에서 가늘고 긴 끈을 꺼내어 캐서린의 적극적인 도움 아래 빅토리아를 재빨리 의자에 묶었다. 그러고서 입을 스카프로 동여맸다. 그는 한 발 뒤로 물러나서 감상하듯이 쳐다보며 고개를 끄덕거렸다.

"자—이제 됐어."

그리고 그는 빅토리아를 향해 돌아섰다. 그녀는 그가 휘두르고 있는 묵직한 곤봉을 본 순간 그들의 진짜 계획이 무엇인지를 퍼뜩 깨달았던 것이다. 회담 때까지 그녀에게 안나 쉴레 역할을 맡기다니, 그런 것은 그들에게 한 번도 계획된 적이 없었다. 그들이 그런 무모한 짓을 할 리가 없다. 빅토리아는 바그다드에서는 너무 잘 알려져 있었다. 그렇다, 그들의 계획은 원래 안나 쉴레를 최후의 순간에 습격해서 죽이는 것이다—그것도 얼굴을 알아볼 수 없을 정도의 잔인한 방법으로……그러고는 그녀가 가지고 온 서류, 주도면밀하게 위조된 서류만이 남게 되는 것이다.

빅토리아는 창문 쪽으로 고개를 돌리고서—날카로운 비명을 질렀다. 남자는 빙긋이 웃으며 그녀에게 다가왔다—.

다음 순간, 여러 가지 일이 일시에 벌어졌다—유리가 깨지는 소리. 두툼한 손이 그녀를 바닥으로 넘어뜨렸다—눈에 불꽃이 튀었고, 뒤이어 눈앞이 캄캄해졌다……그러고서 그 어둠 속에서 영어로 이야기하는 믿음직한 목소리가 들려왔다.

"괜찮습니까, 아가씨?" 이렇게 말이다.

빅토리아는 뭐라고 중얼거렸다.

"뭐라고 하는 거야?" 또 다른 목소리가 물었다.

첫 번째 남자가 머리를 긁적거렸다.

"지옥에서 지배하느니 천국에서 섬기는 편이 낫다느니 하는데……"

그는 의심스러운 듯이 말했다.

"밀턴의 《실락원》에서 인용하는 거야." 또 다른 남자가 말했다.

"그런데 틀리게 반대로 말하고 있군."

"아니에요, 틀린 것이 아니에요."

빅토리아는 이렇게 말한 뒤 정신을 잃고 말았다.

7

전화벨이 울리고 데이킨이 수화기를 들었다. 목소리가 들려왔다.

"빅토리아의 작전은 성공리에 끝마쳤습니다."

"좋아." 데이킨이 말했다.

"캐서린 세라키스와 의사를 체포했습니다. 또 한 사람은 발코니에서 뛰어내려 치명적인 중상을 입었습니다."

"그 아가씨는 다치지 않았나?"

"정신을 잃긴 했으나—무사합니다."

"AS에 관한 소식은 아직 들어오지 않았나?"

"하나도 들어오지 않았습니다."

데이킨은 수화기를 놓았다.

어쨌든 빅토리아는 무사했다—안나는 이미 죽은 게 틀림없다고 그는 생각했다……그녀는 만사를 혼자서 하겠다고 고집했고, 19일까지는 꼭 바그다드에 도착하겠다고 몇 번이고 장담했었다. 오늘이 19일이었으나 안나 쉘레에게서는 여전히 소식이 없었다. 그녀는 공적인 조직을 믿지 않았는데, 어쩌면 그것이 옳았는지도 모른다—그는 모르고 있다. 분명히 이쪽에서도 비밀이 누설되어 있었다. 배반이 있었던 것이다. 그런데 그녀의 타고난 기지도 더 이상은 그녀를 지켜주지 못한 것 같았다.

안나 쉴레가 없으면 증거는 불충분했다.

이때 보이가 리처드 베이커와 파운스풋 존스 부인이라고 쓰인 쪽지를 갖고 들어왔다.

"지금은 아무도 만날 수 없어." 데이킨이 말했다.

"미안하지만 지금 바쁘다고 말하게."

보이는 물러갔다가 이내 다시 돌아와서 데이킨에게 봉투를 건네주었다.

데이킨은 봉투를 찢고서 안의 편지를 꺼내어 읽었다.

"헨리 카마이클의 일로 뵙고 싶습니다, R. B."

"들어오시라고 해." 데이킨이 말했다.

곧 리처드 베이커와 파운스풋 존스 부인이 들어와서는 리처드 베이커가 말을 꺼냈다.

"바쁘신데 방해하고 싶진 않았으나, 난 학창시절 헨리 카마이클이라고 하는 남자와 동급생이었습니다. 서로 몇 년 동안 소식을 모르고 지내다가 몇 주일 전 바스라에 갔을 때 영사관 대합실에서 그를 만났지요. 아랍인 복장을 하고 있었는데, 아는 체는 하지 않고서 나에게 신호를 보내왔습니다. 어때요, 이야기에 흥미가 있으십니까?"

"대단히 흥미가 있는데요." 데이킨이 말했다.

"아무래도 카마이클은 신변의 위험을 느끼고 있는 것 같다고 난 생각했습니다. 그 직감이 옳았다는 것이 곧 입증되었지요. 카마이클은 권총을 가진 남자에게 습격당했는데, 내가 그 남자의 손에서 권총을 쳐 떨어뜨렸습니다. 카마이클은 그곳에서 도망쳤는데, 그전에 내 주머니에 어떤 것을 살짝 집어넣었습니다. 난 그것을 나중에 발견했는데—중요한 것이라고는 생각지 않았습니다. 그저 종이쪽지였는데, 아메드 모하메드란 남자의 추천장이었습니다. 하지만 난 그것이 카마이클에게 있어서는 중요한 것일지도 모른다는 가정하에 행동했습니다.

어떻게 하라는 지시도 없었기에 난 그것을 조심스럽게 보관했습니다. 언젠가 카마이클이 와서 돌려달라고 하면 돌려주려고 말입니다. 그런데 얼마 전에 빅토리아 존스에게서 그가 죽었다는 얘기를 들었습니다. 그때 그녀가 말한 다른 얘기들에서, 카마이클이 맡긴 것을 전해 주어야 할 사람은 당신이라고 결론지은 겁니다."

리처드는 일어서서 뭐라고 써 있는 더러운 종이를 데이킨의 책상 위에 놓았다.

"이것은 당신에게 의미를 가지고 있습니까?"

데이킨은 심호흡을 했다.

"그렇소, 당신의 상상 이상입니다." 데이킨이 말했다.

그는 일어섰다.

"진심으로 감사드립니다, 베이커 씨. 이야기 도중에 죄송합니다만, 한시도 지체할 수 없는 일이 몇 가지 있어서요."

그는 파운스풋 존스 부인과 악수하면서 이렇게 말했다.

"남편이 계신 발굴현장으로 가시겠군요. 좋은 시간 되시길 바랍니다."

"파운스풋 존스 박사님이 오늘 아침에 저와 함께 바그다드에 오지 않아서 다행입니다." 리처드가 말했다.

"제가 좋아하는 파운스풋 존스 박사님은 지독하게 잘 잊는 분이긴 하지만 자신의 부인과 처제는 구별하실 테니까요."

데이킨은 약간 놀란 듯이 파운스풋 존스 부인을 쳐다보았다.

그녀는 낮고 기분 좋은 목소리로 말했다.

"언니 엘시는 아직 영국에 있어요. 전 머리를 검게 물들이고 언니의 여권을 가지고 왔죠. 언니의 처녀 때 이름은 엘시 쉴레였고 제 이름은, 데이킨 씨, 안나 쉴레예요."

제24장

바그다드 시의 모습은 변해 있었다. 거리에는 경찰이 죽 늘어서 있었다. 외국에서 동원된 국제경찰들도 있었다. 미국 경찰과 소련 경찰이 무표정하게 어깨를 나란히 하고 있었다.

소문이 끊임없이 나돌고 있었다―양국 수뇌는 역시 오지 않았다고 하더라! 소련기가 두 번 호위기를 거느리고 착륙했으나, 타고 온 사람은 젊은 소련 비행사뿐이었다더라 등등.

그러나 이러저러하는 사이에 만사 순조롭게 진행되고 있다고 하는 뉴스가 전해졌다. 미국 대통령과 소련 수뇌가 여기, 이 바그다드에 와 있다. 이미 알려진 회담 장소인 궁전으로 들어갔다고 했다.

드디어 역사적인 회담이 시작되었다. 궁전의 작은 방에서 역사의 진로를 바꿀지도 모를 사건이 일어나고 있었다. 대부분의 중대한 사건들이 그렇듯이 그 진행 과정은 조금도 극적이지가 않았다.

하웰 원자력연구소의 앨런 브렉 박사가, 작지만 분명한 목소리로 자기 분야의 정보를 진술했다.

고(故) 루퍼트 크로프턴 리가 그에게 몇 개 표본의 분석을 의뢰했다. 그것은 루퍼트가 중국에서 투르케스탄을 돌아 쿠디스탄, 이라크로 여행할 때 손에 넣은 것이었다. 브렉 박사의 증언은 이 부분부터 지극히 전문적으로 되었다. 어떤 광석……고도의 우라늄을 함유한 것……어디에 광상(鑛床)이 있는지는 정확하게 알려지지 않았으며, 루퍼트의 메모와 일기는 전쟁 중에 적의 손에 의해 파괴되어 버렸다.

뒤이어 데이킨이 이야기하기 시작했다. 조용하고 지친 목소리로 그는 카마이클의 모험담을 말했다. 카마이클은 어떤 소문을 믿었는데, 그것은 문명의 변경지역에 거대한 시설이 있고, 그 지하에 연구소가 마련되어 활동하고 있다고 하는 정말 터무니없는 이야기였다. 이렇게 말하고 데이킨은 카마이클의 탐색 과—그리고 그 탐색의 성공에 대하여 이야기했다. 위대한 여행가 루퍼트 크로 프턴 리가 카마이클의 이야기를 믿은 것은 그런 지방에 대하여 그가 잘 알고 있기 때문이었다. 루퍼트 경은 바그다드에 오는 것에 동의했는데, 그 결과 죽 게 되었다. 데이킨은 또 루퍼트로 변장한 인물에 의해 카마이클도 죽음을 당 하게 되었다는 것을 보고했다.

"루퍼트 경은 죽었습니다. 그리고 헨리 카마이클도. 그러나 세 번째 증인은 살아 있으며, 오늘 이 자리에 와 있습니다. 안나 쉴레 양에게 우리에게 증언해 줄 것을 부탁하는 바입니다."

안나 쉴레는 모건덜 사무실에서처럼 조용하고 마음이 가라앉은 냉정한 태 도로 몇 개의 이름과 숫자를 얘기했다. 경제면의 지식과 판단력이 뛰어난 그 두뇌의 깊은 고찰을 바탕으로 그녀는 유통과정에서 돈을 흡수해 그것으로 문 명세계를 두 개의 적대진영으로 분열시키려는 파괴적인 활동에 쏟아붓고 있는 거대한 경제망에 대한 개략(概略)을 진술했다. 그것은 단순한 추론이 아니다. 그녀는 자신의 증언을 뒷받침하는 실제의 일들과 숫자를 또 제시했다. 카마이 클의 근거 없는 이야기에는 전혀 찬동하지 않았던 사람들도 그녀의 이야기에 는 귀를 기울였으며, 그것은 아무래도 사실인 것 같다고 생각하게 된 것이다.

데이킨은 다시 이야기했다.

"헨리 카마이클은 죽었습니다. 그러나 그 위험하기 짝이 없는 여행에서 그 는 확실하고도 신빙성이 있는 증거를 가지고 돌아왔습니다. 하지만 그는 그런 증거를 몸에 지니고 있는 것은 위험하다고 생각했지요—적이 그의 뒤를 바짝 쫓고 있었기 때문입니다. 그런데 그에게는 많은 친구가 있었습니다. 그 가운데 두 사람의 손을 거쳐 그는 증거를 또 한 사람의 친구에게 맡겼습니다. 그 친 구는 온 이라크가 존경하고 숭배하는 인물입니다. 오늘 카마이클의 그 친구가 일부러 이곳에 오셨습니다. 케르벨라의 후세인 엘 지야라 족장을 소개합니다."

후세인 엘 지야라 족장은 데이킨이 말한 대로 성자 같은 사람으로, 또 시인 으로 회교세계에 널리 그 이름이 알려진 인물이었다. 많은 사람들이 그를 성자로 숭배하고 있었다. 지야라 족장은 일어섰다. 헤나로 물들인 갈색의 턱수염을 기른 당당한 풍채의 인물로, 금색 실로 가장자리를 두른 회색 윗도리 위에 얇은 천으로 된 갈색의 긴 망토를 걸치고 있었다. 머리에는 녹색의 터번을 쓰고 여러 가닥을 꼰 금줄로 동여매고 있었는데, 정말 족장다워 보였다.

"헨리 카마이클은 내 친구였습니다."

그는 낮고 낭랑한 목소리로 이야기를 하기 시작했다.

"나는 그를 소년 시절부터 알고 있었고, 그와 함께 이 나라의 위대한 시인들의 시를 배웠습니다. 어느 날 두 남자가 케르벨라에 왔습니다. 환등기를 들고 전국을 돌아다니는 남자였는데, 무지한 사람들이긴 했으나 독실한 마호메트교 신봉자들이었습니다. 그들은 나의 친구인 영국인 카마이클이 나에게 전해 주라고 했다면서 꾸러미 하나를 가져 왔습니다. 나는 그것을 비밀리에 안전하게 보관하고 있다가 카마이클 자신이나 아니면 어떤 암호를 말하는 대리인에게 건네주라는 부탁을 받았습니다. 만일 당신이 그 대리인이라면 그 암호를 말해 주지 않겠습니까."

데이킨이 말했다.

"마호메트의 후예요, 아랍인 시인 무타나비는 지금부터 꼭 천 년 전 사람으로, 때때로 자칭 예언자라고도 불리었습니다. 그 무타나비가 일찍이 알레포의 군주 사이푸 다왈라에게 시 한 편을 지어 올렸습니다. 그 시구 가운데 '지드 하시시 바시시 타파달 아드니 수라 실리!(더하라, 웃고 기뻐하고 가져오게 하라, 은혜를 베풀고 기쁘게 해주어라!)'—이것이 그 암호입니다."

후세인 엘 지야라 족장은 만족스러운 미소를 지으며 꾸러미 하나를 데이킨에게 건네주었다.

"나도 사이푸 다왈라 군주가 말한 것처럼 '그대의 소망을 이루어주리라…….' 하고 말하겠습니다."

"여러분—." 데이킨이 말했다.

"이것이 헨리 카마이클이 자신의 이야기를 증명하기 위해 가지고 돌아온 마이크로필름입니다……."

증인이 한 사람 더 있었다—비탄에 잠긴 인물, 멋지고 넓은 이마에 일찍이

전 세계 사람들의 찬사와 존경을 받았던 래스본 박사였다.

그는 비통한 위엄을 갖추고 말했다.

"여러분, 난 얼마 안 있어 비천한 사기꾼으로 고소당할 몸입니다. 그런데 나 같은 이런 인간마저도 도무지 참을 수 없는 일이 있습니다. 거의 믿을 수 없을 정도의 흉악한 마음과 목적을 가진, 대부분 젊은 남자들로 이루어진 한 집단이 있습니다."

그는 머리를 쳐들고 소리 높여 말했다.

"반(反)그리스도라고나 할까요. 그들의 행동은 반드시 막아야 합니다. 우리들에게는 평화가 필요합니다. 아픈 상처를 아물게 하고 새로운 세계를 건설하기 위한 평화 말입니다─그것을 위해서는 우리들은 서로 이해해야 하고 노력하지 않으면 안 됩니다. 나는 돈을 위해 배신행위를 했습니다. 하지만 결국은 내가 설교해 온 것을 진심으로 믿게 되었다고 하나님께 맹세합니다. 내가 사용한 방법이 결코 옳았다고는 말씀드리지 않겠지만 제발, 여러분, 한 번 더 새롭게 서로 협력합시다……"

잠시 침묵이 흐른 뒤, 비인간적이고 관료적인 성질의 사무인 가는 목소리가 들렸다.

"이상의 사실들은 곧 미합중국 대통령과 소비에트사회주의 연방공화국 수상 앞으로 제출될 겁니다……"

제25장

"정신이 들고 나서 너무 안됐다고 생각한 것은 안나 쉴레로 오인받고 다마스커스에서 죽음을 당한, 그 불쌍한 덴마크인 여자였어요."

빅토리아가 말했다.

"아, 그 여자라면 걱정할 것 없소." 데이킨이 명랑하게 말했다.

"당신이 탄 비행기가 떠나자마자 곧 우리들이 그 프랑스인 여자를 체포하고서 그레테 하든을 병원으로 옮겼으니까. 다행히 그녀는 이미 건강을 회복했으니 안심하시오. 그들은 그녀를 바그다드 일이 순조롭게 완료될 때까지 죽 잠든 채로 살려두려고 했었지요. 물론 그녀는 우리 첩보원 중 한 사람이오."

"어머, 그랬어요?"

"그렇소, 안나 쉴레가 행방불명되었을 때 우리들은 적에게 일부러 어떤 단서를 주어야겠다고 생각했지요. 그래서 그레테 하든의 이름으로 비행기를 예약해서는 신원을 일부러 모호하게 해놓았었소. 적은 그 미끼에 걸려들어—그레테 하든이야말로 안나 쉴레일 것이라고 결론지었던 것이오. 우리들은 그것을 확실히 하기 위해 가짜 서류를 그럴 듯하게 꾸며 그녀에게 갖고 있게 해놓았지요."

"그러는 동안에 진짜 안나 쉴레는 파운스풋 존스 부인이 남편과 합류하기 위해 이곳에 오기로 한 날까지 병원에 가만히 있었던 거로군요."

"그렇소. 단순하지만—효과적인 방법이었소. 위험한 경우에 믿을 수 있는 것은 결국 혈육뿐이라는 가정하에 행동했던 것이오. 안나 쉴레는 젊지만 대단히 똑똑한 여자요."

"전 이번이야말로 정말 끝장이라고 생각했었어요."

빅토리아는 진지하게 말했다.

"그럼, 당신 부하들이 정말 나에게서 눈을 떼지 않고 죽 지켜왔단 말이에요?"

"그렇소, 내내 그래왔지. 당신의 에드워드는 자신이 생각하는 것만큼 정말 그렇게 똑똑하지는 않았소. 우리들은 에드워드 고링 청년의 행동을 꽤 오래 전부터 조사하고 있었소. 카마이클이 살해당한 날 밤 당신이 자신에 대해서 이야기했을 때, 솔직히 말해 난 당신이 무척 걱정되었었소.

그래서 여러 가지 생각 끝에 난 당신을 스파이로 저들의 조직 속으로 일부러 보내는 것이 가장 좋겠다는 결론을 내렸던 거요. 당신이 나와 관계가 있다는 것을 에드워드가 알게 되면 당신은 자연히 안전할 거라고 생각했기 때문이지. 왜냐하면 그로서는 당신을 통해 우리의 활동을 알아내려고 할 테니까 말이오. 당신을 죽이는 것은 하나도 가치 없을뿐더러, 또한 당신을 통해 우리에게 거짓 정보를 흘릴 수 있다고 생각했을 거요. 그러니까 당신은 말하자면 귀중한 스파이 역할을 하게 된 게지. 그런데 그 사이에 당신은 그날 밤의 루퍼트 크로프턴 리가 가짜라는 것을 알아차렸소. 거기서 에드워드는 당신이 안나 쉴레의 대역으로 필요하게 될 때까지(만에 하나라도 혹시 필요하게 되면 하는 이야기지만) 당신을 멀리에 가둬두는 게 현명하다고 판단했던 거요. 그렇소, 빅토리아. 당신이 지금 그렇게 하고 앉아 피스타치오 넛츠를 먹을 수 있는 것은 정말 운이 좋았다고 밖에는 말할 수가 없소."

"예, 알고 있어요."

"얼마나 실망했소—에드워드에 대해서?"

빅토리아는 그를 빤히 쳐다보았다.

"전혀 안 그래요. 전 정말 어리석은 바보였어요. 에드워드에게 눈이 멀어 온통 마음을 빼앗겼었으니. 여학생처럼 그에게 열을 올리면서—내가 줄리엣인 듯 착각하고 바보 같은 짓만 했으니."

"그렇게 자신을 너무 책망할 필요는 없소. 에드워드는 천성적으로 대단한 매력을 가진 청년이었으니까."

"그래요. 그리고 그는 그것을 충분히 이용했던 거예요."

"물론이오."

"다음에 다시 사랑에 빠질 땐, 제 마음을 끄는 것은 외모도 매력도 아닐 거예요." 빅토리아가 말했다.

"전 남자다운 남자가 좋아요—듣기 좋은 말만 하는 사람이 아니고 말이에요. 머리가 벗겨졌어도, 안경을 쓰고 있어도 그런 것은 상관하지 않을 거예요. 재미있는 사람—재미있는 것을 많이 알고 있는 사람이 좋아요."

"35세 정도요, 아니면 55세 정도요?" 데이킨이 물었다.

빅토리아는 무슨 뜻인지 몰라서 눈을 동그랗게 뜨고 말했다.

"그거야 물론 35세 쪽이 좋겠죠."

"후유, 안심했소. 잠시 난 나에게 프러포즈하는 건가 생각했지."

빅토리아는 웃었다.

"저—너무 이것저것 물어서 안됐지만, 카마이클의 목도리에는 정말로 전갈이 넣어 짜져 있었나요?"

"그렇소. 이름 하나가 있었소. 마담 드파지 일당은 여러 개의 이름을 넣어서 짰지만. 카마이클의 경우는 목도리와 추천장 그 두 가지가 단서였던 거요. 목도리에는 케르벨라의 족장 후세인 엘 지야라의 이름이 넣어 짜져 있었고, 또 하나 추천장에는 요드로 증발시켜 보니 그 족장에게서 꾸러미를 인계받을 수 있는 암호가 들어 있었소. 비밀 은닉장소로서는 성역 케르벨라보다 더 안전한 곳은 없었을 것이오."

"그 꾸러미는 환등기를 들고 전국을 돌아다니는 두 남자를 통해 전달되었군요—우리가 도중에서 만난 일이 있는 그 사람들?"

"그렇소, 어디에서도 흔히 볼 수 있는 소박한 사람들이지요. 그저 카마이클의 친구라는 것뿐이지, 정치와는 아무런 상관도 없는 사람들이었소. 그에게는 정말 친구가 많이 있었소."

"그는 정말 좋은 사람인 것 같은데, 죽어서 안됐어요."

"인간은 모두 언젠가는 죽으니까." 데이킨이 말했다.

"내세라는 것이 있다면—난 그런 게 있다고 굳게 믿고 있지만, 카마이클은 이 불쌍하고 낡아빠진 세계를 구원하는 데 자신의 신념과 용기가 큰 힘이 되었다는 것을 알고는 그곳에서 만족해할 거요. 그의 노력이 있었기에 세계는 또 다른 유혈과 비참에서 구원받을 수 있었으니까 말이오."

"참 기묘한 일이네요." 빅토리아는 곰곰이 생각한 듯 말했다.

"리처드가 비밀의 반을 갖고 있었고, 제가 그 나머지 반을 갖고 있었다고 하는 게 뭐랄까, 마치—."

"뭐랄까, 마치 하나님에게 그런 의도가 있었던 게 아닐까 싶소."

이렇게 말하는 데이킨의 눈은 반짝반짝 빛나고 있었다.

"자, 그럼, 이제부터 당신은 어떻게 할 작정이오?"

"일을 찾아봐야겠지요." 빅토리아는 말했다.

"빨리 알아봐야만 되겠어요."

"그렇게 정색할 필요는 없소." 데이킨이 말했다.

"내 생각엔 일 쪽에서 당신에게 다가오지 않을까 하는데."

이렇게 말하고 데이킨은 바로 그때 들어온 리처드에게 자리를 양보하고는 점잖게 어슬렁어슬렁 걸어갔다.

"자, 빅토리아—." 리처드가 말했다.

"베네티아 새빌은 결국 오지 못할 것 같소. 유행성 이하선염에 걸렸다고 하더군. 당신은 발굴대에서 정말 필요하오. 그곳으로 다시 돌아갈 생각은 없소? 보수라고 해도 여기서의 생활비가 될까 말까 하겠지만. 영국에 돌아갈 여비에 대해서는—자, 나중에 의논합시다. 진짜 파운스풋 존스 부인은 다음 주에 도착한다고 하더군요. 자, 뭐라고 얘기해 봐요?"

"어머, 정말 내가 필요한 거예요?" 빅토리아가 큰 소리로 말했다.

어떤 이유에서인지 리처드 베이커는 얼굴을 붉히면서 기침을 하고는 코안경을 벗어 닦았다.

"그렇소." 그는 말했다.

"당신이라면, 어—필요하지요—."

"예, 좋아요." 빅토리아는 말했다.

"그렇다면 짐을 꾸려 지금 어서 발굴현장으로 함께 돌아갑시다. 당신도 더이상 바그다드에 우물쭈물하면서 있고 싶지는 않을 테니까, 어떻소?"

"예, 조금도." 빅토리아는 말했다.

"오, 돌아왔구나, 베네티아." 파운스풋 존스 박사가 말했다.

"리처드는 네 일을 몹시 걱정했단다. 자, 잘 됐어—두 사람이 매우 행복하게 되어주기를 바라네."

"지금 하신 말이 무슨 뜻인가요?"

파운스풋 존스 박사가 그 자리를 훌쩍 떠나가자 빅토리아는 어리둥절해하며 물었다.

"아무것도 아니오." 리처드는 말했다.

"원래 저런 분이니까. 조금은—성미가 급하시지요."

<끝>

여기 소개하는 《바그다드의 비밀(They Came to Baghdad, 1951)》은 애거서 크리스티(Agatha Christie, 영국, 1890~1976)의 53번째 추리소설이며 41번째 장편이다.

이 작품은 1954년에 나온 《죽음을 향한 발자국(So Many Steps to Death)》과 1970년에 나온 《프랑크푸르트행 승객(Passenger to Frankfurt)》과 비슷한 주제를 가지고 있다. 즉, 2차 대전 이후 모든 사람들을 불안하게 한 또 한 번의 세계 대전의 가능성에 대한 막연한 불안감이 낳은 소설이라 하겠다.

이들 소설에는 한결같이 슈퍼맨과 같은 엘리트 집단이 세계정복을 꿈꾸며 음모를 꾸민다. 그러나 이들 작품이 단순한 스파이물로서 끝나지는 않는다. 보통 스파이물이 갖고 있는 냉혹한 면은 찾아볼 수 없고 오히려 잔잔한 러브 스토리가 배경으로 깔려 있다. 이러한 것은 크리스티 여사가 그녀의 모든 작품에서 일관되게 추구해 온 면이기도 하다.